CHRISTOPH HÖHTKER

ALLES SEHEN

ventil

Mitteilung Vier[1]

Den Nektar der Strukturen
Herauszupressen war unser Ziel
Aus den Begrünungen
Aus den Rinnsteinen
Aus den ungeordneten Zonen
Unweit der Altglassammelcontainer

Wir gingen durch die Gegend
Und unsere brennenden Augen
Lasen, saugten, atmeten
Eine unablässige Folge
Von Barcodes ein

Wir lauschten
In den Wind der Sachen
In die Flut der Spuren
Wir liefen herum
Um die Dinge sprechen zu hören

Das Gehirn rüttelt an seinem Gefängnis
Der Speichel kocht auf der tanzenden Zunge
Meine Beine.
Meine Beine!

---

1 Inhalt eines eng beschriebenen Post-it-Zettels, den Prof. Jobst-Michael Höhtker am 27. 10. 2009 im Speisesaal der (intern auch »Affenhaus« genannten) Abteilung 2B der malerisch am oberen Zürichsee gelegenen Nervenklinik Bellerive seiner Lieblingsbetreuerin Beate Klaassen ins T-Shirt zu stecken versuchte.

I.

B.-ZENTRAL-OST

KAPITEL 1

4.11.2009, 10:28 Uhr, B.-Zentral-Ost. Dieser Einkaufswagen lebte. Marion beugte sich über das Lenkrad. Tatsächlich, das Ding rollte. Der Parkplatz war praktisch leer und der Wind trieb Prospekte über den Asphalt und circa zwanzig Meter von ihr entfernt bewegte sich ein Einkaufswagen quälend langsam auf einen alten BMW zu.

»Vielleicht«, sagte Marion und stockte dann. Wie scharf sie plötzlich auf den Zusammenstoß war! »Vielleicht musst du mal ne Weile von dort verschwinden, Frank. Im Moment hast du doch ohnehin nichts zu tun, oder?«

»Hat Steinhäuser auch gesagt, aber schneller.«

»Du warst bei der Steinhäuser? Bist du krank?«

»Wenn du periodisch auftretende depressive Schübe einhergehend mit Wahnvorstellungen und Todesfantasien als Krankheit bezeichnen würdest, dann bin ich wohl krank, ja.«

»Ach komm, das ist bei dir doch normal. Erzähl mir nicht, dass du deswegen zum Arzt gehst.«

»Ich dachte, ich könnte ihr Pillen abschwatzen. Was zum Entspannen. Aber sie hat nur gemeint, ich soll mal wegfahren, mir einen Ort suchen, wo ich mich gut, richtig gut fühle ...«

»Tja, Frank, das ist natürlich für jemanden wie dich eine Aufgabe.«

»Was soll das denn heißen? Willst du damit andeuten, dass ich zu Sachen wie Glück oder Zufriedenheit nicht in der Lage bin? Dass ich eventuell gar nicht weiß, was das Wort Zufriedenheit überhaupt bedeutet. Ist es das, was du mir sagen willst, Marion? Wenn ja, dann hast du verdammt nochmal *recht.*«

Der Einkaufswagen hatte mehr als die Hälfte der Distanz zurückgelegt. Seine Geschwindigkeit blieb merkwürdig konstant. Erst jetzt fiel ihr auf, dass er mit zwei prall gefüllten Papiertüten beladen war. Ein neuer Service, dachte sie. Eventuell fanden diese Dinger jetzt von alleine zum Auto. Aus einer der Tüten ragten Pizzakartons. Vor einer Woche, oder vor zwei Wochen, alles verschwamm bereits wieder, irgendwann hatte sie es selber mit Tiefkühlpizza versucht, aber natürlich nicht einmal die Hälfte geschafft. Ihr schmeckte nichts. Seitdem die Geschichte mit Jan nicht mehr ganz so lief wie am Anfang, schmeckte alles mal wieder nach nichts. Eigentlich war sie mit Jan immer noch am Anfang, doch es fühlte sich bereits anders an. Sie saß auf diesem Parkplatz herum und wartete darauf, dass ihr neuer Freund endlich mit den angeblich unschlagbar billigen, nur hier erhältlichen Druckerpatronen aus dem Supermarkt kam, und wenn dieser Einkaufswagen stoppte, bevor er den BMW erreicht hatte, dann, das wusste sie einfach, würde dieses Nicht-mehr-wie-am-Anfang-Ding bereits das Ende sein.

»Und? Hat Madame Steinhäuser dir wieder wohin gefasst?«

»An diesen medizinischen Höhepunkt kannst du dich noch erinnern? Freut mich, dass unsere gemeinsame Zeit nicht völlig aus deinem Gedächtnis verschwunden ist. Ich meine, es gab doch eine gemeinsame Zeit, oder?«

»14 Jahre, Frank.«

»Wirklich? Kamen mir vor wie hundert.«

»Ha, ha, ha, los sag schon: hat sie?«

»Hat sie was?«

»Hand an dich gelegt. Die Steinhäuser.«

»Interessiert dich das wirklich?«

»Nein.«

Sie stellte den Scheibenwischer auf Intervallschaltung. Der Regen war schwächer geworden. Der Wind nicht. Die Prospekte wirbelten durch die Luft. Vielleicht trieb der Wind auch den Einkaufswagen an. Jemand kam hinter dem Windschutz des Supermarkteingangs hervor. Eine Frau mit schwarzen Haaren über einer glänzend weißen Adidas-Trainingsjacke und unnatürlich langen Beinen (jedenfalls für diese Stadt hier, in der Marion sich jetzt wieder zu leben eigentlich nicht einmal entschieden hatte, es war einfach so gekommen, weil sich der Anfang mit Jan ganz am Anfang so gut angefühlt hatte, so lebendig, so – Scheiße, sie begann selbst das bereits wieder zu vergessen, sie behielt immer nur die schlechten Sachen, immer nur die ganze Scheiße), von einer hautengen Jogginghose geradezu in zwei Ausrufezeichen verwandelten Beinen. Diese Beine bewegten sich mit raumgreifenden Schritten, was elegant aussah, wie Marion gegen ihren Willen feststellte. Die Frau sah aus wie eine Hochspringerin beim Anlauf.

Dann fiel ihr auf, dass Frank nicht reagiert hatte. »Frank, bist du noch dran?«

»Ja, ich ... ich suche nur gerade diese verdammten ... alles klar. Also, du stelltest soeben fest, dass mein Leben mit seinen bescheidenen Höhepunkten dich nicht im Geringsten interessiert beziehungsweise niemals auch nur im Ansatz interessiert hat, sehe ich das richtig?«

»Na ja, umgekehrt wird eher ein Schuh draus, oder?«, sagte sie abwesend. Die Leichtathletin hatte den Einkaufswagen noch nicht eingeholt, aber Marion wusste bereits, dass der BMW verschont bleiben würde und sie sich, wenn sie einmal alles genau und ehrlich bilanzierte, eigentlich umbringen konnte.

»›Wird ein Schuh draus‹? Was ist das denn für eine Nazi-

Redensart? Redet man jetzt so bei euch da oben? Himmel, was bin ich froh, nicht ...«

»Du müsstest sehen, was ich hier gerade sehe«, unterbrach sie ihn und plötzlich war es ihr egal, dass der Einkaufswagen etwa zwanzig Zentimeter vor der BMW-Flanke zum Stehen gebracht worden war. »Eine Proletenhochspringerin, in voller Aktion. Könnte aus dem Osten sein, Osteuropa.«

»Also sexy?«

»Ich würde sagen: ja.«

»Versuch das mal etwas genauer zu formulieren. Ich brauche jetzt eine präzise Klassifizierung.«

»Wie soll das denn gehen?«

»Nimm einen Index. Sagen wir: Du bist 100 Punkte, wo steht Svetlana dann? Knapp unter dir, sagen wir bei 94? Dann ist sie immer noch gut. Wenn sie allerdings bei über 100 liegt, mach bitte sofort ein Foto mit dem Natel[2] und schick mir das. Sollte die Dame jedoch im Bereich über, sagen wir 105 liegen, brauche ich sofort deine GPS-Koordinaten, ihr Nummernschild, ihre Kontonummer, und so weiter.«

Frank war lustiger als Jan, noch vor zwei, drei Monaten hätte sie diese Vorstellung gehasst.

»Wow, Frank, war das eben ein Kompliment? Du findest mich gutaussehend?«

»Und ob ich das finde. Das Problem ist nur, ich habe die Details vergessen. Du warst blond, oder?«

---

2 Die gebräuchlichste westschweizer Bezeichnung für Mobiltelefon. Frank Stremmer benutzt den Ausdruck ausschließlich bei Telefonaten mit deutschen Gesprächspartnern.

»Ich habe lange blonde Haare und meine Beine waren früher auch nicht schlecht. Früher gab es sogar Männer, die mich insgesamt ganz annehmbar fanden.«

»Zählte ich dazu?«, fragte Frank, und statt zu antworten, hörte sie zu, wie er sich etwas anzündete und danach ausatmete. Hinter dem Windschutz des Supermarkteingangs tauchte wieder jemand auf.

»Rate mal, wen ich *jetzt* sehe.«

»Satan?«

»Michael Brandt.«

»Michi? Der ist schon auf?«

»Offenkundig.«

»Wie sieht er aus? Was hat er an?«

»Kordhose, schwarzer Parka, oder so. Sieht ganz manierlich aus. Aber die Haare sind heute noch nicht gekämmt, das steht fest.«

»Was macht er gerade?«

»Er starrt die Frau an. Der steht hier vorm Eingang und starrt die völlig paralysiert an.«

»Und was macht die?«

»Die packt gerade ihr Zeug in den Kofferraum eines roten Billig-BMWs und ... sie streckt dabei ihren Hintern ganz schön in die Höhe.«

»Das musst du verstehen. Ich meine, Michi musst du verstehen. Soweit ich informiert bin, ist der Mann seit hundert Jahren betonsolo.«

»Der guckt wie ein Triebtäter, Frank, original.«

»Quatsch! Michi ist harmlos. Der hat nie was gemacht.«

»Weiß ich doch. Aber du müsstest den jetzt mal sehen. Warte, ich glaube, ich weiß jetzt, was er gekauft hat. Rate mal.«

»Das frage ich ihn selber. Mach's gut, Marion. Ich melde mich, keine Ahnung, vielleicht komme ich auch vorbei, wer weiß.«

Sie schaffte es gerade noch, ein »Waaas?« in den Hörer zu rufen, dann war die Verbindung unterbrochen. Augenblicklich, und obwohl immer noch ein Lächeln auf ihren Lippen lag, schossen ihr Tränen in die Augen, und mehr als die Tränen selbst, die waren schließlich Alltag, beunruhigte sie die Geschwindigkeit, mit der sie zu weinen begonnen hatte. Eine neue Windböe erfasste das Auto. Jans Golf wackelte richtig. Sie schaute in den Rückspiegel, drehte den Zündschlüssel ganz nach rechts und legte den Rückwärtsgang ein. Dann drehte sie den Schlüssel wieder nach links und das letzte, was sie sah, bevor sie die Augen schloss und das Gesicht in ihren Händen vergrub, war Michael vor dem Supermarkteingang, der in seine Jackentasche griff und ein Telefon herausbeförderte.

»Michael Brandt?«

Er schaute ungläubig auf das Display und hielt sich das Handy dann wieder dicht ans Ohr. Ausgerechnet jetzt, wo dieses Wesen da hinten zu einer widerstandsfähigen Fantasie verarbeitet werden musste, versuchte jemand *ihn* zu anzurufen? Jemand mit einer ausländischen Vorwahl?

»Michael Brandt?«, meldete er sich noch einmal.

»Frank Stremmer.«

»Stremmer? Der ... Broker[3] ... aus Genf?«

---

3 Breite, sehr amerikanische und damit ironisierende Aussprache. In einer Stadt wie B. wirken Angehörige dieses Berufsstandes so exotisch wie Scharfrichter oder Zirkuszwerge.

»Ganz genau, mein Lieber.«

»Äh. Tja.«

»›Tja‹? Das ist das einzige, was dir einfällt, Michi? Wie lange haben wir nicht mehr geredet? Drei Jahre? Fünf?«

»Keine Ahnung«, sagte Michael Brandt und klemmte sich das Telefon zwischen Schulter und Wange. Dann zog er seinen Tabak aus der Tasche. Das Wesen war immer noch am Kofferraum beschäftigt. Was trieb es da bloß? Brauchte es am Ende Hilfe? Nun, er brauchte selber Hilfe, er hatte schließlich selber Probleme. *Zum Beispiel*: Bei diesem Wind – und dazu behindert von diesem Scheiß-Handy – konnte er sich unmöglich eine drehen. Wieder zurück in den Supermarkt war keine Option, jedenfalls nicht, solange das Wesen noch in Sicht war. Was diese Gemengelage jedoch de facto zu einem Dilemma, zu einem rasch wachsenden Riesenproblem machte, war die unbestreitbare Tatsache, dass er jetzt *unbedingt* eine Van Nelle brauchte.

»Hör mal, Michi, wir können ja gleich mal ein wenig darüber plaudern, was so bei dir abgeht. Job, Haus, Kinder und so. Aber vorher musst du erst mal Miss Brest-Litowsk klarmachen. Los, geh da jetzt hin.«

»Was? Was soll ich klarmachen?« Brandt schaute sich um. Der Parkplatz war beinahe leer. Weiter hinten saß jemand am Steuer eines Golfs, doch er erkannte nur einen blonden Haarschopf und zwei Hände davor. Ansonsten war wirklich wenig Betrieb. Ganz am anderen Ende der Asphaltfläche unterhielten sich zwei alte Frauen mit Kopftüchern. Das Wesen wuchtete mittlerweile die zweite Tüte in den Kofferraum und am Horizont, in nord-westlicher Richtung (was hatte er bloß immer mit den Himmelsrichtungen? Es war gleichgültig, wo welche Himmelsrichtung war, denn er würde die Stadt nur noch in eine Richtung verlassen:

senkrecht nach oben) hatte ein breiter Lichtstrahl die Wolkendecke durchbrochen.

»Geh jetzt zu dieser attraktiven jungen Frau in der leuchtenden Jogginghose. Sag ihr, dass ich mit ihr sprechen will.« Franks Stimme, fand Michael, hatte überhaupt keinen Ausdruck. Ein Schamane bei einer Beschwörungsformel.

»Einfach so zu der hingehen und ihr das Handy in die Hand drücken, oder was?«

»Genau, Michi. Mach das! Jetzt! Ich übernehme die volle Verantwortung. Wenn die dich anzeigt, wegen öffentlicher Belästigung, Schamverletzung, was weiß ich – ich zahle. Die Kaution, den Anwalt. Verstehst du: kein Risiko für dich.«

»Aber ich kann doch nicht einfach …«

»Doch«, fuhr ihm Stremmer barsch dazwischen. »Los, geh hin.«

Michael setzte sich – kaum zu fassen, was gerade geschah – in Bewegung. Er war ein Roboter, den ein Irrer von Genf aus steuerte. Oder wollte er es selber so? Bildete er sich Stremmer am Ende nur ein? Das Zielobjekt hatte unterdessen den Kofferraum geschlossen und schickte sich an, den Einkaufswagen zum Eingang zurückzuschieben. Es kam ihm, mit anderen Worten, *entgegen*. Er blieb stehen. »Was soll ich der sagen? Ich brauche Text, Stremmer.«

»Du gehst echt hin? Michi, du bist ein Mann. Sag ihr einfach, dass du ein Gespräch für sie hast, und dann gibst du ihr das Ding. Sag: Tschuldigung, Telefon für Sie.«

»Scheiße. Die hält mich doch für bekloppt.«

»Quatsch, das findet die gut. Hundert Prozent.«

Sie war beinahe schon auf seiner Höhe. Vieles wäre einfacher, wenn er sie schon mal mit einem Lächeln, einem unschuldigen

Tut-mir-leid-aber-für-das-was-jetzt-gleich-passiert-bin-nicht-ich-sondern-jemand-anderes-oder-gewisse-Sozialisationsinstanzen-verantwortlich-Lächeln besänftigen könnte. Aber sie schaute ihn nicht an. Spätestens seit Mitte der Neunziger, seit klar war, wohin die Reise bei ihm ging, beachtete ihn kein verdammtes Girl mehr. Selbst die Hässlichen, die wirklich tragischen Fälle, waren mit einem Verliererradar ausgestattet, der Leute wie ihn zuverlässig aus dem Wahrnehmungsfeld eliminierte.[4] Mit Frauen, die ihm einen Blick oder sogar ein Lächeln schenkten, mit Frauen, die sich ihm gegenüber beinahe so benahmen, wie sich Frauen früher sogar öfters einmal ihm gegenüber verhalten hatten, stimmte etwas nicht, stimmte etwas ganz gewaltig nicht.[5] Diese Damen sahen buchstäblich Gespenster.

»Was ist jetzt?«, fragte die heisere Stimme im Telefon. »Wo ist sie?«

»Genau vor mir. Die kommt jetzt gerade an ... Entschuldigung? Entschuldigen Sie bitte ...«

Ihre Haut war blass und ihre Haare waren sehr schwarz und ihre Augen waren sehr, sehr, *sehr* blau. Das war unmöglich Natur. Das mussten gefärbte Kontaktlinsen sein. Er fand gefärbte Kontaktlinsen entsetzlich geil. Eine Weile hatte er mit dem Gedanken

---

4 Diese Überzeugung hegte Brandt vor allem in den ersten Jahren des neuen Jahrtausends, während er zuvor, in den ausgehenden neunziger Jahren, noch von einem bewussten und absichtlichen Ignorieren ausgegangen war. Seit einigen Monaten verstärkten sich jedoch seine Zweifel an der Radar-Theorie. Brandt zog sogar zunehmend die Möglichkeit in Betracht, tatsächlich unsichtbar zu sein.

5 Zeitweise ging Brandt davon aus, das Sozialgefüge der Stadt basiere nicht auf Parametern wie Geld, Bildung, Sozialprestige etc., sondern einzig und allein auf dem Faktor physische Attraktivität.

gespielt, sich selber welche anzuschaffen, wobei das Wort Anschaffung, wenn er nur daran dachte, wenn er es nur stumm im Gehirn nachformte, bereits einen irrealen Klang annahm. Er würde sich bis zum Ende seiner Tage nichts mehr anschaffen können und genau genommen war das ohnehin scheißegal, und die Frau war *tatsächlich* stehengeblieben. Wenn ihn nicht alles täuschte, blickte sie momentan mitten durch seinen Schädel hindurch.

»Los, sag's ihr. Sonst haut die ab.«

»Äh, entschuldigen Sie bitte«, wiederholte Brandt und schaffte es sogar, für eine Sekunde direkt in diese aquamarinen Sex-Linsen zu starren. Er bemerkte schwarze Flecken in der Nähe der Iris, winzige Maskarabrocken an den Wimpernspitzen. »Entschuldigen Sie, ich habe hier einen Anruf für Sie.«

Oberhalb ihres Nasenrückens bildeten sich kleine Falten; ein Mundwinkel bewegte sich zur Seite. Sie sah skeptisch aus. Aber nicht unfreundlich. Absolut nicht unfreundlich. Und dann streckte sie irgendwie ironisch den Arm aus.

»Frank, einen Moment, ich ...«

Sie nahm sein mit Tabakkrümeln, Hautpartikeln und allen möglichen anderen Substanzen versehenes Discounter-Prepaid-Totenstarre-Handy entgegen, hielt es sich (was ihm imponierte), ohne sich um dessen Zustand zu kümmern, ans Ohr und sagte »Jaaa?«, und schon in den nächsten Sekunden, während sie in das Gerät hineinlauschte, somit körperliche Nähe zu etwas herstellte, das ihm gehörte, ihn in gewisser Hinsicht beinahe selber berührte, in den nächsten Sekunden, in denen er begann, sein Telefon zu beneiden, verwandelte sich die gar nicht unfreundliche Skepsis auf ihren Gesichtszügen. Sie lächelte! Sie schien sich zu amüsieren. Brandt entdeckte einen winzigen Brillanten auf einem ihrer Schneidezähne.

»So so«, sagte sie, »Du wolltest also ausgerechnet mich sprechen?«

Stremmers Antwort dauerte mindestens 20 Sekunden. Plötzlich begann die Frau zu lachen: »Wegen meiner … Hose? Das ist ja …« Sie brach ab, vollzog eine kleine Drehung, beugte sich halb über den Einkaufswagen, drehte sich dann wieder zurück. Während dieser beinahe turnerisch anmutenden Bewegungen spähte sie in alle Richtungen. Brandt seinerseits hatte keine Ahnung, in welche Richtung er blicken sollte. Leute beim Telefonieren zu beobachten – war das gesellschaftlich überhaupt akzeptiert? Natürlich kümmerte es ihn einen Scheiß, was die Gesellschaft akzeptierte, doch in dieser speziellen Situation, in diesem außerordentlich besonderen Moment, für den er bereits jetzt, quasi prä-retrospektiv Dankbarkeit Stremmer gegenüber empfand, in der gegenwärtigen Spezialkonstellation stand die Gesellschaft ihm praktisch direkt gegenüber. Wo, zum Teufel, sollte er also hinschauen?

Die Frau sagte: »Na, na, na … aber danke. Danke für das Kompliment.«

»…«

»Meinen Namen? Hm, ich weiß nicht. Wir kennen uns ja noch nicht so lange, oder?«

»…«

»Also gut … schon gut. Das Risiko kann ich natürlich nicht eingehen. Ich heiße … Ania.«

»…«

»Nee, nicht Anja, ANIA.«

»…«

»Das ist polnisch. Mein Großvater kam aus Polen.«

»…«

»Nein, weiß ich nicht. Was erzählt man sich denn so über polnische Frauen?«

Brandts Blick hatte sich wie von alleine an dem schwarzen Adidas-Logo ihrer strahlend weißen Trainings- oder Freizeit- oder Irgendwas-Jacke festgesaugt. Das war ihm peinlich, weil *Ania* das bereits bemerkt hatte, andererseits lächelte sie jetzt in einem fort, und Stremmer machte immer weiter und vor ihm, in seiner unmittelbaren Nähe – die, wie er bisher immer angenommen hatte, so etwas kategorisch ausschloss – entwickelte sich ohne jeden Zweifel ein Telefon-Flirt, an dem nicht nur eine geile Polen-Braut in hautengem Freizeit-Look sowie ein Mann beteiligt waren, an dessen Aussehen er sich nur noch bruchstückhaft erinnerte, sondern eventuell auch er selber, Michael Brandt, geboren am 15.11.1967 in einer unbedeutenden nordwestdeutschen Stadt, seit über 40 Jahren wohnhaft in einer anderen nordwestdeutschen Stadt, der er vor langer Zeit den Kosenamen Hölle verpasst hatte, Michael Brandt, Grundschule, Gymnasium, ein paar Studiengänge, die nicht wirklich zu ihm passten, die nicht exakt seinen Vorstellungen und Möglichkeiten entsprachen, ein paar schlechte Jobs, immer schlechtere Jobs, gar keine Jobs, die Spaziergänge durch absolut leere Straßen, das betäubend gleichbleibende Sirren absolut leerer Tage, in die er von oben immer neue Flaschen Bier oder Wein, oder was gerade da war, hineingoss, und die trotzdem sogar *noch* leerer wurden. Auf diesem Parkplatz also, kaum mehr als einen Meter von ihm entfernt, befand sich eine klassische, wenn ihn nicht alles täuschte, bislang kostenfreie Sex-Anbahnungskonversation schon nicht mehr nur im Entstehen – sie war in vollem Gange!

Ania sah ihn vergnügt an. Sie schaute ihm jetzt einfach mal so in die Augen. Und diesmal, das stand fest, meinte sie wirklich ihn.

»Der … wie heißt dein Freund denn überhaupt?«

»…«

»Der Michael steht hier neben mir.«

»…«

»Michael«, sagte sie sehr freundlich, wie er fand, »der … der Frank hier am Telefon fragt, ob du dich gut fühlst. Er …«

»…«

»Du bist ja total verrückt. Hör mal, ich habe … vielleicht habe ich ja einen Freund oder sowas.«

»…«

»So, so, ist dir egal. Mir aber nicht. Ich bin schließlich …«

»…«

Sie lachte wieder. Und dann nahm sie sein Handy und hielt es sich an das andere Ohr. Brandt bemerkte, dass ihre Fingernägel schwarz lackiert waren. Aber nicht vollständig. Ihre Fingernägel waren mit kleinen glitzernden Mustern auf schwarzem Hintergrund verziert. Er fand das, wie auch den Brillanten, wie die Maskara, die knallenge Hose, er fand einfach *alles* an ihr geil.

»Also, ich wiederhole das jetzt mal für den Michael hier. Du schlägst vor, dass wir beide, der Michael und ich, heute Abend auf deine Rechnung essen gehen und dafür willst du uns beiden jeweils zusätzlich noch 500 Euro geben. Habe ich das gerade richtig verstanden?«

Hatte *er* gerade richtig verstanden? Eine Welle komplexer und widersprüchlicher Gefühle überflutete Brandt. Ein Rendezvous mit einer so scharfen Frau würde er auf keinen Fall überstehen. Weniger klar war, wie er die Aussicht auf sein in wenigen Stunden bevorstehendes Ende (Kreislaufzusammenbruch, ein Unfall auf der Restauranttoilette, Alkoholvergiftung) bewerten sollte. Auf der anderen Seite stand die erhabene Summe von 500 Euro.

Stremmer meinte es ernst. Brandt versuchte, sich die Sachen von früher zu vergegenwärtigen. Gespenstische kleine Szenen, in denen Stremmer oft genug die Hauptrolle gespielt hatte.[6] Auch wenn die Polin das noch nicht glauben wollte, auch wenn er selber noch heute Morgen ernsthaft in Erwägung gezogen hatte, lediglich Protagonist in einem schmerzhaft lebendig gebliebenen Alptraum seiner Mutter[7] zu sein (Brandts neueste Theorie) – Stremmers Angebot stand hundertprozentig.

»Und wie stellst du dir das vor? Soll ich dir hier meine Kontonummer geben, oder was? Oder kommst du heute Abend an unseren Tisch und verteilst zwei weiße Umschläge? Wo bist du überhaupt? Kannst du uns sehen?«

»…«

---

6 Beispiel 34 (Gedächtnisprotokoll Michael Brandt): 14.05.1987, 78. Spielminute, Spielstand 0:1, Frank Stremmer befindet sich, nachdem der gegnerische Torwart bereits ausgespielt ist, seitlich nach rechts versetzt auf Höhe der Fünfmeterraummarkierung. Obwohl nur noch ein Abwehrspieler auf der Torlinie steht und sich für Stremmer somit eine erstklassige Gelegenheit zum beinahe mühelosen Torerfolg ergeben hat, stoppt dieser ab, vollzieht eine halbe Drehung nach links und chippt dann den Ball halbhoch zu dem etwa zwei Meter links vom Elfmeterpunkt und damit wesentlich weiter vom Tor entfernt postierten (vollständig überraschten) Michael Brandt. Der Ball erreicht Brandt ungefähr in Hüfthöhe und zwingt diesen zu einem motorisch anspruchsvollen Seitfallzieher, der aufgrund einer nicht optimalen Positionierung zum heranfliegenden Ball sowie in Folge eines insgesamt zu langsamen Bewegungsablaufs misslingt. Gelächter der wenigen Zuschauer am Spielfeldrand, jedoch auch wütende Proteste von Stremmers und Brandts Mannschaftskameraden.

7 Die bereits weitgehend verweste Leiche Margarete Brandts wurde am 01.10.2003 in der Abstellkammer ihrer Zweizimmerwohnung in B.-Außen-Ost aufgefunden. Nach einer Leichenschau von exakt 15 Sekunden trug der für den Stadtbezirk zuständige Amtsarzt in der die Todesursache betreffenden Rubrik der Todesbescheinigung das Wort »Herzversagen« ein.

»In Genf? War ich noch nicht. Bestimmt schön da, oder?«

»...«

»Ah so, der Michael hier streckt das Geld vor?«

Sie betrachtete ihn einmal von oben nach unten und wieder zurück.[8] Brandt fühlte sich nicht einmal unwohl dabei.

»Hör mal, ich will ja nichts gesagt haben, aber dein Freund hier ... irgendwie sieht der Michael nicht so aus, als könne er mal eben 500 Euro vorstrecken. Plus das Restaurant. Ich liebe tolle Restaurants, musst du wissen.«

Sie lauschte wieder in das Handy hinein. Eventuell klebten bereits Hundertausende ihrer Geruchspartikel darauf, und eine seiner wichtigsten Aufgaben in den nächsten Tagen würde sein, diese Partikel so lange wie eben möglich zu konservieren. Allerdings löste sich das Ding jetzt von ihrer Wange.

»Hier«, sagte sie, »dein Freund möchte dich mal kurz sprechen.«

Michael Brandt sagte »Hallo?«. Er klang wie ein Fünfjähriger, dem ein Gesichtstätowierter als neuer Kindergärtner vorgestellt wird.

»Sag mal, Michi, habe ich die Braut gerade richtig verstanden? Rede ich hier nach wie vor mit dem großen Michael abgeBrandt?«

»Mensch, Frank«, war das Einzige, was ihm dazu einfiel.

»Ich bin kein Mensch, Michi, das solltest *du* doch am besten wissen. Aber egal, mach dir keine Sorgen wegen der Kohle. Wir werden schon einen Weg finden, die Sache zu regeln. Aber eins

---

8 Sie sah: Treckingschuhe (39 €), eine Cordhose (grau, 19 €), einen Parka (schwarz, 59 €), sein Gesicht (grau-rot, täglich 0–0,5 [früher 1–2] Gramm zu 6 €, 2–3 [früher 3–∞] Halbliterdosen zu 0,49–0,89 €)

ist natürlich klar, die 500 für dich waren geflunkert. Ich meine, damit Ania sich nicht wie ne Nutte vorkommen muss – das verstehst du doch, oder? Apropos: Was macht eigentlich Ania? Ist sie noch da?«

»Die …«, Brandt wagte kurz aufzuschauen, »ja, die steht hier noch.« Aber warum? Warum war sie noch da?

»Hör mal, eine Überweisung auf dein Konto oder ne Postanweisung – der Scheiß dauert zu lange. Schau dich mal um. Siehst du einen Golf mit einer Blondine drin? Steht da irgendwo in der Nähe ein neuer Golf?«

Brandt machte eine halbe Drehung nach rechts. Mit der Frau, deren Gesicht er jetzt problemlos erkannte, hatte er vor mehreren hundert Jahren manchmal im Galaxy getanzt. Das war noch bevor sie und Stremmer zusammengekommen waren. Oder in der Anfangsphase. Auf jeden Fall alle total breit. Scheiße, dachte Brandt, was man sich damals noch für Drogen geleistet hat, was für Läden das damals noch waren. Schließlich sagte er: »Da ist Marion.«

»Vollkommen korrekt, mein Lieber. Und du machst jetzt folgendes: Du gibst mir nochmal die Ania, damit die bloß nicht stiften geht, und du selber stattest jetzt mal auf der Stelle der guten alten Marion einen Besuch ab. Komm Michael, auf die warst du doch sowieso immer scharf.«

»Wie? Und ich soll Marion jetzt um … um 500 Euro anhauen, oder was? Sag mal, spinnst du eigentlich, Stremmer?«

»Jetzt hör mal gut zu, Michael. Ich mache dir gerade das Date deines Lebens klar. Hör also bloß auf, hier rumzuzicken. Geh zu Marion. Sag ihr, ich kläre das gleich mit ihr. Ich rufe sie an.«

Ania hatte sich wieder über den Einkaufswagen gebeugt. Es

sah beinahe so aus, als wollte sie auf das Ding klettern und Übungen machen, und obwohl das Nikotindefizit in seinem Blut mittlerweile jede Toleranzgrenze unterschritten hatte, steckte Brandt seinen Tabak wieder in die Jackentasche.

»Michi? Los, gib mir Ania wieder. Die haut sonst ab. Und du gehst jetzt zu Marion. Und keine Angst. Marion ist ok, weißt du ja. Die versteht das.«

»Gut«, sagte Brandt mechanisch, »ich geb dir jetzt noch mal die …«

»Ania«, ergänzte Ania.

Er gab ihr sein Handy zurück, das seit gut einem Jahr, seit die Telekom Telefongesellschaft seinen Festnetzanschluss kassiert hatte, das einzige Kommunikationsmedium in seinem Besitz darstellte und das er, sobald es endlich Geld vom Himmel regnete, mit einem Spezial-GPS-System zur Vermeidung von Sozialkontakten, insbesondere zu früheren Freunden und Bekannten, ausrüsten lassen würde.

Ania nahm das Telefon entgegen und sagte: »Hör mal, ich geb ja zu, das war ganz lustig und alles, gute Idee. Aber ich muss jetzt mal langsam weiter. Und dein Kumpel hier möchte vielleicht auch los. Sieht jedenfalls nicht sehr entspannt aus, der Michael.«

»…«

»Ja, er steht noch hier bei …«

»…«

»Waas? Ey, du bist ja echt verrückt. Und du glaubst, auf so was fahre ich ab? Also, wenn du … warte mal. Hallo? Hallo Michael, warte mal! Du, ich glaube, der Michael verschwindet gerade. Der geht einfach weg … und schenkt mir sein Handy.«

»…«

»Ach sooo. Der Arme! Stimmt, er geht zu dem Auto. Die Marion ist eine Freundin, sagst du?«

»…«

»Aha, seine Ex. Glaube ich irgendwie nicht. Auf jeden Fall sollte ich mal fahren, findest du nicht? Wird langsam etwas peinlich hier.«

Von den beiden tragischen Schwachköpfen, die sich nun aus beinahe der gleichen Richtung aber in unterschiedlicher Entfernung dem Wagen näherten, zog sie in gewisser Hinsicht sogar Michael Brandt vor. In vielerlei Hinsicht. Wenn sie mal vom Körperlichen absah, was ihr momentan wahrlich nicht schwer fiel, gab es überhaupt keine Hinsicht, in der sie Michael Brandt jenem anderen Obervollidioten *nicht* vorzog. Um keinen von beiden beobachten zu müssen, konzentrierte sich Marion wieder auf die Hochspringerin. Diese Prollziege telefonierte und lachte und flirtete immer noch. Sie telefonierte und lachte und flirtete immer noch, das stand ja wohl fest, mit Frank! Vielleicht sollte sie aussteigen und der Frau mal schnell das Telefon quer in den Hals stopfen. Aber das würde auch nichts ändern. Frank war einfach viel amüsanter als Jan. Das galt es zu akzeptieren. Jeder Betonkübel war amüsanter als Jan. Denn Jan Bargfrede, der mit seinen dynamischen Idiotenschritten bereits die Hälfte der Distanz zwischen dem Supermarktausgang und ihr zurückgelegt hatte, und der eine Tüte auf dem Arm trug, in der sich garantiert sein katastrophaler Rotwein befand, und selbstverständlich diese blöden Druckerpatronen, die es angeblich nur hier gab, wegen denen sie hier die ganze Zeit auf dem Parkplatz herumsaß; ihr Freund Jan also, ihre nun gut vier Monate alte, neue und schon wieder alte Beziehung, der Diplomdesigner und Agenturbesitzer

Jan Bargfrede, der neuerdings auch offiziell als ihr Arbeitgeber brillierte, war, das hatte sie in den letzten Wochen ausgiebig feststellen dürfen, *das Gegenteil* von amüsant. Gott, wie Michael aussah! Sie drehte den Zündschlüssel erneut um eine Stufe nach rechts und ließ die Seitenscheibe herunter. Sofort erfasste eine Böe ihr Haar. Sie dachte daran, dass Brandt höchstens zwei oder drei Jahre älter als sie sein konnte, und plötzlich hatte sie beinahe Lust, ein Bild von sich im Seitenspiegel zu erhaschen: So wie Michi sah sie noch nicht aus. So würde sie selbst als Leiche nicht aussehen. Aber das hieß natürlich nichts. Das hieß leider absolut überhaupt nichts.

Sie beugte sich etwas aus dem Seitenfenster und sagte: »Michi!«

Michael lächelte schüchtern.

»Hi Michael«, sagte sie nochmal, und wenn es ihr nur für Sekundenbruchteile gelänge, den heraneilenden Jan aus dem Hintergrund, aus der Szenerie hinter Michael wegzuretuschieren, wäre das schätzungsweise das beste Ereignis seit ihrer Geburt. Wobei sie nicht wusste, ob ihre Geburt überhaupt ein Ereignis darstellte.

Jan verschwand selbstverständlich nicht. Sie dachte an den Text, der gleich von ihr kommen würde – Michael, das ist mein zukünftiger Ex-Freund Jan, Jan, das ist Michael, ein Ex-Freund meines Ex-Freundes Frank –, und die telefonierende Frau mit dem Einkaufswagen schaute jetzt geradezu abstoßend freundlich zu ihnen herüber. Marion gab ihr, alles in allem und unter Berücksichtigung der geschmacklosen Klamotten, eine 106,5. Zum Glück hatte sich die Wolkenlücke wieder geschlossen. Der Wind erzeugte kleine Wellen auf den Parkplatzpfützen. Kleine, hoffentlich irgendwie tödliche Sturmfluten. Sie verstand nicht warum, aber nur in einer der Pfützen spiegelte sich der riesenhafte Schriftzug des Supermarkts wider.

»Hallo Marion«, antwortete Michael Brandt endlich.

Der Wind, das hatte ihr Frank mal erzählt, blies hier immer aus derselben Richtung.

Immer.

* * *

Angaben zur Stadt B.

320.000 Einwohner, davon knapp ein Drittel mit ernsthaften Problemen psychischer, suchtstoffinduzierter oder ästhetischer Natur. Geographische Position: 52° nördlicher und 8° östlicher Breite, durchschnittlich 100 Meter über NN.

Stabile, nur in Ausnahmefällen und niemals dauerhaft unterbrochene (Süd-) Westwindwetterlage, da im Einflussbereich der Nordatlantischen Oszillation, daher feucht-kühle Sommer, mild-feuchte Winter. Seltene Einbrüche östlicher Strömungen, dann trocken-heiße Abschnitte im Sommer und Kälteperioden im Winter.

Aufgrund der vorherrschenden Wetterlage ergab sich für B. das für Städte der Region typische sozialtopographische West-Ost-Gefälle: Der innerstädtische, im Laufe der zweiten Hälfte des 19. Jahrhunderts industrialisierte und in der zweiten Hälfte des 20. Jahrhunderts wieder deindustrialisierte Osten bzw. Nordosten war ärmer als der innerstädtische Westen und Südwesten und – abgesehen von einigen Katastrophengebieten in der Nähe der Stadtgrenze – ebenfalls ärmer als die östlichen und nordöstlichen Vororte. Die westlichen und südwestlichen Vororte waren wohlhabender als die östlichen und nordöstlichen Vororte, natürlich erst recht reicher als die zentrumsnahen östlichen und nordöstlichen Areale, und in Gänze auch besser gestellt als der innerstädtische Westen und Südwesten, wobei einige Zonen im zentral gelegenen Südwesten das Wohlstandsniveau der westlichen und südwestlichen Vororte sogar noch übertrafen, während sich auf der anderen Seite einige Zonen im innenstadtnahen Nordwesten erheblich unter dem Level der nordöstlichen und östlichen Außenbezirke befanden und damit praktisch mit dem traditionell unterprivilegierten inneren Nordosten und Osten auf einer Stufe standen. Präzisierend muss hier erwähnt werden, dass sich Unterprivilegierung in den nord-westlichen Innenstadtbereichen grundlegend anders darstellte als in der nord-östlichen und östlichen Innenstadt und auch als in den vereinzelten Brennpunkten am nordöstlichen und östlichen Stadtrand. Im zentralen Nord-Westen hatte Armut einen noch vorwiegend studentischen oder poststudentisch-prekären Charakter, was in vielen Fällen zu echter Unzufriedenheit und anschließenden Betäubungsmittelproblematiken führte. Demgegenüber herrschte auf der anderen Seite des Zentrums – hinsichtlich der eigenen wirtschaftlichen Situation, hinsichtlich aller möglichen Situationen: völliger Gleichmut. Die östlichen und nordöstlichen Sozialtransferzonen bewegte einzig und allein die Frage, wie sich der ohnehin *sehr* interessante Alltag noch ein wenig interessanter gestalten ließ. Gewisse Substanzen erschienen diesbezüglich immer als probate Idee. Auch ein guter Tropfen war stets willkommen, wie die Halb-elf-Uhr-morgens-Gesichter auf einer x-beliebigen Straße oder die Laufbänder eines x-beliebigen Verbrauchermarkts belegten. Letztlich aber brauchten die Menschen gar keine Drogen mehr. Die Gegend selber wirkte stark halluzinogen. Und wenn man vorher etwas geraucht oder sich sonstwie bewusstseinsverändernd behandelt hatte, konnte einem der psychedelische Cocktail des inneren Ostens der Stadt B. durchaus den Rest geben.

Zum Beispiel: 500 Meter einer Straße in Zentral-Ost-B., einer Ausfallstraße vielleicht, die das Zentrum mit den östlichen Außenbezirken verband, den östlichen Gewerbegebieten, östlichen Autobahnen, mit den östlichen Religionen, wen interessierte das eigentlich? Fünfhundert Meter, bestehend aus: einem Tierfutter- und Haustierzubehör-Supermarkt, drei Fußball-Wettbüros, einem Drogeriemarkt, zwei Discountsupermärkten unterschiedlicher Discount-Supermarktketten, zwei 24-Stunden-Tankstellen mit Bistro-Corner und Frischeregal, die bereits nachmittags von Leuten gestürmt wurden, die bereits nachmittags zu faul für die Discounter waren, bzw. denen die Atmosphäre in den Discountern ganztägig einen Tick zu hektisch erschien, drei Kneipen, das Westfalen-Eck, die Tauben-Schenke und ein düsteres, selten geöffnetes Etablissement mit Namen »Karadeniz III«, überhaupt, zwei Döner-Kebab- und ein Gyros-Pita-Laden, ein Pizza-Service, ein McDrive-Hamburger-Restaurant, ein Selbstbedienungs-Backshop, mehrere, in ihrer Zahl wöchentlich fluktuierende, geschlossene Ladenlokale mit zeitungspapierverklebten Schaufensterscheiben, ein Erotik-Shop ohne geregelte Öffnungszeiten und mit großzügigem Parkplatz im Hof, eine Autovermietung, drei Gebrauchtwagenhändler, ein Sanitätshaus (»Seit 25 Jahren für Sie da!«), zwei mobile Pflegedienste mit angeschlossener Kleinwagenflotte, eine chemische Reinigung, ein Friedhof, oder ein Park, der früher ein Friedhof gewesen war, und jede Menge drei- bis vierstöckiger Wohnhäuser, vereinzelt noch aus der Gründerzeit, meist jedoch in den Nachkriegsjahren hektisch zusammengebaut, überhaupt, Häuser in allen möglichen Aggregatzuständen, in allen möglichen Auflösungs-, Renovierungs- und schon wieder Auflösungsstadien, fantasievolle Fassadengestaltungen, Verklinkerungen, großflächige Werbeplakate für Fernsehsender, Erotik-Supermärkte (nicht -Shops), Unterhaltungselektronik-Ketten, Mobilfunkanbieter. Und auf den Bürgersteigen immer mal wieder: Menschen. Eine den Fassaden entsprechend planlos komponierte, alle Altersklassen und viele Nationalitäten, jedoch definitiv nicht alle Schichten umfassende Menschenmischung, zu der an diesem Vormittag auch Michael Brandt gehörte, der jetzt endlich seine Zigarette rauchte und einen vergleichsweise entspannten Eindruck machte, sich jedoch in einem an Hysterie grenzenden Zustand innerer Spannung befand. Die Sache hatte geklappt. Absolut unglaublich, aber Stremmer hatte die Sache eingefädelt. Brandt zog intensiv an seiner Van Nelle. Eigentlich brauchte er jetzt etwas wesentlich stärkeres. Der Abend, das stand fest, würde in einer Katastrophe enden.

KAPITEL 2

04. 11. 2009, 10:45 Uhr, Genève, La Suisse, die erste Prüfung des Tages: Ich warte vor diesem öffentlichen Aufzug am Quai du Seujet, und neben mir steht seit einigen Sekunden *dieser Mann*: dunkle Jeans, oberste Hemdknöpfe geöffnet, weiß-beiger – oh, Gott! – Übergangsmantel, Dreitagebart, kurze, trotzdem lockige Haare. Und urplötzlich, als ob sein Erscheinen nicht bereits

genug wäre, als ob sich die winzigen roten Äderchen in meinen Augäpfeln nicht ohnehin schon in pulsierende Ströme verwandelt hätten, fängt der Typ auch noch zu singen an. Verträumt, selbstvergessen. Jemand hat soeben in meiner unmittelbaren Nähe, in einem Bereich, der sich für alle (mich eingeschlossen) als ungesund herausstellen kann, tatsächlich auf eine verträumte und selbstvergessene, aber auch demonstrative Art zu singen begonnen. Zum Glück kenne ich den Song nicht. Ich kenne nur noch Gesänge, die ich selber komponiere. Und selbst die kenne ich eigentlich nicht.

Immerhin, der Aufzug ist da. Wir gehen hinein, außer uns ist noch eine junge Frau mit von der Partie. Ich finde, sie sieht gut aus. Allerdings finde ich bei gewissen chemischen Konzentrationen und Verbindungen in meinem Blut jede Frau, jeden Postboten, jeden vorbeifliegenden Käfer gutaussehend, und der Mann – er dürfte sein Geld in der werbetreibenden Industrie verdienen und Emanuel oder Pierre oder Jean-Luc heißen – und allein diese Namen könnten eventuell ausreichen, um mich ... Egal. So etwas muss mir egal sein. Der Mann also betrachtet jetzt etwas hinter mir. Hinter mir, ich meine auf der anderen Seite dieser zerkratzten Plexiglasscheibe, ist vermutlich soeben jene grauenhafte Stadt aufgetaucht. Zum Glück ist die Frau da. Die besänftigende Kraft des Weiblichen. Läge die Macht in den Händen der Frauen, Kriege, Amokläufe und Menschen wären längst ausgestorben. Diese Frau hier ist eben nicht geflohen. Ich begreife das als Zeichen. Sie schätzt die momentane Gefahrenlage fundamental anders ein als ich. Sie stellt sich mit zwei Irren in eine enge Aufzugkabine und besitzt dennoch die Kaltblütigkeit, einfach in ihrem I-Pod nach einem ganz bestimmten Song zu kramen. Mein Leben ist tatsächlich voller Musik, weswegen nun ein heller Glockenschlag erklingt. Die Aufzugtür öffnet sich. Der Mann drängelt sich an mir vorbei. Unsere Schultern berühren sich. Es ist ganz und gar erstaunlich, was ich an einem Morgen wie diesem zu ertragen in der Lage sein kann. Immerhin, vor mir liegt jetzt der Stadtteil Saint-Jean. In dieser Gegend habe ich – wenn mich nicht alles täuscht, wenn mich alles nicht mehr als sonst täuscht – mein Auto zum letzten Mal gesehen.

***

20.10.2009, 15:15 Uhr, Praxis Dr. Michelle Steinhäuser, Rue de Liotard.

»Monsieur Stremmer, körperlich Ihnen fehlt nichts. Vous êtes en bonne santé.«

»Das kann absolut nicht sein.«

»Das war eine sehr genaue Untersuchung. Aber um zu sein wirklich sicher, wir müssten ... Nein, hören Sie, ich glaube, Ihr Problem heißt Stress. Sie brauchen ein bisschen relaxation, vous comprenez? Fahren Sie mit ihrer Partnerin[9] ... in den Urlaub, fahren Sie dorthin, wo Sie sich gut fühlen.«

»Ich fühle mich nirgends gut ... ich meine, fast nirgends. Was glauben Sie, warum ich hier bin?«

»Ich glaube, Sie müssen entspannen – das sagt man so, nicht? Sie müssen einfach entspannen. Sie sagten ›fast nirgends‹. Presque. Also es gibt doch etwas? Wo Sie es gerne mögen, sich aufzuhalten?«

9 An dieser Stelle reagiert Stremmer mit einem kurzen Glucksen, einem unterdrückten Lachen.

»Ja, aber da darf ich nicht mehr hin.«

»Pourquoi?«

»Weil, wenn ich damit weitermache ... Sie wollen doch irgendwann mal Ihr Geld haben, Frau Steinhäuser, sehe ich das richtig?«

* * *

1. Communiqué des Verbandes von Thai-Massagestudios aktiv Verfolgter (VTMAV)[10]

Oh, ihr unauffälligen Ladenlokale in den verschwiegenen Seitenstraßen, ihr bescheiden dekorierten Schaufenster, in denen sich vielleicht ein Buddha findet oder ein sitzender Elefant aus Ebenholz, und Blüten, überall Blüten, und dann, wir haben die Tür schon geöffnet und sind eingetreten, so wie wir immer diese Türen öffnen und eintreten, umhüllen uns abermals Düfte und Öle und diese lethargische Musik und jemand lächelt, stets ist jemand da, der lächelt, so dass wir uns unwillkürlich umdrehen und fragend hinter uns schauen, aber dort ist niemand, das Lächeln gilt diesem bleichgesichtigen Riesen, diesem glutäugigen Ungeheuer dort in dem blumenbekränzten Spiegel, dessen Gehirn sich wie Schmirgelpapier am Schädelknochen reibt und dabei Elektrizität erzeugt, die nirgends gebraucht und verbraucht werden kann, die im Körper zirkuliert, herumflutet, sich überall verteilt und sich nach und nach in pochenden Hormonsud, in zähflüssig verklumpte Gier-Atome verwandelt und die uns vor

10 Verfasser: unbekannt. Entstehungsdatum: unbekannt. Das Schriftstück befindet sich im Besitz von Herrn Frank Stremmer, Genf.

allem immer wieder vor diese Schaufenster peitscht, jenes Lächeln gilt also tatsächlich uns und wir begleiten es in die rückwärtigen Räume, in die vielleicht nur durch Tücher abgeteilten Parzellen mit den flachen Liegen, den Handtüchern, den Dosierspendern; und später, wenn alles geschehen ist, wenn die flinken Hände über unsere toten Leiber geflitzt sind und die ewig neue Frage, was passieren wird, wie weit die Hände hier und heute zu gehen bereit sind, wenn diese Frage also bereits beantwortet ist und wir mit rasch wachsendem psychotischen Schrecken an die Welt dort draußen, die Hölle vor den Fensterscheiben denken, dann beginnt, obwohl oder gerade weil wir immer noch in diesem Paradies verharren dürfen, obwohl wir noch den fälligen Obolus aus unseren ausgeleierten Brieftaschen und Kreditkarten hinein in diese kleinen Gesichter zu pressen haben, es beginnt also die fieberhafte, panische, die kreischende Suche nach der nächsten Seitenstraße, dem nächsten Studio, nach einem neuen Paar geschäftiger, unermüdlicher Drittwelt-Hände, und wir treten daher hinaus, fröstelnd, zitternd, nervös, unglücklich-glücklich, wir gehen los und schauen uns nicht um, sondern nach vorne, und etwas unter unserer Haut zittert und krampft schon wieder, trotz all der Tiefenentspannung, trotz der Meere der Sinnlichkeit, auf denen wir eben noch wie morsche Holzplanken trieben, das Zittern hat eigentlich nie aufgehört, und das ist gut so, denn es ist dieses Zittern, das uns antreibt, das uns immer neue Straßen und Städte, immer neue Elefantenaltäre erkunden lässt, bis wir am Ende bereit dafür sind, unser innerstes, komplett unerträgliches Selbst dabei zu bestaunen, wie es sich auf Nimmerwiedersehen in den heilsamen Dämpfen der Institute auflöst.

* * *

28.12.1998, Koh Tao/Thailand. Er schaute aufs Meer. Natürlich schaute er aufs Meer, und die See in der Bucht war spiegelglatt, eine makellos-blaue, sonnengehärtete Polyesteroberfläche, unter der sich, wie er immer wieder, wie er neuerdings wirklich andauernd denken musste, nicht etwa reichhaltiges Leben, womöglich gefährliche Seeungeheuer, sondern ein Gelee, eine halberstarrte Masse befand. Diese Idee wollte einfach nicht verschwinden. Sie hatte sich in ihm festgehakt, obwohl er und M. gleich am ersten Tag den Schnelltauchkurs absolviert, die bunten Schatten, das Chaos, die Fluchtbewegungen dort unten mit eigenen Augen beobachtet hatten.

M. kam mit einer Schale Ananasscheiben zurück. Sie kniete sich neben ihn, und die Farbe ihres Haars unterschied sich nur noch marginal von der des Sandes, der wiederum noch weißer leuchtete als das Kunststoffmeer dort draußen blau.

»Möchtest du?«

Er versuchte, sich auf diesen kleinen Leberfleck neben ihrer linken Brustwarze zu konzentrieren. Erstaunlich, wie schnell ihre Haut in dieser UV-Hölle nachdunkelte, generell, wie braun sie beide bereits am ganzen Körper waren. Er hatte sich vorgenommen, M. einen Heiratsantrag zu machen, sobald jener Leberfleck nicht mehr von seiner Umgebung unterscheidbar sein würde, doch andererseits war selbstverständlich klar: Selbst wenn diese Koh Tao-, Phuket-, diese Curry-Huhn-in-Bananenblättern-und-dazu-drei-Millionen-Bangkokbier-Sonne fortan Tag und Nacht brannte, dafür würden die restlichen vier Tage auf der Insel einfach nicht ausreichen.

M. legte sich wieder neben ihn, und später, nach einer langen wortlosen Fläche, in der die Stille der See, der Palmenhaine, die Stille der wenigen Geräusche ringsherum längst jeden möglichen Gesprächsanfang aus ihren Köpfen gelöscht hatte, tropfte mit Speichel vermischter Ananassaft aus seinem Mund auf ihren Bauch, dann auf ihre Oberschenkel, auf das schmale schwarze Dreieck ihrer Bikini-Hose. Und während sich eine, die linke oder rechte, während sich eine Hälfte seines Gehirns mit der Frage zu beschäftigen begann, wie weit seine Zunge in sie eindringen müsste, um nicht mehr auf atomblitzweiße, kochende Sandkörner zu treffen, während sich ein Teil von ihm also auf den schmalen, jetzt plötzlich unverhüllten Streifen blonder Schamhaare unter ihm konzentrierte, konnte ein anderer Teil sich immer noch nicht von der Vorstellung lösen, das sich unter M.s bereits wirklich beunruhigend brauner Haut keinesfalls der übliche Abnutzungskampf der Organe und Zellen abspielte, sondern ebenfalls, genau wie bei der Meeres-Fata-Morgana vor ihnen, der Frieden einer gallertartigen Masse alles Leben erstickt hatte.

* * *

04. 11. 2009, 10:58 Uhr, Genève-Saint-Jean. Es reicht jetzt. Wo steht das Ding? Wo, wann und in welchem Zustand (im doppelten Sinne, ich meine das im doppelten Sinne, Herrgott nochmal) habe ich diese idiotische Karre das letzte Mal gesehen?

Immerhin, ich befinde mich mittlerweile in Saint-Jean. Für mich steht fest, dass sich jener Antik-Saab, den ich vor zwei Jahren zu irgendeinem Vorzugspreis erstanden, dann aber – bis auf einige psychotische Ausflüge mit M. – nicht mehr benutzt habe, sich ebenfalls irgendwo hier aufhält. Ich werde daher hartnäckig bleiben, mich in keiner Weise von den auch hier lauernden Studios irritieren lassen, und wenn ich also tatsächlich einmal für länger als 30 Sekunden in der Lage sein sollte, konsequent und methodisch ein Ziel zu verfolgen, dann muss ich nach den Gesetzen der Wahrscheinlichkeit früher oder später auf ein schwarzes Automobil stoßen, das sich von allen anderen auf Straßen und Bürgersteigen geparkten Automobilen nicht nur durch sein abartiges Nummernschild, sondern auch dadurch unterscheidet, dass sich in seinem Handschuhfach – bitte, bitte, bitte! – immer noch diese EC-Karte versteckt hält, die Zugang zu einem halb vergessenen Konto im Norden liefert und mich somit in die Lage versetzt, eben jenes Auto aufzutanken und endlich von hier zu verschwinden. Mit anderen Worten: Es wäre eine ausgesprochen nette Überraschung, wenn dieser verfluchte Blechhaufen jetzt auftauchte. Ich meine, was soll das eigentlich? Kann sich ein Auto unsichtbar machen? Einfach verschwinden und mich womöglich dem meine Gefühle und meine Individualität verhöhnenden Massentransport anheimfallen lassen? Apropos: Weshalb sind an einem gewöhnlichen Mittwochmorgen um zehn die Straßen so voll? Noch dazu im November. Wie soll man sich konzentrieren, wenn andauernd Passanten den Weg kreuzen, das Blickfeld verstellen, in boshafter Manier einfach da sind? Ist das bereits das vielbeschworene Ende der Arbeitsgesellschaft? Spaziere ich durch ein Zukunftslabor? Auf jeden Fall, da besteht kein Zweifel, da werden mir die Experten beipflichten, gibt es hier zu viele Menschen. Viele Menschen bedeuten viele Autos. Wo viele Autos sind, kann mein Auto, Entschuldigung, kann das Auto, das ich mir von späteren Generationen nur geborgt habe, umso leichter untertauchen.

Ich schwitze. Ich schwitze, mir ist kalt, und in einem toten Winkel meines Körpers, in den Zelltrümmern, in verlassenen Westernzellstädten verstärkt sich rapide der Wunsch nach einer gewissen Substanz, oder nach allen möglichen Substanzen, nach einem Müllcontainer voll Cotes du Rhone. Der Typ eben im Aufzug, der Sänger – hätte ich ihn einfach angegriffen, ich wäre jetzt bereits im Valiumtran, auf dem Weg in ein großes Haus inmitten schweigender Wälder.[11] Allerdings dürfte die Anzahl der Studios in solchen Einrichtungen gering sein. Wie, zum Beispiel, nennt sich der Laden hier, an dem mich Odin jetzt, genau in diesem Moment vorbeiführt? Ich lese den wunderschönen Namen: Ba'antai. Das heißt, insofern mich mein rostiges Thailändisch nicht im Stich lässt: stagnierendes Huhn. In einigen nördlichen, noch ganz vom Heroin-Anbau geprägten Regionen des Landes wird der Ausdruck jedoch anders, nämlich in etwa mit »Karten saugen« übersetzt, oder – freier – mit »Wir sind entschlossen, Ihre Kreditwürdigkeit einem noch nie da gewesenen Härtetest zu unterziehen«. Ganz genau, meine Damen! Wer könnte ihre diesbezügliche Hartnäckigkeit besser bezeugen als ich? Aus diesem Grund und auch eingedenk der merkwürdigen Schreiben meines Giroberaters sehe ich mich hier und heute gezwungen, ihr überaus freundliches Angebot abzulehnen und stattdessen meinen Weg fortzusetzen, an dessen Ende entweder ein schwedisches Fünfganggetriebe oder aber einige sehr unschöne Dinge, einige sehr, sehr unschöne Handlungen stehen dürften. Nun, soweit wird es zum Glück nicht kommen. Der Saab ist nicht mehr fern. Ich wittere förmlich seine Nähe. Ich muss nur noch diese Straße hier und vielleicht noch die nächste und übernächste absuchen, und dann stehe ich plötzlich vor ihm.

---

11 Unfreiwillig prophetische Aussage Stremmers, der sich nicht einmal 24 Stunden später tatsächlich auf dem Weg zu einer solchen Institution befand.

Warum sich also nicht in der Zwischenzeit ein wenig mit der Umgebung beschäftigen? Was, so frage ich abermals, ist das hier bloß für eine widerwärtig besiedelte Gegend? Saint-Jean ist ein Stadtteil der Schweizer Bankenmetropole Genf, der aufgrund seiner Lage oberhalb des Rhone-Steilufers einen herrlichen Blick auf Kathedrale und Altstadt sowie – an klaren Tagen – auf das Mont-Blanc-Massiv bietet. Obwohl Saint-Jean zu den ruhigeren Vierteln der Stadt zählt, empfinden besonders Besucher aus nationalsozialistischen Ländern die Gegenwart von Menschen und Autos zuweilen als störend. Störend? Nun, meine sehr verehrten Damen und Herren, den Begriff störend würde ich in diesem Zusammenhang als farblos, eigentlich sogar als völlig unbrauchbar bezeichnen. Das, was mich in Saint-Jean, wie übrigens in jeder anderen Gegend überkommt, die man im weitesten Sinne als bewohnt interpretieren könnte, ist keinesfalls das blässliche Gefühl bloßen Gestört-Seins, nein, liebe Parteifreunde, es ist etwas weit stärkeres und – ja, ich gebe das gerne zu – auch etwas weit schöneres, es ist der Anflug eines unheilbaren, unentrinnbaren Entsetzens, das sich in einem cholerischen Furor, in zähneklapperndem Straßentheater, in gewagter Aktionskunst ausagieren möchte und in früheren Tagen unter den wissenden Händen gewisser Ethnien zumindest partiell besänftigt werden konnte, das zukünftig jedoch ungebändigt und ungefiltert über eine keinesfalls, ich betone, keinesfalls unschuldige Außenwelt hereinbrechen könnte.

Andererseits bin ich nun wirklich der Letzte, der positive Aspekte unter den Tisch fallen lässt. Der alles immer nur schwarzsehen will. Das Treiben hier auf den Straßen offeriert durchaus Möglichkeiten, vielversprechende Chancen. Nehmen wir zum Beispiel diese Bonzenkuh dort drüben, die nun schon zum dritten Mal mit ihrem Corps-Diplomatique-Monster-4X4 an mir vorbeischleicht und die eventuell bereits reif dafür ist, einen Auftragskiller mit der weiteren Parkplatzsuche zu betrauen. Ich könnte zu ihr in den Wagen steigen. Ein Gespräch beginnen. Ihren Geschichten lauschen. In ihren traurigen ukrainischen Augen lesen. Ihr schließlich zärtlich die Hand aufs Knie legen und das Knie sodann so lange herunterdrücken, bis sich Saint-Jean in eine Mondlandschaft verwandelt hat. Auf der anderen Seite könnte ich aber auch, vor allem, wenn die klimatischen wie psychologischen Voraussetzungen gegeben sind, eine ... Oh Gott, oh, ihr Götter des Amazonasbeckens, der hohen Tatra, ihr sieben Kiefern von Asgård, bitte, ich bitte euch höflichst und in vollem Bewusstsein der Tatsache, dass ihr und ich, dass wir niemals existiert haben, um eine gänzlich unbedeutende Information. Ich bitte euch, sagt es mir einfach, sagt mir: WO, Herrgott nochmal, STEHT MEIN WAGEN?

KAPITEL 3

04.11.2009, 11:21 Uhr, die Designagentur FORMA(r)T, B.-Zentral-Ost. Jan Bargfrede (36 oder 37, jedenfalls nicht 637, wie die Frau ihm gegenüber, die an diesem verfluchten Nachmittag noch nicht eine Zeile der neuen Agentur-Selbstdarstellung der neuen Agenturwebseite zu Papier gebracht hatte, 36 Jahre also, und 11 Monate und 28 Tage, um genau zu sein, Diplom-Produktdesigner im Bereich halbwegs hochwertiger Lifestyle-Möbel, gelegentlich auch Küchen- und sogar Freizeitmöbel, mehrfach ausgezeichnet mit dem renommierten »reddot«, mehrfach nominiert für den verkackten, aber leider noch renommierteren

Designpreis der Bundesrepublik Deutschland, geboren in O., einer Stadt wie B., die aber eben O. genannt wurde und 70 Kilometer von B. entfernt herumlag, Hobbys: Die frühen, speziell französischen Elektroniker, besonders Jean-Michel Jarre, aber auch neuere, schnellere Sachen, Justice, Make the Girl Dance usw., und Fahrradfahren, gerne lange Strecken, besonders gerne lange Strecken unter extremen Bedingungen, im Gebirge, in der Wüste, in Wüstengebirgen, im Schnee, unter Wasser, überall eigentlich, Traum: Nachts mit großem Blatt auf den – plötzlich wieder aktiven – Teide [Teneriffa, ca. 13 Kilometer Aufstieg, ca. 3000 Meter Höhenunterschied] klettern, sich dann von oben in den Krater stürzen und in Nullkommanichts zu kochender Marmelade mutieren. Andere Träume: Mal wieder Ferien mit Paul machen, Auto: Golf V, schwarz, kaum Extras, nach wie vor perfektes Understatement, wenn man ihn fragte, Wohnung: drei Zimmer, Küche, Bad, renovierter Altbau im zentralen Westen, gute Gegend, beste Gegend für Leute wie ihn, weit genug weg von dem ganzen Gesocks, aber doch noch mittendrin; mehr und mehr betrachtete er es als Fehler, mit der Agentur in die Fabriketage im Osten[12] gezogen zu sein, klar, hier war es billiger und nach und nach kamen immer mehr Kreative, hier entstand gerade was, aber diese Vögel da draußen, wenn diese total Fertigen einen nicht runterziehen konnten, WER DANN? Kinder: Paul, sieben Jahre, wohnhaft bei Karin, 700 Jahre und damit noch älter als die Nachfolgerin der Nachfolgerin von Karin, die jetzt übrigens etwas schrieb, die jetzt vielleicht sogar *arbeitete*, es geschahen doch tatsächlich noch Zeichen und Wunder) betrachtete Marion. Er betrachtete Marion seit geschlagenen fünf

12 Hier gemeint: B.-Zentral-Ost.

Minuten. Warum machte er eigentlich immer wieder denselben Fehler? Was wollte er eigentlich von älteren Frauen?[13] Er hatte plötzlich Lust, ihr infernalisches Tastaturgeklacker zu unterbinden und ihr genau diese Fragen zu stellen. Bei dem Lärm konnte sich ohnehin kein normaler Mensch konzentrieren – und schon mal gar nicht auf den einzigen Fuß eines daher einfüßigen, völlig idiotischen Beistelltischchens. Ein Geklacker übrigens, für das er sie auch noch bezahlte und das er eben, als es die ganze Zeit still war, am liebsten aus ihr herausgequetscht hätte. Geklacker, kein Geklacker – alles war dieselbe Scheiße. Vielleicht half da etwas Konversation. Ein kleines Gespräch mit der Marion.

»Sag mal«, fing er also an, »was war das denn eben?«

Sie hörte sofort auf zu tippen und wandte sich zu ihm.

»Eben?«

»Na, auf dem Parkplatz, mit dem Typen.«

»Wieso? Was soll gewesen sein?«

Das war ja klar. So eine Scheißantwort musste ja wieder kommen. Warum konnte er sich eigentlich mit keiner Frau unterhalten? Deutlich spürte er den Reflex aufzuspringen, sich Laufsachen überzuwürgen und erst mal Kilometer zu machen. Mal so eben 15 Kilometer abzureißen. Oder 40 mit dem Rad. Es war schon merkwürdig mit ihm: Vor zwei Sekunden wollte er noch mit Marion reden, jetzt aber war ihm so ziemlich alles lieber, als ihre Stimme zu hören, selbst das Geklacker hätte er jetzt wieder genommen. Insgesamt fühlte er sich weit davon entfernt, dem Beistelltischchenfuß genau den Pfiff zu geben, den

---

13 Ungefährer Altersunterschied zwischen Marion Gräfe und Jan Bargfrede: Ein Jahr und sieben Monate.

Bröker[14] von ihm erwartete, weswegen er hier wahrscheinlich noch bis Mitternacht sitzen und ganz bestimmt nicht Laufen gehen würde.

»Du meinst Michi?«, fing Marion (leider) wieder an.

»Ja, Michi, oder wie der Typ hieß. Da kommt also einer zu dir ans Auto, ihr unterhaltet euch anderthalb Minuten und schon gehst du mit dem Loser zum Geldautomaten? Du hast dem Typen wirklich Kohle gegeben, oder?«

»Michi ist ein ganz alter Freund. Den kenne ich noch von Frank her.«

»Oh, der tolle Frank ... Na dann ... Sag mal, geht mich natürlich nichts an, aber wie viel hast du dem Vogel gegeben?«

»800.«

»800 Euro?«

»Ja.«

»Man fasst es nicht.«

Marions Handy klingelte. Sie schaute aufs Display, drückte einen Knopf, sagte »Warte mal«, stand auf und ging in die Kaffeeküche.

»Na, hoppla. Plötzlich Geheimnisse, die Dame?«, wollte er ihr nachrufen, rief er ihr dann aber doch nicht nach. War eh einerlei. So, wie es aussah, würde bald, ziemlich bald, eine Nachfolgerin auftauchen. Zum Glück war er clever genug gewesen, Marion eine ordentliche Probezeit in den Arbeitsvertrag hineinzuschreiben.

Er warf einen Blick auf den Beistelltisch-Rohbau auf seinem Bildschirm. Sah komisch aus, so ganz ohne Fuß. Vielleicht sollte

---

14 Lutz Bröker, 45, stellv. Leiter Produktentwicklung, Erklage Möbel GmbH. Erklage Möbel = »Möbel, die inspirieren«.

man das Ding aufhängen, statt es aufzustellen. Oder, mal anders gedacht: Vielleicht sollte er sich aufhängen. Lutz Bröker würde heute garantiert noch anrufen. Der ließ nicht locker. Dem saßen sie selber im Genick. Jan hörte Marions Stimme aus der Kaffeeküche. Einmal sogar ihr Lachen. War das eigentlich normal, dass eine Frau vor ihrem Freund, vor ihrem neuen Freund, nicht telefonieren wollte? Er stand auf und ging zum Fenster. Unten auf der Straße natürlich wieder kein Mensch unterwegs. Die sitzen alle zu Hause und gießen sich schon wieder einen auf die Lampe, dachte Jan, der sich jetzt umdrehte und seinen Blick im Raum umherschweifen ließ: die beiden großen, mit allem möglichen Kram übersäten Schreibtische. Die beiden Apples darauf. Die selbstentworfenen Regale mit den geilen Fachzeitschriften und Büchern darin, den aufgeschlagenen geilen Zeitschriften und Büchern davor. Er hatte keine Ahnung warum, aber das sah alles gut aus. Das passte. Das sah so aus, wie eine Agentur eben aussehen musste. Und in der Ecke sein großer alter Werkstatttisch, an der Wand darüber sein altes Werkzeug. Wie lange er sich schon nichts mehr gebaut hatte. Einfach für sich was gebaut, oder für Paul. Jans Blick schweifte über die kleine Sitzecke für Besucher, die beiden blassgrünen Fabrikspinde an der Wand zur Kaffeeküche. Er konnte sich noch genau erinnern, als er die mit Karin aus dem noch nicht renovierten Teil der Fabrik herausgeholt hatte. Die reinste Schatztruhe. Damals hatte Paul noch im Kinderwagen gelegen. Das musste kurz vor dieser Aktion gewesen sein, als Karin ihm eine geknallt hatte, und er dann leider, Scheiße, daran wollte er doch nicht mehr denken. Das war endgültig abgehakt. Zum Glück – und gerade noch rechtzeitig – entdeckte er jetzt rechts von sich, unter dem anderen Riesenfabrikfenster: Nummer Zwei. Wenn es überhaupt etwas gab, was ihm ein Gefühl von ..., das ihm überhaupt ein uneingeschränkt positives Gefühl geben konnte, dann war es dieses annähernd perfekte Sportgerät, das ihn zudem an seinen absoluten Schatz erinnerte, den er natürlich niemals im Büro, in der Nähe des Gesockses da unten lassen würde, das sicher aufgebahrt und stets perfekt gewartet in seinem Keller auf den nächsten Einsatz wartete. Mit dem Ding würde er sich in den Teide stürzen und einschmelzen lassen. Das stand mindestens genauso fest, wie feststand, dass er jetzt langsam die Schnauze voll hatte. Wie lange wollte Marion da eigentlich noch rumlabern? Wofür bezahlte er dieses faule Stück eigentlich? Er ging zurück zu seinem Schreibtisch. Dem Beistelltisch war in der Zwischenzeit immer noch kein Fuß gewachsen. Plötzlich dachte er an organische Lösungen. Die Sache musste irgendwie einen Drall ins Organische kriegen. Er fixierte sein Telefon. Gleich würde Bröker wieder quengeln. Bröker, der damals schon nach elf Kilometern schlapp gemacht hatte. Den er einfach bei Kilometer elf aufgefressen hatte. Und in der Kaffeeküche lachte Marion jetzt schon wieder.

* * *

Dateiname: »Selbstdarstellung neu«
   Dateiformat: Microsoft Word 2007 (Apple-Rechner!)
   Geändert am: 24.10.2009, 16:47
   Größe: 14 KB

PHILOSOPHIE

FORMA(r)T entwirft und realisiert Möbel.
FORMA(r)T denkt Möbel ganzheitlich und funktionsorientiert.

Wir verbinden einen klaren gestalterischen Ansatz und die Markenidentität unserer Kunden zu innovativen und marktgerechten Produkten mit unverwechselbarem Stil.

(oder nur: mit Stil? Ganz weglassen? Passage länger? Philosophie – wie bescheuert ist das eigentlich?)

TEAM

Jan Bargfrede
FORMA(r)T wurde von Jan Bargfrede gegründet. Der gelernte Tischler studierte von 1994 bis 1998 an der Kunsthochschule Kassel Produktdesign und betreute anschließend die Entwicklung von Premium-Wohnzimmermöbelkollektionen für die Firmen Stegmann (1999–2001) und KHS-Möbel (2001–2003).

Möbel bedeuten für Jan Bargfrede vor allem Funktionalität, die alle Sinne anspricht. Um diesem Anspruch noch besser gerecht werden zu können, machte er sich im Jahre 2003 als Möbeldesigner selbstständig. Sein Ziel ist seither: Tagtäglich die Möglichkeiten im kreativen Spannungsfeld zwischen gestalterischer Freiheit und klarer Markt- und Kundenorientierung auszuloten. Tagtäglich Möbel neu zu denken.

Marion Gräfe
Im Herbst 2008 stieß Marion Gräfe zu FORMA(r)T. Nach einem längeren Auslandsaufenthalt wird sie die Agentur mit neuen Ideen und einem ganz eigenständigen designerischen Ansatz bereichern. Marion Gräfe ist Ihre erste Ansprechpartnerin bei der Kontaktaufnahme oder bei Rückfragen. Sie besitzt zudem die im deutschen Design-Agenturwesen wohl einzigartige Fähigkeit, sich in allen ihr

Privatleben betreffenden Fragen immer und ausnahmslos falsch zu entscheiden. Sie ist, mit anderen Worten, eine Idiotin. Würde sie, um ein Beispiel zu nennen, wenn sie auch nur halbwegs bei Verstand wäre, hier sitzen und sich von einem Psychopathen von der Seite anstarren lassen? Der glotzte wirklich die ganze Zeit. Als wollte er gleich über den Schreibtisch hechten. Gott, wo war sie bloß gelandet? Sie konnte den gar nicht mehr angucken. Sie konnte sich faktisch nur noch mit geschlossenen Augen nach rechts wenden. Dieser scheiß-ewige Dreitagebart. Hoffentlich setzte der sich bald auf sein tolles Superfahrrad und ließ sie hier arbeiten. Aber warum eigentlich? War sie Texterin? Warum musste sie so einen Mist schreiben? Ach ja, der Herr Agenturbesitzer musste natürlich Geld sparen. Um sich mal wieder ein Fahrrad zu kaufen. Oder noch ein Geschenk für seinen komischen Sohn, das die eklige Karin dann gleich wieder im Keller wegschloss. Wo sollte sie eigentlich heute schlafen? Schon wieder bei ihrer Mutter? Die dachte ohnehin schon, dass bei ihr wieder alles schief lief. Damit lag sie allerdings richtig. War ja auch nichts Neues, war ja Routine mittlerweile. *FORMA(r)T, die Agentur für Kack-Premiummöbel-Kacke. Jan Bargfrede studierte x Semester Kackdesign und Fahrradputzen an der Kunsthochsonderschule Kassel.* Hahaha, das wäre was für Frank. Der Michael Brandt war irgendwie fast süß, so schüchtern. Dem hatte sie richtig gerne das Geld gegeben. Und dazu Jans Gesicht: SUPER!!! Bester Moment des Tages. Der letzten Woche.

KAPITEL 4

Dialogmoleküle

04.11.2009, 11:17 Uhr, eine Wohnung in B.-Zentral-Nord.

»Oha, gleich für 50 Euro?«[15]

»Ja.«

»Das sind ja Größenordnungen, Michi! War der Weihnachtsmann schon da?«

»Tja ... wenn man so will.«

»...«

»...«

»Und könnte der Herr das eventuell mal ein wenig näher ausführen?«

»Kennst du Stremmer noch? Frank Stremmer?«

»Der mit der großen Blonden damals?«

»Ja.«

»Klar kenne ich den noch. Der ist doch nach Hamburg gegangen, oder?«

»Genf.«

»Ja, wie auch immer. Kann mich jedenfalls noch erinnern,

---

15 Nur anderthalb Kilometer von Brandts Wohnung in B.-Zentral-Ost. Wohnungsinhaber: Urs Föste, 42, Taxiunternehmer (zwei Wagen), Taxifahrer (Donnerstag, Freitag, Samstag, nachts). Ehemaliger Chef und Kollege von Michael Brandt. Gegenwärtige Haupteinnahmequelle: Handel mit weichen Drogen. Unverheiratet, keine Freundin, keine Kinder, liiert mit der Schäferhund-Labrador-Mischlingshündin Hannah, 6.

wie der früher drauf war. Heftig, sage ich nur. Ganz schwieriger Zeitgenosse.«

»Wieso?«

»Komm, Michi, das weißt du ja wohl am besten. Warst doch ständig mit dem unterwegs. Olfi hat mir erst neulich noch mal erzählt, wie ihr alle am Wochenende immer abgegangen seid. Ihr wart doch auch zusammen bei Real[16], oder? Haben ja nie gegen euch gespielt, kann mich jedenfalls nicht erinnern, aber man hat so einiges gehört. Vor allem von Stremmer.«

»Und was?«

»Was weiß ich. Irgend'ne Scheiße. Der Typ hat immer ne blöde Nummer drauf gehabt. Und die Blonde ... die war damals schon immer im Kollektiv[17]. Und davor im Galaxie[18]. Immer im Pulk mit etlichen Leuten. Tja, Michi, das war deine große Zeit, stimmt's?«

»Ich hatte mal ne große Zeit?«

»Ach Quatsch ... immer dieses Negativ-Gelaber. Deine Zeit kommt erst noch, Michi.«

---

16 Real Madrid – Name der Freizeitligamannschaft, in der sowohl Frank Stremmer als auch Michael Brandt ihre Zeit als aktive Fußballer ausklingen ließen. Der Freizeitligabetrieb in B. war (und ist) in drei Spielklassen gegliedert. Während sich Urs Föstes damaliges Team, das den Namen »Turbine Tormaschine« trug, traditionell in den unteren beiden Ligen aufhielt, spielte das mittlerweile aufgelöste Real praktisch permanent um den Titel in der obersten Spielklasse.

17 Kollektiv: Kellerbar in Zentral-B. Früher: studentisches Publikum mit künstlerischen Ambitionen. Heute: post-studentisches Publikum, entweder immer noch mit (mittlerweile lächerlichen) künstlerischen Ambitionen oder aber mittlerweile ohne jegliche Ambitionen.

18 Galaxie: Techno- und House-Club in West-Zentral-B. 1992 eröffnet, 1995 geschlossen.

»Meinst du?«

»Ja, meine ich. Du bist der Mann der Zukunft. Und weil das so ist, solltest du mal was anderes probieren als Billig-Hasch. Was Standesgemäßes. Dieses Kraut hier zum Beispiel.«

»Ach Scheiße, das ist doch wieder so teuer, das Zeugs.«

»Stimmt, da bist du mit 15 Steinen pro Gramm dabei. Aber andererseits: absolutes Qualitätsprodukt. Ich darf an dieser Stelle ...« (Föste steht auf, geht quer durch den Raum, beugt sich unter seinen peinlich aufgeräumten, beinahe leeren Schreibtisch, greift sich ein Papier aus dem Drucker und kehrt zu Michael Brandt und der bequemen Sitzecke seines Arbeitszimmer zurück, steht wieder auf, geht erneut zum Schreibtisch, setzt sich seine dort auf zwei Lagen Brillenputztüchern lagernde Lesebrille auf und lässt sich schließlich wieder in seinem Sessel fallen.) »... Ich darf an dieser Stelle mal aus einer anerkannten Fachpublikation zitieren: ›Nalana Cream Chirras, Herkunft: Himachal Pradesh, Kaschmir, THC-Gehalt: 20–22%. Edles, reines, mit Pollen-Hasch vergleichbares Produkt von fast kristalliner Konsistenz, in erwärmtem Zustand jedoch sehr weich und hochelastisch. Ein Stoff, der einen fast zwangsläufig auf die spirituelle Ebene erhebt und sich dadurch hervorragend zur Meditation eignet. Besonderheiten: Absolutes Delta-9-Luxus-Haschisch. Kleinste Mengen bringen den größten Effekt.‹ Na, Michael, was sagst du dazu? Ich meine, du willst 50 Euro investieren. Ich nehme daher an, dass du die auch besitzt. Das klingt nach einer außergewöhnlichen Situation ... die nach außergewöhnlichen Maßnahmen verlangt. Sehe ich das richtig?«

»Pfff, keine Ahnung. Ich weiß nur, dass ich heute Abend cool bleiben muss. Vielleicht ist da ein wenig Meditation nicht das Schlechteste.«

»Die goldene, warme Sonne von ... (beugt sich wieder über das Blatt) ... Himachal Pradesh leuchtet bald auch über dir, Michael, garantiert.«

»Und wie viel von dem Zeug hast du schon drin?«

»Ich gebe zu, eben, bevor du gekommen bist, habe ich einen Stecknadelkopf zu mir genommen. Ist sonst nicht meine Art, das weißt du. Vormittag, und so. War übrigens auch für mich das erste Mal. Und ich muss sagen: Deliziös! Ganz und gar zauberhaft! Du weißt ja, ich bin nicht so für diesen ganzen Zinnober, aber wenn Meditation so ist, dann ... Ich sage dir, nicht übel. Ich fühle mich ... *absolut leistungsfähig*. Richtig fit.«

»Ok. Ich hätte gern drei Gramm Himachal Pradesh, bitte.«

»Das ist die Anbauregion. Das Dope heißt Nalana Cream Chirras. Aber in jedem Fall gratuliere ich Ihnen zu Ihrer Wahl, Herr Brandt. Dürfte man denn auch höflichst fragen, was heute Abend noch auf dem Programm steht?«

»Das glaubst du sowieso nicht.«

»Ich glaube alles.«

»Das nicht.«

»Doch.«

»Also schön: Ich habe heute Abend ein Date mit einer echt gutaussehenden Frau. Polin, glaube ich. Wir treffen uns um acht Uhr vor dem La Terrasse. Das Geld dafür hat mir Marion gegeben, Stremmers Ex, weil Stremmer ihr gesagt hat, sie soll mir die Kohle dafür geben.«

»Und dann kommst du natürlich gleich erst mal zu mir gerannt, um von diesem Geld ein paar Beruhigungsmittel zu kaufen, stimmt's? Wie nennt man das? Zweckentfremdung? Veruntreuung? Und diese Marion ist Stremmers große Blonde, oder?«

»Ja, aber die sind nicht mehr zusammen. Da kam dann so ein anderer Typ an; ich glaube, der ist jetzt ihr Freund.«

»Und sie hat dir einfach so Geld gegeben? Ich meine, Michi, du kennst das La Terrasse. Du weißt, was das für ein Laden ist?«

»Keine Sorge, ich hab noch genug.«

»Und wie kommst du an die Frau? Erzähl mir nicht, dass du die einfach so angemacht hast.«

»Die stand da einfach. Ich war gerade einkaufen, und da steht die auf dem Parkplatz. Vor ihrem Wagen.«

»Was für ein Wagen?«

»Roter Dreier, schon älter.«

»Scharfe Polin in einem roten BMW? Dunkle Haare? Bisschen nuttig im Style?«

»Ja.«

»Hab ich schon mal gesehen, glaube ich. Allerdings nicht allein. Sei da mal schön vorsichtig, Michi.«

»Wieso?«

»Komm Alter, wie viele Jahre bist du Taxi gefahren?«

»Pfff, keine Ahnung ... zu lange auf jeden Fall.«

»Na also, Michael, also erzähl mir nicht, dass du nicht sofort siehst, was das eventuell für eine Dame ist und in welchen Kreisen die Gute eventuell verkehrt.«

»Jaja, mach dir mal keine Sorgen. Das bleibt ohnehin bei dem einen Date. Die kommt nur mit, weil Stremmer der 500 extra versprochen hat, wenn sie mitkommt.«

»Tss, gibt's nicht. Stremmer. Der Kerl hat echt einen an der Waffel.«

»...«

»Und da machst du mit, Michi? Findest du das gut?«

»Ich sage mir: Die Frau werde ich ohnehin niemals bekommen. Unter normalen Umständen wäre meine Chance auf so ein Abendessen geringer als meine Chance auf ...«

»Auf einen Job?«

»Auf einen richtigen Job.«

»Du meinst, auf eine Position als Aufsichtsratsvorsitzender bei einem börsennotierten Unternehmen – zum Beispiel.«

»Zum Beispiel.«

»Und was heißt das jetzt?«

»Das heißt, dass es besser ist, mit der Frau einmal unter konstruierten Bedingungen essen zu gehen, als unter natürlichen Bedingungen in meiner Bude herumzusitzen.«

»Gut, wenn man es so sieht. Warst ja immer eher der reflektierte Typ, Michi. Eigentlich ... Ich sage dir, ich würde es genauso machen. Scheiß doch was drauf – wenn Stremmer so behämmert ist und sein Geld rausfeuern will, soll er doch. Ist doch nicht dein Problem. Ist immerhin ne Erfahrung, oder? Mit nem Hardbody ein paar Austern schlürfen. Scheiße, wenn ich drüber nachdenke, werde ich glatt neidisch. Pass mal auf, für 500 hat Stremmer vielleicht noch einen After-Dinner-Service für dich gebucht.«

»Ach Quatsch, glaube ich nicht. Bringe ich sowieso nicht, sowas.«

»Ich sag ja, Michi, du bist eher der reflektierte Typ. Kein Mann der Tat. Du denkst nach, schön in Ruhe. In deinem verwanzten Stall drüben in der Sahelzone.«

»Und du residierst hier in der Schlossallee, oder was?«

»Es sind die feinen Unterschiede, Herr Brandt, es sind die feinen, für den Laien nur schwer erkennbaren Unterschiede, die den Unterschied ausmachen. Letzten Samstag hatte ich wieder einen, Abwinker, stand ganz bei dir um die Ecke, vor der Schlachterbörse. Dem Typ tropfte original Bier aus den Augen.

Dem tropfte so eine gelbe Suppe aus den total gelben Augen. Er schmeißt sich also in die Karre, ich: wohin? Er: Schlachterbörse. Ich: Wir stehen direkt davor, Herr Graf. Er: Ach Quatsch. Ich: Wenn sie Ihren Blick vielleicht ein wenig nach rechts wenden würden? Er dreht sich also nach rechts und sagt nur ›Och‹ und wuchtet sich wieder raus.«

»Ach komm, diese Storys immer.«

»Ja, aber das Beste kommt noch. Der Typ hievt sich also aus dem Wagen und schwankt Richtung Eingang. Aber dann macht er plötzlich kehrt, kommt zurück und legt mir ganz höflich nen Zwanni auf den Beifahrersitz. Ich sage: Das ist ja mal nett. Und er: Is für dich, Junge. Tür wieder zu, ab in die Börse, noch ein paar Kaltschalen in die Augen.«

»Einfach ein netter Typ. Bei uns in der Gegend hat man das Herz halt noch am rechten Fleck.«

»Ich sage dir, irgendwann drehe ich durch. Irgendwann lasse ich alles stehen und liegen und haue einfach ab.«

»Und wohin?«

»Keine Ahnung. Ich haue einfach ab. Scheiß was auf die Kredite. Ich stelle die Uhr an und fahre einfach los.«

»Warum die Uhr an?«

»Keine Ahnung, ist einfach ein besseres Gefühl. Ich brauche das, sonst kann ich das Fahren nicht ab.«

»Schon mal über einen Berufswechsel nachgedacht, Urs? Vielleicht ist Taxi nicht mehr ganz das Richtige für dich?«

»Stimmt, ich könnte es natürlich machen wie du, Michi. Immer schön warten, ab und zu ein Sätzchen in dein Buch, ein wenig spazieren gehen, und ansonsten mal sehen, was die Zukunft bringt. Ich sage dir, spätestens im Dezember hängst du wieder mit uns am Bahnhof ab.«

»Glaube ich nicht. Das ist vorbei.«

»Und was dann? Wieder für Ingo[19] den Sprinter über die Bahn treten?«

»Besser als lallende Halbtote durch die Gegend karren um fünf Uhr morgens.«

»Tja, das ist Ansichtssache. Da kann man glatt geteilter Meinung sein. Aber wie auch immer unser beider berufliche Zukunft sich zukünftig gestalten mag, wir sollten hier und jetzt, in der Gegenwart quasi, auf jeden Fall einmal ein wenig von diesem exquisiten High-Tech-Dope probieren, oder Michi? Ist doch ohnehin alles scheißegal mit den Jobs.«

»Meinetwegen, aber nur einen kleinen Pickel. Ich muss klar bleiben heute.«

»Ja, dann solltest du besser gar nichts rauchen.«

»Stimmt. Aber ich will klar bleiben mit einer winzigen positiven Färbung, verstehst du? Ich will die Dinge sehen, wie sie sind, aber ich möchte sie ein ganz klein wenig anders interpretieren.«

»Wow, Michi, was für Sätze du manchmal drauf hast! Stehen solche Sachen auch in deinem Buch? «

»Ja, komm, mach mal. Ich muss gleich los.«

»Nee ehrlich, Michi, schreibst du noch? Hast du überhaupt mal geschrieben? War alles nur Gelaber, stimmt's?«

»Keine Ahnung.«

»Keine Ahnung? Na, das ist ja mal wieder ne Antwort, Michi, also echt, manchmal fragt man sich bei dir ...«

»Was soll man denn auf so einen Scheiß antworten?«

---

19 Dr. Ingo Niemczik, ein Freund Föstes, Inhaber des (kommunistisch inspirierten) Transportunternehmens SprintEx.

»Wieso? War doch ne ganz normale Frage: ›Michi, schreibst du noch?‹ Sehe wirklich nicht, wo da das Problem liegt. Oder darf man euch Künstlern mit sowas nicht kommen? Stört das den kapriziösen Schaffensprozess? Ich meine, kann ja sein. Kann ja sein, dass man besser nicht darüber spricht, so lange etwas noch in der Mache ist. Würde ich verstehen. Kann ja immer schiefgehen, so ein Projekt, und dann kommen die Anderen an und machen einen fertig, weil man es nicht gebracht hat. Wenn du das so siehst, Michi, könnte ich das verstehen. Würde mir ganz genauso gehen. Wenn ich ein Buch auf der Pfanne hätte, ich würde niemandem etwas sagen und das Ding einfach irgendwann auf den Tisch knallen. ›Hier, meine Herren, bitte mal schnell diese 800-Seiten-Schwarte lesen‹. So würde ich das machen. Völlig cool. Buch auf den Tisch und erstmal abhauen. Die Leute allein lassen in ihrer Panik. Die allein lassen mit ihrem Schock.«

»…«

»Sagst du jetzt gar nichts mehr, oder was?«

»…«

»Du denkst schon an die Alte heute Abend, stimmt's? Ich sage dir, solche Events musst du ebenfalls als Kunstwerke begreifen. Zuerst kommt natürlich die Fantasie. Die ist natürlich das A und O. Aber dann kommen minutiöse Planung und geordnete Durchführung. Ohne Plan endet die Chose im Chaos, das sage ich dir, Michi.«

»Wie … Gibst du mir jetzt vielleicht auch mal nen Zug? Also echt, du bist vielleicht ein Dealer … Na also, herzlichen Dank. Wie soll man denn so ne Geschichte planen? Solche Tanten lassen sich nicht planen – müsstest du doch am besten wissen.«

»Na, na, na, Michi! Du spielst doch nicht etwa auf die glückliche Tatsache an, dass ich seit Jahr und Tag allein lebe. Nur mit mir und meinem Schatz hier. Komm Hannah, komm mal zu Daddy. Ja, so ist richtig. Komm mal her. Hier, schau dir den Michael an. Der hat heute Abend ein Date. Das erste seit zehn Jahren. Der ist ganz schön nervös – das riechst du, nicht? Das spürst du. Vielleicht solltest du dem komischen Mann da mal sagen, wie man das anstellt mit den Frauen. Sag dem Michael mal, was euch so gefällt.«

»Fährt Hannah neuerdings einen roten Dreier.«

»So weit würde sich diese Dame hier niemals herablassen, Michi. Hannah fährt nur Taxi. Und zwar Taxis der Marke Daimler-Benz.«

»Zwei abgewrackte E-Klassen.«

»Zwei scheckheftgepflegte Limousinen der oberen Mittelklasse.«

»Fallen die nicht langsam mal auseinander. Der 297 war doch schon damals fällig.«

»Du bist gut. Die Scheißkarren sind immer noch nicht abbezahlt. So viel Marsala Pradesh, oder wie dieser Scheiß heißt, kann ich gar nicht importieren, um mit diesen Mühlen noch mal auf den grünen Zweig zu kommen. Wird Zeit, dass es mal wieder kracht.«

»Wie, und mir sagst du, ich soll wieder einsteigen ins Business?«

»Na ja, Michi, war nur so ein Angebot. Falls du mal wirklich gar nichts mehr mit deiner Zeit anzufangen weißt, falls du mal wieder mit deinem tollen Buch nicht weiterkommst – ich habe noch massig Schichten frei. Du weißt, diese geilen Dienstagsnächte. Weit außerhalb. Ferner Osten. Totenstille überall. Und schon unschlagbare 22 Euronen Umsatz um halb zwei. Ich meine, reizt dich das nicht?«

»Du wirst lachen, irgendwie schon. Manchmal jedenfalls.«

»Ich sage dir, das ist besser als Hasch. Du weißt, ich stehe ja nicht so auf den Kram, aber das ist Transzendenz, die reinste Meditationstranszendenz. Habe meine besten Gedanken gehabt in solchen Nächten.«

»Deine besten Gedanken? Gib mal ein Beispiel.«

»Kann ich jetzt natürlich nicht. Stimmt aber trotzdem. In solchen Nächten, wenn die Müdigkeit erst mal weg ist, sieht man klarer ... schärfer. Wenn du verstehst, was ich meine.«

»Was macht Olfi eigentlich? Fährt der noch?«

»Keine Ahnung, ob man das Fahren nennen kann. Du müsstest mal die Umsätze sehen. Der hat auch überhaupt keinen Bock mehr.«

»Vielleicht solltest du dein gesamtes Geschäftsmodell mal überdenken.«

»Wieso?«

»Na ja, an die eigenen Fahrer Hasch verticken und so.«

»Hör mal, Michi, glaubst du, ich finde das gut? Du müsstest Olfi mal sehen. Der kommt an und sagt: Urs, ich bringe das nicht mehr. Entweder du gibst mir jetzt sofort ein Piece oder ich lasse die Mühle stehen. So ist der mittlerweile drauf.«

»Und bezahlt er wenigstens?«

»Quatsch, wo denkst du hin? Der sagt, ich soll alles vom Umsatz abziehen. Von welchem Umsatz, frage ich. Und er dann wieder: Wenn du nichts rausrückst, lege ich mich wieder ins Bett.«

»Tja ... klingt nicht so gut.«

»Das klingt absolut nicht gut. Ich sage dir, diese Stadt macht einen fertig. Die kriegt jeden klein. Dein Kumpel, der Stremmer, der hat's richtig gemacht. Der ist abgehauen.«

»...«

»Hannah, komm doch noch mal her. Komm mal zu Papi. Nein? Willst lieber auf deiner Decke liegen bleiben, was? Ok, dann bleib liegen. Bleib schön liegen. Ist auch ok.«

KAPITEL 5

Wohnung Margarethe Brandt, B.-Ost-Außen, ein Tag oder eine Nacht, möglicherweise Wochen vor dem 01.10.2003. Das hatte sie sich anders vorgestellt. Sie hatte an Schläuche und piepende Maschinen gedacht, an einen Krankenhausflur. Und an Ärzte, die ihren Namen nicht kannten, die immer erst auf Listen, danach auf ihre Uhren schauten, dann erst sie begutachteten. Sie hatte davor Angst gehabt: Wie sie in einem Bett liegt, stumm, mit offenen Augen, wie sie die Gesichter der Leute betrachtet, die sie besuchen kamen. Die sie nicht besuchen kamen. Stattdessen starrte sie auf Regalreihen mit Konservenbüchsen und Einmachgläsern. Sie sah Etikette mit appetitlich angerichteten Chilibohnen, Brechbohnen, Erbsen extra fein, Erbsen und Möhrchen extra fein, Cornichons, Gurken süß-sauer, Aprikosen, Pfirsichen, Sauerkirschen, Stachelbeeren. Die Flaschen im Fach darüber waren Geschenke gewesen. Sekt, Wein, diese Liköre aus dem Ausland. Nie hatte sie einen von denen probiert. Wenn Michael käme, um die Wohnung aufzuräumen, konnte er vielleicht einige der Flaschen mitnehmen.

Sie lag mit dem Kopf und dem halben Oberkörper auf dem Boden ihrer kleinen Vorratskammer, während sich der Rest von ihr in der Küche befand. Neben ihr, neben ihrem Kopf, musste der Kasten mit dem Mineralwasser stehen. Sie verdurstete neben einem Kasten Mineralwasser mit dem Kohlensäuregehalt

»medium«. Und Stachelbeertorte? Wann hatte sie zum letzten Mal Stachelbeertorte gemacht? Michael hatte die ja nie gegessen. Lieber Erdbeertorte oder Aprikosentorte. Am liebsten aber Sandkuchen oder Marmorkuchen. Der Junge hatte eigentlich alle ihrer Torten und Kuchen immer gerne gegessen – bis auf die mit den Stachelbeeren. Dabei waren ihr die immer am liebsten gewesen. Es war komisch, aber plötzlich glaubte sie ganz aufrichtig, dass sie das hier verdient hatte. Sie wusste gar nicht warum, aber wahrscheinlich hatte sie das hier verdient. Und im Regal entdeckte sie halb verdeckt zwischen den ganzen Konserven und Gläsern eine Packung Cashewkerne. Die hatte sie noch nie gegessen. Die würde sie auch nicht mehr kennenlernen. Sie dachte eine Weile darüber nach. Dann versuchte sie, sich auf etwas anderes zu konzentrieren. Auf die Geschichten, die ihre Mutter ihr vorgelesen hatte. Auf die Stimme ihrer Mutter, die sie schon lange nicht mehr gehört hatte. Oder auf die Stachelbeeren. Besser auf die Stachelbeeren.

KAPITEL 6

(Tobias Z., 29, geb. in Hameln/Niedersachsen, wohnhaft in B.)[20]

»Also ... wenn man es einmal aus einer ganz bestimmten Perspektive betrachtet, ist dieser Job hier, ich meine die Tür vom FUN, kein schlechtes Training für später. Finde ich auf jeden Fall. Die

---

20 Befragt im Rahmen der Interviewserie »Ungewöhnliche Berufe – Eigen- und Fremdwahrnehmungen, Eigenwahrnehmungen der Fremdwahrnehmungen«, durchgeführt von Teilnehmenden der zweisemestrigen Lehrforschungsveranstaltung »Soziale Identitäten«, Universität B., Fakultät für Soziologie.

Leute machen sich ja im Allgemeinen völlig falsche Vorstellungen. Die denken, bei uns würde es immer nur um Gewalt gehen. Die halten uns für aufgepumpte Gorillas, die immer nur darauf warten. Ich meine, jemanden fertigzumachen. Mal ehrlich, wenn ich nicht selber im Geschäft tätig wäre, ich würde wahrscheinlich genau dasselbe denken: große, breite Typen, kurze Haare, ganz in schwarz. Ich würde denken: Achtung, die sind gefährlich. Und das ist ja auch gut so. So soll es ja auch sein. Die Leute sollen das denken. Besonders die Kameraden, denen wir draußen dann leider mitteilen müssen, dass sie nicht reinkommen. Die Jungs müssen Respekt vor uns haben, sonst wird es schwierig. Das Problem ist, die sind oft schon so dicht, die wissen gar nicht mehr, wo oben und unten ist. Denen ist alles egal. Die haben sich schon das Hemd vollgekotzt oder irgendwo schon ein bisschen kassiert und laufen mit blutigem Gesicht durch die Gegend, und die haben sich dann einfach in den Kopf gesetzt, dass sie jetzt noch unbedingt ins FUN müssen. Diesen Jungs respektvoll, aber nachdrücklich klarzumachen, dass das heute Abend nichts wird – das ist die Kunst. Das ist es, worum es meiner Meinung nach in dem Job geht. Nicht ums Boxen und dieses Gewaltding. Klar, das steht immer im Hintergrund. Das muss immer möglich sein, sonst läuft das nicht, aber eigentlich geht es nur selten richtig zur Sache. Meistens bleibt alles friedlich. Die Jungs kommen nicht rein, oder fliegen raus, wenn sie sich drinnen nicht richtig benehmen, und dann sind die natürlich ein bisschen sauer. Kann man ja auch verstehen. Ist ja auch peinlich, so was. Die müssen dann Dampf ablassen. Und dann reden wir mit denen. Wir reden ganz ruhig mit denen, erklären ganz genau, warum wir uns entschieden haben, sie rauszunehmen. Oder nicht reinzulassen. Wir reden praktisch die ganze Zeit auf irgendwelche schrägen, aggressiven Typen ein. Das gefällt mir wirklich an dem Job. Die Leute denken immer: Breite Kerle, die nichts als Boxen kennen. Das ist eindeutig falsch. Ich würde mal sagen, die Fähigkeit, körperliche Dominanz auszuüben, ist Grundvoraussetzung in dem Job, aber sie ist nicht das, was tagtäglich am meisten gebraucht wird – verstehst du ... Ich meine, verstehen Sie?«

»Sie haben eben erwähnt, dass Ihnen der Kommunikationsaspekt Ihrer Arbeit am besten gefällt. Warum?«

»Weil ich glaube, dass mir das später nützen wird. Beruflich, meine ich. Ich studiere momentan noch, aber, sagen wir mit 35, will ich bestimmt nicht mehr an irgendeiner Tür stehen, oder generell in der Gastronomie arbeiten, sondern in einer Branche in der es – ja, genau – um Kommunikation geht. Oder zumindest in einem Job, in dem Kommunikationsfähigkeit entscheidend ist. Ich glaube, dass ich die Sachen, die ich zum Beispiel im FUN gelernt habe, also den Umgang mit Menschen, den Umgang mit schwierigen Menschen, mit besoffenem oder bedrogtem Abschaum – ich meine, das wird mir später helfen. Davon bin ich überzeugt. Dass man ruhig bleiben kann, auch wenn es mal etwas haarig wird. Ich studiere ja Psychologie – wenn man so will, ist das FUN so eine Art Dauerpraktikum für mich.«

»Frage: Sie sehen also Ihre berufliche Zukunft eindeutig nicht in dem Bereich, in dem Sie jetzt tätig sind. Hat das etwas mit dem Sozialprestige eines Türstehers zu tun?«

»Absolut. Habe ich ja eben schon gesagt: Die Leute halten uns für unterbelichtete Schränke, die sich das Hirn auf der Hantelbank weggepumpt haben. Du ... Sie glauben nicht, was wir in so einer ganz normalen, ruhigen Nacht zu hören bekommen. Für die einen bin ich ein schwuler Nazi oder gleich ein Gangster, für die anderen ein gehirntoter Hilfsschüler. An der Tür muss man mit allen möglichen Leuten klarkommen. Einer ist aggressiv, fühlt sich in seiner osmanischen Ehre gekränkt, weil er nicht reinkommt, obwohl er vor dem Laden reihenweise die Leute anpöbelt. Der andere macht auf arrogant, schwankt wie ne Boje bei Sturm, hat schon gereihert, ist aber teuer gekleidet und mit dem Porsche vorgefahren und denkt jetzt, er kommt auf jeden Fall rein. Gut, bei Stammgästen läuft das auch manchmal. Da müssen wir schon mal ein Auge zudrücken. Aber im Allgemeinen heißt es dann: Njet. Du nicht. Besonders interessant wird es, wenn wir gerade einen Besoffenen abgewiesen haben und dann, vor dessen Augen, einem noch besoffeneren Stammgast höflichst die Tür aufhalten. Das kommt dann natürlich sehr gut an. Das sind dann die Momente, wo der Job zur Herausforderung wird.«

»Es sind also gerade Konfliktsituationen, die Sie an dieser Tätigkeit reizen?«

»Ja. Uneingeschränkt ja. Mir machen diese Sachen Spaß. Leuten etwas einzureden, dass es ok ist, dass sie jetzt nicht reinkommen, dass es in ihrem eigenen Interesse ist, und so. Manchmal sehen die das dann auch ein und sind kooperativ. So Marke: ein paar klare Worte unter Männern. Aber es gibt auch diese Jungs, die es echt wissen wollen. Denen vorher schon klar ist, dass sie an uns nicht vorbeikommen. Neulich, das ist noch keinen Monat her, gab es wieder einen richtigen Aufstand, mit ein paar Albanern. Wenn man mal ehrlich ist, warten wir ja auf solche Leute. Wir haben Schiss vor denen, das steht auch fest. Das sind zähe Burschen. Die kennen kein Pardon. Aber es stimmt eben auch, dass wir auf die warten. Und an diesem Freitag, ist wirklich noch keine drei Wochen her, kamen gleich zehn Mann oder so. Ich stehe also draußen vor der Tür, mit Holger, und dann sehe ich da zwei, drei tiefergelegte Benz vorfahren. Ich schaue mir das ein wenig an, wie die aussteigen und so, was das für Leute sind, und dann, noch bevor die überhaupt vor uns stehen, beordere ich die anderen von drinnen an die Tür. Mir war von vorneherein klar, dass die Sache eskalieren würde. Wir haben eine klare Politik: Wir beurteilen die Leute nach ihrem Benehmen und nach ihrem Aussehen, also danach, ob sie zum FUN passen. Wir gehen normalerweise nicht nach Hautfarbe oder Nationalität. So läuft das bei uns nicht, auch wenn die Leute das immer denken. Wir schauen uns die Gäste einfach nur genau an. Und wenn einer ok ist, wenn einer gut gekleidet ist und manierlich auftritt ... wenn einer einen vernünftigen Eindruck macht, also nicht zu viel getrunken hat, dann hat er mit mir jedenfalls keine Probleme. Aber natürlich gibt es so etwas wie Erfahrungswerte. Bestimmte Herrschaften aus bestimmten Gegenden benehmen sich eben gerne mal etwas daneben – das steht fest, das sind empirisch be... was ... was ist denn? Was soll jetzt dieses Gesicht? Ist doch wahr. Manche drehen eben schneller durch. Unsere heißblütigen Sportskameraden vom Balkan, oder vom Bosporus, muss ich ja wohl nicht weiter beschreiben ... Also, die Burschen kommen zu uns an den Eingang marschiert und wollen mal so ganz lässig in den Club einreiten. Vor denen haben noch etliche andere gewartet – war gerade Hochbetrieb, der Laden rappelvoll –, aber die sind einfach an der Schlange vorbei. Hat die überhaupt nicht interessiert. Das geht schon mal überhaupt nicht. Das können sich im FUN nur die wirklichen Stammgäste erlauben und nicht irgendwelche Ziegenfi... Ja, is ja gut. Also, die Albaner bleiben direkt vorm Eingang stehen, wo wir uns mit sechs Mann aufgebaut haben, und einer von den Kollegen ... ich mein jetzt die Albaner ... einer von den Albanern sagt: Leute, was soll das? Wir möchten uns ein wenig amüsieren. Und da meint Holger, dass er sich mit seinen Kumpels erst mal wie alle anderen hinten anstellen soll. Wie der da geguckt hat! Der hat erst gar nicht begriffen, was Holger gemeint hat. Hinten anstellen? Als echter albanischer Dorfhäuptling? Mit zwei aufgemotzten E-Klassen auf dem Hof? Völlig ausgeschlossen! Der Typ sagt, Holger soll keinen Ärger machen und macht irgendwie so eine Geste. So ne herrische Geste. Marke: Was wollt ihr Tunten eigentlich? Wisst ihr überhaupt, mit wem ihr es hier zu tun habt? Original so eine Geste war das. Und dann sagt der Albaner: Die Leute hier waren so nett und haben uns vorgelassen. Oder so ähnlich. Und grinst dabei. Und dann kommt Torben nach vorne. Der hat sich das vorher nur angehört und nichts gesagt. Torben kommt nach vorne und stellt sich vor den Albaner und sagt: Njet, Meister. Heute wird das nix für dich. Der Club ist voll. Irgend so einen Standardtext halt. Und was macht der Boss von den Albanern? Der dreht sich zu seinen Kumpels um und nuschelt was auf Albanisch und dann gehen die tatsächlich einfach zurück zu ihren Autos, ganz manierlich. Kein Kommentar, nix. Aber klar, das war noch nicht das Ende der Veranstaltung. So etwas lassen die Kollegen ja nur ungern auf sich sitzen. Die Albaner also zurück zu ihren Wagen, Kofferraum auf, Baseballschläger raus, noch anderes Zeug raus, Kofferraum zu und wieder zurück. Torben sagt: Jungs, die Arbeit ruft. Wir hatten alle Muffe, glaube ich, aber trotzdem waren alle total geil drauf. Albaner mit Baseballschlägern und wer weiß was für Sachen – da kann man schon mal etwas Respekt empfinden. Die Albaner kommen jetzt zurück zum Club geschlendert. Die anderen Leute? Alle Schiss, alle weg. Wir stehen allein am Eingang und warten. Torben sagt, dem ersten, der ankommt, zerfickt er das Hirn. Der Typ war echt drauf. Glückshormone im Großeinsatz. Die Albaner sind noch zehn Meter entfernt. Einer von denen schmeißt so einen dieser Standaschenbecher in unsere Richtung und Holger nimmt das Ding volley. Der tritt das Ding einfach weg und dann ... Wir waren alle auf 180, und den Albanern war sowieso alles egal. Kennt man ja: Wenn es bei denen um die Stammesehre geht, dann drehen die ... Wie jetzt? Was soll das denn, Ania? Was ist denn mit dem Ding da? Scheiße, ich labere mir hier den Mund fusselig für dein dämliches Projekt und ... zeig mal her ... und das Ding läuft gar nicht?«

»Am Anfang lief es.«

»Ich glaub's ja wohl nicht.«

KAPITEL 7

04.11.2009, 11:51 Uhr, B.-Zentral-Nordost. Michael Brandt flanierte durch die psychoaktiven Straßen des inneren Nordens und dachte dabei – zum ersten Mal seit Jahren – über den Themenkomplex »Wolfgang Pohrt«[21] nach. Weiter vorne, nur noch 20 Meter von ihm entfernt, machte sich eine Rentnerin an den Bremsleitungen ihres Rollators zu schaffen. Brandt wurde lang-

21 Wolfgang Pohrt, deutscher Publizist, der vor allem in der zweiten Hälfte der Achtziger und während der gesamten neunziger Jahre schlüssig nachwies, dass neben allen anderen Deutschen vor allem Vertreter der diversen Stilrichtungen der deutschen Linken unweigerlich und nach wie vor nationalsozialistisch empfanden. Bevor er in den nuller Jahren endgültig verstummte, revidierte Pohrt, der immensen Einfluss auf die Diskussionen innerhalb der Gruppe Stremmer, Brandt et al. hatte, wesentliche Elemente seines pol. Denkens. Pohrts theor. Kehrtwendung ist jedoch weder von Stremmer noch von Brandt oder anderen Mitgliedern des damaligen Freundeskreises zur Kenntnis genommen worden. Der Dipl.-Sozialwissenschaftler Pohrt lebt heute in den Wäldern südwestlich von Goslar.

samer. Sollte er Hilfe anbieten? Entgegen den Lehren Pohrts erwog er, diese deutsche Frau wieder in einen expansionsfähigen Zustand zu versetzen. Rollator-Divisionen gen Ostland. Ob sich Frank noch mit solchen Sachen beschäftigte?

Mit gekappten Leitungen, wie Brandt mutmaßte, ruckelte die Alte weiter. Der Wind zerzauste ihre schüttere Dauerwelle, am Himmel flogen dunkelgraue an hellgrauen Wolken vorbei, während weiter hinten, über den *Zonen des Irrsinns*[22], noch vereinzelte Sonnenstrahlen durchbrachen. Dicke, strahlende Strahlen. Unwahrscheinlich, dass Pohrt das Klima berücksichtigt hatte. Dabei war gerade das notwendig. Das Wetter bestimmte alles. Eine Bäckerei tauchte wie aus dem Nichts auf.

»Was darf's denn sein, junger Mann?«

Junger Mann? Er deutete undeutlich auf etwas in der Vitrine.

»Die Brezel für den jungen Mann?«

»Ja, bitte.«

In der Folgezeit änderte Michael Brandt mehrfach die Laufrichtung, weswegen er sich nach 15 Minuten immer noch in der Nähe jener Wohnung befand, in der er zuvor knapp drei Gramm einer hochwirksamen, aus genetisch modifizierten Cannabispflanzen gewonnenen Rauschdroge erstanden hatte. Brandt hatte nur einen Zug genommen und fühlte sich merkwürdig, auf eine diffuse Weise unentschieden. Er sah sich außer Stande, seinen gegenwärtigen Zustand einem Element der Gegensatzpärchen gut/

---

22 Brandts Bezeichnung für die gesamten östlichen Außenbezirke von B., besonders aber für Margarete Brandts Wohnviertel, vor dem er seit Tod seiner Mutter Angst, präziser formuliert, panischen Respekt entwickelt hatte.

schlecht, angenehm/unangenehm oder fröhlich/niedergeschlagen zuzuordnen. Allerdings erhöhte sich seine Herzfrequenz signifikant, sobald er an den vor ihm liegenden Abend dachte. Nach weiteren 20 Minuten des Herumtrödelns in den von mittlerweile heftigen Böen praktisch leergeblasenen Straßen sowie nach einem erneuten Besuch in der Bäckerei (»Schon wieder der junge Mann – na, Sie haben aber Hunger. Was darf's denn sein? ... Wie bitte? Hören Sie, ein wenig lauter müssen Sie schon sprechen ... Eine Brezel? Sie möchten noch eine Brezel? ... Na also, nicht so schüchtern. Eins fünfzig, bitte.«), trat Brandt schließlich den Weg zurück in den inneren Osten an, wo sich, kaum einen halben Kilometer von seiner Eineinhalb-Zimmer-Wohnung entfernt, vor einigen Jahren auch die Firma FORMA(r)T in einem schonend, aber gründlich durchrenovierten Fabrikloft angesiedelt hatte, das sich atmosphärisch – zumindest sah Marion das so – immer mehr dem Tagesabstellraum eines psychiatrischen Landeskrankenhauses annäherte. Jan (wenn ich in den Teide jumpe, was mache ich dann eigentlich mit Paul? Soll ich den dann mitnehmen? Und was sage ich Karin vorher? Scheiß was drauf. Scheißegal, was ich der erzähle. An diesem Tag will ich die beiden Sachen, die ich liebe, bei mir haben. Paul und das Rad. Die beiden sollen auf jeden Fall bei mir sein. Meinetwegen springe ich dann auch allein. Hörst du, Karin, ich springe allein. Kein Grund zur Beunruhigung, du hysterische Fotze. Der Junge kann ja das Rad wieder mit nach unten nehmen. Das ist dann seine Erbschaft. Immerhin 6400 Euro! Das Vermächtnis eines überzeugten Vaters, der per Paraglider den Teide-Magmasee erforschte. Eigentlich eine gute Idee: Ich segele da runter. Dann geht es langsamer. Und bevor ich schmelze, mach ich noch ein paar Fotos mit dem Handy. Ich mache Fotos von meiner kochenden Nasenspitze und schicke sie Karin. Scheiße, das wär's. Leider unrealistisch. Vielleicht in einem Asbestanzug. Ist aber auch egal. Dann macht der Junge eben oben am Kraterrand einen Film. Ich beim Anlegen der Ausrüstung. Beim Festschnallen der Gurte. Das Rad, wie es in der Sonne funkelt. Die rotkochenden Strudel da unten. Wir drei beim Abschiedsgebet. Den Film bringt er dann ...) starrte konzentriert auf seinen 26"-Widescreen. Marion, so hatte es beinahe den Anschein, arbeitete ebenfalls. Von seinem Stammplatz in der Regalwand aus träufelte Jans liebevoll restauriertes Siebziger-Jahre-Kofferradio grauenhaften Frühneunziger-Poprock in die Köpfe der beiden Gestalter. Dann jedoch klingelte das Telefon.

»FORMA(r)T-Design, Gräfe, guten Tag.«

»...«

»Herr Bröker, wie geht es Ihnen?« Marion betrachtete das Gestikulieren ihres Arbeitgebers, der hinter seinem Schreibtisch wie ein Irrer den Kopf schüttelte und abwehrend mit den Armen ruderte.

»Moment, da stelle ich Sie am besten mal gleich zum Jan durch. Tschüss, Herr Bröker.«

Ein Augenblick der Ruhe, in dem zwei unterschiedliche Gefühlslagen, zwei radikal divergierende Karmen im Luftraum der großzügig bemessenen, dezent an die vormals industrielle Nutzung gemahnenden Kreativagentur kollidierten.

»Lutz«, sagte Jan, unter dessen Schädeldecke der Teide sprudelte wie nie. Ein großer, ein Jahrhundertausbruch mit pyroklastischen Wolken von der Größe des Sudans erschien absolut nicht mehr vermeidbar. »Lutz, wie geit di dat?«

Bröker antwortete. Offenkundig etwas so Interessantes, dass Jan den Lautsprecher einfach einschalten musste.

»... hat mich schon wieder angerufen. Die warten, Jan. Wir

brauchen hier die Entwürfe, sonst können wir die Messe-Termine in der Pfeife rauchen. Scheiße! Jedesmal dieselbe Scheiße!«

»Lutz, mal ganz ruhig jetzt. Die Sache ist so gut wie erledigt. Geht nur noch um Details.«

»Was für Scheiß-Details? Die ganze Kollektion besteht aus Details.«

»Das Beistelltischchen. Der Fuß des Beistelltischchens. Mir schwebt jetzt eine organische Lösung vor. Etwas, was im bewussten Kontrast zum Rest der Kampagne steht.«

»Organische Lösung? Ne Tischplatte, die auf deiner Säuferleber balanciert, oder was? Was erzählst du hier überhaupt für einen Scheiß?«

Marion wandte den Blick ab. Dieses Bild – sich windender Idiot auf teurem Bürostuhl, – war fast zu schön, zu kostbar. Unterdessen erwog Jan, schnell im Baumarkt eine Axt, besser noch eine Motorsäge zu erstehen und dann alles weitere in Ruhe auf sich zukommen zu lassen. Hinten an der Wand, das konnte er fühlen, war Nummer Zwei jetzt aufgewacht.

»Lutz, hör mal, ich denke, die Idee ist gut. Wenn du das Ding siehst, wirst du verstehen, was ich meine. Wir brauchen einen kleinen Bruch in der Geschichte, einen Kontrapunkt, der das Strenge, Kantige der Kollektion irgendwie noch betont.«

»Sag mal, Jan, jetzt mal ehrlich: Bist du bescheuert, oder was? Brüche, Kanten, traubenförmige Ellipsen? Was wir brauchen, bis morgen früh brauchen, ist eine 1A-Wohnzimmerkollektion für den – ich zitiere – anspruchsvollen und modernen Kunden. Nicht für irgendwelche Sektenspinner.«

»…«

»Was ist jetzt, Jan? Sendepause, oder was? Darf ich dich noch mal daran erinnern, dass …«

Jan hatte den Lautsprecher wieder abgestellt. Sein Blick bekam etwas Glasiges, als er die Beistelltischchen-Datei schloss und dafür erneut das Fenster mit diesem sehr geschmackvollen Pornofilm[23] öffnete, dessen Handlung momentan von zwei gut 40-jährigen Frauen vorangetrieben wurde, die sich – aus dem Dickicht von behaarten Urwaldbewohnern zunächst nur beäugt – am Fuße eines ziemlich aktiven Tropenvulkans liebten.

Marion schaute unterdessen nach draußen. Dieser Himmel!

KAPITEL 8

Angaben zur Stadt B.

A. Die Stadt B. im Spiegel zeitgenössischer Literatur – ein Textbeispiel:

»Die Stadt zeigt ihr wahres Gesicht erst dort, wo sie die Kraft zur Verstellung verliert. Das Zentrum ist austauschbar. Draußen jedoch, wo verendende Häuserzeilen auf den Ring der Bau- und Verbrauchermärkte stoßen, beginnen die Zonen der Freiheit, die man mit niemandem teilen will. Hier gleicht kein Bauwerk dem anderen. Alles liegt unter der Decke eines uniformlosen Irrsinns.

Nachts leuchten die Umrisse der Tankstellen, der glitzernden Nachschubpaläste. Dazwischen die Düsternis der Mehrfamilienhäuser. Vereinzelte Gestalten werden von Hunden durch die

---

23 Extreme Eruptions, Starring: Brenda Park, Sarah Joe Exxxeter, Will Steel, Concorde Films, USA 1983.

Gegend geschleift und Alte wagen sich nicht mehr auf die Straßen – zu groß ist die Furcht, wieder nicht überfallen zu werden. Weiße Flächen auf den Bögen der Polizeiberichte. Still schlafen Autos in Garagen oder, in den ärmeren Gegenden, am Straßenrand. Nichts und niemand wartet auf den neuen Tag, und über allem wandern im Verborgenen die Wolken, angetrieben vom ewigen Westwind.

Die Ausfallstraßen verfeinern und verästeln sich wie Kapillarsysteme. Manchmal finden sich in diesen Gegenden Fabrikanlagen einer archaischeren Epoche: Eine Ledergerberei zum Beispiel, die den süßlichen Geruch verarbeiteter Tierkadaver verbreitet. Ganz in der Nähe Behausungen für Unglückliche, die ihr Leben in den Dämpfen dieser Nachbarschaft verbringen. Tagein, tagaus die Botschaft des Todes und der Verwertung des vormals Lebenden in der Nase, in den Poren, in der Kleidung. Natürlich darf hier, wie überall, aber hier ganz besonders, der Alkohol nicht fehlen. Nicht eine Sekunde. Die Fenster bleiben immer geschlossen, in den Wohnungen staut sich abgestandene Luft. So produziert ein Geruch den nächsten. Der Geruch des Todes wird kontrastiert von dem des ungefilterten, puren Lebens. Die Menschen in diesen Häusern wissen um ihre Position, doch der Wille zur Flucht ist frühzeitig ermattet.

Die Anwohnerschaft von Klär- oder Müllverbrennungsanlagen, von Schlachthöfen, ist erstaunlich immobil angesichts der Vorgänge, die sich in ihrer Nähe abspielen. Plätze, egal wie unwirtlich sie sein mögen, dürfen nicht unbesiedelt sein. Irgendwen musste es treffen, und warum sollte man nicht selber der sein, den es trifft. Man lebt zurückgezogen, Besucher werden nur ungern empfangen. Denn erst wenn sich ein Fremder in diese Areale verirrt, wird den dort Lebenden wieder deutlich, was mit ihnen geschieht. Der Geruch wird durch fremde Nasen neu aufgesogen. Doppelter Ekel stellt sich ein: Der des anderen und der schmerzlich empfundene eigene.

Es ist besser, hier allein zu bleiben.«[24]

KAPITEL 9

04.11. 2009, 12:03 Uhr, Rue Alfonse Maladie, Genève-Saint-Jean. Die Grundlage meiner Erfolge? Gelassenheit. Ganz außergewöhnliche Gelassenheit. Anders als etwa der Idiot Paul[25] drehe ich nicht gleich durch, wenn sich die Dinge in meine Richtung entwickeln, wenn mal ein Etappenziel erreicht ist. In einer solchen Lage lasse ich auf keinen Fall bereits die Sektkorken knallen. Im Gegenteil, ich agiere eher noch effizienter, noch konzentrierter, noch methodischer, und angesichts dieser unerhört positiven Charaktereigenschaften mutet es einigermaßen absurd an, dass ich nun vor einem mit Laubresten, Vogelexkrementen und Strafmandaten übersäten Personenkraftwagen am liebsten niederknien möchte. Ich meine, was, verdammt nochmal, ist eigentlich mit mir los? Stehe ich hier wirklich und bin im Innersten berührt, nur weil mein Saab sich wie ein Auto benommen hat? Weil er nicht zum Polarkreis zurückgelaufen ist?

---

24 Aus: Brandt, Michael: Ich kann nicht mehr, Roman (nicht abgeschlossen, unveröffentlicht), ca. 1998–2004, S. 58. Auszüge wurden drei namhaften Verlagshäusern angeboten. Kein Gegenangebot.

25 Paul Carragher, ehemaliger alkohol- und medikamentenabhängiger Freund und Vorgesetzter Stremmers bei Swiss Forex SA, erstochen im Sommer 2008 in Genf.

Nun, so scheint es zu sein. Das ist exakt mein Zustand. Etwas in mir empfindet wildes Glück, und meine tränenerfüllten Augen registrieren ungläubig, wie eine Wodka-Orangensaft-zum-Frühstück-Klaue den – aufgrund einer einzigartigen Sternenkonstellation, eines kosmischen Relativzeit-Irrtums habe ich das Ding heute Morgen auf Anhieb gefunden – Autoschlüssel aus der Manteltasche zieht, in ein von genialischen Glögg-Hirnen[26] ersonnenes Türschloss ganz altmodisch einführt und dann mit einer zaghaften Bewegung umdreht. Magie erlesener Mechanik: Die Wagentür öffnet sich beinahe selbsttätig. Ich lasse mich auf den Fahrersitz fallen und betrachte das Armaturenbrett. Sollte ich vielleicht mit einem Rosenkranz danken? Ein Opfertier darreichen? Es wäre schön, wenn ich für derlei die Ruhe hätte, doch meine Spannung steigt schon wieder. In Windeseile bin ich erneut hypernervös. Zudem wird dieses Massagestudiogedudel in meinem Schädel lauter. Beim besten Willen – das ist keine Hintergrundmusik mehr. Die Situation hier grenzt eindeutig an eine andere, womöglich gefährliche. Unter Umständen lande ich schon morgen in einem Genfer Lokalteil. Ich entschließe mich daher, unverzüglich den Höhepunkt des Tages einzuleiten: Mein Arm streckt sich nach rechts, meine Fingerkuppen berühren den Druckknopf und im nächsten Augenblick ergießen sich circa 300 Dinge in den Fußraum, selbst auf den Beifahrersitz. Das Handschuhfach explodiert förmlich. Dort drinnen müssen Druckverhältnisse geherrscht haben wie in meinem Kopf.

---

26 Glögg: Schwedischer Glühwein, der Stremmer im Jahre 2005 infolge einer außer Kontrolle geratenen Weihnachtsfeier eine Abmahnung seitens seines damaligen Arbeitgebers einbrachte.

Ich sehe: Fotos von Marion im Bikini, von mir in Badehose, von Palmen, von einer großen Stadt in gelb-orangen Sonnenlicht, von einem wirklich sehr blauen Meer, ich sehe eine Straßenkarte von Düsseldorf, eine Dose mit französischen Bonbons, eine Packung mit Sicherungen, eine Packung mit Präservativen, einen Eiskratzer, Postkarten, noch mehr Straßenkarten, ein Steinzeit-Handy, ein Steinzeit-Taschenbuch[27] (Marion las so etwas? War sie am Ende eine Intellektuelle?), eine Mini-Taschenlampe, einen Schraubenzieher, einen Satz Scheinwerfer-Glühbirnen, ein bereits benutztes und – ich fasse das Ding an – steinhartes Kaugummi, zwei Haarbänder, einen Haarreifen (mit langen blonden Haaren), eine Packung Tampons, ein zusammengeknülltes Papiertaschentuch, Tankquittungen, Streichhölzer, mindestens vier Feuerzeuge, noch mehr Tankquittungen. Eine unendliche Anzahl durch das Terrorregime der Zeit in Müll verwandelter Gegenstände landet also im Fußraum, und ich werde trotzdem nicht melancholisch. Da unten liegen meine Jahre mit Marion, der mit Sicherheit letzten Frau, die sich dauerhaft an meine Seite verirrt hat, und dennoch umflort mein Gemüt nichts als kindische Freude. Denn unter all diesem Krempel, den ich bei

---

27 Rainald Goetz: Dekonspiratione, Suhrkamp 2000. Bis auf die ersten vier sind all Buchstaben des Titels auf dem Cover mit Kuli ausgemalt. Es ist daher nicht auszuschließen, dass Marion Gräfe den Text unter einem – anderen Lesern verborgen gebliebenen – Design-Aspekt, also in Verbindung mit ihrem Beruf gelesen hat. Darüber hinaus ist es ebenfalls nicht auszuschließen, dass der Roman »Dekonspiratione« der ansonsten fleißigen Leserin Marion Gräfe völlig unbekannt ist. Die Herkunft des Buches muss vorläufig als ungeklärt gelten. Frank Stremmer vergaß seine Lektüren prinzipiell und mit Ausnahme einiger Pohrt-Elaborate bereits nach wenigen Tagen.

nächster Gelegenheit in diese heute ganz besonders entsetzliche Stadt kippen werde, unter all den Sedimenten meiner Vergangenheit habe ich tatsächlich die Erlösung entdeckt. Die Leiden des Vormittags, das Gestolpere durch frankophone Gespensterwelten, das Gezerre der Studios am Wegesrand – das alles habe ich also am Ende doch nicht vergebens auf mich genommen? Ich hebe diese unscheinbare, blauschimmernde Karte auf, drehe sie um und lese die Zahlenkombination 05/2017. Danke, danke, danke! Ich möchte an dieser Stelle allen danken, die immer an mich geglaubt haben. Das Ding ist noch gültig. Ich bin noch gültig. Eine warme Welle überschwemmt mich von innen; es ist, als hätte man mir feinsten schottischen Single Malt injiziert. Sie ist noch da. Kein Sperling, kein Reptil hat sie gefressen. Kein Regenguss hat sie aufgeweicht. Es ist Herbst, doch meine Seele wittert den Frühling. Ich knospe förmlich! Geschützt von Schwedenstahlhüllen hat mein Geld (Karte gleich Geld, wer in meinem Kopf etwas anderes denkt, wird erschossen) überlebt und obwohl meine Fähigkeit, das Wesen der Dinge auf den Punkt zu bringen, in letzter Zeit nachgelassen hat, steht damit zweierlei fest. Erstens: Ich werde noch eine Weile leben. Zweitens: Trotzdem ist dieser Augenblick einer meiner schönsten überhaupt. Ausgestattet mit mindestens ein paar Tausend, ich tippe eher auf Fünfzehn- bis Zwanzigtausend, werde ich es bis an die Grenzen der Stadt und weit, weit darüber hinaus schaffen. Ich werde den Tank füllen und wieder leeren. Ich werde Raststätten auf eingelagerte Massage-Boxen scannen, mich mit zwei Flaschen Grauburgunder im Blut an sämtliche Geschwindigkeitsbegrenzungen halten. Nichts werde ich mehr falsch machen. Geld, und hier widerspreche ich den Kreditberatern meines Gastlandes explizit, existiert. Folglich gehört es vernichtet. Ich stecke also den Schlüssel in das Zündschloss neben dem Fahrersitz, drücke in Zeitlupentempo die Kupplung durch und drehe den Schlüssel genießerisch nach rechts: Nichts. Kein Röcheln, kein Blinken vor mir – einfach nichts. Was, zum Teufel, ist jetzt wieder los? Lässt mich der Saab am Ende doch noch im Stich? Ist selbst auf die nordische Rasse kein Verlass mehr? Ein Blatt taumelt ganz langsam durch die Luft. Plötzlich sind weniger Passanten unterwegs. Ist etwa schon wieder Mittag? Ist es schon wieder Zeit für Manger? Ein junges Mädchen schaut zu mir hinein. Das Blatt ist auf der Kühlerhaube gelandet. Ich drehe den Schlüssel nochmals herum. Der Wagen schweigt. Auch die Straße ist jetzt still. Immerhin, die Thai-Choräle in meinen Synapsen nehmen nun richtig Fahrt auf.

KAPITEL 10

Inhalt wahllos herausgegriffener, über den Parkettfußboden einer Dreizimmerwohnung im Genfer Stadtteil Malagnou verstreuter Briefumschläge:

Genève, 28. 09. 2009

Monsieur Stremmer,
Je sollicete votre attention afin que vous nous recontactiez dans le plus brefs délais, s. v. p.
Veuillez agréer, M. Stremmer, mes meilleures salutations,[28]
Matthieu Emanuel Grosser

Customer Service Management / Private Banking
1211 Genève 2

(Briefumschlag ungeöffnet)

* * *

Frank,
Shall we? I think we shall.
Mari[29]
PS No email, I gave my Comp away. What's wrong with your telephone?

(Briefumschlag ungeöffnet)

* * *

28 Sinngemäße Übersetzung: Sehr geehrter Herr Stremmer, ich möchte Sie nochmals dringend darum bitten, sich so bald als möglich mit uns in Verbindung zu setzen. Mit freundlichem Gruß,

29 Mari Takano, geb. am 11. 05. 1982 in der Präfektur Tokio, Restaurantbedienung und Drogenhändlerin. Ferner eventuell Performance-Künstlerin. Unterhielt im Sommer 2008 eine lose, primär sexuelle Beziehung zu Stremmer.

Zürich, 20. 10. 2009

Sehr geehrter Herr Stremmer,
haben Sie vielen Dank für Ihre Bewerbung als »Hufschmied« bei der ALC Private Treasuries and Asset Management LTD.
Wir haben ihre Bewerbungsunterlagen sorgfältig geprüft und können Ihnen leider keine Zusage erteilen. Darüber hinaus können wir uns nicht erinnern, die von Ihnen erwähnte Position ausgeschrieben zu haben.
Mit freundlichem Gruß,
Markus Spoeri

ALC
Human Resources Management

(Briefumschlag ungeöffnet)

* * *

Frank?
M.

(Briefumschlag geöffnet)

www.laterrasse-restaurant.de

Willkommen im La Terrasse
Vor den Toren der Stadt, inmitten von Äckern, Hügeln und Wäldern, verwöhnt Chefkoch Peter Grab die Liebhaber guten Essens. Das La Terrasse ist der Treffpunkt für Feinschmecker in der Region – und weit darüber hinaus.

Unsere Philosophie
Eigenwillig – anders – und doch vertraut.
Untergebracht im traditionsreichen, 1847 erbauten Gasthof Ortmann, steht das La Terrasse heute für kulinarischen Ideenreichtum auf höchstem Niveau. Peter Grab und sein Team haben sich dem Anspruch verschrieben, einheimische kulinarische Traditionen mit der leichten, raffinierten Küche des französischen Südens zu phantasievollen, stets neuen Kreationen zu verbinden.

Unsere Produkte
Exklusiv – nachhaltig – gesund.
Im La Terrasse werden sorgfältig ausgewählte, hochwertige Produkte aus der ökologischen Landwirtschaft verwendet. So weit dies möglich ist, arbeiten wir mit regionalen Erzeugern zusammen.
Das La Terrasse ist nicht nur für seine herausragende Küche, sondern auch für seine exzellenten Weine bekannt. Auf unserer exquisiten Weinkarte finden sich französische, italienische und deutsche Spitzenprodukte.

Unser Team

»Mami, kann ich dir helfen?« – mit dieser Frage strapazierte der ganz junge Peter Grab die Nerven seiner Mutter ein ums andere Mal. Fasziniert vom Geschehen in der Küche, von Gerüchen und Geräuschen, von brutzelnden Pfannen und dampfenden Töpfen, war für den gebürtigen Sauerländer immer schon klar, welchen Beruf er später einmal ergreifen würde.

Nach einer Lehre bei Sternekoch Jörg Stotenboom im bekannten, regelmäßig international ausgezeichneten Restaurant Schloss Greislingen sowie nach Jahren unter Ives Roquentin im »Les trois Oreilles« im südfranzösischen Saint Cloche machte sich Peter Grab schließlich 1995 mit dem La Terrasse selbstständig. Zusammen mit Ehemann und Geschäftsführer Patrick Duchais entwickelt der Südwestfale seither täglich neue Ideen, um seine Gäste zu überraschen und zu verwöhnen.

Das La-Terrasse-Team besteht aus weiteren kreativen, manchmal eigenwilligen, aber immer motivierten Köpfen: In der Küche arbeiten, lachen und streiten die Köche Michele Porfiri und Dennis Pott, unterstützt von Merrit Demlake, Hamid Darialu und Ansgar Elges. Im Service erwarten Sie Heike Kohlmann, Petra Deistkamp, Jan Wenert und Nedad Simuvic.

Alle zusammen geben wir unser Bestes, um unseren Gästen unvergessliche Abende zu bescheren.

Unsere Menüs

usw.

* * *

KAPITEL 12

Dialogmoleküle

A.[30]

»Eyii, nicht schon wieder. Nee, echt, da hab ich kein Bock mehr drauf.«

»Ach ... Komm jetzt ... Nur nen bisschen.«

»Nee, echt jetzt. Mir reicht's. Lass ... Lass mich (man hört das Scheppern von Tellern) ... Lass mich jetzt endlich in Ruhe ...« (ein Teller fällt zu Boden und zerspringt).

»Scheiße, Petra ... den zieh ich dir vom Lohn ab. Scheiße ... (atmet laut) ... Los jetzt, komm, nur nen bisschen. Zeig dem Chef noch mal, was du da unter dem Rock trägst.«

»Manno! Du tust mir weh, Peter. Wenn du das nicht sofort sein lässt, sage ich alles Patrick. Ich gehe jetzt sofort zum Patrick.«

»Na und? Mir doch egal, was du dieser Volltucke erzählst. Ist mir doch so was von komplett oberscheißegal. Und überhaupt, wie sieht's hier eigentlich schon wieder aus? Was ist das hier für nen Saustall? Hamid? HAMID? Was macht ihr hier eigentlich, wenn ich mal nicht da bin? Scheiße, ich werde hier noch total verrückt.«

»Das war das letzte Mal, Peter. Wenn du mich noch einmal anfasst, gehe ich zum Patrick. Ich erzähle allen, was hier abläuft. Ich gehe zur Zeitung.«

»Wollt ihr mir ernsthaft erzählen, dass man in so einem Chaos

---

30 04.11.2009, 11:32 Uhr, B.-West-Außen, ein Nebenraum der Küche des Restaurants La Terrasse.

Lebensmittel aufbewahren kann. Hochwertige Lebensmittel? Die ich bezahlt habe? Ich glaub, ich spinne ...«

B.[31]

»... wichtiger Gast, der sitzt im Stadtrat und im Aufsichtsrat der Stadtwerke, sonst noch wo. So einen können Sie nicht einfach mit einer Extra-Flasche abspeisen. Ich komme dann also an seinen Tisch, versuche, das irgendwie aus der Welt zu schaffen – und während ich da so meinen Text absondere und dem alles Mögliche verspreche und der sich das mit verschränkten Armen anhört, da war auf einmal wieder alles da; ich sah alles wieder ganz genau vor mir: Mein Vater, wie ich vor dem stehe und er meinem Gestammel zuhört und ich natürlich weiß: Nützt sowieso nichts. Und Mutter in der Küche leise am Weinen. Meine Mutter weinte immer schon vorher. Ich höre das jetzt noch. Schrecklich ist das. Der Gast sagt die ganze Zeit nichts und ich rede und rede. Die ganze Situation entsetzlich peinlich. Und an den anderen Tischen: Stille. Die haben alle zugehört, wie der Chef da in aller Öffentlichkeit zu Kreuze kriecht. Das fanden die gut. Das haben die genossen. Klingt verrückt, aber ich weiß, alle hassen das Terrasse. Alle. Die kommen dahin und zahlen viel Geld, weil sie hoffen, sie kriegen es live mit, wenn ein Peter Grab untergeht. Deswegen kommen die dahin. Küche? Denen völlig egal. Denen könnte ich Schuhsohlen servieren. Interessiert die gar nicht. Die zahlen, um zu sehen, wie ich fertiggemacht werde. Wie jemand kommt und den großen Peter Grab mal so richtig einnordet.«

---

31 04.11.2009, 12:30 Uhr, eine psychotherapeutische Praxis im inneren B.-Zentral, der Gastronom Peter Grab äußert sich seit gut 15 Minuten zu seinen Problemen.

»Wie ging die Situation weiter mit dem Gast? Haben Sie ihn beruhigen können?«

»Das ist es ja gerade. Das wollte ich eigentlich erzählen. Ich stehe vor dem und rede, und ich rede praktisch mit meinem Vater, versuche mich aus der Sache herauszuwinden, und dann plötzlich ist mir etwas aufgefallen, was ich so noch nie bemerkt habe. Was vielleicht auch noch nie so da war: Ich stehe da an diesem Tisch und alle schauen und, jetzt kommt's, ich fühle mich dabei auf einmal gar nicht mehr so schlecht. Mir ist das auf einmal gar nicht mehr so unangenehm.«

»Sie konnten die Situation also bewältigen? Sie haben das Problem lösen können, meinen Sie das?«

»Nein, das meine ich nicht, verfluchte Scheiße. Wenn das so wäre, säße ich wohl kaum hier und zahlte Unsummen, oder? Was ich sagen wollte, ist: Ich stehe vor dem Mann und rede von dem Lieferanten, den ich umgehend zur Rede stellen würde, und ich fühle mich dabei plötzlich – ja, das stimmt – gut! Genau so war es. Ich merke plötzlich, ich fühle mich richtig gut. Weil ich mir wieder diese Sachen vorstelle. Das war das erste Mal, dass ich mir diese Sachen vorgestellt habe, während ich mit anderen rede. Während ich mit anderen zusammen bin. Das ist ganz neu, und ich fand das auch noch gut. Obwohl das natürlich andererseits schrecklich ist. Das stimmt doch, das ist doch schrecklich, oder?«

»Versuchen Sie bitte einmal, das genau zu beschreiben. Was haben Sie sich vorgestellt?«

»Habe ich doch schon tausendmal erzählt. Es sind immer wieder dieselben Sachen. Und das fängt immer mit meinem Vater an. Aber das geht dann weiter mit allen möglichen Leuten. Mit Patrick ganz oft. Wie ich seinen Kopf abtrenne und den dann mit dem Schinkenschneider in ... in hauchzarte Scheiben schneide. Hab ich doch schon mehrfach beschrieben. Bei mir geht es in solchen Momenten echt ab. Diese Bilder gehen gar nicht mehr weg. Können Sie sich das vorstellen: Ich stehe vor dem Mann, einem unserer wichtigeren Gäste, ein ganz wichtiger Gast, ich entschuldige mich tausendmal, erzähle lauter Mist. Und während ich das tue, zerschnippel ich meinen Vater im Geiste wie eine Karotte. Ich schäle den regelrecht. Ich tranchiere alle möglichen Leute. Ich höre Schädelknochen knuspern. Und dabei habe ich so ein Rohr in der Hose.«

»Gut, ich denke, wir sollten noch einmal ganz konkret auf dieses Gespräch mit dem Gast zurückkommen. Lassen sie uns da nochmal weitermachen. Sie fühlten sich also nicht wohl in der Situation, kann man das so sagen? Oder halt, nein, Sie fühlten sich ja wohl. Aber jetzt fühlen Sie sich nicht wohl, weil Sie sich wohl gefühlt haben? Sehe ich das richtig?«

KAPITEL 13

Apotheken, Spielhallen, Kneipen, noch mehr Apotheken, noch mehr Spielhallen – obwohl die Ferdinand-Lassalle-Straße einiges zu bieten hatte, sogar eindeutig als Magistrale der Gegend gelten konnte, musste Michael Brandt, der sich wie alle Berufslosen für das Wetter interessierte, immer wieder zum Himmel hinaufschauen. Dort oben formierten sich die Wolken ständig neu; blaue Lücken gaben den Blick frei zu den, wie ihm unerklärlicherweise gerade jetzt einfiel, »Ingenieuren und Pflanzen, die hinter der Sonne warteten«[32]. Brandt stoppte vor einem Schaufenster und holte seinen Tabak heraus. Gravierte Bronzeteller? Sieger-Pokale? Keine schlechte Idee vom System, in so einer Ecke so einen Laden zu platzieren. Brandt beugte sich vor und betrachtete einzelne Gravuren. Eine Sportlerin trug knappe, kurze Sporthosen. Unweigerlich sah er das Wesen mit diesem knappen Jogginganzug vor sich, und für einen Moment bohrte sich eine dicke Nadel durch den sanften Drogenschleier dieses Frühnachmittags.

B.-Zentral-Ost. Der nördliche Teil des zentralen Ostens der Stadt B. Michael Brandts aktuelle Gehrichtung: Süd. Um 13:18 Uhr kippte direkt vor ihm das Eisreklameschild einer Lottoannahmestelle-Sonnenstudio-Kombination um. Wenig später zischte eine Plastiktüte waagerecht durch die Luft. Der Wind drosch auf alles ein. Die Wetterlage *entwickelte* sich. Die Ferdinand-Lassalle-Straße entwickelte sich ebenfalls. Es gab Sachen zu entdecken. Vereinzelt auch Menschen. Auf der anderen Straßenseite zum Beispiel, gegenüber der Moschee, die Brandt gerade passierte, oder dem islamischen Kulturzentrum oder ..., er hatte keine Ahnung, was das eigentlich war, stand dieser große, rotbärtige Mann. Der Mann trug einen weißen Kaftan und eine leuchtend orangefarbene Bomberjacke. Brandt gefielen die kräftigen Töne. Der ganze optische Ansatz hatte mindestens einen Silberpokal verdient, und außerdem: Irgendwo hatte er den Hünen schon einmal gesehen.

* * *

---

32 So jedenfalls erinnerte Michael Brandt eine Textpassage des Songs »Schnäbel aus Beton« der seit mehr als 15 Jahren aufgelösten Punk-Band »Die Eima«, der Brandts ehemaliger Taxi-Kollege Olaf »Olfie« Heinrich zeitweilig als Bassist angehört hatte. Korrekt zitiert lautet die Textstelle: »Die Ingenieure bauen Pflanzen / Die nicht mehr auf die Sonne warten / Und wir nehmen bunte Pillen / Angebaut in Omis Garten«.

Umar Khubayb Abdulbaki, vormals Stephan Lösing, bis vor sehr kurzer Zeit Auslieferungsfahrer, 36, geschieden: *Wenn die Leute mich sehen, dann weiß ich immer sofort, was die denken. Und die wissen auch, was ich denke. Das stimmt alles. Wir haben Regeln. Wir haben Regeln, an die sich jeder zu halten hat.*

* * *

Brandt war sich sicher, er kannte den Mann. Trotzdem ging er weiter. Überhaupt, er kam jetzt zügiger voran, bis sich nach weiteren 200 Metern plötzlich eine Freifläche vor ihm öffnete, ein riesiges, von absurden Gebäudewürfeln gebildetes Platz-Rechteck. Das Herz des inneren Ostens. Dort hinten lagen der Busbahnhof und daneben jene Pavillons, in denen, wie Brandt fand, einige der überflüssigsten Geschäfte der westlichen Welt untergebracht waren. Unternehmen, deren Monatsumsatz noch weit unter dem des Pokalhändlers liegen mochte. Doch vermutlich war das hier gar nicht mehr die westliche Welt. Und der Hüne von eben war, genau, ... sein Nachfolger bei SprintEx! Als er einige Tage nach seinem Rücktritt noch einmal bei seinem früheren Arbeitgeber hereingeschaut hatte[33], war genau dieser Typ zur Tür hereinspaziert. Brandt blieb stehen. Grob tastete der Wind seinen Parka nach Schwachstellen ab, um den Körper auszukühlen und dann zu töten. Brandt kümmerte das nicht. Heute war ein besonderer Tag. Er hatte Drogen und Geld. Am Abend stand ein Rendezvous an, *das* Rendezvous. Und dieser rotbärtige Spinner inspirierte ihn zudem zu einem Gedanken, der auch seinen

---

33 Ein erstaunlich sachlicher Termin: Lohnsteuerkarte, ein paar Sätze, fertig.

Arbeitsamtsberater kurzfristig aus dem Psychopharmakanebel gerissen hätte: Sollte er bei SprintEx einen Comeback-Versuch unternehmen?[34]

Der erste schwere Herbststurm des Jahres. Eine Frau suchte bei den Pavillons in einer halb abgebrannten Telefonbox Schutz. An einem Stromverteilerkasten warb ein Plakat für einen Kickboxabend im vergangenen Frühling. Brandt setzte sich wieder in Bewegung. Der Wind explodierte förmlich.

KAPITEL 14

Es ist 13:02 Uhr. Mein Saab ist tot. Ich sitze in einem schmierigen Internet-Café in Les Paquis, nur zwei Straßen entfernt vom Sumo Kushiyaki[35]. Der Mann neben mir interessiert sich mehr für meinen Bildschirm als für seinen. Oder auch als ich mich für seinen, was im Wesentlichen an meinem katastrophalen Albanisch liegen mag. easyJet hingegen – ich habe nicht mehr die Kraft, das zu ändern – spricht Französisch. Eine graue Pop-Up-Box macht mich auf einen unangenehmen Umstand aufmerksam, der mit meinem Abflugdatum in Verbindung steht. Nun, ganz recht, das Abflugdatum ist heute. Ich begehre, mich heute noch in die Lüfte zu erheben, und wenn mich nicht alles täuscht, sollte es in unserer atemlosen, Menschen zu Humankapital ver-

34 Inkorrekte Selbstwahrnehmung Brandts: In Wirklichkeit hatte bereits Urs Föste die Idee eines SprintEx-Comebacks quasi in ihm angelegt.

35 Ein winziges, sehr teures japanisches Restaurant. Stremmer lernte hier im Sommer 2008 die japanische Bedienung Mari Takano kennen. Im Sumo Kushiyaki wird selbstverständlich kein Sushi angeboten.

edelnden Epoche ja wohl möglich sein, einen Flug zu buchen, der am selben Tag stattfindet. Ich meine, Leute wie ich, Menschen mit einem komplexen Zeitmanagement, sind auf flexible Dienstleister verdammt nochmal angewiesen.

»Warum zahlst du hier für Internet? Kannst du alles damit machen.«

Ich drehe mich zur Seite. Der Skipetare – harte, hagere Gesichtszüge, zurückgehender Haaransatz mit Halbinsel in der Stirnmitte, ein absolut klassischer Fall – lächelt mich wissend an. Dann deutet er auf mein Telefon und wiederholt: »Kannst du alles damit machen. Internet, E-Mail, wie du willst.«

Ich betrachte nun ebenfalls mein Telefon. Natürlich hat man mich beim Kauf des Geräts auf dessen circa 74.000 Funktionen aufmerksam gemacht, und auch ich habe mittlerweile mitbekommen, dass man mit Telefonen heutzutage sogar Atome spalten oder Bananen ernten kann, aber, und das ist ja wohl das Entscheidende, interessiert mich das? Habe ich die Zeit, mich durch von Embryo-Gehirnen verfasste Bedienungsanleitungen zu fräsen?

»Aha«, antworte ich folgerichtig und gratuliere dem Mann zu seinem passablen Deutsch. Andererseits ist mir nicht ganz klar, warum wir ausgerechnet diese furchtbarste aller Sprachen bemühen. Sehe ich etwa aus wie ein Ungeheuer? Wimmere ich hier irgendwelche Friedenslieder? Schon wieder eines dieser Rätsel, die meinen Alltag so sperrig, so überaus aufregend machen. Die ich niemals lösen werde. Ich widme mich daher erneut der Herausforderung easyJet, finde nur fünf Minuten später einen zeitnahen Flug, dessen Ankunftsflughafen schätzungsweise 400 Kilometer von der Stadt entfernt liegt, die ich eigentlich als Reiseziel vor Augen hatte. Selbstverständlich kaufe ich den

Flug trotzdem. Dazu miete ich ein obszön übermotorisiertes, bayerisches Auto. Ich werde demnach die Ehre haben, das aufgrund eines visionären politischen Gestaltungswillens bestens ausgebaute Fernstraßennetz meiner Heimat auf Herz und Nieren zu prüfen, und angesichts meiner Handhabung der sich überstürzenden Ereignisse kann der Albaner neben mir seine Begeisterung kaum noch zurückhalten. Ich überlege, ob ich ihm die Daten meiner Kreditkarte noch einmal zum Mitschreiben diktieren soll, dann jedoch fällt mein Blick auf das matt schimmernde Ungetüm an seinem Handgelenk. Das Ding dürfte mehr PS haben als eine Mondrakete. Zu meiner Rechten sitzt zweifelsohne ein erfolgreicher Geschäftsmann. Ein bedeutender Importeur zweibeiniger Investitionsgüter. Jemand, der es nun wirklich nicht nötig hat, anderer Leute Konten leer zu saugen. Als vielbeschäftigter Steuerzahler kommt er vielmehr täglich in dieses gemütliche, im Halbdunkel und in verstörender Nähe zu einem japanischen Sex-Grill[36] liegende Etablissement, um endlich einmal ungestört von Sekretärinnen, Kunden und Aktenbergen die letzten Ungeheuerlichkeiten der überregionalen albanischen Presse zu studieren.

»Und?«, setze ich unsere Unterhaltung fort, »Enver Hoxha – Ihrer Meinung nach ein guter Mann?«

Er schaut mich auf eine neue, wie ich finde, ungemein intensive Weise an.

---

36 Erneute Anspielung auf das Sumo Kushiyaki. Hier wie in anderen Passagen wird deutlich, dass zu diesem Zeitpunkt Stremmer die Liaison mit Mari Takano noch nicht verarbeitet hat. Wobei die Bedeutung des Verbs »verarbeiten« in Stremmers Fall eine signifikante Nähe zu dem Verb »vergessen« aufweist.

»Hoxha war Stalinist«, informiert er mich. Und dann folgt eine Pause. Eine recht lange Pause, während der er den Blick nicht von mir abwendet. Unwillkürlich frage ich mich, ob er Theaterwissenschaften studiert hat. Ob ich es hier letztlich mit einem verrückt gewordenen Lee-Strasberg-Schüler zu tun habe. »Aber Hoxha ...«, macht er schließlich weiter, »... Enver Hoxha hat etwas gut verstanden. Die Menschen. Er ...«

»Finde ich auch«, unterbreche ich ihn. Gleichzeitig stecke ich mein Telefon und mein Portemonnaie ein, und zwei Minuten später bin ich auf dem Weg zum Flughafen.

KAPITEL 15

Ania saß in ihrer, im westlichen Zentral-B., aber an der Grenze zu den westlichen Außenbezirken und damit günstig zur Universität gelegenen Zwei-Zimmer-Neubauwohnung. Auf dem Zifferblatt der Küchenuhr waren eine Karotte, eine Lauchstange, eine Paprika und eine Zucchini abgebildet. Die Motivvielfalt machte es schwer, die Uhrzeit zu erkennen, doch vermutlich war es ungefähr 13:35 Uhr, weswegen Ania ungefähr null Minuten blieben, die Schale mit brühend heißem Ingwer-Zitrone-Tee zu leeren. Gleich anschließend würde sie sich auf ihr altes Mountainbike (zum Glück hatte Tobias den BMW wieder mitgenommen; außer zum Einkaufen wollte sie mit dem Ding nichts zu tun haben) schwingen müssen, um ins Elixia zu radeln und dort mit den Körpern von einem Dutzend meist weiblicher Kunden[37] zu arbeiten.[38] Doch der Job beschäftigte Ania momentan nicht. Den erledigte sie ohnehin mit links. Der machte ihr sogar Spaß. Sie mochte es einfach, sich beim Training zu spüren, und sie fand es toll, anderen, vielleicht nicht so biegsamen, vielleicht nicht ganz so definierten Frauen (und natürlich auch Männern, aber die kamen aus anderen Gründen in ihre Kurse) etwas von ihrem Gefühl mitzuteilen, wenn möglich abzugeben. Ania dachte also noch nicht an die bevorstehenden 120, sondern an die zurückliegenden 30 Minuten, an dieses total verunglückte Interview mit Tobias. Natürlich hatte er wieder mit seinen komischen Heldenepen angefangen. Obwohl sie ihm vorher glasklar zu verstehen gegeben hatte, dass die ausnahmsweise einmal nicht gefragt waren.

Sie stellte die Schale vorsichtig auf dem Tisch ab. Wie war sie nur auf die Idee verfallen, mit dem so etwas wie qualitative Sozialforschung zu probieren? Es wurde höchste Zeit, die Geschichte zu beenden. Ihre Freundinnen fingen schon an, ihn mit einzuladen, wenn eine Party oder ein Essen anstand. Sie ging aber lieber allein aus. Wenn überhaupt. Eigentlich interessierte sie sich – abgesehen von Sex – ohnehin für nichts, außer eben für Soziologie. Außer für diese Spezialsoziologie, von der in ihren Seminaren oder im Lehrforschungsprojekt oder sonst wo an der Fakultät offiziell

37 Tonnen, Maschinen, morsche Gestelle, Monster – an wenig schmeichelhaften Umschreibungen für die Pilates-Kurs-Klientel herrschte in den Personalumkleideräumen und Büros des riesenhaften, im nördlichen Zentral-B. gelegenen Fitness-Tempels kein Mangel. Ania musste öfters lachen, wenn sie die anderen schimpfen hörte, sie selber beteiligte sich jedoch nie an den Frotzeleien.

38 Und zwar nach den Lehren des Joseph Hubert Pilates, geb. 1883 in Mönchengladbach, gest. 1967 in New York, Erfinder eines ganzheitlich orientierten Körpertrainings, Hoffnungsträger zahlreicher Austherapierter, die es nun einmal ganz über die Physis versuchen wollen. Peter Grab, zum Beispiel, trug sich aus lauter Verzweiflung seit mehreren Monaten mit dem Gedanken, sich für einen Pilates-Kurs einzuschreiben.

nie die Rede war.[39] Die aber ... ok, nicht jetzt, sagte sich Ania. Nicht schon wieder träumen. Sie zog sich im Flur eine schwarze Steppjacke über den knallengen, weißen Trainingsanzug, und nur wenige Augenblicke später radelte sie vergnügt, ja, lachend, gegen den Wind an. Wow, das war mal ein Wetter! Sie stellte sich vor, was der Sturm in den Gebüschen anrichtete. Wie er die Botschaften dort durcheinanderwirbelte. »Witterungsbedingte Ungenauigkeiten bei der Messung sozialgeographischer Spezifika in urbanen und suburbanen Grünanlagen« – das wäre doch mal ein nettes Thema für die Semesterarbeit. Das hätte genau auf SEINER Linie gelegen. Eine Böe traf sie unverhofft von der Seite. Das Fahrrad driftete gefährlich nahe an die Bordsteinkante, doch sie behielt das Gleichgewicht, nahm erneut Tempo auf, und die Häuser rechts und links, die Gardinen, die Balkonkästen, die Autos am Straßenrand, die Hüte der älteren Damen, die Haarschnitte der Jugendlichen, die Auslagen der Bäckereien und Metzgereien, die Frequenz kleiner und mittlerer sowie das vorläufige Fehlen größerer Supermärkte, die Namensgebung der wenigen Kneipen, die Art, wie ein windzerzauster Schirm in den Mülleimer eines Bushaltestellenhäuschens gestopft worden war, die Farbe und die Fertigungsqualität des Schirms, die einsame, mit dickem schwarzen Filzstift aufgebrachte Schmiererei auf dem Mülleimer, die Anzahl der Zigarettenkippen auf einem Quadratmeter Bürgersteig, der Grad, wie weit die Zigaretten jeweils zu Ende geraucht worden waren, ein unablässiger Strom von Sachverhalten schoss

39 Totale Soziologie oder auch schlicht TS: In den Neunzigern hauptsächlich in B. gelehrte, fachintern zunächst äußerst umstrittene und später verbannte Vereinigungssoziologie, die ihrem Anspruch nach wesentlich ehrgeizigere Forschungsziele hatte als die Ergründung gesellschaftlicher Partikularphänomene.

Nachrichten auf sie ab, lieferte oder verwehrte und lieferte dadurch erst recht Information, verdeutlichte Strukturen, Veränderungen von Strukturen, die Abwesenheit von Strukturen. Sie war auf dem Weg vom eher wohlhabenden West-B. ins nicht mehr ganz so wohlhabende, ins eigentlich auf gar keinen Fall wohlhabende Zentral-Nord-B., und sie fuhr durch eine stürmische, grün leuchtende Matrix und hatte ER nicht am Anfang seines letzten Buches wirklich ganz genau das geschrieben, was sie jetzt wieder dachte? Was sie *fühlte*?[40]

KAPITEL 16

04.11.2009, 13:24 Uhr, B.-Zentral-Ost, in den Räumen der Design-Agentur FORMA(r)T. Jan Bargfrede hatte sich irgendwie zum Fenster bewegt. Vielleicht war er geflogen, oder geschwebt, auf jeden Fall konnte er sich nicht erinnern, überhaupt aufgestanden zu sein, und sollte Bröker[41] jetzt nicht bald mal die Klappe

---

40 Ania bezieht sich hier ein weiteres Mal auf ihr akademisches Idol, den aufgrund einer schweren psychotischen Depression zwangsemeritierten Professor und Totale-Soziologie-Pionier Jobst-Michael Höhtker, dessen Werke gemäß einer inoffiziellen Direktive von den Lehr- und Seminarplänen der soziologischen Fakultät der Universität B. gestrichen worden waren, sich aber bei einem kleinen Kreis Studierender und Lehrender nach wie vor großer Beliebtheit erfreuten. Höhtkers letzte Publikation, die in der Fachwelt für Beunruhigung gesorgt hatte, begann mit dem Apodiktum »Alles ist interessant. Soziologie muss daher von allem handeln wollen. Sie muss total sein, denn sie ist total.« (aus: Das Geflüster der Gebüsche – Perspektiven und Ansätze einer entgrenzten Soziologie, Verlag für experimentelle Soziologie, Hildesheim 2006).

41 Anzahl der Anrufe bei FORMA(r)T in den letzten 75 Minuten: drei.

halten, sähe er sich wohl oder übel gezwungen, dieser armseligen Fotze noch einmal in allen Einzelheiten darzulegen, wie er ihn damals bei Kilometer elf einfach stehengelassen, einfach mal so im Vorbeigehen vernichtet hatte. Überhaupt, je länger Bröker rumzeterte, desto überzeugter war er von seinem Einfall. Das Ding war eine Revolte gegen sämtliche Beistelltischchenfuß-Konventionen. Da könnte Bröker noch tausendmal von dieser ominösen Deadline anfangen, seine organisch-runde Füßchen-Vision brauchte eben Zeit, um zu wachsen, sie brauchte nichts als ...

»Heute Nachmittag!«, bellte Bröker mitten in Jans Reflektionen hinein. »Punkt vier. Hast du das jetzt auf dem Schirm, Jan? Kriegst du das hin? Na klar kriegst du das hin. Hast doch jetzt charmante Unterstützung. Dürfte doch jetzt überhaupt kein Problem mehr sein. Und vergiss bitte nicht: Klare Linien, edle Bescheidenheit, distinguierte Zurückhaltung, du kennst doch den ganzen Scheiß. Wenn du das im Moment nicht draufhast, warum lässt du nicht deine Kollegin machen? Wie heißt sie noch gleich? Ich glaube, die hat ein Händchen dafür. Habe ich im Gefühl, dass die ...«

»Marion«, murmelte Jan.

»Was?«, machte Bröker. »Ach so, ja. Also, warum lässt du es die Marion nicht mal versuchen. Manchmal ist es eben so, dass man an einer Stelle nicht weiterkommt. Dann muss man auch mal delegieren können, stimmt's, Jan?«

Marion schaute von ihrem Bildschirm auf und den Blick, mit dem sie ihn einmal von oben bis unten betrachtete, mit dem sie ihn praktisch vermaß, konnte Jan beim besten Willen nicht als freundlich bezeichnen. Schaute so eine Frau ihren Liebhaber, eine Angestellte ihren Boss an? Eine Angestellte in der Probezeit? Er drehte sich zur Seite, entdeckte Nummer Zwei. Da stand Nummer Zwei! Sein furchtloses Dienstbike, das ihn tagtäglich in die Slums begleitete. Dessen anthrazitfarbenes, mattschimmerndes Carbon immer noch einiges hermachte. Demgegenüber er jetzt manchmal, seit Superschätzchen in den Keller eingezogen war, ein schlechtes Gewissen hatte. Das insgesamt einen tausendmal besseren Charakter hatte als beispielsweise Marion. Oder Karin. Mit dem er sich eigentlich noch lieber unterhielt als mit seinem Sohn. Apropos, nahm dieses Gefasel von Bröker eigentlich niemals ein Ende? Gab es nun eine Deadline oder nicht? Oder wollte ihn diese angefettete Wanze immer weiter zutexten, um ihn dann Punkt vier per Konventionalstrafe endgültig fertigzumachen? Jan drehte sich noch weiter nach rechts. Nun lag Nummer Zwei voll und die Straße unten teilweise im Blickfeld. Warum konnte man eigentlich keine Gegenstände heiraten? Oder ging das schon? Sobald er die Genehmigung hätte, würde er eines seiner Räder offiziell zu seinem Eheweib machen. Er würde einen regelrechten Titanrahmen-Harem aufmachen und glücklich am Fuße eines extrem ausbruchgefährdeten Vulkans leben. Scheiße, konnte man solche Sachen nicht heute schon machen? Wozu wählten alle, Karin und so, eigentlich die verfickten Grünen? Und, was ... Halt stop, wer war das denn? Welcher Hänger (normale Menschen arbeiteten um diese Uhrzeit) latschte jetzt da unten vorbei? Jan schnippte mit dem Finger. Marion reagierte nicht. Bröker machte immer weiter. Jan schnippte erneut. Bröker erwähnte zum vierten Mal die bevorstehende Messe. Marion hob den Kopf. Jan bedeutete ihr, zum Fenster zu kommen. Bröker meinte, das Shooting für den Katalog müsse mindestens zwei Wochen vor der Messe über die Bühne gegangen sein. Nummer Zwei stand still in der Ecke. Noch.

* * *

KAPITEL 17

Dialogmolekül[42]

»Ja.«

»Michael?«

»Ja.«

»Wo bist du? Hollmann ruft schon wieder an.«

»Stehe im Stau.«

»Wo?«

»Keine Ahnung. Sind noch ein paar Kilometer bis Hollmann. Ich stehe hier noch auf der B66.«

»Auf der 66? Bist du verrückt oder was? Warum fährst du denn über die 66? Scheiße.«

»Ja, tut mir leid.«

»Scheiße, Michael. Ich hab dir schon x-mal gesagt: Guck dir die Pläne besser an. Über die scheiß 66 um diese Uhrzeit, ich glaub's einfach nicht ... Was soll ich Hollmann jetzt sagen? Wann bist du bei denen?«

»Weiß ich nicht. Vielleicht 20 Minuten. Wenn es hier mal weitergeht.«

»20 Minuten?«

»Ja.«

»Kann ich mich darauf verlassen?«

»Nein.«

»Was?«

»Nein.«

»Michael?«

»...«

* * *

Manchmal verstand sie sich selber nicht, aber wie er so dastand am Fenster und schlechtgelaunt nach draußen schaute, seine durchtrainierte Figur, die sehnigen, braungebrannten Unterarme, der am Kinn schon leicht ergraute Dreitagebart – das sah wirklich nicht schlecht aus. Das war attraktiv, hatte etwas von einem großen Jungen. Ein großer Junge mit seinen Spielzeugen. Jemand, der heimlich mit Fahrrädern herumtuschelte. Ein Outdoor-Typ mit kurzgeschorenem Haar und markanter Nase, der leider überhaupt kein Gehirn in seinem Schädel hatte, und der jetzt schon wieder mit den Fingern schnippte, als wäre sie eine Dienstbotin, die man einfach mal so herbeischnippen konnte. Allerdings, im Grunde genommen, wenn sie, was sie gerne vermied, die Dinge einmal zu Ende dachte, war sie seine Dienstbotin, und sie tat deswegen so, als verstehe sie nicht, doch natürlich wusste sie, was dieses Schnippen zu bedeuten hatte. Wie konnte ein erwachsener Mensch bloß so viel Zeit am Fenster verbringen? Brauchte der das? Loser-Spotting – fühlte man sich dadurch besser? Vielleicht sollte sie seiner Nummer Zwei einmal verklickern, was ihrer beider Herrchen für einen Charakter hatte. Aber wahrscheinlich wusste dieses Ding viel besser Bescheid als sie. Unter Umständen kannten die Räder Details, von denen sie lieber gar nichts erfahren wollte, und während Marion noch darüber sinnierte, wie es möglich war, dass sie sich innerhalb weniger Monate von einer normalen depressiven Frau in jemand verwandelt hatte, der strategische Bündnisse mit Drahteseln einzugehen zumindest

---

42 22.06.2009, der späte Nachmittag eines sehr heißen Sommertags, eine Bundesstraße etwa 30 Kilometer von B. entfernt, die letzten Sekunden des Beschäftigungsverhältnisses Michael Brandt – SprintEx Overnight-Logistics und Kurierdienste GmbH.

nicht völlig ausschloss, während sie also darüber nachdachte, ob sie mittlerweile nicht mindestens ebenso gestört war wie ihr Freund, der Diplomdesigner Jan Bargfrede, hielt dieser die Hand auf das Telefon, in dem Bröker sich mittlerweile über allgemeine Probleme der regionalen Möbelbranche echauffierte, und sagte: »Jetzt komm doch endlich mal. Da unten schleichen deine 800 Euro vorbei.«

Marion stand sofort auf und lief zum Fenster. Jan hatte Recht, da unten ging Michael Brandt die Straße entlang. Schon wieder Michi! Aber er schlich nicht. Sie fand, er bewegte sich ganz vernünftig fort. Beinahe zielstrebig, als hätte er ernstlich etwas vor. Und obwohl sich hinter ihren Augäpfeln – warum, warum, warum? Warum eigentlich? – schon wieder schmerzhafte Tränen sammelten, besserte das ihre Laune ganz erheblich.

KAPITEL 18

Margarete Brandts Wohnung in B.-Ost-Außen. Ein Tag oder eine Nacht, möglicherweise Wochen vor dem 01.10.2003. Es ging zu Ende. Das spürte sie deutlich. Immer hatte sie davor Angst gehabt, allein zu sein, wenn es so weit war, doch jetzt fand sie es gar nicht mehr schlimm. Im Gegenteil, sie war froh, dass Michael sie hier nicht so sehen musste. Wie sie dalag, halb in der Kammer, halb in der Küche. Mit dem Rock, der hochgerutscht war und ihre alten Beine freilegte. Sie hätte sich geschämt, und der Junge hätte das bestimmt nicht mehr vergessen. Der hatte doch schon genug Sachen, die nicht so gut waren. Wenn er nur endlich etwas fände, etwas Dauerhaftes, das ihm ein bisschen Geld einbrächte. Wie so viele Male in den letzten Jahren suchte Margarete Brandt auch in den Augenblicken vor ihrem Tod noch einmal nach Auswegen aus der Sackgasse, in die ihr Sohn Michael Brandt geraten war. Vielleicht konnte Michael noch einmal zum Amt gehen, sich dort wegen einer dieser Umschulungen informieren. Da gab es doch heute eine Menge Angebote für Leute wie ihn. Auf dem Amt wusste man doch, was man mit den jungen Leuten machen musste. Eigentlich war es schade, dass die Sache mit dem Buch nicht geklappt hatte. Das hätte sie ihm gewünscht. Das wäre vielleicht das Richtige für ihn gewesen. Sie versuchte, sich ein dickes Buch vorzustellen, auf dessen Umschlag der Name ihres Sohns stand, in dem sie vielleicht auf der ersten Seite erwähnt würde. Aber nein, das war albern. Das wäre natürlich nicht nötig. Wenn Michael ein Buch geschrieben hätte, wäre das genug für sie gewesen, darüber hätte sie sich genug gefreut, und jetzt kam der Schmerz mit einer neuen Welle. Es tat gar nicht einmal so sehr weh; der Schmerz war erträglich. Aber er führte zu etwas anderem, das spürte sie. Er war, ihr fiel kein anderes Wort ein, schwerwiegend. Und dann dachte sie, dass sie gerne gewusst hätte, woran sie jetzt starb. Wussten das die meisten Leute? Die Konserven über ihr, die Gläser mit dem Mais und den Bohnen und den Erbsen waren verschwunden. Es war dunkel. Michael hat ja noch einen Schlüssel, fiel ihr ein. Hoffentlich käme er nicht und fände sie hier. Der Junge hatte ja einen Schlüssel.

KAPITEL 19

04.11.2009, sehr früher Nachmittag, eine Wohnung in B.-Zentral-Nord. Urs Föste hob den Kopf von der Schreibtischplatte und sah sich erneut den Blicken Hannahs ausgesetzt, die den

Taxiunternehmer von ihrem Lieblingsplatz auf dem Teppich unter der Sitzgruppe keine Sekunde aus den Augen ließ. Hannah war ein guter Hund, Föste hegte diesbezüglich nicht den geringsten Zweifel. Dennoch fühlte er sich zuweilen, speziell an Tagen, deren Raum-Zeit-Gleichgewicht durch den Einfluss cannabinoider Substanzen zerfasert worden war, von den sanften Augen des Tieres nicht nur beobachtet, sondern studiert; ja regelrecht analysiert. Heute war so ein Tag. Ein komplett sinnloser Zeitpuffer. Bereits gegen zehn Uhr, gleich nach dem Frühstück, hatte Föste sich daher zu einem weiteren Aufenthalt in dem indischen Strandresort »Nalana Cream Chirras« entschlossen, und mittlerweile fühlte sich sein Körper schwer und gleichzeitig transparent an, und bis vor circa drei Minuten hatte er diesen Zustand als außerordentlich angenehm empfunden. Bremsbeläge und Winterreifen für den 297, der letzte Unfallbericht für den 328, Rechnungen, Steuern – bis eben hatte er die ganze Scheiße nicht einmal verdrängen müssen; sie war ganz einfach weg gewesen. Verschwunden. Verdampft. Sie hatte sich in zuckrige Sitarmusik verwandelt. In schunkelnde Mangrovenwälder. In Marktstände mit exotischen Gewürzen. Zuletzt einfach in einen Papagei. Dann jedoch hatte das Telefon geklingelt und ihm ohne Vorwarnung jenen schrecklichen, mehr als alles andere gefürchteten Satz »Ich kann heute nicht« in die Ohrmuschel gejagt, wonach ihm etwas Besseres als ein klägliches »Mensch, Olfie« wieder einmal nicht eingefallen war, was dieser, also Olfie, zum Anlass genommen hatte, mit einem geflüsterten »Ich bring's heute nicht« nach- und dann aufzulegen.

So eine gottverdammte Scheiße! Föste ließ den Kopf erneut auf die Schreibtischplatte sinken. Er war so was von breit. Er war bis oben hin dicht. Das würde noch mindesten drei, vier Stunden so weitergehen. Und danach, mitten in der Phase der Haschausnüchterung, zu der er traditionell ein oder zwei Hefeweizen brauchte, sollte er sich in den 297 hängen und mit halb verwesten Bremsen durch die Stadt eiern? Welcher Tag war heute? Dienstag? Mittwoch? Gut, viel zu bremsen würde es ohnehin nicht geben. Im Gegenteil, das würde ein übles Halteplatz-Herumgewürge werden. Föste dachte an die Gespräche mit Kollegen, oder, schlimmer, mit anderen Unternehmern, oder, die Endstufe, mit Fahrgästen. Mit Olfie ging es auf jeden Fall nicht mehr so weiter. Er hatte sich immer gegen dieses Bild gewehrt, von wegen geldgeiler Unternehmer, Fahrer scheißegal, und dieser ganze Scheiß. Aber was, bitteschön, sollte er mit jemandem wie Olfie noch anstellen? Sicher, die Omis freuten sich, mal von einem Germanen kutschiert zu werden, aber sollte er sich von diesem Vogel bis in alle Ewigkeit auf dem Kopf herumtanzen lassen? Fakt war, sein Laden brauchte dringend noch einen wie Alkim. Der saß Tag und Nacht auf dem 328. Den sah er nur einmal pro Woche. Vernünftige Umsätze, Wagen immer in Schuss, clevere Unfälle, und dazu auch noch gute Laune. Wie machte dieser Spaguffe das eigentlich? Was nahm der? Wahrscheinlich gar nichts. Der Osmanen-Streber rauchte garantiert überhaupt nichts. An dem sollte sich Olfie mal ein Beispiel nehmen. Denn Olfie konnte das Zeug eben nicht ab. Der hatte ein echtes Problem. Genau wie Michi damals. Olfie war haargenau auf demselben Trip wie Michi. Apropos, konnte es wirklich sein, dass so einer so ein Rendezvous hatte? Dazu mit einem richtigen Hardbody? Mit dieser Höllen-Braut, die er schon ein paar Mal auf dem Beifahrersitz neben einem von den Fun-Gorillas gesehen hatte? Das war beinahe schon grotesk. Egal, ob der Genfer – wie hieß der noch? –, egal ob der alles angeleiert hatte, nach normalen Maßstäben, sozusagen im realen Leben, war die Kombination ›Michi Brandt plus scharfes, ziemlich junges Girl mit Muskelfreund‹ einfach nicht vorgesehen.

Föste öffnete die haschverklebten Augen. Interessantes Wetter dort draußen. Bei seinem Glück würde ihm heute ein Dachziegel auf die Kühlerhaube krachen. Oder diese Sex-Maschine erschlagen, die sich gerade anschickte, bei ihm einzusteigen und »einmal Hamburg-St. Pauli, ich zahle sofort«[43] in sein Ohr zu hauchen. So eine Nacht würde das, er hatte es im Gefühl.

Hannah wandte zum ersten Mal seit Ewigkeiten den Blick von ihm ab und drehte sich mit der oberen Körperhälfte auf den Rücken, während der der Rest von ihr in Seitenlage verharrte. Dazu atmete sie geräuschvoll durch die Nase aus. »So ist's richtig«, sagte er. »Nicht immer den ollen Föste anschauen.«

KAPITEL 20

Angaben zur Kriminalitätsbelastung der Stadt B.

Angesichts der massiven psychischen oder suchtstoffinduzierten Probleme, die das Leben von mindestens einem Fünftel der über 300.000 Einwohner zu einer täglichen Achterbahnfahrt zwischen Lachen von grünlich blinkendem Erbrochenen, kurzen Euphorieschüben und endlosen Abenden vor Fernsehern, Bildschirmen, viertelvollen Gläsern und eingeschlagenen Bade-

43 Im Rahmen dieser unerfüllten, da unerfüllbaren Fantasie hatte Föste früher eher von einer Bezahlung in Naturalien geträumt. Niemand in B. fuhr mit dem Taxi nach Hamburg. Niemand.

zimmerspiegeln machten, war die Häufigkeitszahl schwerer und schwerster Straftaten in der Stadt erstaunlich gering. Obwohl ein extrem hoher Anteil der Menschen in B. praktisch permanent davon träumte, entweder sich oder andere, am besten jedoch sich und andere, von der Erdoberfläche zu fegen, brachte man sich in der Stadt in der Regel weder gegenseitig noch selber um. Ganz generell bewegte sich die Kriminalitätsbelastung B.s im unteren Drittel der Skala ähnlich großer Kommunen. Diebstähle, Einbrüche, auch Raubüberfälle sowie die vielfältigen Formen der Körperverletzung waren zwar an der Tagesordnung, doch verglichen mit der Situation in anderen urbanisierten Zonen des Landes präsentierte sich B., wie die örtliche Polizeibehörde auf Pressekonferenzen immer wieder betonte, nicht nur als durchaus deliktarmes, sondern dazu auch noch als ein Gemeinwesen, dessen Deliktinzidenz in beinahe allen Bereichen nach Spitzenwerten in den achtziger und frühen neunziger Jahren stetig gesunken war. Das Leben in den absterbenden, betäubungsmittelgesättigten Straßenzügen des zentralen Ostens und Nordens, aber auch in den abgehängten Sozialtransferzonen der nördlichen und östlichen Außenbezirke erzeugte demnach weniger Wut oder Tatendurst denn Lethargie, einen alles überflutenden, durchtränkenden Tran, der es den meisten schlicht unmöglich machte, die eigene Gier, die eigenen Wahnvorstellungen in handfeste Aktionen umzumünzen. Weder war man zu feige noch zu gesetzeskonform, um etwas gravierend Illegales[44] auf die Beine zu stellen – man war zu faul.

---

44 Drogenhandel und -erwerb bildeten hier eine gewisse Ausnahme, der allerdings von Seite der Repressionsorgane mit nur noch geringem Verfolgungsdruck begegnet wurde.

Vor dem Hintergrund der oben erörterten Gesamtsicherheitslage in B. sind die Ereignisse der Nacht vom 4. auf den 5. November 2009, die am folgenden Tag im täglichen Polizeibulletin und am 6. November schließlich auch in der örtlichen Presse Erwähnung fanden, zwar einerseits keineswegs als ungewöhnlich zu bezeichnen, sie können jedoch andererseits kaum als symptomatisch für die Situation in der Stadt gelten. B. war und blieb in weiten Bereichen, über viele Stunden in den windigen Nächten, in den Steuerungseinheiten dauerberauschter Zentralnervensysteme, eine sichere[45], fast leblose Stadt, deren manchmal schon unheimlich wirkende Ruhe auch die durch die riesige Elixia-Fensterfront auf einen Teil des zentralen Nordens schauende Ania beschäftigte, für Momente sogar vollends von den vor ihr in einer Pilates-mäßigen Liegeposition eben nicht ruhenden Frauen ablenkte. Ania entwarf einen Plan zur TS[46]-basierten Erklärung des Systems B. Eine kartografisch basierte Gesamterfassung, in der penible Gebüschanalysen nach Höhtker nur den Anfang, die Ouvertüre zu einer weit genaueren, weit durchdringenderen Erfassungsmethode darstellen konnten. Noch wichtiger war ihrer Ansicht nach allerdings der interpretatorisch-philosophische Teil, der sich den Untersuchungen zu B. notwendig anschließen, der die Messverfahren bereits begleiten musste und an dem sie –

---

45 Wobei das Adjektiv »sicher« hier nicht mit der weiter gefassten, vielfach in ähnlichen Sinnzusammenhängen verwendeten Zuschreibung »ungefährlich« verwechselt werden sollte. B. war, hier zeigten sich die meisten der mit der Stadt befassten Experten einig, trotz der unterdurchschnittlichen Anzahl der Straftaten gegen Leib und Leben und der insgesamt moderaten Kriminalitätsentwicklung eine gefährliche, zerstörerische Stadt.

46 TS = Totale Soziologie, siehe Anm. 40.

manchmal träumte sie halt – liebend gerne mitwirken würde. Natürlich waren bis dahin noch Myriaden von Problemen zu lösen, ideologische und praktische Barrieren zu überwinden, Überzeugungsarbeit auf allen Ebenen zu leisten. Das Projekt war, die Kritiker hatten in dieser Hinsicht einfach recht, in seinem Ansatz wie in seinen Wirkungen und potentiellen Nutzungszusammenhängen geradezu beängstigend ganzheitlich. Wer das bestritt, war ihrer Meinung nach entweder ein Heuchler oder ein Idiot. Höhtker selber hatte das ja nie verschwiegen, von Anfang an die potentiellen Dimensionen umrissen, und unter Umständen hatten sie ihn genau deswegen unschädlich gemacht, nicht wegen dieser angeblichen Krankheit. Vielleicht war Höhtker gar nicht verrückt geworden. Ania wusste einfach nicht, was sie in dieser Hinsicht noch glauben sollte. Sie selber hatte Höhtker nicht mehr erlebt, doch die Berichte älterer Semester hörten sich, das musste sie zugeben, bizarr an. Die tonlose Stimme, die berühmten Tränen, die Seminartitel[47], die Uniformen – all das hatte seiner Arbeit, seinem brillanten Ansatz erheblich geschadet. Sie würde, nahm sich Ania vor, die Sache anders angehen. Seriöser, vernetzter, abgesicherter, doch andererseits vielleicht sogar noch radikaler, noch visionärer, und heute Abend, ganz plötzlich kam sie jetzt darauf, würde sie, obwohl es eigentlich schon zu kalt war, einen ihrer Miniröcke anziehen und darunter einen ihrer transparenten Slips. Ania betrachtete die graue, zerklüftete Stadtlandschaft zu ihren Füßen. Auf dem Dach dieser Versicherung standen die Fahnen jetzt waagerecht und steif in der Luft. Auf

47 U.a.: »Totales Durchdringen 1«, »Verschieben von Bevölkerung – praktische Übungen«, »Gebüsch und Genital – eine urbane Spurensuche«, »Die Stadt der Gespenster« usw.

dem Platz vor dem Elixia bewegte sich ebenfalls nichts. Die ganze Gegend war völlig leer, und obwohl dieser Anblick Ania faszinierte, in einem komplexen Wechselwirkungsverhältnis sogar erregte, wandte sie sich wieder den vor ihr schwitzenden, vereinzelt auch keuchenden Frauen zu, deren Liegepositionen sich im Hinblick auf Kalorienverbrauch und Komfort fundamental von derjenigen Hannahs unterschieden, der kaum einen Kilometer weiter nördlich nun doch langsam die Augen zufielen. Föste, nach wie vor am Schreibtisch, hatte unterdessen eine aufrechte Sitzhaltung eingenommen. Seine Konzentration galt der Produktion einer neuen, mit fein-kristallinen Nalana-Krümeln versetzten Zigarette. Egal, dachte er, jetzt war es auch schon wieder scheiß-e-gal. Gleich legte er sich eh nochmal hin.

KAPITEL 21

Der Zustand von Prof. Höhtker hat sich in den letzten Wochen weiter stabilisiert. Er isst mit durchschnittlichem Appetit, schläft in vielen Nächten und kommuniziert mit seinen Betreuern, jedoch noch nicht mit anderen Patienten. Insgesamt hat sein Interesse am Leben, an den Vorgängen auch außerhalb des Hauses zugenommen, während andererseits seine noch im Frühling massiv ausgeprägten Ängste und Wahnvorstellungen an Intensität zu verlieren scheinen. Damals vermied der Professor (wie er sagte, aus »theoretischen Erwägungen«) u.a. den Anblick von Straßenkarten, von Stadtplänen, überhaupt von menschlichen Ansiedlungen, z.B. im Fernsehen. Unser schöner Klinikpark beunruhigte ihn in einem Ausmaß, das ihm in den ersten Monaten seines Aufenthaltes im Bellerive praktisch unmöglich machte, die Klinikgebäude zu verlassen. Heute befindet sich Prof. Höhtker eindeutig auf dem Weg der Besserung, und ich persönlich beginne zu verstehen, warum man uns diesen Patienten vor der Aufnahme als bedeutenden und besonders intelligenten Mann angekündigt hatte. Ich bin sogar ein wenig stolz darauf, dass der Prof. Höhtker seinen ersten Ausflug in den Park mit mir gewagt hat. Die Initiative dazu ging von ihm aus: »Kommen Sie, Frau Klaassen, lassen sie uns für ein paar Minuten diese ›totale Institution‹ verlassen.« Generell hat sich sein Verhältnis zu den Pflegekräften und Ärzten, wie ich glaube, entspannt. Seine anfängliche Passivität und Verschlossenheit hat er zumindest phasenweise überwunden.

Erwähnen muss ich in Bezug auf Prof. Höhtker noch die beiden Vorfälle vom 27. und 28. Oktober, bei denen der Patient jeweils versuchte, meine Brust zu berühren bzw. auch berührt hat, während er mir Zettel mit selbstverfassten Gedichten überreichte. Obwohl es sich hierbei um Grenzüberschreitungen handelte, möchte ich dennoch betonen, dass der Prof. jeweils sehr behutsam vorging und die tatsächlichen Berührungen dadurch einen flüchtigen und defensiven Charakter hatten. Ich persönlich werte die beiden Zwischenfälle als positiv, da, wie Prof. Wirthler vor kurzem noch einmal betonte, ein wiedererwachtes sexuelles Interesse bei depressiven Patienten eindeutig als Zeichen einsetzender Gesundung zu interpretieren ist. Überdies waren mir die Berührungen von Prof. Höhtker, der ein durchaus attraktiver Mann ist, nicht unangenehm. Im Gegenteil, ich stellte zu meiner Überraschung (und Beunruhigung) an mir eine milde Form sexueller Erregung fest, die mir in der Folgezeit den Kontakt zu Prof. Höhtker etwas erschwerte und die in latenter Form weiterhin vorhanden ist.

Bei den Mitteilungen, die mir Prof. Höhtker überreicht hat,

handelt es sich um zwei Gedichte. Ich bin in dieser Hinsicht nicht ausgebildet und möchte mich deswegen nicht zu deren Qualität äußern; der Inhalt der Gedichte lässt mich jedoch zu der Überzeugung gelangen, dass der Gesundungsprozess bei Prof. Höhtker trotz der unverkennbaren Fortschritte noch nicht abgeschlossen ist.[48]

KAPITEL 22

04.11.2009, 13:26 Uhr, die Designagentur FORMA(r)T in B.-Zentral-Ost.

»Warte. Ich gehe mal gerade in die Kaffeeküche.«

»Wieso? Darf der Gestalter nicht wissen, was wir uns zu sagen haben? Gibt es etwa schon Heimlichkeiten bei euch?«

»Warte«, sagte Marion noch einmal und warf einen kurzen Blick auf Jan, der immer noch durch das große Fenster auf die Straße hinunterstarrte. Seine Kiefermuskeln, fand sie, waren ganz schön in Bewegung.

---

48 Aus: Patienten-Bericht Jobst-Michael Höhtker, Oktober 2009. Verfasserin: Beate Klaassen, geb. am 12.01.1973 in Oldenburg, Niedersachsen, wohnhaft in Mennedorf, Kanton Zürich, Schweiz, ausgebildete Krankenschwester, Psychologiestudium an der Universität Bremen (abgebrochen), z. Zt. therapeutische Betreuerin in der Station 2B der psychiatrischen Klinik Bellerive am oberen Zürichsee. In den monatlichen Patienten-Berichten werden Betreuer dazu angehalten, in größtmöglicher Genauigkeit ihre subjektiven Eindrücke zu jeweils einem ausgewählten Patienten ihres Arbeitsbereiches zu schildern. Zur Sprache kommen sollen dabei ausdrücklich auch Beobachtungen an der eigenen Person, die im Zusammenhang mit dem Patienten stehen.

»So, jetzt.« Marion schloss die Kaffeeküchentür von innen. »Ich find's nicht gut, vor Jan mit dir zu reden. Da habe ich keinen Bock drauf.«

»Aber bei euch stimmt noch alles, oder? Nicht, dass du den Mann als Spielzeug missbrauchst. Das hat Jan nun wirklich nicht verdient.«

Marion lachte bitter. »Keine Ahnung, was Jan verdient hat. Mich aber auf jeden Fall nicht. Oder vielleicht gerade mich? Jetzt ehrlich, Frank, glaubst du, ich bin so eine Art Strafe für die Männer?«

Stremmer antwortete nicht sofort, weswegen sie die Motorengeräusche und Stimmen im Hintergrund jetzt deutlicher wahrnahm. Englische, französische, noch irgendwelche anderen, wahrscheinlich portugiesische Stimmen. Das ist Genf, das ist die typische Genfer Mischung, dachte sie, und ihre heute mit ein bis zwei Spritzern Verzweiflung angereicherte schlechte Laune bekam eine fast schon nostalgische Färbung.

»Ich finde – ich sage jetzt die Wahrheit, Marion, du bist eine absolute Top-Frau. Sexy, intelligent, einfühlsam, ein Glücksfall.«

»Ach komm, hör auf, mich zu verarschen. Ich weiß ...«

»Ich verarsche dich nicht«, unterbrach sie Stremmer. »Du wolltest hören, was ich denke? Das ist es, was ich denke. Das Problem ist nur, dass der Mann von heute, ich meine, nach dem Zusammenbruch der östlichen Systemalternative, nach den Turbulenzen an den Wertpapiermärkten, wir können einfach ... Warte mal ...« Frank brach wieder ab. Einen Moment lang hörte sie nur das Dröhnen des Busmotors, dann wieder, aber weiter entfernt, Franks Stimme, die »Allez y« sagte, und einen Mann, der mit »Thank you« antwortete.

»Also, wo war ich stehengeblieben? Ach ja, bei unserem Designgenie. Sag mal, wie heißt euer Laden noch?«

»FORMA(r)T.«

»Fantasievoller Name. Da ist der Jan selber draufgekommen, stimmt's?«

»Keine Ahnung. Ich tippe eher auf Paul. Oder Karin.«

»Noch mehr geile Namen. Muss man die kennen?«

Marion senkte die Stimme: »Paul ist Jans siebenjähriger und, finde ich zumindest, verhaltensgestörter Sohn. Karin ist ... ach komm, lass uns nicht darüber reden.«

»Doch, lass uns darüber reden. Das klingt interessant. Jedenfalls interessanter als das, was ich hier vor Augen habe.«

»Du sitzt im Bus, oder? Wo soll's denn hingehen?«

»Zum Flughafen. Ich fliege gleich nach Deutschland. Ich komme euch gleich besuchen, und ich gehe stark davon aus, dass die SS wenigstens ein Wachbataillon zu meiner Begrüßung bereitstellt.«

»Jetzt sag schon, Frank, wohin fährst du? Hast du einen neuen Job? Oder ein Interview?«

»Das heißt Vorstellungsgespräch, Herrgott. Kannst du bitte mal aufhören, unsere so immens reichhaltige Sprache mit diesem Kauderwelsch zu verwässern?«

»Jaja. Also: wirklich zum Flughafen? Ich dachte, wenn du kommst, wolltest du den Wagen nehmen.«

»Der Saab ist hinüber. Der hat eben keinen Ton mehr von sich gegeben.«

»Echt? Oh nein, unser liebes Auti.«

»Alles, was mit uns zusammenhängt, zerfällt. Wir lösen uns auf, Marion. Unser Wir löst sich auf. Das ... mich berührt das irgendwie.«

»Pfff, glaube ich nicht.«

»Die reine Wahrheit. Im Saab vorhin, da fühlte ich mich beinahe wieder so wie bei deinem Abschied hier. Das war original das gleiche Gefühl. Meine Beziehung zu dir, darauf bin ich in dem Moment gekommen, war wie die Beziehung zu diesem Wagen. Den habe ich ja am Ende auch kaum noch benutzt. Verstehst du? Du bist unser Saab, Marion. Ich meine, du bist ein schönes, älteres Auto mit blonden Haaren.«

»Danke. Wirklich sehr charmant.«

»Komm schon, jetzt mal nicht den Humor verlieren. Was ist eigentlich los mit euch da oben? Michi heute Morgen war auch schon so muffelig. Schaut dagegen mich an: Seit Jahren bin ich klinisch tot; du plauderst hier mit einem lebendigen Toten. Aber blase ich deswegen Trübsal? Verliere ich deswegen den Glauben an unsere Wirtschaftsordnung?«

Marion horchte auf. Hinter der Tür waren Schritte zu hören.

»Hallo? Marion? Kriege ich hier vielleicht mal ne Antwort? Apropos Michael: Hast du ihm die Kohle gegeben?«

Die Tür zur Kaffeeküche öffnete sich, davor stand Jan in seiner wasserfesten, atmungsaktiven und, wie sie fand, katastrophalen Fahrradjacke.

»Warte noch mal«, sagte Marion ins Telefon, und dann zu Jan: »Willst du jetzt radfahren? Und Bröker?«

Jan zog sich den Reißverschluss nach oben. Dabei schaute er Marion an. Er schaute Marion sehr intensiv an und seine Kiefermuskeln gerieten dabei regelrecht außer Rand und Band.

»Ja-an, ich spreche mit dir. Was ist mit Bröker?«

Jan schwieg für weitere zwei oder drei Sekunden. Dann drehte er sich um und schob (kicherte dieses Ding etwa?) Nummer Zwei Richtung Ausgang, worauf Marion kopfschüttelnd die Tür wieder schloss und Stremmer mitteilte, sie habe Michael Brandt auftragsgemäß 800 automatenfrische Euro überreicht.

»Sag mal, was war das gerade?«, fragte Stremmer. »Gibt es Probleme bei euch? Kann ich eventuell helfen?«

»Da kann niemand mehr helfen, glaub mir.«

»Das tut mir aufrichtig leid, Marion. Vielleicht können wir ja heute Abend mal etwas darüber reden. Strategien, Lösungsansätze, du verstehst.«

»Frank, jetzt sei bitte einmal ernst: Bist du heute Abend wirklich in der Stadt?«

»Ja. Ich schätze gegen neun, halb zehn. Ich lande in Berlin und habe dann einen Wagen gemietet.«

Marion beobachtete eine psychosomatische Reaktion an sich: Ihr Herz klopfte schneller. Sie war ein hoffnungsloser Fall.

»Aber was willst du denn hier?«, fragte sie und schämte sich augenblicklich für die Angst, die aus jedem Buchstaben dieser dämlichen Frage quoll. Dabei hatte sie gar keine Angst. Im Gegenteil, sie freute sich. Eventuell hatte sie Angst, weil sie sich freute, weswegen als bewiesen gelten konnte, dass sie tatsächlich noch verrückter war als ihr gegenwärtiger Arbeitgeber.

»Keine Ahnung, was ich will. Ich habe nicht den blassesten Schimmer. Aber die Steinhäuser hat mir gesagt, ich soll mal ne Weile verschwinden. Ich soll ausspannen. Diese Idiotin denkt, ich wäre fertig wegen Stress im Job, und so. Burn Out.«

»Und zum Ausspannen kommst du hierher? Wo willst du überhaupt schlafen? Bei deinen Eltern?«

»Bist du verrückt? Ich …« Stremmer brach ab und Marion konnte jetzt eine weibliche Roboterstimme verstehen, die den Businsassen etwas von einer »mauvaise circulation« berichtete.

»Herrgott noch mal«, setzte Stremmer erneut an, »die gottverdammten Frogs blockieren mal wieder alle Straßen zum Airport. Ich sage dir, Marion, es ist gut, dieses Irrenhaus für eine Weile zu verlassen. Ich meine, hier ist immer Stau. Hier staut sich alles bis direkt in meine Synapsen hinein. Verstehst du, irgendwo hinter meinen Augen leuchtet eine rote Ampel. Und heute Abend? Keine Ahnung, wo ich schlafe. Sollen wir ins Hotel gehen?«

»Wir?«

»Komm schon, erzähl dem Tischler, dass du heute Abend auf Papi aufpassen musst, dass du ins Theater gehst, zum Blutspenden, was weiß ich. Wir nehmen uns ein Hotelzimmer, kaufen Champagner und schauen schön zusammen die Wochenschau, oder was bei euch sonst so im Fernsehen läuft.«

»Champagner, Hotel, Mietwagen ... ein paar Hundert für Michi – hast du mir nicht erst neulich noch erzählt, du wärst pleite?«

»Hör mal, Marion, erstens hast du ja wohl unserem Michi heute Morgen Geld gegeben, sehe ich das richtig? Und zweitens redest du hier mit einem hochdekorierten, ehemaligen Mitarbeiter eines der seriösesten Unternehmen der Schweizer Finanzindustrie. Eine gewisse Kernkompetenz in Sachen Kontodeckung darfst du daher gerne voraussetzen.«

»Jetzt habe ich Michi also gesponsert? Na ...«, Marion lächelt gegen ihren Willen; »... dann wird der Champagner heute Abend aber doppelt so teuer, darauf kannst du dich verlassen.«

»Kann ich? Sehr gut. Ich rufe an, wenn ich gelandet bin«, sage ich und schalte danach mein Telefon aus. Dieser Bus hat sich in den letzten fünf Minuten keinen Zentimeter bewegt. Draußen: Eine Art Genf. Ein mit Betonburgen vollgestopftes, bereits unerträglich französisch aussehendes Vorstadt-Genf. Was passiert eigentlich, wenn ich den Flieger verpasse? Ich kann nur hoffen, dass in irgendeiner Schublade ein praktikabler Plan B für den Fall existiert, wenn dieses Flugzeug wirklich ohne mich in Richtung Volksgemeinschaft abhebt. Denn ich persönlich könnte dann für nichts mehr garantieren. Für gar nichts. Saab, Flieger, und wenn ich zum Bahnhof fahre, sind wahrscheinlich alle Schienen geschmolzen. Seit 1800 Tagen Gefangener der Armée Genevoise pour la Libération d'Argent (AGLA). Diese Schweine lassen mich ein dilettantisch bekrakeltes Pappschild hochhalten. Sie machen ein Foto von mir. Wie bitte? In diesem Kofferraum dort ist was zu essen für mich? Ich soll mich da hineinlegen? Nein danke, Froschmann! Non ... oh ... o la la ... der Büs haben sisch bewegt. Ich beruhige mich. Der Bus fährt tatsächlich. Wir sind unterwegs in Richtung Flughafen, und diese Jamaikanerin oder meinetwegen Haitianerin in der blauen Uniform (welche Katastrophen-Airline ist das? Verdammt, kann ich noch umbuchen? Wohin fliegst du heute, Cindy?) fummelt plötzlich mit einer Cremetube herum. Sie beginnt, sich die langen braunen Finger mit den unlackierten, beinahe weißen Fingernägeln, den von zarten Adern durchzogenen Handrücken einzucremen. Eine schamlose Karibin betreibt in aller Öffentlichkeit Intim-Kosmetik! Und dazu schaut sie mich an. Riesige dunkle Augen sind drauf und dran, mir die Studios aus dem Gehirn zu brennen. Ich muss den Blick abwenden und lese auf einer Plastiktüte: »When do synergies really matter? Strategic partnerships in challenging times. Geneva Summit 2.–4. November.« Ein sehr interessantes Motto. Es gehört zu dem graumelierten Trenchcoat-Ami im Gang. Ihn hat man eingeladen, mich nicht. Doch sein Auftritt war ein Reinfall. Seine Analysen blieben unbeachtet. Air Barbados steckt unterdessen die Tube wieder ein. Ihre Hände schimmern. Der Bus stoppt. Ganz deutlich spüre ich

Synergien. Doch sie sind nutzlos. Sie kommen mir ganz und gar nutzlos vor, und eventuell war es nicht nur eine richtige, sondern eine alternativlose Entscheidung, die Stadt heute zu verlassen.

KAPITEL 23

SprintEx Overnight-Logistics und Kurierdienste GmbH

Mitarbeiter (Vollzeit, Teilzeit): 17, davon vier in der Verwaltung, 13 als Fahrer (mehrheitlich in gerßingfügigen Beschäftigungsverhältnissen).

Firmensitz: Ost-Zentral-B., das mitten in einem (hauptsächlich von dauerbetrunkenen Hottentotten bevölkerten) Wohngebiet gelegene Areal der ehemaligen Werkzeugmaschinenfabrik Gebr. Wietmeister. Gegenwärtige Nutzung des Firmengeländes: Kleinunternehmen des Dienstleistungssektors, u. a. ein China- und ein Pizza-Service, eine Homosexuellen-Sauna, eine alternative Fahrradwerkstatt mit angeschlossenem Gebrauchtfahrrad-Handel: Pedalissimo.

Geschäftsführung: Ralf-Dieter Westhaus, Dr. Ingo Niemczik.

Motto: Schneller – zuverlässiger – günstiger.
Intern: Memento mori (Westhaus).

Ideengeschichtlicher Hintergrund und Genese: Das Geschäftsfeld der SprintEx GmbH ist der flexible und möglichst rasche Kleingütertransport. In den Monaten vor der Unternehmensgründung im Jahre 1994 entschieden sich deswegen der (zu diesem Zeitpunkt erwerbslose) Doktor der Philosophie Niemczik und der (zu diesem Zeitpunkt ebenfalls keiner geregelten Tätigkeit nachgehende) Diplom-Historiker Westhaus zunächst für den Firmennamen »Teilchensturm«, von dem sich vor allem Niemczik Symbolkraft sowie einen hohen Wiedererkennungswert versprach. Nach intensiven Gesprächen sowohl mit dem Existenzgründungsteam der Industrie- und Handelskammer als auch mit Kreditberatern mehrerer Bankinstitute gelangten die beiden Unternehmer jedoch zu der Auffassung, dass diese intellektuell und ästhetisch anspruchsvolle Idee ihren Geschäftsinteressen nicht etwa zu-, sondern unter Umständen sogar abträglich sein könnte. Es bedurfte Wochen weiterer, teils hitziger Diskussionen, bis man sich schließlich auf den Firmennamen SprintExpress einigen konnte, dessen milde Tautologie vor allem Westhaus überzeugte, und der schließlich aufgrund eines namensgleichen Unternehmens im Rhein-Main-Gebiet zu dem griffigen Akronym SprintEx, so Niemczik, »optimiert und komprimiert« wurde.

Obwohl mit dem Anspruch gestartet, das Heiligtum des postindustriellen Kapitalismus, die Dienstleistung, durch einen quasi überperfekten Service zu persiflieren und letztlich auszuhöhlen, entwickelten sich die beiden Akademiker in der Folgezeit zu erstaunlich gewöhnlichen Geschäftsleuten. SprintEx, einst als marxistisch inspirierte Ironie ins Leben gerufen, mauserte sich zu einem mäßig erfolgreichen, aber stabilen Kleinbetrieb, der von Anfang an große Teile seiner rasch wechselnden Belegschaft aus dem schier unerschöpflichen Reservoir an gescheiterten Spinnern der Stadt B. rekrutierte – und selbstverständlich entsprechend bezahlte. An weinseligen Abenden mit seinem besten

Freund Urs Föste (sowie dessen Hund) interpretierte Niemczik diese eminent kostendämpfende Strategie übrigens gewohnt politisch. Revolution, so der mittlerweile 47-jährige Philosoph, könne in diesem Land eben einzig und allein über die Löhne funktionieren. Arbeitslose hatten seiner Meinung nach ebenso wenig Potential wie vernünftig bezahlte, womöglich auch noch organisierte Arbeitnehmer. Eine revolutionäre Situation sei nur denkbar bei einer möglichst großen Anzahl von Menschen, die, O-Ton Niemczik, »arbeiteten wie die Säue, aber trotzdem Chappi aus der Dose fressen mussten.« Nur diese Leute könnten genug Hass entwickeln, die notwendige Energie und Rücksichtslosigkeit. Er selber spüre das ja tagtäglich.[49]

Fuhrpark: Zwei Mercedes Sprinter CDI, zwei Fiat Ducato, zwei Fiat Doblo.

Umsatz (vor Steuern) im abgelaufenen Geschäftsjahr: 1,1 Mio. Euro.

13. Monatsgehalt für vollzeitangestellte Mitarbeiter: Nein.

Weihnachtsfeier: Nein.

Sonstige Vergünstigungen für die Belegschaft: Keine.

* * *

49 Föste, der im Gegensatz zu Niemcziks bolschewistischem Turbokapitalismus eher dem sozial-verantwortlichen Unternehmertypus der Adenauer-Ära entsprach, hielt diese These (zumindest in nüchternem Zustand) für komplett schwachsinnig.

04. 11. 2009, früher Nachmittag, irgendwo im östlichen B.-Zentral-Ost. Michael Brandt bog von einer noch teilweise belebten in eine vollkommen ausgestorbene Straße ein. Hier kannte er alles in- und auswendig. Über mehr als zwei Jahre, bis zum jenem glühendheißen 22. Juni 2009, hatte er diesen Anblick jeden Tag genießen dürfen, und abgesehen von den Schwulen, die zur Sauna schlichen, den Leuten vom Pizza- und China-Service und natürlich den SprintEx-Sklaven, war ihm hier nie menschliches Leben begegnet. Brandt ging die Treppe zum Eingang einer dreistöckigen Bruchbude hinauf. Links neben der Haustür hatte der Wind einen Haufen alter Gratiszeitungen und Prospekte aufgetürmt. Einige Briefkästen trugen Rußspuren, Klingelschilder waren immer wieder überklebt worden. Brandt entzifferte krakelige Handschriften, fahriges Filzstiftgeschmiere, las erstaunlich viele deutsche Namen. In einer Ecke hatte sich etwas Rotes, beinahe Organisches – die Überreste eines Sylvesterknallers – schon halb mit der Hauswand verbunden. Brandt kam noch näher. Er schaute sich das alles an. Er inspizierte einen Hauseingang. Dann aber gab er sich einen Ruck, drehte sich um und legte die letzten hundert Meter bis zum Wietmeister-Gelände in einem Stück zurück. Die Stunden bis zum Abend mussten gefüllt werden. Es kam nicht darauf an wie.

***

Die Örtlichkeit: Der SprintEx-Konzernsitz. Ein einstöckiger, in den Sechzigern errichteter Flachbau. Ein Büro mit zwei Schreibtischen, Computern, Telefonen. Karten der Stadt, der Region und des ganzen Landes an den Wänden, außerdem zwei in den Sechzigern aufgenommene und gerahmte Schwarzweißporträts, die den Künstler Andy Warhol und die Bildungspolitikerin Hanna-Renate Laurien zeigten. Zwei Kakteen auf der Fensterbank.

Der Geruch: Mikrowellenerhitzte Fertig-Currywurst.

Die Geräuschkulisse: Musik amerikanischer Ureinwohner. Leise, nur »Gesang«.

Die Anwesenden: Michael Brandt (Anfang 40, Schriftsteller), Dr. Ingo Niemczik (Ende 40, Kommunist).

»Tja, das war natürlich echt ein Ding, was du dir damals geleistet hast. Lässt die Karre mitten auf dem Feld stehen ... ich meine ... hab ich echt noch nicht erlebt. Wie bist du da eigentlich nach Hause gekommen?«

»Getrampt. Hat aber ganz schön lange gedauert.«

»Getrampt? Tsss. Da hat der Mann einen wunderschönen Mercedes Sprinter unterm Hintern, muss nur noch kurz bei Hollmann vorbei – war doch Hollmann, oder? – und kann danach ganz gemütlich nach Hause schippern, aber ein Michael Brandt zieht natürlich die unkonventionelle Lösung vor. Hollmann war doch die letzte Fuhre, oder?«

»Ich glaube schon.«

»Und warum war die nun ausgerechnet nicht mehr zu machen? Gab's spezielle Probleme? Oder warst du einfach ganz allgemein mit den Kapitalverhältnissen nicht mehr einverstanden?«

»Weiß ich nicht mehr, Ingo. Keine Ahnung, was damals los war mit mir.«

»Wirklich? Du lässt unseren besten Wagen auf einem Feld neben der 66 stehen, und ein halbes Jahr später weißt du nicht einmal mehr, warum? Das klingt aber gar nicht gut, Michael.«

»Ich weiß es echt nicht mehr. War ne Krise, oder so was. Ich war nicht so gut drauf.«

»Und heute ist das natürlich alles ganz anders. Heute kann so etwas bei einem Michael Brandt natürlich nicht mehr vorkommen. So ein Bock ist bei dem mittlerweile ganz und gar ausgeschlossen. Ist es das, was du mir hier erzählen willst, Michael?«

»Hör mal, Ingo … (kurze Pause, Brandt versuchte sich zu sammeln. Er fühlte sich insgesamt – gut!) … mir ist schon klar, dass das ne verrückte Aktion war. Und wahrscheinlich ist es noch verrückter, jetzt anzukommen und zu fragen, ob ich wieder für euch fahren kann. Aber so ist es eben. Wenn du keinen Bock drauf hast, sag's mir einfach, und ich haue wieder ab.«

»Jetzt mal nicht so empfindlich. Der Kapitalismus wird gerade abgeschafft, Michael, das hast du doch sicher mitbekommen. Die Situation ist, obwohl ich mir das immer irgendwie anders vorgestellt hatte, du weißt schon, Kapitalisten baumeln an Laternenmasten, Werktätige tanzen durch die Straßen, und so, romantisch eben … trotzdem, die Lage ist eindeutig revolutionär. In so einem Kontext ist der Umgangston zwangsläufig etwas rauer.«

»Ich sage ja nur, wenn du keinen Bock hast, kann ich auch wieder gehen. Braucht ihr denn momentan überhaupt Fahrer?«

»Wir brauchen immer Fahrer, das weißt du doch. Sag mal, hat Urs dich eigentlich hergeschickt?«

»Föste? Wieso?«

»Habe eben mit ihm telefoniert und er sagte mir, du wärst heute schon bei ihm gewesen.«

»Stimmt. Aber hat er nicht.«

»Hat er was nicht?«

»Na, mich zu dir geschickt. Warum sollte er auch? Der sucht selber Fahrer.«

»Also Michael, ich sag's mal ganz frei heraus. Mit der Kifferei muss aber Schluss sein, wenn du wieder bei uns fahren willst. Das läuft vielleicht bei Urs, wo die Fahrer im Taxi pennen ... Aber bei uns, na, du weißt ja, wie das hier abgeht.«

»Also, habt ihr jetzt was für mich, ja oder nein, Ingo?«

»Nun, in Anbetracht der Tatsache, dass ich letzte Woche gerade jemanden von seinen Verpflichtungen uns gegenüber entbinden musste, könnte es eventuell sein, dass ... Sag mal, hast du den Umur noch mitbekommen? War der schon da, als du auch noch da warst? Ich sage dir, so was habe ich noch nie erlebt. Konvertit. Ein total verrückter Konvertit. Der sagt mir neulich glatt, ich soll mit meiner Curry am Mittag aufhören, sonst würde er kündigen. Du verstehst, Schweinefleisch und so. Der sagt mir, er könne in einem derart unreinen Umfeld nicht mehr arbeiten. Ich sage: Aber bitte, niemand zwingt dich. Das musst du dir mal vorstellen: Der Typ hält mitten in der Pampa an und rollt erst mal den Teppich aus. Der hatte immer seinen Teppich dabei.«

»Um zu beten?«

»Ganz genau. Termine? Der Zeitplan? Scheißegal! Der Typ hat erst einmal gebetet. Der hatte sogar einen Taschenkompass dabei. Gut, neulich musste ich den Mann feuern, aber andererseits hat der mich echt fasziniert. Da war Potential, sage ich dir. Der hatte Energie. Ich traue es mich ja schon nicht mehr, das zu sagen, aber der Typ war ... ach lassen wir das.«

»Aber jetzt ist er weg, oder?«

»Ja.«

»Und ihr braucht Ersatz.«

»So ist es.«

»Und der Ersatz könnte ich sein? Der Ersatzmann von meinem Ersatzmann quasi.«

»Lustig, nicht?«

»...«

»Also gut, Michael, von mir aus schon. Wann könnte der Herr denn die erste Schicht in seinen übervollen Terminkalender integrieren? Ginge das, vorausgesetzt, wir kriegen das mit den Papieren so schnell hin, schon nächste Woche?«

»Ja.«

»Ganz sicher? Ich meine, bist du dir sicher, den immensen psychischen Belastungen des Kurierdienstes diesmal gewachsen zu sein? Oder dürfen wir dann nach ein paar Wochen wieder einen Sprinter vom nem Acker holen?«

»...«

»Ok, dein Schweigen interpretiere ich jetzt mal als Zustimmung. Ich sage Gabriele morgen, sie soll das alles in die Wege leiten. Heute geht das nicht. Du wirst vielleicht bemerkt haben: Ich bin allein hier. Gabriele hat frei, Ralf-Dieter ist krank. Ich muss hier die ganze Zeit am Telefon wachen und die Fahrer dirigieren, dabei müsste ich eigentlich ganz woanders sein, und zwar in Varel, bei meiner Urte. Die hat nämlich heute Geburtstag, was ihrem vielbeschäftigten Papi aber leider leider erst heute Morgen eingefallen ist.«

»Aha.«

»Genau. Und weil das alles so ist und weil Papi noch schnell von gegenüber ein schönes Kinderfahrrad erstehen konnte, sucht er jetzt jemanden, der das Geschenk mal schnell heute Nachmittag nach Ostfriesland bringen könnte. Aber, wie du siehst, alle sind unterwegs. Die Flotte ist auf hoher See. Schöne Ironie, was? Chef von Transportdienst kann nicht mal das Geschenk für die eigene Tochter transportieren. Komisch, oder?«

»Hmm.«

»Was soll er also machen? Bei der Konkurrenz anrufen? Was würdest du diesem armen Vater empfehlen, Michael?«

»Keine Ahnung. Das Ding erst morgen abliefern. Das Geschenk, meine ich.«

»Morgen? Unmöglich. Das kann ich meiner Tochter nicht antun. Und auf die Kommentare von meiner Birte habe ich erst recht keinen Bock. Also, was empfiehlst du mir? Hast du wirklich überhaupt keine Idee?«

»…«

»Dann gebe ich dir mal einen kleinen Tipp: Vor dem Haus steht ein schöner, noch fast neuer Golf herum. GPS, Klima, Sitzheizung, Navi, alles vom Feinsten. Das Ding ist blitzblank, vollgetankt und würde sich riesig freuen, mal wieder durch das schöne Ostfriesland chauffiert zu werden. Na, Michael?«

Brandt schaute auf die Uhr. Die Panik, heute Abend ein klar über seiner Preisklasse liegendes Date zu haben, verwandelte sich schlagartig in die Panik, dieses Date eventuell zu verpassen.

»Scheiße, wie lange fährt man denn von hier? Zweieinhalb Stunden?«

»Höchstens. Wenn du jetzt losfährst, bist du um sieben halb acht wieder hier.«

»Und du hast wirklich keinen anderen dafür? Ich habe heute eigentlich noch was vor. Ich muss heute Abend wieder hier sein.«

»Bist du doch. Ist doch überhaupt kein Problem. Und ich sag's jetzt mal so: Wenn du Wert darauf legst, dass ich Ralf-Dieter gegenüber ein gutes Wort für dich einlege, dann solltest du dich hier mal ein wenig kooperativ zeigen. Der war nämlich nicht gerade angetan von deinen Kapriolen im Sommer, das kann ich dir flüstern.«

»Scheiße. Echt … Und wie viel kriege ich dafür?«

»Normaler Tarif, natürlich. Fünf Stunden zu 7,50 die Stunde macht 37,50. Also, ich gebe dir jetzt 40, du packst das Fahrrad hinten rein und auf geht's, würde ich sagen. Sei doch froh, Mann. Ein bisschen Kohle, ein schöner Wagen, ein kleiner Ausflug – was willst du mehr?«

Brandt schaute in das durch jahrzehntelange bildungspolitische Grundsatzdebatten mit einer gewissen Strenge versehene Antlitz von Hanna-Renate Laurien. Egal, wie man es drehte und wendete, in diesem Fall hatte Niemczik einfach nur Recht.

KAPITEL 24

04.11.2009, 14:27 Uhr – Zwischenstände.

Michael Brandt (aktuelle Selbstmordneigung gefühlt: 0 % / real: 0 %) setzte sich hinter das Steuer eines silberfarbenen VW Golf 6 TDI, dessen schlüssiges Innenraumkonzept ihn sofort überzeugte.

Ania D. (aktuelle Selbstmordneigung gefühlt: 0 % / real: 0 %) verglich wieder die Füße in der ersten Reihe und kam dann von den Füßen der Frauen übergangslos zu dieser Verabredung am Abend, auf die sie genaugenommen – das war ja alles ziemlich verrückt und irre und überhaupt – richtig Lust hatte.

Marion Gräfe (aktuelle Selbstmordneigung gefühlt: 10–15 % / real: 0 %) wählte die Nummer ihrer Mutter.

Urs Föste (aktuelle Selbstmordneigung gefühlt: 0 % / real: 0 %) schlief auf der Bürocouch.

Jan Bargfrede (aktuelle Selbstmordneigung gefühlt: 50–60 % / real: 2 %) trat extrem hohe Gänge Richtung Süd-Ost.

Peter Grab (aktuelle Selbstmordneigung gefühlt: 0 % / real: 10 %) suchte (angeblich) Pilze.

Frank Stremmer (aktuelle Selbstmordneigung gefühlt: 0 % / real: 20 %) legte seine Uhr, sein Telefon, seine Schlüssel und sein Portemonnaie in eine Plastikwanne.

Hannah (aktuelle Selbstmordneigung gefühlt: – / real: –)[50] schlief auf dem Teppich unterhalb der Couch, auf der Urs Föste döste.

Margarete Brandt war – wie immer in letzter Zeit – im Himmel[51], der über der Stadt B. regelrecht brodelte. Es sah nach Regen, es sah nach allem möglichen aus, was Jan Bargfrede allerdings nicht im geringsten, Ania zumindest auf einer pragmatischen, ausnahmsweise nicht sozialwissenschaftlichen Ebene interessierte, und ein Peter Grab war viel zu sehr damit beschäftigt, sich Gedanken um die beiden letzten ungeklärten Fragen seiner Existenz zu machen: A. Wie konnte er Patrick erledigen und ausstopfen, ohne dass das jemandem auffiel? B. Was war jetzt eigentlich mit der Deistkamp? Weiterbaggern oder feuern? Weiterbaggern und danach feuern? Feuern und danach weiterbaggern? Der Wald rauschte. Der Wind zerrte unermüdlich an

---

50 Absichtsvoll ausgeführte und geplante Selbstmorde kommen im Tierreich nach heutigem Wissensstand nicht vor. Allerdings lässt sich bei vielen Tierarten, besonders bei jenen, die in monogamen Partnerschaften oder mit Menschen zusammenleben, eine Art Aufgeben in ausweglosen Situationen oder nach dem Tod des Partners bzw. der menschlichen Bezugsperson beobachten, die in vielen Fällen zum Tod führt. Ungeachtet ihrer unbedingten (allerdings keineswegs unkritischen) Loyalität zu Urs Föste sind derartige Verhaltensweisen von Hannah nicht zu erwarten.

51 Wo Selbstmord ein weitgehend unbekanntes Phänomen sein dürfte. Aussagen monotheistischer Religionen zu diesem Thema liegen jedenfalls nicht vor.

den Wipfeln. Pilzesuchen! Seine Einfälle wurden immer absurder. Daran war eindeutig der Psychoklempner Schuld. Immerhin, dort hinten in den Feldern lag unerschütterlich das La Terrasse – sein Werk, sein Leben. In dessen erstem Stock soeben ein Franzose namens Patrick Duchais (aktuelle Selbstmordneigung gefühlt: 25 % / real: 25 %) auf eine ungeheuer kultivierte Art und Weise »Herein« gesagt, worauf Petra Deistkamp (aktuelle Selbstmordneigung gefühlt: 0 % / real: 0 %) tatsächlich das Büro des Geschäftsführers betreten hatte und unverzüglich auf Grabs in letzter Zeit immer zudringlicher gewordene Zudringlichkeiten zu sprechen gekommen war.

Umar Khubayb Abdulbaki (aktuelle Selbstmordneigung gefühlt: 100 % / real: 0–100 %) lief weiterhin auf der Ferdinand-Lassalle-Straße herum. Im Islamischen Zentrum hatte er seit letzter Woche (und genau einen Tag nach seinem ersten Auftritt dort) Hausverbot, man hatte ihm sogar mit der Polizei gedroht, aber dennoch: Als Ausdruck seiner erwachten (jedoch, wenn er ehrlich war, bereits wieder abklingenden) Religiosität, aufgrund jahrelanger beruflicher wie privater Demütigungen, vor allem aber wegen eines extremen, im Diesseits unmöglich noch zu behebenden Frauenmangels, verspürte er eine gewisse Lust, eines oder mehrere Gebäude der Stadt in die Luft zu jagen. Seit ihn dieser Franzose vor ein paar Tagen angesprochen hatte, war er wirklich auf einem Trip.

Jobst-Michael Höhtker (aktuelle Selbstmordneigung gefühlt: 0 % / real: 50 %) berührte in der hauseigenen Bibliothek des Bellerive vorsichtig den Umschlagdeckel eines Schulaltlas.

Tobias Z. (aktuelle Selbstmordneigung gefühlt: 0% / real: 2–3 %) schaute daheim im Internet Videos von Hooligan-Kämpfen auf freiem Feld und versuchte gleichzeitig, endlich den

Einstieg für sein nächste Woche anstehendes Kognitive-Dissonanz-Referat zu finden.

Ralf Westhaus (aktuelle Selbstmordneigung gefühlt: 0% / real: 0%) saß mit abgeschaltetem Telefon im Café Lehmann (südl. Zentr.-B.).

Beate Klaassen (aktuelle Selbstmordneigung gefühlt: 0 % / real: 0 %) aß im Schwestern- und Therapeutenaufenthaltsraum des »Affenhauses« einen Apfel. Und danach eine Birne.

Die Stadt B.[52] befand sich immer noch, wie seit nun schon mindestens drei Jahrzehnten, in einem schmerzlichen Umstrukturierungsprozess.

Über Wolfgang Pohrts psychische Verfassung liegen seit Längerem keine gesicherten Erkenntnisse vor.

---

52 Trotz der populären Einschätzung, B. habe den Selbstmord bereits vollzogen, bleibt festzuhalten, dass kommunale Gemeinwesen ebenso wie Tiere ihre Existenz aus freien Stücken nicht beenden können.

A.
Mitteilung Fünf[53]

Die Wissenschaft,
die Erkenntnis,
der Wissenschaft,
der Erkenntnis.

Menschen
zumindest in dieser Form
gibt es
wahrscheinlich
Nicht.

Es gibt aber:
Soziale Gespenster
und
Konstruktionen.

Manchmal rieche ich sie noch:
die lehmigen Böden
unter den Gebüschen.
Nur manchmal.

---

53 Inhalt eines weiteren Post-its, den Prof. Jobst-Michael Höhtker Beate Klaassen am 28. 10. 2009, einen Tag nach der Übergabe des ersten Schriftstücks, wiederum ins T-Shirt zu stecken versuchte.

B.
Das Sozialgefüge der Stadt B. im Spiegel zeitgenössischer Literatur:[54]

»Schöne Menschen bilden in dieser Stadt die Aristokratie. Wie die abhängig Beschäftigten oder die Empfänger öffentlicher Transferleistungen sind sie als autarke soziale Formation anerkannt.

Die Bettler auf der Straße runden das Kaleidoskop der städtischen Gesellschaft nach unten ab, die schönen Menschen hingegen repräsentieren die Oberfläche. Die Haut des Organismus. Makellos, aber nicht empfindlich.

Die Schönheiten und Angehörige anderer Gruppen begegnen sich mit Respekt. Rebellionen gegen die naturgegebene Privilegierung sind ausgeschlossen. An einer Änderung der Verhältnisse ist niemand interessiert. Attraktivität ist beruhigend und gleichzeitig disziplinierend für alle anderen.

Missratene und Durchschnittliche beschleicht beim Anblick der Prachtexemplare zuweilen Unbehagen. Man spürt eine Trauer, deren Ursachen man sich nicht genau erklären kann, von deren Zweckmäßigkeit man aber nicht erst überzeugt werden muss. Denn eine zu große Ausgelassenheit breiter Schichten würde das Gesamtgefüge untergraben. Wirkliche Freude und beschwingtes Feiern gehören in den Aufgabenbereich der

54 Aus: Brandt, Michael: Ich kann nicht mehr. Roman (Fragment, unveröffentlicht.) Ganze Seite mit rotem Filzer durchgestrichen und am Rand handschriftlich mit dem Vermerk »totale Scheiße« versehen. Die Passage entstand offenkundig in einer Phase, in der sich Brandts Verhältnis speziell zu attraktiven Frauen bereits massiv verändert hatte bzw. gar nicht mehr existierte.

Schönheiten. Sie haben des Recht und die Pflicht, sich stellvertretend für den Rest zu amüsieren. Auf den exklusiven Festen, den verschwiegenen Zusammenkünften, von denen jeder weiß, aber zu denen der Durchschnitt keinen Zugang hat.

Von den schönen Menschen wird ein Leben in totaler Freiheit erwartet. Glück steht ihnen nicht nur zur Verfügung, es ist vorgeschrieben. Zusätzlich können sie auch einsam, deprimiert und hoffnungslos dahinvegetieren. Alles ist erlaubt. Je weiter man unten steht, desto einförmiger werden die Lebensäußerungen. Ganz unten, unter Plastiktüten in nächtlichen Supermarkteingängen, in Mehrbettzimmern von Obdachlosenunterkünften herrscht deswegen pflichtbewusste Lethargie vor. Hier gibt es nur noch ein Gefühl, und auch dieses wird kaum noch bemerkt.

Selbstmorde sind an diesem Ort selten. Fast immer betrifft es Fremde, die es nicht geschafft haben, sich mit den Eigentümlichkeiten des städtischen Lebens abzufinden. Doch wenn einmal ein Einheimischer unter einer Zimmerdecke baumelt, so ist dieser immer von ausnehmend schöner Gestalt. Dann hat ein schöner Bürger der Stadt sein Soll übererfüllt, also missverstanden: Er hat den Bereich vorgeschriebener Emotionen ordnungswidrig ausgeweitet. Schönheiten bringen sich hier aus Ehrgeiz und sinnlosem Fleiß um. Solche Selbstmorde sind kein Aufgeben, sondern vielmehr Überstunden, die niemand honorieren kann oder will. Schon am nächsten Tag wird die leergewordene Position neu besetzt.«

II. STÄUBE UND TEILCHEN

KAPITEL 1

04.11.2009, 16:39 Uhr, ein Rad- und Feldweg am Rand einer Mehrfamilienhaussiedlung, südwestliches B.-Außen-West.

> Vorhersage Nordwestdeutschland, Gültigkeit: 24 Std.
> (04.–05.11.09)
> Stürmische Winde mit orkanartigen Böen bes. an der Nordseeküste und in höheren Lagen d. Mittelgebirge. In der zweiten Nachthälfte langsam nachlassend.
> Schauerartige Regenfälle
> Temp.: 11 °C (max.) / 6 °C (min.)

Jan steckte sein Telefon wieder ein. Diese automatischen Unwetterwarnungen auf sein Handy waren natürlich ein praktisches Feature. Andererseits: Dass Sturm war, sah er verdammt nochmal selber. Unwettertief »Marion« in Aktion. Seine Jeans war klitschnass. Bis auf die Bereiche, die von der technisch ausgereiften, winddichten und atmungsaktiven Mikrofaser seiner Jacke geschützt wurden, war alles an ihm nass. Jan betrachtete die unter ihm tropfende Rennmaschine, ein Anblick, der ihn schmerzte. Eventuell bildete er sich das alles ja nur ein: das Wetter. Diese ganze Scheiße. Eventuell lag er in Wirklichkeit am Fuß eines Vulkans. Und las ein Buch. Eine neue Böe riss ihn aus seinen Träumereien. Er schaute auf die Uhr. Hatte er in fast zwei Stunden ernsthaft nur 36 Kilometer gemacht? Ok, das Wetter. Da musste man natürlich Abstriche machen. Und überhaupt: Er war nicht rausgekommen, um richtig was wegzufahren. Das war eine reine Entspannungssache gewesen. Ein wenig frische Luft.

Neue Gedanken sammeln. Ideen. Beistelltischvisionen. Außerdem musste man fairerweise die Zeit abrechnen, die er hier jetzt schon wieder vor und hinter Karins Haus verplemperte. 30, 40 Minuten mindestens – in denen er zwar kein einziges Mal geschellt, aber immerhin angerufen hatte, und von seiner Ex-Ex-Ex selbstverständlich postwendend abgespeist worden war. Wo sollte Paul diesmal sein? Beim Schwimmen? Und warum sah er dann Licht in Pauls Zimmer brennen? Warum brannte dort oben Licht, obwohl sie ja sonst so eine irre Energiespar-Ziege war?

»Sag mal, Jan, schleichst du wieder ums Haus herum?«, hatte sie gefragt.

»Nein«, hatte er geantwortet.

»Hör endlich auf damit, Jan, hörst du? Oder ich hole echt die Polizei. Wo bist du? Du stehst wieder hinterm Haus, stimmt's?«

Jan holte die Hochleistungs-LED-Leuchte mit Spezialreflektor und NiMH-Akku aus der Jacke und schaltete das Gerät ein. Paul und Schwimmen? Diese kleine Schwuchtel war wasserscheu wie sonst was. Aber vielleicht schleppte er seinen fettigen Minikörper ja ausnahmsweise mal ans Fenster und sah Papi draußen auf dem Radweg blinken. Vielleicht konnte so etwas endlich einmal passieren. Jan starrte hinauf zum dritten Stock. Die Entfernung betrug 50, eher 60 Meter. Könnte er natürlich per GPS genau feststellen. Machte er aber nicht. Karins Küche war hell erleuchtet. Die Hexe kochte wahrscheinlich schon wieder. Irgendein Zeug mit glitschiger Hirse und sprechenden Karotten. Eigentlich hatte er ja gar nichts gegen gesunde Ernährung. Er nun wirklich nicht. Er fraß Energieriegel wie nichts Gutes, Powerflocken morgens. Sein koreanisches Kraftpulver! Mit dem Zeug würde er am liebsten auch Nummer Eins und seine liebe Nummer Zwei hier füttern. Und die anderen. Er würde damit, wenn das ginge, seine Haare waschen, die Beine rasieren oder Brökers Schrottmöbel-Klitsche in die Luft jagen. Erklage Möbel – Möbel, die explodieren. Hahaha, das war richtig gut! Das sollte er diesem Penner gleich mal simsen. Und passend dazu die organischen Rundungen des Beistelltischchenfußes atompilzförmig aufplustern. Jan lächelte. Es war immer dasselbe: Ein paar Minuten auf dem Rad, ein paar Minuten an der frischen Luft, und er hatte geile Ideen. Sah alles in einem anderen Licht. Außerdem: Er hatte wirklich nichts gegen gesunde, ballaststoffreiche, gegen irgendeine chemiefreie Scheißökoernährung. Er war lediglich auch an der Beantwortung der unbedeutenden Detailfrage interessiert, warum Paul trotz Karins unerbittlichen Kochwahns aussah, als hätte man ihn aus einem schwabbeligen Tofustück geschnitzt. Wie bleich der gewesen war, als er ihn beim letzten Mal zu einem lächerlichen 30-Kilometer-Fahrradspaziergang abholen wollte. Wie lahm der ihn schon begrüßt hatte. Regelrecht ängstlich. Und Karin, diese gerissene Schlampe, hatte das natürlich gleich wieder ausgenutzt. Seine »verdrängten Selbstmordgelüste« könne er gerne und überall und mit ihrer vollen Unterstützung »ausagieren«. Allerdings nicht mit ihrem Sohn. Trip gestrichen – fertig. Einfach mal so eben abgeblasen. Diese Scheiß-Lehrerin. Die behandelte ihn immer noch wie einen verrückten Tischler. Auf der anderen Seite: Irgendwo hatte sie sogar Recht! Sein Sohn konnte das nun wirklich nicht sein. Jan hielt die Leuchte jetzt über seinem Kopf. In Pauls Fenster: keine Regung. Der hing wieder vorm Computer. Fraß sich mit Hirse voll, rieb sich mit Melkfett ein und hing vor der Kiste. Als alles angefangen hatte, Karin schwanger, Karin hochschwanger, Karin mit der fetten Hebamme beim Üben in der Badewanne, da hatte er noch geplant, da hatte er noch ernsthaft Fantasien gehabt. Marke: Vater und Sohn erforschen zusammen das Innenleben des Krakatau, Vater und Sohn bauen einen Beistelltischchen-Klumpfuß, roden gemeinschaftlich den Amazonas-Urwald. Er hatte sich wirklich darauf gefreut, Vater zu sein. Aber dann war bereits vor der Geburt alles vorbei gewesen. Sicher, um Karin war es nicht weiter schade, so, wie die jetzt abstand. Ihm schauderte regelrecht bei dem Gedanken, mit ihr zusammen in der stickigen Hirsebude leben, womöglich in einem Bett liegen zu müssen. Aber Paul. Mit drei oder vier hätte man den noch retten können. Da wäre noch was zu machen gewesen. Jetzt natürlich nicht mehr. Mittlerweile war alles zu spät, und diese kleine Speckwanze sollte sich da oben ruhig den Hintern noch breiter sitzen. Ihm war das jetzt egal. Sein Sohn war das nicht. Sein Sohn ... Jan stutzte. Brauchte er am Ende einen neuen Sohn? Sollte er den Paul-Irrtum nicht einfach korrigieren und einem weiteren Erdenbürger die Chance geben, mit den Nummern aufzuwachsen, an ihnen zu reifen? Jan setzte sich in Bewegung. Der Wind trieb ihn vor sich her, stoppte ihn dann beinahe, attackierte ihn Sekunden später von der Seite. Der Wind kam jetzt aus allen Richtungen. Jan bremste und holte nochmal das Telefon heraus. Kein weiterer Akut-Wetterbericht. Aber eine Nachricht von Marion, weswegen er jetzt – trotz der Schmerzen, die das verursachte – einen Moment lang intensiv an seine gegenwärtige Noch-Freundin zu denken versuchte. Wer war das eigentlich? Kannte er die überhaupt? Kinder kriegen, das war sicher, konnte sie. Es wurde knapp, aber seinen neuen Sohn auszubrüten, war definitiv noch drin. Einen Namen hatte er für den Fall eines Falles auch schon parat: Paul. Ich werde meinen Sohn zur Erinnerung an meinen Sohn Paul Paul nennen, dachte also Jan Bargfrede, der an diesem stürmischen Novembernachmittag mit Nummer Zwei einen großen, eventuell geisteskranken Bogen um die südöstlichen, südlichen, dann die hügeligen südwestlichen und schließlich die westlichen Außenbezirke der Stadt B. beschrieben und überdies nach dem Lesen der Textnachricht seiner Mitarbeiterin Marion Gräfe[55] spontan beschlossen hatte, nicht mehr zurück in seine Design-Agentur, sondern direkt zu seiner geräumigen Altbauwohnung im westlichen Zentral-B. zu fahren. Bargfredes aktueller Standort übrigens: das schon ländliche, äußere West-B. Der Radweg an einer Nebenstraße, die durch umgepflügte Felder führte und keinerlei Windschutz bot. Der selbstständige und teilweise durchnässte Gestalter befand sich damit in diesem Augenblick ganz in der Nähe eines anderen, ebenfalls in hochproblematische private Konstellationen verwickelten Geschäftsmannes: Monsieur Patrick Duchais.

KAPITEL 2

L'histoire de Patrick Duchais.

Nach einer über weite Strecken unerfreulichen Pariser Kindheit und einer irgendwie verlaufenen Pariser Adoleszenz begann das Leben des Patrick Duchais im eigentlichen Sinne erst bei seinem Dienstantritt in dem international bekannten, malerisch im Languedoc-Städtchen Saint Cloche gelegenen Feinschmeckerrestaurant Les Trois Oreilles, wo Duchais zunächst als Nachwuchs-Koch und später, aufgrund seines außerordentlichen

55 »Habe mich mal an dem Tischfuß versucht. Bröker findet ihn toll, glaube ich. Bin heute Abend bei meinen Eltern. M.«

Organisationstalents, sogar als Geschäftsführer berufliche sowie als Teil einer Menage à trois mit Chefkoch Ives Roquentin und dessen Ehefrau Helene auch private Erfüllung fand, bevor sich die strapaziöse Dreiecks-Konstellation im achten und letzten Jahr seines Engagements ›in den Oreilles‹ in ein durch Schreianfälle, fliegende Tranchiermesser und düsteres Schweigen gekennzeichnetes Purgatorium verwandelte, dem Duchais an der Seite des ungemein viril wirkenden zweiten Chefkochs Peter Grab gerade noch und zumindest körperlich unbeschadet zu entfliehen vermochte.

Duchais ging mit Grab nach Deutschland, wo sich das Paar nach einem Intermezzo im Hasselbacher Hof in Schwäbisch Gmünd im Jahre 1995 schließlich den langgehegten Traum von der Selbstständigkeit erfüllte. Mit dem La Terrasse brachen glückliche, vielleicht die glücklichsten Jahre des Patrick Emmanuel Duchais an, denn schon sehr bald nach seiner Eröffnung erlangte das auf progressive regionale Küche mit franco-mediterranen Einflüssen spezialisierte Feinschmeckerrestaurant den Status eines kulinarischen Geheimtipps. Trotz anfänglicher Sprachschwierigkeiten leitete Duchais das junge Unternehmen mit sicherer Hand; seine Investitionen erwiesen sich in den meisten Fällen als klug und vorausschauend, und Peter Grab entwickelte sich unter seiner Ägide allmählich zu einem der bekanntesten jungen Wilden der neuen deutschen Küche.[56] Auch die private Verbindung der beiden Restaurantbetreiber gestaltete sich angesichts der erheblichen beruflichen Beanspruchung

56 »Ein Brückenkopf der Autorenküche im kulinarischen Niemandsland zwischen Rhein und Elbe.« Jochen Wildhage, Der Feinschmecker 9/2001.

lange Zeit erstaunlich ruhig und harmonisch. Im Laufe der Jahre gelang es Duchais sogar, eine gewisse Beziehung zur Stadt B. und deren Einwohnerschaft aufzubauen. Hatte er B. in der Gründungsphase des La Terrasse noch mit Pariser Augen, folglich als deprimierende, von suchtkranken Barbaren besiedelte Wüstenei betrachtet, so lernte Duchais nach und nach die Vorteile seiner neuen Heimat, besonders aber deren Stille und Leere zu schätzen. Im Jahr 2000 jedoch – das Restaurant lief mittlerweile wie eine gut geölte, perfekt gewartete Gaumenkitzel-Maschine, es wurde folgerichtig mehrfach von Sparten-Fernsehsender-Teams besucht, Gäste kamen von nah und fern (wenn auch selten aus dem Ausland und selbstverständlich nie aus Duchais' Heimat) –, im Jahre 2000 also wurden erste Friktionen, zarte Brüche im intimen Miteinander der beiden Gastronomen sichtbar. Wie Duchais im ersten Frühling des neuen Jahrtausends herausfand, hatte Grab begonnen, zunächst in unregelmäßigen, dann immer kürzeren Abständen und ohne Rücksicht auf seinen Bekanntheitsgrad eine einschlägige Sauna im furchteinflößenden, Duchais bis auf den heutigen Tag mit faszinierten Ekelschauern versehenden Osten der Stadt zu besuchen. Von seinem langjährigen Gefährten darauf angesprochen, stritt der Kochkünstler jedoch alles ab und bezichtigte seinerseits den Franzosen der Schnüffelei. Wenig später begann Grab zudem, auch Angestellten des La Terrasse nachzustellen und diese in mehreren Fällen nachweislich zu bedrängen. Dieses Verhalten führte zu einer gesteigerten Fluktuation innerhalb der Belegschaft und machte es immer schwieriger, die exorbitanten Qualitätsstandards des Gourmettempels aufrechtzuerhalten. Vor allem aber irritierte es Duchais auf eine gänzlich unerwartete Art und Weise, denn laut einer von dem bekennenden Homosexuellen geführten

Statistik hatten über drei Viertel jener den Tatbestand der Nötigung ohne weiteres erfüllenden Annäherungsversuche ein Ziel weiblichen Geschlechts. Neben seinen Aktivitäten im sexuellen Bereich entwickelte Peter Grab auch andere wenig beziehungs- bzw. geschäftsförderliche Hobbys. So bekämpfte er seine sich immer weiter verfestigende Zwangsvorstellung, das La Terrasse stehe kurz vor der totalen Vernichtung durch Neider und Feinde, zunehmend mit Alkohol und diversen, von einem Grabs Kochkünsten, speziell dessen westfälisch-sardischen Lammvariationen verfallenen Mediziner rezeptfrei zur Verfügung gestellten Psychopharmaka. Im Jahre 2004 begann Grab zudem mit seinen mittlerweile (unter La-Terrasse-Angestellten) legendären Spontanausflügen, die ihn mal in Waldstücke in der Nähe des Restaurants, mal in abseitige Stadteile B.s, mal in hunderte Kilometer entfernte Landstriche brachten und von denen Grab anschließend stets behauptete, sich an keine Details mehr erinnern zu können. Kurzum: Aufgrund der Eskapaden seines seit einiger Zeit auch offiziell angepartnerten Lebensgefährten hatte sich das Leben des Patrick Duchais in einen Albtraum verwandelt, von dem sich der Geschäftsführer eigentlich nur noch dann erholen konnte, wenn er sich seinerseits aus Grabs reichhaltigen Pillen-Beständen bediente. Genau diese unscheinbaren, aber unverzichtbaren Stimmungsaufheller konnte Duchais an diesem düsteren, geradezu anmaßend germanischen 4. November 2009 ums Verrecken nicht finden. Wo, so fragte er sich panisch, hatte dieser verfluchte Boche die Pillen wieder versteckt? Nein, nicht versteckt, verloren. Der war doch gar nicht mehr in der Lage, etwas planvoll zu verbergen. Dem, so dachte Duchais wieder einmal, war doch längst alles egal: das Restaurant, er, alles. Pilze suchen? Jetzt suchte der also draußen Pilze? Inmitten umkippender Bäume? Nom de dieu, wo war er hier bloß hineingeraten? Schon seit einer Viertelstunde versuchte Duchais, Grabs Biedermeiersekretär[57] mit einem Brieföffner aufzuhebeln. Langsam geriet der Franzose in Rage. Er hatte endgültig genug. Er musste von hier verschwinden. Aus dem Haus. Aus dieser grässlichen Stadt. Apropos: Plötzlich hatte er Szenen aus einer wirklichen Stadt vor Augen: Seine Eltern mit ihm in den Tuilerien. Das Knirschen des Schotters, das Zwitschern der Spatzen. Die Reptilienaugen seiner Mutter. Ihr Eselsgebiss. Und sein Vater, der bewusstlos unter einem umgestürzten Schallplattenregal liegt. Warum musste er gerade jetzt daran denken? Der Brieföffner fuhrwerkte im Schloss des (aufwendig restaurierten) Sekretärs herum; dazu schüttelte Duchais heftig den Kopf. So wie damals ging es ihm ganz bestimmt noch nicht. So konnte es ihm gar nicht mehr gehen. Denn ansonsten wäre er in diesem Moment bereits tot. Très, très mort. Die Logik überzeugte Duchais. Er gewann neuen Mut. Von diesem Deutschen würde er sich auf keinen Fall länger auf der Nase herumtanzen lassen. Am Abend, vorausgesetzt er fand zeitnah ein paar potente Stimmungsdragees, würde er es knallen lassen. Notfalls vor versammelter Mannschaft und den Gästen. Wahrlich, er hatte lange genug gelitten. Ein Patrick Duchais würde nicht unter einem Stapel abstruser Bebop-Platten an seinem eigenen Erbrochenen ersticken. Er hatte Stolz – und außerdem in den letzten Jahren genug beiseitegeschafft. Wovon Monsieur Grabsch logischerweise keinen Schimmer

57 Pro forma verfügte auch Peter Grab in Duchais' weitläufigem Büro über einen Schreibtisch. Grab nutzte das hochwertige Möbel jedoch nicht als Arbeitsplatz, sondern ausschließlich als eine seiner zahlreichen Tablettenlagerstätten.

hatte. Heute Abend, redete Duchais sich ein, würde er eine klassische Szene abliefern, eine ausgesucht schwuchtelige Komödie aufführen, so wie sie es ja alle von ihm erwarteten. Oder er würde etwas anderes machen, etwas Schlimmeres. Es war Zeit, mit dem Bärtigen zu reden. Der Bärtige musste jetzt endlich in Aktion treten. Auf jeden Fall würde er, Duchais, sich später in den Jaguar setzen und so lange fahren, bis er dieses aus Fettaugen stierende Körnerbrotland endlich hinter sich gelassen hatte. Duchais lehnte sich zurück und begann, mit dem Brieföffner seine perfekt manikürten und absolut sauberen Fingernägel zu säubern. Sein glasiger, trotzdem flatteriger Arzneimittelhungerblick heftete sich für einen Moment noch einmal an jene Tür, an die vorhin eine aufgebrachte Petra Deistkamp geklopft, Duchais' mühsam gehauchtes »'erein« gar nicht mehr abgewartet hatte, sondern sofort hereingestürmt war, um dem ihrer Meinung nach etwas weniger verrückten der beiden ihrer Meinung nach komplett verrückten La-Terrasse-Gründer darüber in Kenntnis zu setzen, dass dessen Kompagnon, der hochdekorierte Soßenakrobat, Tablettentester und Spiegeltrinker Peter Grab sich einen neuerlichen tolldreisten Übergriff erlaubt hatte. Duchais hatte dem empörten Vortrag der heute wieder etwas zu figurbetont und – wie es im Service Usus war – ganz in schwarz gekleideten Restaurantfachfrau scheinbar interessiert zugehört, es dabei jedoch vorgezogen, eine Reihe therapeutischer Fantasien abzurufen: Er, wie er Eimer mit Küchenabfällen in das noch offene Grab seiner Mutter kippte, er mit kernigen Fischern bei einer Bouillabaisse in einem Dreißiger-Jahre-Côte-d'-Azur-Dörfchen, er am Steuer des Jaguars, das in roten, sich blitzartig aufblähenden Feuerbällen verschwindende La Terrasse im Rückspiegel.

Patrick Duchais betrachtete seine Fingernägel. Der Brieföffner steckte im zarten Kirschholz des Sekretärs. Petra Deistkamp war schon lange verschwunden. Peter Grab jagte Pilze. Unten in der Küche liefen die Vorbereitungen. Plötzlich sprang Duchais auf, schnappte sich die Autoschlüssel und zog sich seine Barbourjacke über. Er kam sich ungemein französisch vor. Ein Gutsbesitzer in der Auvergne, kurz vor dem Ausritt. Ein Patriarch, der entschlossen war, sein Lebenswerk den Flammen zu übergeben.

Um 16:43 Uhr verließ Duchais sein Büro.

Um 16:44 Uhr verließ Duchais das La Terrasse.

KAPITEL 3

»Dann machst du also gar nichts?«

»Das habe ich nicht gesagt. Ich weiß noch nicht, was ich mache. Ich habe nur keine Lust, mit deinen Kumpels zusammen Champions League zu schauen. Vor allem nicht mit diesem Torben.«

»Ach komm, bist du immer noch sauer wegen heute Morgen? Das war doch ganz lustig letztes Mal. Wir schauen das Spiel sowieso nur nebenbei. Eigentlich unterhalten wir uns die ganze Zeit.«

»Ok, aber das interessiert mich eigentlich noch weniger als Fußball.«

Tobias antwortete nicht, weswegen sie jetzt deutlich Stimmen und Schritte im Hintergrund hörte. Jemand begann zu lachen.

»Bist du noch in der Uni?«, fragte Ania.

»Nicht noch, schon wieder«, antwortete Tobias. »Bin unterwegs zur Bib, wegen dem Referat.«

»Die leidige kognitive Dissonanz.«

»Genau. Zu Hause finde ich den Einstieg irgendwie nicht.«

»Das klappt schon, du wirst sehen. Manchmal ist es richtig gut in der Bibliothek: schön still, die ganzen Bücher, die schöne Aussicht. Pass auf, fang doch einfach damit an: Du gehst in die Bib, obwohl du eigentlich nicht in die Bib gehen willst. Um diese schöne Dissonanz auszuhalten, fängst du an, dir einzureden, was dir vorher deine …«, Ania zögerte einen Moment, »… was dir zuvor eine Bekannte erzählt hat. Wie toll es dort ist, meine ich. Wie fruchtbar die Atmosphäre einer Universitätsbibliothek sein kann.«

»Jaja, Ania«, sagte Tobias und klang dabei auf eine Art traurig, die Anias Mitgefühl absolut nicht erregte. »Also, du bleibst heute zu Hause. Das ist definitiv?«

»Nochmal: Das habe ich nicht gesagt, Tobias. Vielleicht gehe ich ins La Terrasse. Heute Morgen, als ich einkaufen war, hat mir jemand Geld versprochen, wenn ich da mit so einem anderen Typen hingehe. Das war wirklich irre.«

»Du machst was? Du sagst mir hier mal so zwischendurch, dass …«

Ania unterbrach die Verbindung und schaltete das Telefon ab. Es machte ihr keinen Spaß, Tobias so zu behandeln, aber ihr fiel einfach kein anderer Weg mehr ein, ihm endlich begreiflich zu machen, dass diese Sache mit ihm und ihr keine Zukunft hatte. Und außerdem: Sie hatte tatsächlich Lust auf das Date. Den ganzen Tag über hatte sie praktisch nicht daran gedacht, aber jetzt fand sie es beinahe aufregend, sich mit diesem merkwürdigen Typen zu treffen. Und dann auch noch in so einem Laden. Sie würde um acht Uhr auf dem Parkplatz sein, das stand fest. Vielleicht würde der – wie hieß er noch? Michael? – vielleicht würde Michael gar nicht auftauchen, doch sie würde auf jeden Fall hingehen. Höhtker sagte, dass die Soziologie einer Stadt aus Abertausenden Soziologien einer Stadt bestehen muss. Dass jede einzelne Schicht Lebenswirklichkeit eines urbanen Organismus es verdient, kartografiert und analysiert, vor allem erst einmal *bemerkt* zu werden.[58] Heute Abend studierte sie eben das beste Restaurant der Stadt, die Leute und die systemischen Codes dort. Das würde Neuland für sie sein. Und sicher auch für diesen Typen. Der hatte nun wahrlich nicht nach Haute Cuisine ausgesehen. Der hatte ganz allgemein nicht nach Verabredungen mit Frauen ausgesehen.

Ania ging mit ihrer Teetasse ins Schlafzimmer und warf einen skeptischen Blick auf das chaotische Innere ihres Kleiderschranks. Dann schaute sie nach draußen, wo der Wind kleine Wassergeschosse gegen die Fensterscheibe trieb. Der Zeitpunkt für spezifische Entscheidungen war noch nicht gekommen, doch generell war sie entschlossen, sich nicht witterungsgerecht zu kleiden. Ania warf sich bäuchlings aufs Bett. Sie spürte ein leichtes Ziehen in den Beinen, eine angenehme, vorübergehende Müdigkeit, und – Tobias hin oder her – ihre Laune war ziemlich gut.

KAPITEL 4

»Phantasie, die Fähigkeit, kreativ zu sein, sich Dinge, die da sind, oder eher noch, die nicht da sind, vorzustellen, muss zweifellos in der Schule, schon im Kindergarten, gefördert werden. Aber,

58 Frei zitiert aus: Höhtker, Jobst-Michael: Im Licht der Systeme – die neue Herrschaft der Soziologie, Verlag für experimentelle Soziologie, Hildesheim 1998.

meine Damen und Herren, so gut und wichtig Phantasie für die Entwicklung und damit in der Ausbildung unserer Kinder ist, so schädlich kann im Einzelfall ein Übermaß an Phantasie wirken. Nehmen sie zum Beispiel den jungen Mann, der eine Ausbildung zum Schlosser absolviert, oder zum Fleischer. Nehmen sie die angehende Verkäuferin in einem Kaufhaus. Diesen jungen Leuten wird eine Schule, die ihr Augenmerk einseitig auf die Förderung der Phantasie legt, in vielen Fällen nicht sehr nützlich sein. Im Gegenteil, manchen wird eine solche Schule den Berufseinstieg und dann das weitere Berufsleben sogar unnötig erschweren. Denn Phantasie erzeugt nicht nur Vorstellungen, sondern auch Wünsche, meine Damen und Herren. Und Wünsche werden, das ist leider so, nicht immer erfüllt. Ich möchte daher vor Schultypen warnen, die sich das Wort Phantasie auf die Fahnen geschrieben haben. Ich möchte sogar eigentlich, wenn sie mir diese nicht ganz ernst gemeinte Zuspitzung erlauben, vor der Phantasie als solcher warnen.«[59]

Daher:
Physische Details ausgewählter handlungstragender Personen:

Michael Brandt (41)
Größe: 1,84 m / Gewicht: 80 kg / Body Mass Index: 23,62 (Normalgewicht) / Statur: schlank, früher athletisch, jetzt teilerschlafft, leicht gebeugte Haltung / Augen: blau-grau / Haut: leicht gebräunt (häufige Erwerbslosen-Spaziergänge), leichte

59 Hanna-Renate Laurien, Kultusministerin des Landes Rheinland-Pfalz, am 14. 10. 1978 vor dem Plenum der Ständigen Konferenz der Kultusminister der Bundesrepublik Deutschland (KMK).

Unreinheiten (Drogen, Alkohol) / Haarfarbe: dunkelblond / Haarschnitt: nicht vorhanden, letzte Totalrasur vor ca. drei Monaten, schüttere Stellen am Hinterkopf / Kleidungsstil: nicht vorhanden, Kleidungsauswahl primär unter finanziellen Gesichtspunkten, minimale Anspielungen an frühere Mod-Vorlieben (Parka) / Gesamtaussehensnote auf einer Skala von 1 bis 10 (Höchstnote 10): 4 (Selbsteinschätzung), 5,5 (Durchschnittswert aller jemals geäußerten Fremdeinschätzungen, [kein signifikanter Unterschied zwischen weiblichen und männlichen Bewertern]).

Umar Khubayb Abdulbaki, vormals Stephan Lösing (36)
Größe: 1,97 m / Gewicht: 105 kg / Body Mass Index: 26,99 (Übergewicht) / Statur: massig, Bauchansatz / Augen: grün / Haut: blass, Sommersprossen / Haarfarbe: rotblond / Haarschnitt: 3 Millimeter, Vollbart (ca. 15 cm), Kopfbedeckung: Taqiya / Kleidungsstil: lange weiße oder schwarze Kaftane, darunter: No-Name-Jeanshosen, darüber: Bomberjacke (orange), Sicherheitsschuhe / Gesamtaussehensnote auf einer Skala von 1 bis 10 (Höchstnote 10): – (Selbsteinschätzung), 2 (Durchschnittswert aller jemals geäußerten Fremdeinschätzungen, wobei einzelne, stark nach oben abweichende Werte nicht in die Berechnung miteingeflossen sind. Frank Stremmer zum Beispiel, dem Abdulbaki noch nie begegnet war, hätte den Konvertiten[60] aus u. a.

60 Gleich in mehrerer Hinsicht ungenaue, wenn nicht falsche Zuschreibung. Weder hatte Lösing vor seiner Konversion an etwas geglaubt, noch tat Umur das in letzter Konsequenz jetzt. Aber er mochte seinen neuen Style, sein ganzes Auftreten. Und dieses Ding mit den Jungfrauen hörte sich wirklich richtig gut an.

politischen Erwägungen ohne weiteres mit einer 8 oder höher bewertet. [Kein signifikanter Unterschied zwischen weiblichen und männlichen Bewertern]).

Ania D. (25)
Größe: 1,77 m / Gewicht: 62 kg / Body Mass Index: 19,79 (Normalgewicht [unterer Bereich]) / Statur: schlank, athletisch, sehr aufrechte Haltung, sehr lange Beine, Körbchengröße 80C / Augen: leuchtend dunkelblau / Haut: blass, Sommersprossen / Haarfarbe: schwarz (nicht gefärbt) / Haarschnitt: überschulterlang, wechselnde Scheitel, oft Pferdeschwanz / Kleidungsstil: variierend. Im Alltag jobbedingt oft figurbetonte Sportswear, aber auch Röcke und Kleider in sämtlichen Längen, Marlene-Dietrich-Hosen etc.; spielerisches (und missverständliches, z.B. von Marion Gräfe ganz offensichtlich missverstandenes) Zitieren bildungsferner Ästhetik-Codes (Nageldesign, Brillant auf Schneidezahn, Maskara, »Fitness-Studio-Chic« / Gesamtaussehensnote auf einer Skala von 1 bis 10 (Höchstnote 10): 7 (Selbsteinschätzung), 9,25 (Durchschnittswert aller jemals geäußerten Fremdeinschätzungen, [Durchschnittswert weiblicher Bewerter: 8,75 / Durchschnittswert männlicher Bewerter: 9,75]).

Jan Bargfrede (38)
Größe: 1,88 m / Gewicht: 79 kg / Body Mass Index: 22,35 (Normalgewicht) / Statur: schlank, sehr athletisch / Augen: braun / Haut: sehr braun (kein Solarium) / Haarfarbe: braun / Haarschnitt: wenige Millimeter, da Stirnglatze, permanenter Dreitagebart (gepflegt) / Kleidungsstil: teure Sportswear, Anzüge für besondere Gelegenheiten (Geschäftstermine, Vulkanausbrüche

etc.) / Gesamtaussehensnote auf einer Skala von 1 bis 10 (Höchstnote 10): 8,5 (Selbsteinschätzung), 7,25 (Durchschnittswert aller jemals geäußerten Fremdeinschätzungen, [Durchschnittswert weiblicher Bewerter: 8,25 / Durchschnittswert männlicher Bewerter: 6,25]).

Peter Grab (47)
Größe: 1.80 m / Gewicht: 81 kg / Body Mass Index: 25,00 (Normalgewicht [oberer Bereich]) / Statur: leicht untersetzt, extrem gerade Körperhaltung, Hohlkreuz, »Entenarsch« / Augen: braun (durch fortgesetzten Tabletten- und Alkoholkonsum oft glasig-verhangen) / Haut: normal / Haarfarbe: dunkelblond / Haarschnitt: Bürste (3,5 cm), Stirnglatze, kahler Bereich am Hinterkopf / Kleidungsstil: praktisch permanent Kochuniformen, ansonsten betont nachlässig, »unschwul«, Jeans, Lederjacken / Gesamtaussehensnote auf einer Skala von 1 bis 10 (Höchstnote 10): 6 (Selbsteinschätzung), 3,5 (Durchschnittswert aller jemals geäußerten Fremdeinschätzungen, [kein signifikanter Unterschied zwischen weiblichen und männlichen Bewertern]).

Marion Gräfe (39 [kontextabhängig auch 4 bis 97 Jahre])
Größe: 1,80 m / Gewicht: 64 kg / Body Mass Index: 20,06 (Normalgewicht [unterer Bereich]) / Statur: schlank, athletisch / Körbchengröße 75C / Augen: hellblau / Haut: selbst im Winter gebräunt, Faltenbildung auf der Stirn, sich vertiefende ›Magenfalte‹, kaum Make-up, kaum Lippenstift / Haarfarbe: hellblond (natur) / Haarschnitt: schulterlange Locken, Mittelscheitel / Kleidungsstil: Schwarz-, Grau- und Brauntöne, schlicht-elegante Hosen und Blusen, »langweilige Ich-warte-geschmackvoll-aufs-Klimakterium-Uniformen« (Gräfe). /

Gesamtaussehensnote auf einer Skala von 1 bis 10 (Höchstnote 10): 3,5 (Selbsteinschätzung), 8,0 (Durchschnittswert aller jemals geäußerten Fremdeinschätzungen, [kein signifikanter Unterschied zwischen weiblichen und männlichen Bewertern]).

Urs Föste (47)
Größe: 1,89 m / Gewicht: 91 kg / Body Mass Index: 25,47 (beginnendes Übergewicht) / Statur: Bauch, ansonsten schlank, typisch flachgesessenes Taxifahrerhinterteil / Augen: braun / Haut: fahl, einzelne Partien gerötet, großporig, leichte Unreinheiten / Haarfarbe: früher dunkelbraun, jetzt graumeliert / Haarschnitt: nicht vorhanden, 4 cm, keine kahlen Stellen / Kleidungsstil: T-Shirts (oft mit Motiven), karierte Hemden, Jeanshosen, Jeansjacken, am liebsten auch Jeansunterhosen, keinerlei jahreszeitliche Variationen / Gesamtaussehensnote auf einer Skala von 1 bis 10 (Höchstnote 10): 4,5 (Selbsteinschätzung), 3,5 (Durchschnittswert aller jemals geäußerten Fremdeinschätzungen, [kein signifikanter Unterschied zwischen weiblichen und männlichen Bewertern]).

Patrick Duchais (48)
Größe: 1,74 m / Gewicht: 73 kg / Body Mass Index: 24,11 (Normalgewicht [oberer Bereich]) / Statur: untersetzt / Augen: braun (beginnende, evtl. durch Medikamentenmissbrauch erzeugte und Duchais schier wahnsinnig machende Iris-Gelbfärbung / Haut: Pariser Blässe, gepflegt / Haarfarbe: dunkelbraun (nachkoloriert) / Haarschnitt: klassischer kurzer englischer Seitenscheitel, Geheimratsecken (moderat) / Kleidungsstil: Anzüge italienischer, französischer sowie englischer Ausstatter, in der Freizeit bequeme Stoffhosen, pastellfarbene Poloshirts, Hemden und Pullover der Firma Lacoste (nie Turnschuhe, nie Sportswear) /

Gesamtaussehensnote auf einer Skala von 1 bis 10 (Höchstnote 10): 2,5 (Selbsteinschätzung [typische Zitate Duchais' vor dem Badezimmerspiegel: »Je me deteste« (Ich verabscheue mich), oder »Maman avait raison« (Mutter hatte recht)], 5,0 (Durchschnittswert aller jemals geäußerten Fremdeinschätzungen [Durchschnittswert weiblicher Bewerter: 5,5 / Durchnittswert männlicher Bewerter: 4,5]).

KAPITEL 5

04.11.2009, 17:28 Uhr, eine Garageneinfahrt in B.-Zentral-Nord.

Hannah (6, Höhe 64 cm / Gewicht 28kg / Body Mass Index: 68,35 (extremes, absolut letales Übergewicht) / Statur: sehr schlank / Augen: braun / Haut (unter Fell): blass, weiß-grau / Fellfarbe: schwarz-braun (Unterbauch-Brustbereich) / Fell: kurz / Kleidungsstil: [entfällt] / Gesamtaussehensnote auf einer Skala von 1 bis 10 (Höchstnote 10): – (die Selbsteinschätzung unter rein äußerlichen Attraktivitätsgesichtspunkten ist selbst unter Hunden wie Hannah kaum verbreitet), 9 (Durchschnittswert aller jemals geäußerten Fremdeinschätzungen (kein signifikanter Unterschied zwischen humanoiden weiblichen und humanoiden männlichen Bewertern) schaute einen Moment verwirrt und blieb vor der geöffneten Beifahrertür sitzen. Eine neue Böe erfasste sie von der Seite.

»Na, komm schon, Mädchen«, sagte Föste müde. »Was ist denn los?«

Hannah drehte den Kopf in den Wind, schloss die Augen und schnupperte. Sie lauschte. Es kam ihr vor, als habe sie soeben eine

Nachricht erhalten. Eine bruchstückhafte, weder olfaktorisch noch akustisch nachweisbare Ankündigung.

»Pass auf, ich verspreche dir, wir machen erst mal nur zwei, drei Touren, Leute von der Arbeit, die letzten Omis vom Arzt ... und dann machen wir noch mal ne große Runde irgendwo.«

Föste schlug mit der flachen Hand auf den Beifahrersitz.

»Los, Hund ... das geht heute eh nicht lange. Ich versprech's dir. Wir stellen uns irgendwo an einen Halteplatz weiter draußen, und dann hören wir schön Musik zusammen. Oder ein Hörspiel ... Also ... was ist jetzt?«

Noch während sie seiner Aufforderung folgte, fragte sich Hannah, warum sie eigentlich tat, was sie jetzt gerade wieder tat? Was es genau war, das sie Föste so oft gehorchen ließ? Sie drehte sich mehrfach um die eigene Achse und machte es sich schließlich bequem. Eigentlich war sie viel zu groß für den Vordersitz, doch sie liebte es, von Zeit zu Zeit Föstes Finger abzulecken, wenn der seine Hand gewohnheitsmäßig auf dem Schaltknüppel des Automatikgetriebes ruhen ließ. Andererseits: Warum liebte sie das? Weshalb grübelte sie immer über alles Mögliche nach? Vor allem aber: Was war das eben? Da war etwas gewesen, zweifellos. Föste legte den Rückwärtsgang ein. Hannah leckte jetzt tatsächlich seine Hand. Das eben hatte sich nach Schmerz angefühlt und – jetzt konnte sie es plötzlich wahrnehmen – wie Blut gerochen. Hannah hob den Kopf. Draußen geriet die Welt langsam in Bewegung. Sie liebte es, die Häuser vorbeifliegen zu sehen. Sie flog dann selber.

KAPITEL 6

Also gut, also gut, also gut: Berlin. Ich fahre zum Spaß ein wenig herum, halte routinehalber nach gemütlichen Thai-Spas Ausschau, und Mari[61] hat eben auf eine vor Wochen abgeschickte SMS geantwortet. Apropos, auch der BMW versucht, mir etwas mitzuteilen. Dieses Ding übermittelt Botschaften. Worte, Symbol- und Farbencodes, über deren Sinn und Kontext ich eine Reihe abstruser Vermutungen anstelle. Ich meine, zu meiner Zeit hatten Maschinen, die mit mir in einen Kommunikationszusammenhang treten wollten, noch zwei Beine und kamen vom Dorf ins ferne Bangkok und von dort schnurstracks in die Studios getrippelt. Wo wir gerade beim Thema sind: Wie heißt der Laden da drüben? Sumawat? Nun, das hört sich vielversprechend an. Die Höflichkeit gebietet, auf der Stelle einzukehren. Doch ich wage es nicht, hier zu parken. Ich meine, dort draußen laufen wahrscheinlich jede Menge Berliner herum. Grobknochige Narren, die meinen etwas verspannten Nerven den Rest geben, die sogar gefährlich sein könnten. Und außerdem: Vielleicht hätte der 7er etwas dagegen. Am Ende fängt der an zu blinken. Der Bord-Computer gibt einen dezidierten Kommentar ab. Ein kritisches Statement, das ich allerdings nicht verstehe, weil ein prähistorischer Saab mich jahrelang vom technischen Fortschritt abgenabelt hat und ich folglich zum Interpretieren eines auf der Höhe der Zeit dahingleitenden Spitzenautomobils gar nicht

---

61 Mari Takano: Stremmers Geliebte im Sommer 2008, kurz vor bzw. sporadisch auch nach dem Ende seiner 14 sehr lange Jahre währenden Beziehung zu Marion Gräfe. Vergl. auch: Anm. 29.

mehr in der Lage bin. Marion fände die Sumawat-Idee sicher auch nicht gut. Ich meine, wie sollte ich mich heute Nacht vor ihr rechtfertigen? Tut mir leid, Schatz, aber *das* haben eben schon ein paar Mandelaugen-Fingerchen erledigt? So etwas kann man Mademoiselle Gräfe nicht antun. Oder besser, so etwas möchte ich Marion nicht zum 470. Mal antun, und sieh an – mein Leben ist voller Zeichen und Wunder –, da vorne leuchtet ein gelbes Schild. Ich sehe mich in der Lage, ihm wertvolle Informationen zu entlocken. Zu den Transitautobahnen geht es nach rechts. Ich finde und setze den Blinker. Siedend heiß fällt mir ein, dass mindestens die Hälfte der vor mir liegenden Strecke durch Ostland geht. Durch saugenden Stasi-Schlamm. Moosbewachsene Nazi-Tundren, die weiter von Genf entfernt sind als der verdammte Mond. Ängstlich schaue ich auf die Tankanzeige. Der Tank ist voll. Draußen biegen sich Bäume im Wind. Hier drinnen spüre ich nichts. Dieser Wagen muss Tonnen wiegen. Ein Geschoss, das, wie ich hoffe, bis zur Zonengrenze auf Autopilot schaltet. Wir befinden uns jetzt übrigens auf einer Schnellstraße. Deswegen fahre ich schnell. Und ich lese Maris Nachricht. »You are a strange man, Frank. Really! When?« When? Eine berechtigte Frage. Andererseits: Kann ich wissen, ob ich je wieder nach Genf komme? Ob ich das hier überhaupt überleben werde? Das Telefon klingelt plötzlich. Vor lauter Schreck melde ich mich mit dem Namen »Frank Stremmer«, worauf eine Frau, die schätzungsweise 15 Jahre ihres Lebens mit mir verplempert hat, verrückterweise fragt, ob ich schon gelandet bin. Zudem ist es genau 18:14 Uhr. Ich überhole einen Golf. Zwei Golfs. Zwei reinrassige KdF-Wagen. Ich schaue in den Rückspiegel, dann auf die Gegenfahrbahn. Hier fahren alle Golf. Es ist 18:15 Uhr, und ich denke nach. Ich habe nicht die geringste Ahnung, was ich hier mache. Mari hat mir geantwortet. Aber ich bin weit weg. Die Kreditkarte ist im Dienst. Das Radio berichtet von einem Parteitag. Es ist immer noch 18:15 Uhr. Was zum Teufel ist eigentlich mit mir los?

* * *

Um 17:30 Uhr, während Frank Stremmer noch durch die Gebäude des Flughafens Berlin-Schönefeld eilte, fuhr Stremmers Jugendfreund, der schwer THC-berauschte ehemalige Rechtsverteidiger und ehemals angehende Romancier Michael Brandt, nach einer Ewigkeit des Herumirrens und unweit des Städtchens Varel, auf das Gelände eines vom Golf-Navi eindeutig als Zielort identifizierten, im Dunkeln liegenden Bauernhofes. Brandt stellte den Motor ab und schloss die Augen. Die Fahrt (Föstes Stoff, das Wetter, der Verkehr, Föstes Stoff) war die Hölle gewesen. Er musste pinkeln. Er war völlig erledigt. Aber auch dankbar. Während der Suche nach diesem Gehöft hatte er für Viertelstunden alles andere vergessen. Das Ania-Wesen, das La Terrasse, seine private, berufliche und künstlerische Zukunft: zwischenzeitlich komplett weg. Verschwunden. Selbst jetzt kamen die Gedanken nur zögerlich zurück. Um das zu verhindern, konzentrierte sich Brandt auf das Bauernhaus, in dem kein einziges Fenster erleuchtet war. Nach einer Geburtstagsparty sah das nicht aus. Eher nach lauernden Hofhunden. Nach Schrotflinten. Nach Kühen mit platzenden Eutern, die in brennenden Verschlägen brüllten, die zuvor der Knecht angezündet hatte, der beim ersten Rendezvous mit der Bauerstochter kollabiert war. Das ist das Chirras, beruhigte sich Brandt. Das Zeug veränderte andauernd seine Wirkung. Es sprach in Gleichnissen.

Brandt schaltete die Scheinwerfer wieder ein, stieg dann aus und bewegte sich eilig zu einem riesigen, dem Bauernhaus gegenüberliegenden Hofgebäude. War das der Getreidespeicher? Wurde hier bis weit in die Sechziger Blutwurst aus dem lebenden Tier gekeltert? Brandt knöpfte sich die Hose auf und seufzte. Über das Landleben wusste er nichts. Seit dem Tod seiner Mutter hatte er die Stadt nur noch zum Ausliefern (Schnapsleichen, Pakete) verlassen.[62] Wie still es hier war! Hier war alles noch stiller als in der völlig stillen Gegend, in der seine Mutter gelebt und allein gestorben war.[63] Um in eine andere, aber wiederum nicht zu andere Stimmung zu kommen, summte Brandt eine von den halluzinogenen Bestandteilen des Chirras aus dem Stegreif komponierte Melodie. Doch halt. Da war ein Geräusch. Irgendwo hinter ihm. Ein Knarren, ein knarrendes Quietschen. Mit noch halb geöffneter Hose drehte Brandt sich um. Die Tür des Haupt-

---

62 Es zählt zu den Merkwürdigkeiten im Denken Michael Brandts, dass dieser sich den Zugang zu der ländlichen Umgebung B.s nur über die Passage des suburbanen äußeren Ostens der Stadt vorstellen konnte. Jene östlichen Stadtbezirke waren jedoch nach dem Tod Margarete Brandts zu einem Tabubereich für ihn geworden, die er selbst als Taxi- und Kurierfahrer nach Möglichkeit gemieden bzw. umfahren hatte.

63 Passend hierzu:
»Etwas / Das Rauschen der Autobahn vielleicht / Saugt die Geräusche / Oder das Leben / Oder das, was zwischen dem Leben und den Häusern war / Es saugt alles weg. / / Es ist jetzt ruhig hier. / Es war immer so. / Es ist ruhig. / Nur manchmal / Ganz leise / Ist dieses Sirren / In unseren Köpfen.«
Aus: Michael Brandt: Der Osten der Stadt, Gedichtzyklus, 2002–2004. Nach Ablehnung durch den Suhrkamp-Verlag (»Interessant, aber für unser Haus – und, wenn Sie uns die Bemerkung gestatten, wohl auch für die meisten anderen – ungeeignet. Wir wünschen ihnen dennoch bei der weiteren Verlagssuche viel Glück.«) nie wieder zur Veröffentlichung vorgelegt.

hauses stand jetzt offen. Jemand war herausgetreten, stand im Lichtkegel der Autoscheinwerfer. Der Mann sagte »Hallo?« und schaute dabei ungefähr in Brandts Richtung.

»Hallo, ist da jemand?«

»Ja ... ich.« Brandt beeilte sich, den Hof zu überqueren. »Entschuldigen Sie ... ich bin ... der Herr Niemczik schickt mich.«

Der Mann hatte ihn entdeckt. Er machte einige Schritte rückwärts. Ein hagerer, vielleicht 75-jähriger Bauer. Ein verbissener Öko, mutmaßte etwas in Brandt. Einer dieser Typen, die seit 30 Jahren mit dem Trecker nach Gorleben rumpelten.

»Was wollen Sie hier?«, fragte der Umweltfanatiker.

»Herr Niemczik schickt mich«, wiederholte Michael Brandt, in dessen Synapsen sich alles Mögliche abspielte. Die Entfernung zwischen den beiden Männern betrug jetzt nur noch wenige Meter.

»Und?«, sagte der Bauer. »Was will er?«

»Er hat mir etwas mitgegeben ... für seine Tochter ... ein Geschenk.«

»Soso«, sagte der Bauer.

»Ja«, sagte Brandt.

»Und was hat der feine Herr für meine Enkeltochter?«

Brandt nahm ein Leiern in der Stimme des Mannes wahr und verwarf das Bild des asketischen Aktivisten. Drei Millionen Taxistunden verdichteten sich zu einem Wort: Alkohol. Routinierte Korn-Bier-Korn-Kombinationen.

»Moment«, sagte Brandt und ließ per Knopfdruck die Heckklappe aufspringen.

»Da bin ich aber wirklich gespannt. Was der sich wieder ausgedacht hat ... bin ich wirklich gespannt drauf.«

»Hier.« Brandt hob das Fahrrad aus dem Wagen. Ein erstaunlich leichtes, in Rottönen lackiertes Kinderklapprad. Ein anständiges Geburtstagsgeschenk, wie er fand.

»Oha«, rief der Mann. Und dann lauter: »Birte, komm raus. Schau dir das an.«

Eine Frau trat aus dem Dunkel des Hausflurs. Brandt versuchte es mit einem »Guten Abend«. Der Alte sagte: »Das musst du dir anschauen.« Die Frau, eine ebenfalls große, hagere Erscheinung mit blondem, wie Brandt fand, eine gewisse Intellektualität ausstrahlenden Pagenschnitt, erwiderte Brandts Gruß mit einem Kopfnicken. Anschließend deutete sie auf das Fahrrad.

»Was soll das sein?«

»Das ist das Geburtstagsgeschenk von Herrn Niemczik«, formulierte Brandt fehlerfrei. »Herr Niemczik hat mich beauftragt, das Fahrrad hier abzuliefern, weil er heute leider beruflich verhindert ist.« Er lauschte seinen Worten nach. Eben noch vom THC-Gewirr zum Stammeln verurteilt, diktierte ihm die Droge jetzt druckreife Bürokratensätze ins Sprachzentrum. Bei entsprechender Vermarktung, da war er sich sicher, würde dieses Spezialhasch in den entsprechenden Vierteln B.s einschlagen wie eine Bombe.

»Und da hat er ihnen also ein Fahrrad mitgegeben.«

»Ja. Und wenn ich das anmerken darf, ein mit Sicherheit sehr gutes. Der Händler, von dem das Rad stammt, ist für Qualitätsware bekannt.«[64]

64 Pedalissimo GmbH: Alternativer, wie SprintEx auf dem Areal der ehemaligen Werkzeugmaschinenfabrik Gebr. Wietmeister gelegener Fahrradhandel und -reparaturbetrieb, bei dem ein Kenner wie Jan Bargfrede selbstverständlich nie auch nur einen Fuß über die Schwelle setzen würde. Absolut nie.

»Wieso? Das hat er doch garantiert aus der Klitsche gegenüber besorgt. Wahrscheinlich noch mit Prozenten.«

Brandt stutzte. Dass die Frau, die er während seiner SpintEx-Zeit nie gesehen hatte, als Niemcziks Ex über die Verhältnisse in B. Bescheid wusste, war ihm tatsächlich nicht in den Sinn gekommen.

»Na ja, der Ingo ...«, fing sie wieder an. »Wollen sie nicht kurz reinkommen und meiner Tochter gratulieren?«

Brandt hätte liebend gerne auf die Uhr geschaut und mit Verweis auf drängende Termine abgelehnt. Doch einen funktionstüchtigen Chronometer besaß er seit Jahrzehnten nicht mehr.

»Kommen Sie«, ermunterte ihn der Pagenkopf. »Verraten Sie meiner Kleinen, was für ein tolles Geschenk der Papi für sie gekauft hat.« Sie fasste Brandt am Unterarm und geleitete ihn mit einem gewissen Nachdruck zum Haus. Der Anti-Atom-Bauer folgte leicht schwankend. Das Fahrrad blieb neben dem Golf stehen. Brandt hatte ein merkwürdiges Gefühl. Hier stimmte etwas nicht, das war schon mal klar, allerdings sah er sich nicht in der Lage, die Situation mit der gebotenen Sorgfältigkeit zu analysieren. Er war bekifft wie seit einer Ewigkeit nicht mehr, wie überhaupt noch nie, und außerdem nahm soeben, während er hinter der Frau durch den jetzt erleuchteten Flur ging, ein neues Problem von ihm Besitz, überschwemmte gerade eine regelrechte Schockwelle seine Gehirnzellen. Die Frau öffnete eine Tür. Unfreiwillig nahm er Details wahr: Siebziger-Jahre-Küchenzeile. Gläser und Teetassen auf dem Tisch. Zwei Teller mit Käse- und Wurstbroten. Eine Schale mit kleinen Tomaten. An den Wänden hingen eine Menge Bilder. Zeichnungen von Landschaften, vom Meer. Brandt entdeckte ein Plakat mit einem ganz ähnlichen Motiv darauf: »Birte Möller: Küstenimpressionen.« Birte Möller wandte sich zu ihm um. »Kommen Sie, meine Tochter ist hier.« Sie durchquerten die Küche, betraten anschließend einen großen Raum mit flacher Decke. Holzbohlen knarrten. An den Wänden noch mehr Bilder. Brandt dachte daran, dass er noch keinen Tisch reserviert hatte. Er hatte ein Date im wahrscheinlich auf Monate ausbuchten La Terrasse, und es war kein scheiß Tisch gebucht! In einer Ecke des Raums befand sich eine Apparatur, eine Art Sessel, in dem ein Kind lag und Fernsehen schaute. Die Beine des Mädchens waren von einer fragil wirkenden Metallkonstruktion eingefasst. Brandt dachte an einen Roboter. An Cyborgs. »Urte«, sagte die Frau, »hier ist jemand, der dir gratulieren möchte.« Und dann, zu Brandt: »Urte feiert heute ihren elften Geburtstag. Vor anderthalb Jahren hatte sie einen Unfall. Mit einem betrunkenen Autofahrer.«

Brandt fragte sich, ob diese Frau verrückt war. Trotzdem schüttelte er dem Mädchen die Hand.

»Herzlichen Glückwunsch, Birte«.

»Urte«, korrigierte die Mutter.

»Urte«, korrigierte sich Brandt.

Die Hand des Mädchens fühlte sich kalt und feucht an. Im Fernsehen lief ein Zeichentrickfilm. Ein freundlich aussehender Riesenvogel mit Pilotenbrille und Schal flog über ein Gebirge. Auf seinem Rücken saß eine Maus. Auch die Maus, die eine kurze Hose und einen Hut trug, sah freundlich aus. Er dachte: Ich muss telefonieren. In seiner Hosentasche steckte ein Handy. Auf dieser Prepaid-Leiche hatte er, wenn überhaupt, noch einen Euro Kredit. Das Problem war: Er musste wirklich telefonieren. Das Mädchen sagte nichts.

»Mit dem Laufen wird das noch dauern«, informierte ihn die Landschaftsmalerin. »Und mit dem Fahrradfahren auch.«

»Entschuldigen Sie …«, aus irgendeinem Grund flüsterte Brandt jetzt »… könnte ich bei Ihnen mal telefonieren?«

»Telefonieren?« Das war der Bauer.

»Zwei Mal, bitte. Ich zahle Ihnen das natürlich. Ich muss die Auskunft und dann nochmal wo anrufen. Ist wirklich dringend.«

»Urte wird ganz sicher wieder in die Schule gehen«, behauptete Birte. »Vielleicht schon nächstes Jahr.«

»Wir haben kein Telefon«, sagte der Bauer.

KAPITEL 7

Eine Auswahl:

Michael Brandt: solo
Urs Föste: solo
Marion Gräfe: so gut wie solo
Jan Bargfrede: selten wirklich solo, noch seltener wirklich nicht solo (ein Kind)
Dr. Ingo Niemczik: solo (geschieden, ein Kind)
Ralf-Dieter Westhaus: solo (geschieden)
Ania D.: ihrer Meinung nach solo
Tobias Z.: Anias Meinung nach solo
Umar Khubayb Abdulbaki, vormals Stephan Lösing: bereit zur Vielweiberei, jedoch solo (geschieden)
Patrick Duchais: verpartnert (Endstadium)
Peter Grab: verpartnert (Endstadium)
Petra Deistkamp: feste Beziehung
Olaf »Olfie« Heinrich: solo

Angaben zur Stadt B.

Die Liebe in B.: ein Trauerspiel. Ein Auslaufmodell. In manchen Bereichen der inneren Stadt, zum Beispiel in Michael Brandts Nachbarschaft, waren langfristige Partnerschaften nicht nur selten, sie waren praktisch unmöglich geworden. Stattdessen stellte jener Typus des 30- bis 60-jährigen, suchtstoffaffinen, in den Sümpfen staatlicher Transferzahlungen bzw. in sehr schlecht bezahlten Arbeitsverhältnissen untergegangenen, vor allem aber *dauerhaft alleinlebenden* Mannes[65] ein großes, wenn nicht das neben den Migrantenstämmen überhaupt größte Bevölkerungssegment. Der Grund, warum sich gerade die depriviertesten Areale B.s immer mehr in unglamouröse Singlehochburgen verwandelten, lag auf der Hand: Das Angebot entsprach nicht der Nachfrage. Nicht im Entferntesten. Torkelnde Hänger, verschwiemelte Billiglöhner abseits aller Karriereleitern waren nun mal nicht das, was Frauen, auch Frauen, die sich ähnlich weit unten befanden, als Partner anvisierten. Auf der anderen Seite hatten natürlich auch die Verschmähten gewisse Ansprüche. Die Lücke zwischen dem, was in Sachen Frau gerade noch erreicht werden konnte, und dem, was man eigentlich zu verdienen glaubte, war riesig; sie war geradezu furchterregend, und es stand fest, kein ›Konsum‹[66], keine Dissonanzreduktion[67] würde sie je wieder schließen können. Also gab man auf. Als männliches Überschussprodukt ließ man sich gehen und zog sich zurück in die pornographieverseuchten Wohnlöcher, was in der Summe zu gespenstisch leblosen Straßen führte, in denen ein Klima fröhlicher, federleicht-französischer Flirts gar nicht mehr aufkommen konnte, durch die vielmehr nur ab und zu in Discounterjeans und speckige Sweatshirts gehüllte Figuren huschten, um sich im nächsten Supermarkt oder, in den Nächten, in einer der zahlreichen 24-Stunden-Tankstellen mit dem Nötigsten zu versorgen.

Generell, abseits von Spezialproblemen der unteren Einkommensschichten, litt das Geschlechterverhältnis in B. unter dem zuweilen kaum noch wahrgenommenen, dann wieder schmerzlich ins Auge stechenden Attraktivitätsdefizit der Bevölkerung. Einheimische stammten in der Regel von einem mürrisch-herben, bäuerlich-derben Menschenschlag ab, mit dem man so wenig wie möglich zu tun haben wollte – auch und gerade dann nicht, wenn man selber besagtem Typus entsprach.

In B. sah jeder für jeden zu schlecht aus. Besonders in den innerstädtischen Slums war jede gute und außerhalb eines Prostitutionszusammenhangs erreichbare Frau eine Sensation, was zum einen Michael Brandts herzanfallartige Gefühle erklärte, wenn er an das irgendwie vielleicht tatsächlich bevorstehende Märchen-Rendezvous mit dem »Wesen« dachte, was zum ande-

---

65 Obwohl mit einem Bevölkerungsanteil von über 50 % in der Gesamtstadt die Mehrheit stellend, schienen Frauen in manchen Gegenden und Vierteln von B. deutlich in der Minderheit zu sein. Dieses Ungleichgewicht wurde jedoch durch die erdrückende weibliche Übermacht in den Altersheimen ausgeglichen. Männer, speziell natürlich diejenigen in den innerstädtischen Problemgebieten, starben meist schon vor oder aber kurz nach dem Erreichen des Rentenalters.

66 Drogenberater-Slang, der sich in gewissen Vierteln B.s popularisierte. Man trank, soff, schluckte, rauchte nicht mehr, man zog keine Lines mehr, man *konsumierte*.

67 Eine Idee für den ratlosen Tobias Z.?

68 Vergl. hierzu: Ergänzungen zu Teil I. Die dort zitierte Passage aus Brandts Roman »Ich kann nicht mehr« (unveröffentlicht) thematisiert – vor dem Hintergrund dieser unzähligen Monster – die gesellschaftliche Position der wenigen attraktiven Menschen in der Stadt.

ren aber als Begründung dafür dienen konnte, warum zumindest in bestimmten Vierteln kaum noch Kinder autochthoner Eltern geboren wurden. B., um es auf ein Wort zu bringen, starb aus – seit sich in den ländlichen Regionen der Osttürkei herumgesprochen hatte, dass die Stadt eventuell doch nicht das Paradies auf Erden war, sogar mit wachsender Geschwindigkeit. In den letzten zehn Jahren war die Bevölkerungszahl um weit über 15.000 Menschen gesunken, was bei einer Stadt mit einer Gesamteinwohnerzahl von etwa 300.000 einen beträchtlichen Anteil ausmachte. Die leeren Straßen, Urs Föste musste in den Taxinächten immer wieder daran denken, wurden noch leerer. Die Stille zwischen den Häusern noch stiller. Der kalte Wind würde wie immer von Westen kommen, und er würde wie immer umherpfeifen. Doch diejenigen, die sich vor ihm fürchteten, die sich hinter Mauervorsprüngen vor ihm versteckten, und auch die, die ihn in T-Shirt und Badelatschen auf dem Weg zur Nachttanke einfach ignorierten, würden eines Tages, eines gar nicht mehr so fernen Tages, einfach verschwunden sein.

Mit Ausnahme Michael Brandts war Urs Föste übrigens der Einzige weit und breit, den die bevorstehende, sich eigentlich schon im Gange befindende Katastrophe beunruhigte. Während der endlosen Warterei an den Halteplätzen verschlang er geradezu jene lakonischen, immer zahlreicheren Artikel über Kindergarten- und Schulschließungen, über Wohnraumleerstände, Abrisse und andere Rückbaumaßnahmen. Im Gespräch mit Fahrgästen hatte er eine Weile versucht, andere für die Problematik zu sensibilisieren. »Na und? Gibt sowieso zu viele Menschen« oder »Klasse, hamwa mehr Platz« waren die Kommentare, die er und sein Hund bei solchen Gelegenheiten zu hören bekamen. Kaum jemand, so hatte Föste im Laufe der Zeit feststellen müssen, kümmerte die demographische Situation, und absolut niemand entwickelte Mitgefühl für die sterbende Stadt. Allerdings, und das beruhigte den ohnehin nicht zur Panik neigenden Unternehmer und Kleindealer, verhielt man sich in B. nicht nur B. gegenüber indifferent. Den meisten, vor allem aber den Insassen des inneren Ostens und Nordens, war, davon hatte sich Föste in all den Jahren nun wirklich überzeugen dürfen, nicht nur die eigene Stadt, sondern schlichtweg alles egal: Die Stadt starb? Warum nicht? Wie ein Gespenst fühlte man sich ohnehin schon.

KAPITEL 8

Dialogmoleküle

A.

»Ja, Herr Bröker, Marion Gräfe hier. Ich ...«

»Frau Gräfe, gerade wollte ich Sie nochmal anrufen. Ganz klasse! Ich habe die Entwürfe hier herumgereicht, und wir sind alle ganz begeistert.«

»Oh ... das freut mich aber.«

»Das kann es auch, Frau Gräfe. Dazu haben Sie allen Grund. Wir nehmen die Kollektion genau so, wie sie jetzt ist. Das entspricht exakt unseren Vorstellungen. Ich kann Ihnen gar nicht sagen, wie froh wir sind, dass wir jetzt hoffentlich noch alle Termine einhalten – mit der Messe und allem ... Sie wissen schon. Der Jan hatte sich da ja doch ganz schön Zeit gelassen.«

»Ja, klar. Aber die Entwürfe sind natürlich von Jan und mir. Also das meiste hat schon er gemacht.«

»Selbstverständlich Frau Gräfe. Absolut keine Frage. Aber ich sehe jetzt auch, wenn ich das mal so sagen darf, Ihre Handschrift. Ein paar kleine Änderungen, hier und da eine Feinjustierung – so etwas kann immense Auswirkungen haben. Das kann über den Erfolg einer ganzen Kollektion entscheiden. Also, der Jan mit diesem Bio-Fuß, Sie wissen schon, von dem Beistelltischchen – also, da war ich gleich skeptisch. Das ging eigentlich überhaupt nicht. Apropos, Frau Gräfe, wenn die Musterexemplare fertig sind, kommen Sie doch mal vorbei, oder? Würde mich wirklich freuen.«

»Gerne, Herr Bröker, wirklich gerne.«

»Abgemacht. Und ich rufe Sie morgen noch einmal an. Uff, das war ein langer Tag heute.«

»Das kann man wohl sagen.«

»Tja, dann machen wir jetzt mal Schluss. Einen schönen Abend noch, Frau Gräfe. Feiern Sie ein bisschen.«

»Guten Abend, Herr Bröker.«

B.

(Jan Bargfrede auf dem Wohnzimmersofa seiner eher kahlen, jedoch von hochwertigen Möbeln akzentuierten [Stilmix, nordische Strenge vs. Siebziger-Retro, die alte Frage: Wie richtet sich ein Möbeldesigner zu Hause ein? Antwort: Er fährt Rad.], im inneren Westen B.s gelegenen Vierzimmer-Altbau-Wohnung. Auf seinen Knien: ein Bildband mit Gemälden historischer Vulkanausbrüche. Aufgeschlagen: Eine Darstellung des 1815 farbenfroh in die Luft geflogenen Tambora.[69] An der Wand über

69 Ca. 100.000 Tote, Tsunamis, Aschewolken, globale klimatische Veränderungen, Temperaturstürze, Missernten und Hungerunruhen selbst in Europa. Aber auch: Psychedelische Sonnenuntergänge, inspirierte Landschaftsmalerei.

dem Sofa: ein gerahmtes Foto. Paul im Alter von vier Jahren, vor einer Gruppe von Bäumen, einem Pinienhain. Paul lacht. Jan Bargfrede lachte nicht.)

»Und Bröker hat alles geschluckt? Der Auftrag ist durch, sagst du?«

»Jep, er sagt, die nehmen das alles genau so, wie ich es ihnen rübergeschickt habe.«

»Und wie hast du den Fuß gelöst?«

»Och, gar nicht eigentlich. Ein Tischfuß halt. Sachlich, ohne Schnickschnack. Fand Bröker genau richtig.«

»Eben auf dem Rad hatte ich dazu noch richtig geile Ideen. Die gingen schon fast in Richtung Tierreich. Antilopen, Gnus. Afrika, verstehst du?«

»Du meinst mit Hufen? Für die Standfestigkeit in der Prärie? Wenn die Löwen kommen?« (lacht)

»Haha, jetzt fühlst du dich wohl ganz toll, was? Die notgeile Ratte Bröker sagt ja, und Frau Gräfe, die mal gerade drei Striche an der Kollektion verändert hat, schwebt im siebten Himmel. Was kommt als Nächstes, Marion? Der Red Dot?«

»Also, ein wenig mehr habe ich schon gemacht, Jan. Soll ich dir Sachen mal rübermailen?«

»Was soll das heißen, ›ein wenig mehr‹? Wo hast du denn noch herumgepfuscht?«

»Schau's dir einfach an. Ich finde, das sieht jetzt echt nicht schlecht aus.«

»Ey, sag mal, spinnst du eigentlich? Du kannst doch nicht so einfach meine Sachen abändern. Scheiße. Und die sabbernde Flasche Bröker winkt das wirklich alles durch?«

»Absolut. Der war voll überzeugt. Aber jetzt mal keine Angst, Jan, ich habe ihm ganz genau verklickert, dass die Kollektion

Teamwork war. Dass du da natürlich auch einen großen Anteil dran gehabt hast.«

»Einen großen Anteil? Ich glaub's ja wohl nicht. Bist du jetzt völlig durchgedreht, oder was? Einen großen Anteil? An dieser ganzen ...«

»Jetzt komm mal runter, Jan. Das war ein Spaß.«

»Aha, ein Spaß.«

»Ja, ein Spaß. Und heute Abend bin ich bei meinen Eltern. Wir sehen uns morgen. Tschüss.«

»Wie? ... Jetzt warte mal ... Marion? Warte ... Scheiße.«

C.

»Best Western Hotel Westfälischer Hof, Dennis Fuhlbrügge, guten Tag.«

»Guten Tag, ich würde gern für heute noch ein Zimmer bei Ihnen buchen. Geht das?«

»Ein Doppel- oder ein Einzelzimmer?«

»Doppel.«

»Für eine Nacht?«

»Ja, richtig.«

»Mit Frühstück?«

»Äh ... das weiß ich noch nicht. Muss ich das jetzt schon wissen?«

»Selbstverständlich nicht. Das können Sie morgen früh ganz nach Lust und Laune entscheiden.«

»Gut, dann würde ich gerne das Doppelzimmer buchen. Ich weiß noch nicht, wann wir heute Abend ankommen. Bei Ihnen kann man aber notfalls auch spätabends einchecken, oder?«

»Gar kein Problem. Die Rezeption ist rund um die Uhr besetzt.«

»Ok, gut.«

»Auf welchen Namen darf ich die Reservierung durchführen?«

»Gräfe. G R Ä F E, Marion. Brauchen sie meine Kreditkartenummer?«

»Nein, bei einer so kurzfristigen Reservierung ist das nicht notwendig, Frau Gräfe.«

»Wunderbar. Dankeschön.«

»Keine Ursache, Frau Gräfe. Haben Sie noch Fragen? Zu den Parkmöglichkeiten, zur Zimmerausstattung vielleicht? Oder zu unseren reichhaltigen Wellness-Angeboten?«

»Nein, das war's eigentlich. Vielen Dank.«

»Wir haben zu danken, Frau Gräfe.«

D.

»Restaurant La Terrasse, Petra Deistkamp, guten Abend.«

»Guten Abend, mein Name ist Marion Gräfe. Ich weiß, das ist sehr kurzfristig, aber haben Sie vielleicht heute Abend zufällig noch einen Tisch für zwei Personen frei?«

»Für heute Abend? Huh, das ist aber wirklich sehr knapp. Normalerweise wird bei uns Monate im Voraus gebucht. Aber warten Sie, ich spreche noch mal mit dem Kollegen. Einen Moment bitte.«

…

»So, hallo?«

»Ja.«

»Sie haben wirklich Glück. Eben gerade haben wir noch eine Absage für einen sehr schönen Zweiertisch reinbekommen.«

»Oh, das ist ja toll. Dann würde ich gerne für neun Uhr reservieren.«

»Der Tisch geht auf welchen Namen?«

»Gräfe. Marion Gräfe.«

»Gut, Frau Gräfe, ich habe alles notiert. Ein Tisch für zwei Personen um einundzwanzig Uhr. Wir freuen uns auf Ihren Besuch.«

»Danke. Und danke nochmal, dass das noch geklappt hat. Wirklich toll.«

»Wir haben zu danken, Frau Gräfe.«

»Dann bis später, sag ich mal.«

»Auf Wiederhören, Frau Gräfe.«

E.

(18:36 Uhr, A 29, Rasthof Huntetal-West, südlich von Oldenburg, Servicebereich)

»Hallo, kann ich mein Handy hier aufladen?«

»Aber selbstverständlich. Welches Netz?«

»Äh ... was ... wie bitte?«

»Welchen Netzbetreiber haben Sie denn. D1 zum Beispiel, oder O2«

»D1.«

»Für wieviel?«

»Pff, keine Ahnung. 25?«

»Sie haben die Wahl zwischen 15, 30 oder 50 Euro.«

»30.«

»Gut, dann können Sie ihre Karte dort einführen und dann Geheimnummer und Ihre Telefonnummer.«

»Karte? Hab ich nicht ... dabei. Ich zahle in bar. Das geht doch, oder?«

»Natürlich.«

»Ok, dann nehme ich für 30 Euro.«

»Danke … 20 zurück. Und hier ist Ihr Ticket. Sie wissen, was Sie zu tun haben?«

»Äh, ich glaub schon. Is schon ne Weile her. Normalerweise nehme ich mein anderes Handy. Da hab ich nen Vertrag drauf.«

»Warten Sie, ich zeig's Ihnen. Hier (zeigt mit einem Kugelschreiber auf die Nummernkombination) ist der PIN-Code, den geben Sie ein, und dann lädt sich das Telefon auf. Vorher Sternchen … 1 2 3 Raute, ist klar, nachher auf den grünen Knopf. Alles verstanden?«

»Ja, ich glaub schon. Ich versuch das jetzt gleich mal.«

»Genau, und wenn Sie ein Problem haben: einfach wiederkommen und fragen.«

»Danke … äh, ich hab dann doch schon ne Frage.«

»Ja?«

»Haben Sie zufällig einen Stift und einen Zettel für mich.«

»Selbstverständlich. Hier. Aber wiederbringen.« (lacht)

»Und die Nummer der Auskunft? Wenn Sie die auch noch hätten, das wäre wirklich nett.«

»Ich fühle mich ja beinahe schon selber wie die Auskunft. Aber warten Sie, war das nicht die 11833? Ja: 11833.«

»Danke.«[70]

70 Michael Brandt spürte eine tiefe, zumindest unterschwellig sexuell konnotierte Zuneigung zu der vollbusigen, knapp 40-jährigen Blondine am Service-Desk: Angela Pertmes, die nach drei Jahren Arbeitslosigkeit und einer unschön verlaufenen Trennung nun seit gut acht Monaten in der Kassenzone von Huntetal-West wahre Wunder bewirkte, sich peu à peu sogar Stammkunden heranzüchtete.

F.

»Restaurant La Terrasse. Petra Deistkamp, guten Abend.«

»Äh … hallo. Ich hätte gerne einen Tisch für heute Abend um acht Uhr.«

»Für heute Abend? Nein, das ist leider nicht möglich. Wir sind die nächsten Wochen komplett ausgebucht.«

»Ausgebucht? Oh, nein … oh Gott.« (flüstert)

»Warten Sie. Eine Sekunde. Ich überprüfe das nochmal mit meinem Kollegen. Eine Sekunde.«

»Ja.«

»Hallo? Hören Sie? Sie haben wirklich Glück. Vor 20 Minuten ist hier ganz kurzfristig ein sehr schöner Tisch für zwei Personen abgesagt worden. Den könnte ich Ihnen anbieten.«

»Ja, den nehme ich. Für zwei Personen, das ist genau richtig. Um acht Uhr. Geht das klar?«

»Auf welchen Namen möchten Sie den Tisch reservieren?«

»Äh … was. Das habe ich nicht verstanden.«

»Auf welchen Namen möchten Sie den Tisch reservieren?«

»Brandt. Michael Brandt.«

»Darf ich fragen, ob Sie schon einmal Gast bei uns waren, Herr Brandt?«

»Nein, noch nie.«

»Wir freuen uns auf Sie, Herr Brandt.«

»Wirklich?«

G.

»Echt, Nedad, jetzt hör endlich auf zu lachen, wenn ich hier Reservierungen entgegennehme. Eben hätte ich beinah selber schon losgewiehert.«

»›Oh, da haben sie aber wirklich Glück gehabt. Eben ist ein Tisch abbestellt worden‹ – echt, genial, wie du das immer bringst. ›Normalerweise wird bei uns Monate im Voraus gebucht‹ – geil, einfach nur geil.«

»Glaubst du etwa, der Schwachsinn kommt von mir?«

»Tante Patrick?«

»Grabsch. Da ist der Häuptling höchstpersönlich drauf gekommen.«

»Brillant.«

»Apropos, ist der alte Molch endlich wieder aufgetaucht. Patrick sagt, der wäre draußen Pilze suchen.«

»Nee, der ist immer noch weg. Und Tante ist eben auch abgerauscht. Haste den gesehen? Der war total weggetreten.«

»Und ob ich den gesehen habe. War ja gerade vorher bei ihm und habe ihm von der neuesten Attacke berichtet. Das hättest du heute mitkriegen sollen. Peter Grabsch in Hochform, sage ich dir. Und dann, im nächsten Moment, macht der Hamid an, wie es denn in der Küche aussähe und so. Vollkommen verrückt, der Typ.«

»Ich sage dir, in zwei Monaten gehen hier die Lichter aus. Das Weihnachtsgeschäft noch, und dann Adios. Oder glaubst du, dass Tantchen das noch länger mitmacht? Der ist bald weg, das sage ich dir. Oder Grabsch vorher schon in der Klapse. Und dann du mit deinem ›Wir sind über Monate ausgebucht‹ – zu geil.«

»Dem nächsten, der anruft, sage ich, dass er die freie Tischwahl hat – Sumpf, Koppel[71], alles frei.«

»Genau, und dass der Chef draußen im Wald herumirrt.«

»Auf der Suche nach Pilzen.«

»Auf der Suche nach dieser einen geheimnisvollen Morchel.«

»Die nur bei Windstärke 12 geerntet werden darf.«

* * *

71 Während der finanziell erfolgreichen Anfangsjahre des La Terrasse hatte Patrick Duchais die Gasträume mit einer Reihe bemerkenswerter, häufig Tiermotive abbildender Gemälde bestückt. Beim Personal trugen daher viele Tische des Gourmet-Restaurants Spitznamen, die sich auf in der Nähe angebrachte Bilder bezogen. Der »Sumpf« zum Beispiel war Tisch 12, über dem das düster-hypnotische Ölgemälde »Pferd« der ortsansässigen Malerin Alexandra Sonntag einen Vierbeiner mit den Hinterläufen in einer moorigen Fläche versinken ließ. Die Anschaffung von »Pferd« (Öl auf Leinwand, 120 x 150 cm, 9700 Euro) provozierte eine der ersten wirklich ernsthaften Auseinandersetzungen zwischen den Eheleuten. Grab (»Von dem Schinken kriegt man keinen Hunger, sondern Alpträume.«), künstlerisch unbewandert und von krankhaftem Geiz zerfressen, konnte sich mit der kostspieligen Anschaffung einfach nicht abfinden; im Laufe der Zeit entwickelte der Starkoch nicht nur Hassgefühle gegen das betreffende Areal des Restaurants, sondern auch gegen Gäste, die sich dort aufhielten. Duchais hingegen (»Alpträume machen Appetit; ich bin das beste Beispiel.«) zeigte sich so begeistert von Sonntags Schaffen, dass er nur wenige Monate später ein weiteres Werk der Künstlerin ankaufte (»Zwei Pferde«, 120 x 160 cm, 9500 Euro, Tisch 10, La-Terrasse-interner Spitzname »Koppel«). Angesichts dieser Vorgeschichte verwundert es kaum, dass der traumatisierende, bereits einige Wochen zurückliegende Kundenbesänftigungsversuch, den Grab am späten Vormittag des 4. Novembers seinem Therapeuten zu schildern versuchte (vergl. Teil 1, Kapitel 11, Dialogmolekül B), an Tisch 10 stattgefunden hatte.

Angaben zur wirtschaftlichen Situation des Restaurants La Terrasse:

Nedad Simunic hatte Recht. Der ehrgeizige Versuch, mit dem La Terrasse gehobene Küche und Lebensart in B. heimisch zu machen, stand kurz vor dem totalen Scheitern. Hatten die Betreiber des Spitzenrestaurants zum Beispiel 2007, im letzten halbwegs erfolgreich abgeschlossenen Geschäftsjahr, noch von einer allabendlichen Auslastungsquote von über 90 % ausgehen können (weswegen zu dieser Zeit tatsächlich zahlreiche Reservierungswünsche abgelehnt werden mussten), so hatte sich diese Quote bereits in den ersten Monaten des folgenden Jahres deutlich reduziert und mittlerweile bei dem absolut existenzgefährdenden Wert von 40 % eingependelt. Der Grund hierfür lag hauptsächlich in dem rezessionsbedingt noch verstärkten, laut Patrick Duchais bereits Psychosecharakter aufweisenden Spartrieb der begüterten Schichten B.s. Peter Grabs Klientel hielt das Geld zusammen, auch und gerade dann, wenn dazu objektiv gar keine Notwendigkeit bestand. Sie tat dies jedoch nicht nur im Einklang mit dem Zeitgeist, mit der landesweit vorherrschenden Konsumphobie, sondern auch, weil – in einer kleinen Stadt wie B. kaum verwunderlich – zumindest gerüchteweise einiges von den extravaganten Eskapaden des Kochkünstlers durchgesickert war. Obwohl es eigentlich immer noch ganz gut schmeckte im La Terrasse, obwohl Petra Deistkamp und die anderen von der Stammbesetzung ihr Bestes taten, um die Standards einigermaßen zu halten, die Bourgeoisie B.s hatte schlicht keine Lust mehr, sich die Kalbsnierchen von einem Verrückten pochieren zu lassen. Und dem Rest der Stadt, den mindestens 25 % offiziell oder verdeckt Arbeitslosen, den von Irrenärzten auf Lebenszeit erwerbsunfähig Geschriebenen, den mit ihren Rollatoren durch geräuscharme Gewerkschaftssiedlungen trottenden Rentnern, dem kurz vorm Durchdrehen stehenden unteren Mittelstand, dem bestialischen Facharbeiter, dem in leeren Kirchen und überfüllten Moscheen um Aufträge betenden Kreativarbeiter, dem mit blutunterlaufenen Wermutaugen in das Nichts seiner Zukunft zwinkernden kaufmännischen Angestellten, den merkwürdig uneinheitlich gestalteten Häuserzeilen, den beinahe hübschen Parks, den Hunden und Katzen und Maulwürfen in den Parks, den Vögeln, den Insassen der Entgiftungsstationen, eigentlich allen anderen in dieser insgesamt hauptsächlich von westlichen Winden zermürbten Stadt war das Schicksal des besten Restaurants am Platz voll und ganz und herzlich gleichgültig.

KAPITEL 9

Notizen für Patientenbericht Höhtker/November (B. Klaassen, Station 2B)

(01.11.) Der Prof. heute mit einem Brief zu mir. Von dieser Studentin. Will, dass ich den lese. Ich: Warum? Er: Damit sie verstehen, warum ich hier bin. Lacht dabei. Lacht, aber Augen traurig.

(02.11.) Heute Morgen großes Theater auf der Station. Das halbe Affenhaus (jetzt sage ich das auch schon) in Aufruhr, wegen dem S.V. vom Beat. Ich selber ganz erschüttert. Man müsste mal wissen, wie viele Pfleger in solchen Einrichtungen das versuchen. Ich wette, fast so viele wie Patienten. Der Prof. trotzdem ganz ruhig. Augen aber immer noch traurig. Fragte mich nach dem Mittagessen, was ich zu dem Brief sage. Hatte den aber noch nicht gelesen. Das mit den Augen – bin ich das? Ist das meine Wahrnehmung? Will ich, dass die traurig sind. Ich finde den Prof. attraktiv.

(03. 11.) Heute mit Prof. Wirthler (in der Klinik kann ich den einfach nicht Hans nennen. Bringe ich irgendwie nicht. Selbst beim Schreiben nicht.)[72] über meinen Prof. gesprochen. Er ist ganz zufrieden. Denkt darüber nach, Medikation zu reduzieren. Meint (ich versuche das einigermaßen wörtlich hier aufzuschreiben, obwohl es eigentlich gar nicht reingehört), dass bei Patienten mit außergewöhnlicher Intelligenz, die sich aber selbstzerstörerisch auswirke, konventionelle Gesprächstherapien und Gruppensitzungen oftmals einen ganz unverhofft positiven Effekt hätten, da sie zwar nicht wirklich zu den Problemen des Patienten durchdrängen, diesen aber erheiterten, ihn quasi in eine erheiterte Indifferenz geleiteten, die zumeist schon ein Fortschritt gegenüber dem Ausgangszustand sei. Wirthler wörtlich: »Belustigter Zynismus – darauf müssen wir bei dem Höhtker hinarbeiten. Der muss einfach mehr lachen.« Und dann natürlich mit Wirthler nochmal über Beat gesprochen. Das ganze Drama durchgekaut.

(04. 11.) Lese gerade nochmal die Notizen von gestern und vorgestern: Führe ich hier ein priv. Tagebuch? Prof. Höhtker (heute nervöser als in den letzten Tagen, beinahe zittrig) schlägt für den Nachmittag noch einmal einen Spaziergang im Park vor. Um über den Brief zu reden. Habe zugesagt, obwohl ich a. keine Zeit habe, b. das Wetter immer schlimmer wird (Sturm, ein Wind wie an der Küste, kriege richtig Heimweh) und c. den Brief immer noch nicht gelesen habe. Immerhin habe ich ihn eben schon mal

---

72 Prof. Dr. Hans Wirthler, Leitender Oberarzt der Stationen 2A und 2B.

aus dem Umschlag geholt und dabei ein Foto gefunden. Das war wohl da drin. Eine junge, beinahe nackte Frau. Sehr attraktiv. Ganz schwarze Haare, vermutlich aber keine Ausländerin. Superblaue Augen. Der Brief: ziemlich viele Seiten. Mit Tabellen! Keine Zeit, mir das alles anzuschauen. Die letzte Passage vor der Unterschrift: »Ich kam zu spät, um ihre Veranstaltungen zu besuchen, aber durch Sie/Ihre Bücher habe ich Stadt neu gelernt; ich sehe jetzt die Stadt, oder nein, die Stadt sieht sich selber – durch meine Augen. Ich fühle mich als Instrument einer mich und damit alles andere durchdringenden, mich auf eine beinahe entkörperlichte Art und Weise sexualisierenden Soziologie«.

Solche Fotos/Briefe von Studentengroupies – kein Wunder, dass der Prof. Höhtker Probleme bekommen hat.

Werde den Spaziergang absagen. Keine Zeit. Hans Wirthler will zu allen sprechen (wg. Beat). Die Leute auf der Station, auch wir: irgendwie beunruhigt. Der Wind draußen immer schlimmer.

KAPITEL 10

04.11.2009, irgendwann in den mittleren Nachmittagsstunden, ein Waldrand im äußersten Westen von B.-Außen-West. Peter Grab stand unter einer Buche und zog eine Tageszwischenbilanz. Der Termin beim Psychoklempner hatte ihm zweifellos geholfen. Es war gut, mal mit jemandem über seine Fantasien zu reden. Von wegen Patrick ausstopfen usw. Er hatte ganz schön vom Leder gezogen. Er hatte einiges rausgelassen, sich aber noch genug für die nächsten Sitzungen aufgespart. Die waren schließlich auch schon bezahlt. Teuer bezahlt! Dieser Halsabschneider saß einfach nur rum und verdiente Unsummen dabei. Der machte nichts! Aber immerhin, er fühlte sich besser jetzt, und die Geschichte mit der Deistkamp hatte ihm noch zusätzlichen Schub gegeben. Die zierte sich so geil. Die hatte noch einen richtigen Willen. Nicht so wie der Franzose, der nur rummäkelte und dann den Schwanz einzog. Haha, Schwanz einziehen war bei dem sowieso Programm. Ganz im Gegensatz zu ihm übrigens, zu einem Peter Grab. Er würde bis zum letzten Atemzug weitermachen, den Intriganten und stillen Neidern ebenso wie den erklärten Feinden des La Terrasse die Stirn bieten. Er würde mit offenem Visier kämpfen. So lange dieser Idiot[73] ihm die Pillen mitbrachte, würde er durchhalten und höchstwahrscheinlich nur den Doraden anstatt Monsieur Duchais die Gräten rausnehmen. Allerdings sollte er sich langsam einmal überlegen, was er eigentlich hier im Wald verloren hatte. Pilze? Ein paar standen tatsächlich noch rum. Das wäre mal was Neues: Peter Grab sagt, er geht Pilze sammeln, die Mannschaft da unten denkt sich: Ja klar, und morgen wacht der auf einer Parkbank in ... sagen wir Schweinfurt auf, die Mannschaft denkt sich also, der Alte spinnt mal wieder, und dann kommt der Chef mit einem Korb Trompetenpfifferlinge nach Hause getrabt. Das wäre natürlich ein Ding. Das Problem: Er hatte keinen Korb. Das Problem: Es wurde bereits dunkel. Überhaupt: Er war null motiviert, jetzt Pilze zu sammeln. Er stand hier herum, dort unten in der Senke stand sein Restaurant herum und in gewisser Hinsicht hatte er auf gar nichts Lust. Plötzlich dachte Grab an die Höllenstadt Schweinfurt. Wie es dort wohl aussah? Er war noch nie dort gewesen.

73 Grab dachte hier nicht an seinen Psychoanalytiker, sondern an einen seinen Kochkünsten verfallenen Allgemeinmediziner und Drogenlieferanten.

Er vermutete zumindest, die Stadt Schweinfurt bis zu den Mittags- und frühen Nachmittagsstunden des 4. November dieses verfluchten Jahres noch nie im nüchternen Zustand besucht zu haben. Sollte er vielleicht mal in Schweinfurt kochen? Oder Schweinfurt selber? Der Wind toste. Mal regnete es, mal nicht. Peter Grab spürte kleine chemische Blasen, die irgendwo im Bereich des Okzipitallappens aufstiegen. Die Blasen zerplatzten mit einem sanften Plopp. Grab mochte das Geräusch. Er mochte auch das Krachen, das ein Ast dieser eventuell doch nicht so robusten Buche direkt über ihm verursachte.

Während Peter Grab also in den Waldstücken des äußeren Westens sein weiteres Schicksal abwartete, lungerte circa sieben oder acht Kilometer weiter östlich Umar Khubayb Abdulbaki, vormals Stephan Lösing, immer noch, genauer, schon wieder auf der Ferdinand-Lassalle-Straße herum. In den Stunden, seitdem der frisch cannabifizierte Michael Brandt ihn der in Nähe des »Islamischen Zentrums« erkannt zu haben glaubte, war der rotbärtige Hüne ein wenig durch die Stadt gelaufen, hatte in zwei türkischen Teehäusern (jeweils Einzeltisch, misstrauisch bis ängstlich von den anderen Gästen beäugt) zusammen etwa zehn kleine Tees getrunken, war dann nach Hause (zentraler Norden, eine vermüllte Seitenstraße mit eternitverkleideteten Schrotthäusern, selbst für örtliche Verhältnisse eine harte Adresse [die Umar neuerdings gefiel, weil sie konspirativ wirkte]) gegangen, hatte dort gebetet, beziehungsweise so getan, als ob er betete, und daher keine direkte Verbindung herstellen können, hatte es in seinem Einzimmer-Apartment insgesamt gut eine Dreiviertelstunde ausgehalten, war anschließend wieder in den waagerecht »fallenden« Regen gestiefelt und, mit im Beinbereich durchnässtem

Kaftan, erneut durch die Gegend marschiert, hatte sich ein paar Sachen (ein Geschäft für Angelbedarf, Sonnenstudioschaufenster mit beinahe nackten Frauen darin, Drogennutten hinter der Hauptpost am Bahnhof) angeschaut, bevor ihn schließlich vor 20 Minuten dieser Anruf erreichte und der Franzose aufgeregt etwas von »heute, heute noch soll es geschehen« erzählt hatte.

Im Gegensatz zu all den Verrückten, die in B. ihre Tage verbrüteten, die von dieser Stadt praktisch selbsttätig herangezüchtet wurden, war Abdulbaki ein nüchterner Mann. Seine Ehe hatte drei Jahre oder etwa 8000 Halbliterdosen gedauert. Er war frisch gefeuert. Er sah scheiße aus. Er hatte nichts Ordentliches gelernt und würde deswegen immer wieder mal frisch gefeuert sein. Und selbstverständlich auch immer weiter scheiße aussehen. Die Zukunft in Sachen Weiber: Nicht vorhanden. Absolut null Chancen. Nutten oder niente. Er hatte den Gabelstaplerschein und mochte Tierfilme, und er hatte, wenn Alkohol im Spiel war, ein leichtes Gewaltproblem[74]. Seine letzten Jobs: Hilfslagerist, Reinigungskraft, Ausfahrer. Den Posten bei SprintEx hatte er sogar schon mit dem neuen Namen bekommen.[75] Aber nicht behalten. Seine Hinwendung zum Spirituellen: Ein klares Kosten-Nutzen-Ding. Eine Win-Win-Geschichte. Mit dem Saufen hätte er sowieso aufhören müssen. Da hatte der Kollaps kurz bevorgestanden. Irgendwann war da diese Sendung im Fernse-

74 Eine Verurteilung und 600,- Euro Bußgeld für einfache Körperverletzung.

75 Das Bewerbungsgespräch mit Dr. Ingo Niemczik und Ralf-Dieter Westhaus hatte sich zu einem religionsphilosophischen Diskurs entwickelt, bei dem Abdulbaki zwar nicht folgen, aber durch seine ruhige Art dennoch punkten konnte. Schließlich hatte der romantische Ex-DKPist Westhaus »Ja« gesagt.

hen, Afghanistan, Gaza usw. Die Jungs erzählten was von oben wartenden Jungfrauen. Mit 70 endgeilen Stuten, die man ungestört zureiten durfte. Natürlich hatte Lösing kein Wort davon geglaubt. Das tat er auch jetzt nicht. Seine geistige Neuorientierung hatte rein präventiven Charakter. Für den unwahrscheinlichen Fall, dass diese kanakischen Spinner doch Recht hatten. In dieser Welt konnte man nichts ausschließen. Für 50 Euro nach Mallorca fliegen? Vor 200 Jahren hätte man ihn ins Irrenhaus gesteckt. Heute: Realität. Warum dann nicht auch ein Gratispuff im Himmel? Für den Fall der Fälle wollte er gerüstet sein. Also war er in die Moschee marschiert, dort aber postwendend wieder rausgeflogen. Er hatte sich Bücher gekauft. Er wollte sich später nichts vorwerfen müssen.

Abdulbaki hing also auf der Ferdinand-Lassalle herum. Im Moment gab es nichts zu tun als warten. Was allerdings überhaupt kein Problem darstellte. Im Warten – ALG II, Frauen, Sommer, Winter, auf etwas wartete man doch immer – hatte er Routine.

Die Verbindung zwischen Patrick Duchais und Umar Khubayb Abdulbaki basierte beim Deutschen auf Zweckrationalismus und totaler Resignation, auf Seiten des gebürtigen Parisers auf Eifersucht und religionspolitischer Naivität. An jenem sonnigen Spätoktobertag, dem Tag ihres ersten und bisher einzigen Zusammentreffens, hatte der feinsinnige Restaurantgeschäftsführer den Jeep seines Lebenspartners wieder einmal vor dieser Homo-Sauna im Osten der Stadt entdeckt, anschließend eine Weile auf dem Parkplatz vor dem mit Jacuzzis und Hamam ausgestatteten Wellness-Unternehmen (Firmenname seit zwei Jahren: »Pure Relax«, vorher: »25«) herumgeheult, dann jedoch Abdulbaki die Eingangstür des (auf der anderen Seite des Fabrikhofs gelegenen) SprintEx-Büros zuknallen sehen, daraus die richtigen Schlüsse gezogen, vage Hoffnung geschöpft, in Sekundenschnelle Pläne geschmiedet, schließlich den rotbärtigen Riesen einfach angesprochen und ihn nach ein paar Einleitungsfloskeln und zur Tarnung in scherzhaftem Ton darum gebeten, doch bitte das La Terrasse zu sprengen, zumindest aber abzubrennen. Ein absolut ungeheuerlicher Akt. Ein Witz, dessen Pointe nicht nur in der unfassbaren Unbedarftheit des in Geschäftsbelangen durchaus cleveren Duchais bestand, sondern vor allem darin, dass jener Auftrag auch noch ohne Umschweife, ja selbst ohne weiteres Nachfragen einfach angenommen wurde. Wie ein teuflisch schlaues Tier hatte der Gastronom das universelle Scheitern des rotbärtigen Gelegenheitsarbeiters gewittert. Und die daraus resultierende Gewaltbereitschaft. Abdulbaki, formerly known as Stephan Lösing, hatte schlicht »Ja« gesagt. Für den guten Zweck ein Restaurant ausräuchern – warum eigentlich nicht!? Wie man so etwas anstellte? Learning by doing, oder so ähnlich. Vom La Terrasse hatte er noch nie gehört. Er ernährte sich ausschließlich aus Dönerbuden und Tankstellenshops. Aber ihm gefielen die Argumente dieser Witzfigur. Fein Fressen? Gottlose Homos? Alle möglichen Laster? Sehr gut! Immerhin hatte er mindestens zweieinhalb Jahre nicht mehr gefickt. Er würde auch die nächsten zweieinhalb Jahre nicht ficken. Die nächsten 200. Zumindest nicht auf diesem Planeten. Außerdem hatte man ihn gerade gefeuert. Angeblich wegen nicht eingehaltener Liefertermine. Fünf Minuten bevor der Franzose angekommen war, hatte dieser Niemczik seine Karriere in die Tonne getreten. Diese Tunte wollte seinen Laden in die Luft fliegen sehen und die Versicherung kassieren? Das konnte nur ein Zeichen sein. Alles fügte sich zu allem.

Patrick Duchais befand sich am Übergang zwischen dem äußeren und dem zentralen Westen, die Bebauung wurde dichter, Vororteinfamilienhäuser verwandelten sich in Vorortmehrfamilienhäuser, dann in provinzielle Gründerzeit-Altbauten. Die Geschwindigkeit des Jaguars betrug 50 Stundenkilometer. Der Verkehr nahm etwas zu, blieb jedoch flüssig. Duchais hatte eine Piaf-CD eingeschoben und von Paris zu träumen begonnen. Heute Nacht würde er in seine Heimat zurückkehren, zunächst in einem kleinen Hotel am Gare de l'Est unterkriechen. Eben hatte er diesen Musulman angerufen. Der machte das tatsächlich! Der wollte bloß einen Vorschuss. Patrick Duchais fuhr in den Osten, um den Mann auszustatten. Er machte Nägel mit Köpfen. Der Bärtige wollte die Sache nach Mitternacht angehen. Nach Geschäftsschluss. Für nur 1000 Euro. 500 vor, 500 nach Auftragsabwicklung. Duchais hatte zur Sicherheit nochmals die La-Terrasse-typischen Todsünden der Völlerei und Unzucht erwähnt. Seines Wissens eindeutig christliche Konstrukte, was für den Kaftan aber kein Problem darzustellen schien. Der Mann hatte überhaupt keine Ahnung von Religion, Duchais hingegen schon als 13-jähriger de Sade gelesen. Er glaubte an nichts außer Schönheit und Genuss: Peter Grab, der in seiner Küche nicht Pilze, sondern selber schmort. Der zusehen muss, wie sein Lebenswerk in Flammen aufgeht, zu Asche zerfällt. Ja, das war Genuss! Das war Schönheit! Genau wie die Stimme der großen Piaf, der die Straßen da draußen nichts anhaben konnten. Duchais fuhr jetzt nach Norden. Die Häuser wurden ärmlicher. Die Kneipen hießen »Schatztruhe« und »Zum alten Presswerk«. Das Presswerk hatte sich in eine riesige kahle Fläche verwandelt. Duchais fuhr nach Osten. Die Häuser blieben ärmlich. Die Kneipen hießen »Bei Hilde« oder »Why not«

oder »Karadeniz III«. Die Scheibenwischer kämpften mit dem Regen, um die Tankstellen bildeten sich verschwommene Lichthöfe, Duchais bog ab, die Ferdinand-Lassalle begann. Ein altes Männchen versuchte, seinen Einkaufswagen in einen Hauseingang zu schieben. Der Wind blies ihn fast um. Eine Waschsalon-Leuchtreklame blinkte, die ganze Straße leuchtete ein wenig, und plötzlich fühlte Duchais etwas, was er in B., für B., noch nie gefühlt hatte. Die Moschee, das »Kulturzentrum«. Dort hinten kamen schon dieser große, furchtbare Platz und der Busbahnhof. Duchais hielt die Augen auf. Irgendwo hier sollte er stehen. Ein großer Mann in langem weißen Gewand und orangefarbener Bomberjacke.

KAPITEL 11

»Stille Tage in Gertlauken«[76] – eine junge Lehrerin und kritische Nationalsozialistin aus dem Rheinland wird während des Krieges in ein abgelegenes ostpreußisches Dorf versetzt, hat dort mit den Unbilden der Zeit sowie mit den Eigenheiten der Bewohnerschaft zu kämpfen, stellt sich aber voller Tatendrang in den Dienst der Sache und erliegt bald schon dem Zauber einer einzigartigen Landschaft. Margarethe Brandt hatte dieses Buch geliebt, Michael Brandt liebte es noch immer, und seit einigen Minuten bildete er sich ein, nicht durch die Einsamkeit Niedersachsens, sondern in Richtung Kurisches Haff zu fahren. Brandt hatte die Autobahn verlassen. Er konnte sich absolut keinen Stau

---

76 Peyinghaus, Marianne, Goldmann Verlag 1992, 224 Seiten. Vorherrschende Leserprofile: Nostalgiker, Ewiggestrige, Avantgardisten, Irre.

leisten. Seine momentane Position: Zwischen Vechta und Diepholz. Er hatte das Navi abgeschaltet, er fuhr nicht mehr nach Schildern, sondern nur noch nach Gefühl. Brandt schaute nach rechts, dann links: bereits vollkommene Dunkelheit. Gertlauken schlief. Jeden Moment konnten Elche kreuzen. Oder T-34-Panzer. Schlitzäugige Rotarmisten. Er spürte den Wind nicht mehr durch, sondern mit der Karosserie. Es gab keinen Ausdruck, der seinen Zustand korrekt beschrieben hätte. Er hatte sich in eine Parallelnüchternheit geraucht. Er fuhr mit klarem Kopf über die Bundes- und Landstraßen eines ostpreußischen 1943. Am Himmel zogen die Wolken. Dazwischen funkelten Sterne. Es war 18:54 Uhr. Brandt fühlte sich unglaublich. Vor einer halben Stunde hatte er sich in der Kassenzone von Huntetal-West in eine blonde Frau verliebt, war aber dennoch weitergefahren, um es noch rechtzeitig zu einer schwarzhaarigen Frau zu schaffen, in die er sich vor acht Stunden auf dem Parkplatz eines Supermarkts in Ost-Zentral-B. verliebt hatte. Die übrigens in diesem Moment erneut ans Fenster ihres Schlaf- und Arbeitszimmers getreten war. Ania kamen nun doch Zweifel. Sie mochte das Wetter, aber sollte sie wirklich mit dem Fahrrad zum La Terrasse fahren? Vielleicht gab es ja Busse dahin? Wenigstens in die Nähe. Sie ging zum Schreibtisch und klappte ihr Laptop auf. Tobias hatte eine Mail geschrieben.

»Mensch Ania, komm mal klar. Ich weiß selbst, das war Scheiße heute Morgen. Ich war nicht in Form für ein Interview. Kommt bei Promis halt mal vor. [Smiley]

Und was soll das eigentlich: La Terrasse? Mit einem fremden Typen? FÜR GELD? Bist Du jetzt ne Nutte, oder was? Drehst Du jetzt durch?

Warum ist immer alles so schwierig mit Euch Mädels?

T.

PS: Bin gleich bei Thorben. Du weißt ja, CL[77]. Wenn du später noch was machen willst, ruf mich an.«

Ania schloss das E-Mail-Programm und googelte die Seite der Stadtwerke. Behandelte sie Tobias grausam? War das eigentlich alles noch koscher, was sie mit dem Typen veranstaltete? Nicht zum ersten Mal in den letzten Monaten kam es ihr vor, als ob sich ihre soziologischen Leidenschaften langsam auf das auswirkten, was Höhtker einmal »den Menschen, das Menschliche vor der Struktur« genannt hatte, also genau das in Mitleidenschaft zogen, was TS[78], eigentlich ja wohl jede Soziologie, eben nicht zu kümmern hatte. Die Stadtwerke-Homepage baute sich auf. Eine einfache, übersichtliche Webseite. Ohne Probleme fand sie den Streckenplan, eine Buslinie, die beinahe direkt am La Terrasse vorbeiführte. Sie würde um 19:19 losfahren, einmal umsteigen und um 19:56 an der Haltestelle »Gasthof Ortmann« aussteigen. Das hieß noch 20 Minuten Zeit, die Klamottenfrage zu klären. Momentan trug sie nichts als ihren weißen Sport-Slip und einen taubenblauen BH. Eine nicht unbedingt repräsentative Kombination, deren Anblick den noch gut hundert Kilometer entfernten Michael Brandt allerdings nachhaltig von seinen Elchherden abgelenkt, womöglich sogar mitten in diese hineinrasen lassen hätte. Ania strich sich über die Waden – kein Pieken, keine

77 CL = Champions League, ein von Tobias und Ania aus unterschiedlichen Gründen hochgeschätzter Wettbewerb europäischer Clubs.

78 Im Kreise der Höhtker-Exegeten gebräuchliche Abkürzung für »Totale Soziologie«.

Widerstände, alles noch ok. Was machte sie da eigentlich? Worauf genau bereitete sie sich gerade vor? War das ihr Ernst? Mit diesem Michael vom Parkplatz? Vor dem Haus kippte eine leere Plastikmülltonne um, die Klappe öffnete sich, der Wind fasste mit voller Wucht hinein, die Tonne schoss davon. Wow, dachte Ania, dort draußen war wirklich etwas los. Wahrscheinlich würde der Typ ohnehin kneifen und schön zu Hause bleiben. Apropos, wie es dort wohl aussah? Sie stellte sich drei Jahre getragene Socken neben einer drei Jahre nicht gespülten Bratpfanne neben einem seit drei Jahren im Akkord schuftenden Pornoheft vor – ein Stillleben, dass sie auf die Idee brachte, es einfach mit einer Jeans und einem enganliegenden Pullover zu versuchen. Mit etwas Neutralem – ein bisschen sexy, aber nichts, wobei es ein schüchterner Mann gleich mit der Angst zu tun bekäme. Oder vielleicht doch ein Rock? Eine von diesen knapp sitzenden Stoffhosen, auf die Tobias so abfuhr? Ania ließ sich erneut auf ihr Bett fallen. Ihr blieben noch einige Minuten für eine Entscheidung. Neben dem Bett lagen Bücher. Ania griff sich eines davon, schlug es auf, blätterte herum, blätterte dann zielgerichtet, landete schließlich bei einem mit »Verkehrsmittel« überschriebenen Kapitel, und während sie mit geschlossenen Augen die Sätze des ersten Absatzes[79]

---

79 »Ich fuhr mit einem beinahe leeren Bus. Nur etwa zehn Minuten. Doch um die Botschaften zu verstehen, die ich während der Fahrt empfangen habe, um die Informationen, die mannigfaltigen Informationsschichten und -sedimente zu durchdringen, um den Bus insgesamt auf seiner Fahrt durch und als Teil des städtischen Symboldschungels zu begreifen, werde ich viertausend Jahre brauchen. Ich stieg also aus und musste weinen vor Wut und Bewunderung.« Aus: Höhtker, Jobst-Michael, Das Geflüster der Gebüsche – Perspektiven und Ansätze einer entgrenzten Soziologie, Verlag für experimentelle Soziologie, Hildesheim, 2006, S. 314.

flüsterte, spürte Michael Brandt in Ingo Niemcziks Golf 6 den ersten Hauch, quasi den Anfangsverdacht eines Blasendrucks. Schon wieder!? Das musste der Tee sein, den ihn die Malerin eben noch wegzuschlucken genötigt hatte. In Huntetal-West, in der ganzen Handy-Blondinen-Aufregung, hatte er selbstverständlich vergessen, noch mal die Toiletten zu besuchen. Brandt hörte die freundliche Stimme der Kassenfrau. Er dachte an ihr Dekolletee, das auf geheimnisvolle Weise zu ihrer Stimme – und zu allem anderen in Huntetal – passte. Föste hatte neulich, bei ihrem vorletzten Treffen, dem letzten, bevor sich das Chirras anschickte, weltweit alle anderen Haschsorten aus dem kollektiven Konsumenten-Gedächtnis zu brennen, Föste hatte also neulich von seiner Urologin geschwärmt. Angeblich war die auch blond. Der mütterliche Sex-Typ. Er nahm sich vor, demnächst einen Termin zu machen. Die erste Vorsorgeuntersuchung. Alt genug war er schließlich. Die Verkäuferin in Föstes Bäckerei hatte ihn angelogen. Von wegen junger Mann – er war steinalt. Gertlaukens Befreiung lag bei seiner Geburt kaum mehr als 20 Jahre zurück. Nur zwei Jahrzehnte! Brandt spürte die Nähe geschichtlicher Ereignisse; er sah sich plötzlich auf einem Zeitstrahl dahinfahren, auf einem Kontinuum, das ihn mit all den Dingen verband, von denen seine Mutter früher so oft erzählt hatte. Er dachte an seinen Ur-Opa, der auf einem offenen Pferdewagen wortlos eingefroren und nach Stunden wie eine Schaufensterpuppe umgekippt war. Margarete Brandt als Achtjährige, die im Wagen dahinter zitterte. Am Wegesrand Pferdekadaver, zurückgelassene Haushaltsgegenstände. Soldaten mit Zivilisten-Mänteln über der Uniform, Zivilisten in Soldatenmänteln, schwarze, schnell größer werdende Punkte am bleigrauen Himmel.

KAPITEL 12

04.11.2009, 18:54 Uhr, eine Altbauwohnung in B.-Zentral-West. Wenn er einmal unvoreingenommen darüber nachdachte und für einen Moment davon absah, dass man sich so eine Einstellung als Selbstständiger wohl kaum leisten konnte, dann sprach einiges dafür, dann war bei objektiver Betrachtung sogar unbestreitbar, dass alles, wirklich alles eine einzige Scheiß-Enttäuschung war. Dass nichts Spaß machte. Drogen? Für Verlierer. Nie seine Welt gewesen. Möbel, Frauen? Konnte man vergessen. Kinder? Seit wann war es ein Vergnügen, quäkenden Kaulquappen dabei zuzusehen, wie sie sich in fettige Monster verwandelten? In Stubenhocker, die lieber mit ihrem Computer verklebten anstatt mit Daddy mal anständig Kilometer zu machen. Wer so etwas Erfüllung nannte, war ein Spinner, eine gottverdammte Ökohexe. Apropos, zum Glück hasste ihn Karin so sehr, dass er sich das Paul-Desaster nur noch ausnahmsweise antun musste. Überhaupt, eigentlich gab es auch ein paar gute Dinge. Das musste er fairerweise zugeben. Seine Fahrräder waren gut. Die hatten Charakter. Vulkane waren gut. Lavafontänen und pyroklastische Wolken waren gut. Inseln, die in die Luft flogen, waren sehr gut. Aber wie oft kam das vor? Wie häufig würde er Gelegenheit haben, mit dem Paraglider über ein Szenario zu schweben, in dem soeben jeder mögliche Landeplatz geschmolzen war? Er könnte natürlich nach Indonesien ziehen und die dortige Designszene aufmischen. Im nördlichen Sumatra erdbebensichere Schrankwände gestalten. Bei FORMA(r)T brauchte man ihn ja offenkundig nicht mehr. Da hatte sich jetzt Frau Gräfe eingenistet und einfach mal so eben den Laden, sein Baby, übernommen.

Jan Bargfrede klappte das Buch mit den historischen Ausbruchsgemälden zu, stand auf und ging in die Küche. Sich besaufen wäre eine Option. Wein war da. Im Fernsehen gab es Fußball. Allerdings war Fußball ein Sport für Dünnbrettbohrer. Für die Versager, die bei FORMA(r)T immer über die Straße schlichen. Trotzdem, er könnte es ja mal mit einem gemütlichen Fernsehabend versuchen. Da waren die alten Tour-de-France-DVDs. Ulrich mit großem Blatt. Kannibale Indurain. Oder Videos von seinen eigenen Touren. Dieses verfluchte Beistelltischchen. Bröker, dieser sabbernde Bock. Frau Gräfes Vorschlag einfach mal durchgewunken? Im ersten Anlauf? Wollte der ihn verarschen, oder was? Dass der Marions Entwurf, wie auch immer der ausgefallen war, besser fand als seinen, konnte wohl kaum auf einem fachlich-fundierten Urteil beruhen. Da spielten ganz andere Sachen eine Rolle. Haben sie, wenn ich mal eben fragen dürfte, eventuell eine Schwäche für schwedenblonde Mähnen, Herr Bröker? Für Beine mit dreikommafünfprozentigem Cellulite-Anteil? Vielleicht sollte er dem Mann bei Gelegenheit stecken, dass im Bett mit Frau Gräfe jetzt nicht unbedingt großes Kino war. Ganz und gar nicht. Besser als mit der frigiden Körnerhexe, geschenkt, aber nichts, wofür Bröker jetzt gleich den Job in seiner Provinz-Klitsche[80] riskieren musste. Wie sah eigentlich die Alte von dem aus? Garantiert auch eine von diesen gedunsenen Kühen. Eine verunglückte … Jan Bargfrede unterbrach seine Reflektionen. Sich hier in Negativität zu suhlen, brachte gar nichts. Die Lage war insgesamt befriedigend. Sogar mehr als das. Er hatte einen freien Abend, die Nummern standen im Trockenen, Marion war bei ihrer Mutter und niemand sonst wollte

80 Gemeint ist hier: Erklage Möbel GmbH (»Möbel, die inspirieren«).

etwas von ihm. Das war, verdammt nochmal, eine privilegierte Situation. Es war ihm vergönnt, mehrere Stunden am Stück zu verbringen, ohne dabei den schädlichen Einflüssen anderer menschlicher Organismen ausgesetzt zu sein. Heute Abend hatte er endlich einmal Zeit. Wie wäre es also mit etwas Musik? Tango! Bossa Nova! Und dazu schön weibisch Kerzen anzünden, Rosenblätter um die Wanne verteilen und ein heißes Bad nehmen. Hatte er eigentlich Freunde? Gab es überhaupt jemanden, mit dem er mal ein wenig reden konnte? Über sich, zum Beispiel. Darüber, was gerade passierte in ihm. Das war nämlich eine ganze Menge, fand er. Ein ungeheuer vielfältiges Knäuel von Sachen ging gerade in ihm vor, doch andererseits war da auch irgendwie nichts. Er fühlte sich zum Platzen leer und er kehrte jetzt ins Wohnzimmer zurück, schnappte sich das Telefon, betätigte den Nummernspeicher[81] und drückte auf die Anruftaste.

»Hartmann.«

Ein einziges Wort reichte aus, um ihn auf die Palme zu bringen. Was sollte dieses scheißsachliche »Hartmann« jetzt? Diese verfluchte Milch-Kuh wusste doch ganz genau, wer anrief. Oder hatte die neuerdings das Telefon blickdicht in Hirsetuch gewickelt? Wenn der Vater ihres einzigen Sohnes anrief, meldete sich Muttertier also extra geschäftsmäßig. Nur um schnell mal klarzustellen, wo der Hase herlief. Wie die Geschäftsbedingungen aussahen. Neulich, in einer ganz besonders tiefen Gestalterkrise, hatte er sich die Zeitung von Marions Schreibtisch geschnappt und war gleich als erstes auf einen Bericht über eine Vätergruppe

81 Mit einem Teilsegment seines Gehirns fiel Jan auf, dass das Wort Nummernspeicher eigentlich – zumindest in seinem Fall – mit dem Wort Fahrradkeller gleichzusetzen war.

gestoßen. Im Lokalteil, mit Foto. Ein Haufen Totalverlierer mit Tränensäcken so prall wie Silikontitten. Wie die durfte er nicht enden. So weit würde ihn diese Hexe nicht runterbringen.

»Ja, hi, Karin, ich bin's.«

Pause. Er hörte, wie sie durch die Nase ausatmete.

»Jan, jetzt hör mal zu: Mir reicht es jetzt. Ich will nicht, dass du hier dauernd anrufst. Und die Nummer eben ging ja wohl mal wieder gar nicht. Ich kann es nicht ab, wenn du ums Haus schleichst wie irgend so ein Perverser.«

Jan zwang sich zur Ruhe. Er hatte sich voll im Griff.

»Ich wollte eigentlich mit Paul sprechen, Karin. Ist das eventuell mal möglich?«

»Sag mal, rede ich hier eigentlich gegen Wände? Wie oft und wann du mit Paul Kontakt hast, entscheide ich. Das haben wir damals doch alles schön klären lassen. Und im Moment finde ich es nicht so gut, wenn du zu viel Zeit mit ihm verbringst. Paul ist momentan in keiner einfachen Phase.«

»Wieso?«

»Wieso, wieso. Dem geht's nicht so gut, deswegen.«

»Ja, eben: Wieso? Vielleicht, weil er den ganzen Tag am Computer hängt und den ganzen Tag deine Hirsepampe mampfen muss? Da wäre ich allerdings auch nicht gut drauf. Das hält kein Mann aus.«

»Aha.«

»Ein Mann, das ist dir vielleicht neu, liebe Karin, muss auch mal raus. Der muss sich bewegen. Paul wird immer fetter. Trotz deines ganzen Pferdefutters wird der richtig fett. Der müsste dringend mal aufs Rad und ein paar ...«

»Pass mal auf, Jan«, unterbrach ihn Karin, »für deine infantilen Tiraden, was Männer brauchen und so weiter, habe ich echt keine Zeit. Paul ist kein Mann, sondern ein Kind. Und du bist ebenfalls kein Mann, sondern ein Idiot. Paul triffst du vorerst nicht, und dabei bleibt es. Tschüss.«

»Karin? Karin, warte mal.«

Jan hörte nichts mehr. Die Leitung war tot. Der ganze Mittwochabend lag noch vor ihm.

KAPITEL 13

Die unerbittliche Hässlichkeit des Durchschnittseinwohners war eine einleuchtende, jedoch beileibe nicht die einzige Erklärung dafür, warum in B. nun schon seit Jahrzehnten zu wenig Kinder geboren wurden. In Wirklichkeit starb die Stadt nicht nur wegen ihrer verunglückten Einwohnerschaft, sondern auch wegen des Wetters, wegen der Häuser, wegen allem. Die Stadt verschwand, weil das einfach passte. Weil alles, was da war, auch wieder gehen musste, wie man speziell in den vom Alkoholbuddhismus geprägten Innenstadtarealen annahm. Kurzum: B. bereitete sich aus einem ganzen Bündel von Ursachen auf seine Re-Inkarnation vor, und der wichtigste dieser Gründe war selbstverständlich die wirtschaftliche Situation der Bewohner, für deren Umschreibung das Wort Niedergang viel zu banal, viel zu grobschlächtig daherkam, auf die Gesamtstadt gar nicht zutraf. Abseits der Katastrophengebiete des inneren Nordens und Ostens, wo man entweder von staatlichen Transferleistungen lebte oder pro Stunde nicht mehr als den Gegenwert einer Mahlzeit im Sultangrill oder Dönerhouse verdiente, ging es den meisten Bewohnern B.s nicht unbedingt schlecht. Nicht nur ein Mittelstand existierte nach wie vor, sondern eine Schicht der Wohlhabenden. B. wies immer noch das gesamte gesellschaftliche Spektrum einer normalen, während der industriellen Revolution explodierten, dann konsolidierten, weder kleinen noch großen, insgesamt statistisch unauffälligen Absurdkommune auf. Doch andererseits war da jene Atmosphäre, jene eigentlich selten thematisierte Grundstimmung der Erlahmung und Entdynamisierung, die sich immer stärker auf die wirtschaftlichen Aktivitäten auswirkte. Oder diese vielleicht vorerst nur begleitete und langsam in einem neuen, zunehmend irrealen Licht erscheinen ließ. Erklage-Möbel zum Beispiel, ein recht erfolgreicher mittelständischer Möbelproduzent vor den Toren der Stadt – glaubte ein Lutz Bröker eigentlich noch an die Mission seines Arbeitgebers? Konnte sich der stellvertretende Leiter Produktentwicklung noch mit den Aktivitäten der Firma, generell mit der Hölle des Einrichtungsmarkts identifizieren? Die Antwort lautete: Nein. Bröker machte seinen Job, und er machte ihn gut. Er hatte Marions Talent erkannt und die Gelegenheit genutzt, Bargfrede aufs Abstellgleis zu schieben. Das war alles Routine gewesen, erfreuliche Routine sogar, doch einen wirklichen Sinn konnte Bröker in seinem Job schon lange nicht mehr sehen. Ob Erklage morgen dicht machte oder noch Tausende von Kollektionen in muffige Wohn- oder Schlafzimmer pumpte – was genau machte das eigentlich für einen Unterschied?

Kein Zweifel, B. funktionierte. Die Wirtschaft funktionierte. Geld wurde verdient und in Maßen auch wieder ausgegeben. Die öffentliche Verwaltung war chronisch klamm, arbeitete jedoch reibungslos. Die Stadt, ihre Bewohner und Unternehmen, alles machte einfach weiter, gewohnheitshalber und ziellos. Ein Kapitalismus allerdings, der ohne Vision vor sich hinwerkelte, hatte ein Problem – das wussten die beiden Geschäftsführer des marxistischen Kurierdienstes SprintEx, das wusste vor allem Ingo Niemczik. Der promovierte Philosoph beobachtete deswegen die Stimmung seiner Kunden und Geschäftspartner genau. Überall fand er Anzeichen der Desillusionierung und Ermattung. Es war, als ob die Stadt als Ganzes sich langsam auf den Ruhestand vorbereitete. Auf friedliche Parkbanknachmittage. Auf ein geräuschloses Verschwinden. Niemczik, der sich das Ende der Wirtschaftsordnung – wenn überhaupt – ganz anders vorgestellt hatte, lernte in diesen Tagen sehr viel. Das System war tatsächlich sterblich. Es verging einfach. Es verging zusammen mit den Menschen.

Wie nicht anders zu erwarten, war die Atmosphäre B.s, das beiläufige Akzeptieren des Untergangs, am eindringlichsten im Taxigewerbe spürbar. Nicht umsonst hatte Michael Brandt seinen prophetischen Stadt-Roman während der Jahre in Diensten von Urs Föste verfasst.[82] Taxis fühlten permanent den (sich verlangsamenden) Puls der Stadt, wie Blutkörperchen waren sie Tag und Nacht in deren Adern unterwegs. Paul Jeffrey Steinhäuser warf daher schon vor einiger Zeit die Frage auf, warum Jobst-Michael Höhtker, dessen Erfassung des autarken Organismus B. eine bis dato unvorstellbare Tiefe erreicht und der z. B. Busse als

---

82 Pars pro toto eine der zahlreichen Textstellen, in denen Brandt über die Situation der Stadt reflektiert: »Ähnlich wie Körper, wie Menschen generell, hat diese Stadt keinen ersichtlichen Daseinsgrund. Eine logische Erklärung für ihre Entstehung liegt nicht vor und nichts würde vermißt, wenn sie eines Tages nicht mehr da wäre. Hier kreuzen sich weder bedeutende Verkehrswege noch kulturelle Strömungen. Hier ist nichts von Belang …« Aus: Brandt, Michael, Ich kann nicht mehr, Roman (unveröffentlicht), S. 49.

integralen Bestandteil seiner Stadtforschung begriffen hatte, auf das Messinstrument Taxi so kategorisch und bis auf den heutigen Tag verzichtete.[83] [84]

Um es noch einmal klarzustellen: Die Stadt starb. Sie tat dies, weil sich eine voll funktionstüchtige und moderat erfolgreiche Wirtschaft sowie die in ihr Tätigen mit dem Absterben arrangiert hatten. Der Fatalismus, der untergründig nicht nur die auf Gelderwerb ausgerichteten, sondern alle Aktivitäten in B. begleitete, diese untergrub und letztlich lächerlich erscheinen ließ, machte es unmöglich, über so etwas wie Kinder noch ernsthaft nachzudenken. Selbst wenn man akzeptiert hatte, dass der potentielle Partner eher einem Ungeheuer als den »Extreme Eruptions«-Darstellern glich, jenes spezifische Psycho-Klima B.s gab jedweder geordneten Familienplanung den Rest.

B. war also eine besondere Stadt. Ihre Durchschnittlichkeit stach so sehr ins Auge, dass sie auf den zweiten Blick wie eine Tarnung wirkte. Patrick Duchais zum Beispiel, ein weltgewandter und weitgereister Millionenstädter, hätte sich niemals träumen lassen, dass solch ein Ort überhaupt existieren konnte. Und sein Geschäfts- und Lebenspartner Peter Grab glaubte in manchen

83 Zum Beispiel in: Steinhäuser, Paul Jeffrey: The Symphony of Signals – Total Sociology and Urban Spaces, In: Urban Sociology Review. Vol 67/1. Jan 2003, 641–734. Ebenfalls in: Steinhäuser, Paul Jeffrey: The Beauty and the B. – Elements and origins of Total Sociology, Campus Books, Cambridge MA 2004, S. 201 ff.

84 Steinhäuser versuchte die Antwort vor allem theoretisch, also aus Höhtkers eigenen Schriften herzuleiten. Die Erklärung war allerdings banaler und hatte sehr viel mit einer Nacht Mitte der Neunziger zu tun, mit einem schwer betrunkenen Höhtker in einem Taxifond, mit plötzlicher Übelkeit, anschließenden Faustschlägen und einer recht unkomfortablen Landung auf dem Asphalt.

Momenten sogar, dass es die Stadt selber war, die das La Terrasse in den Abgrund riss. Ambitionierte Projekte waren in B. ungewöhnlich, aber immerhin denkbar. Ambitionierte Projekte über einen längeren Zeitraum ambitioniert zu halten, war hingegen schlechterdings unmöglich. Wer etwas wollte, ging. Wer ehrgeizig war, ging. Selbst wer, wie Frank Stremmer vor Jahren, lediglich eine bessere Frauenqualität anstrebte, ging.[85] Der Aderlass der Stadt war deswegen ein zweifacher: Es starben mehr Menschen als geboren wurden, und es verließen die Stadt mehr Menschen, als neue zuzogen. Wenn das so weiterging, dachte Urs Föste, war wirklich bald Feierabend. Zumindest mit seinem Betrieb. Der Unternehmer saß im 297 und langweilte sich. Neben ihm hob und senkte sich Hannahs Brustkorb. Ihre Beine zuckten, eine Vorderpfote stieß sich am Schaltknüppel ab. »So ist's richtig, träum was Schönes«, flüsterte Föste und schaute dann wieder nach draußen, wo der Wind Unrat über die Straße trieb und der Berufsverkehr bereits abgeebbt war. Föste seufzte. Sollte er rüber in den Westen fahren? Weiter nach außerhalb? Gleich nach Hause? Hannah quiekte zweimal kurz hintereinander, ihre Schnauze hatte sich jetzt leicht geöffnet, und während sich Föste fragte, welche Abenteuer sein Hund wohl gerade erlebte, stapfte anderthalb Kilometer von Föstes Standort[86] entfernt ein großer, auffällig gekleideter Mann in Richtung Tankstelle, die, solange der Mann in der Gegend lebte, noch nie geschlossen hatte. Nicht eine einzige Minute.

---

85 Eine Motivation, über die Stremmer seine damalige Freundin Marion Gräfe selbstverständlich nicht in Kenntnis gesetzt hatte.

86 Halteplatz Martin-Luther-King-Park, B.-Zentral-Ost.

Wie einst Frank Stremmer trug sich auch Umar Khubayb Abdulbaki seit geraumer Zeit mit dem Gedanken, die Stadt zu verlassen. Allerdings nicht nach Genf, sondern senkrecht nach oben. Konservativen Schätzungen zufolge würde B. in 50 Jahren die Hälfte seiner Einwohnerschaft verloren haben. Urs Föste ging nicht davon aus, dass es einen Himmel für Städte gab.

KAPITEL 14

Dialogmoleküle

A.
Patrick Duchais – Umar Khubayb Abdulbaki (18:54 Uhr):
»Pensez-vous que vous en êtes capable?«
»Was? Versteh' ich nich.«
»Können Sie das?«
»Inshallah.«[87]

B.
Frank Stremmer – Mari Takano (18:59 Uhr)
»Mari? It's me.«
»Hello, Frank.«
»Surprised?«
»No.«

87 Ungefähre Bedeutung: So Gott will. Der bis dato einzige Ausdruck, den sich Abdulbaki aus dem Bereich seines neuen, genaugenommen aber schon wieder ehemaligen Glaubens korrekt und einigermaßen unfallfrei zu verwenden in der Lage sah.

»Why not? We didn't talk for ages.«

»That's true. But we communicated via SMS. So why should I be surprised? And also: yesterday I heard your voice.«

»Where? On TV?«

»It was in the air. In my apartment, I don't know. But I heard your voice and I thought that I want to see you again.«

»So, why didn't you call me?«

»I had to work. But tonight I am free ... I would like to have sex with you, Frank.«

»Well, I am in Germany right now.«

»When will you come back?«

»Do I come back?«

»Yes, you will.«

C.

Tobias Z. – Thorben H.[88] (19:03 Uhr):

»Wie, du kommst nicht? Was soll das denn heißen?«

»Nee, tut mir echt leid. Ich muss das Ding jetzt echt fertig machen. Nächste Woche ist Abgabe und ich hab noch nichts.«

»Tja, musst du wissen, Tobi. Wird bestimmt ein netter Abend. Susanne hat ein bisschen was vorbereitet, die anderen Jungs kommen, bisschen was trinken, vielleicht ne Line. Das Spiel könnte sogar interessant werden.«

---

88 38 Jahre, Geschäftsführer der FUN Entertainment GmbH, freiberuflicher Free-Fight Impressario, Hobby und ehemalige Haupteinnahmequelle: Kickboxen [4. Dan], drei Anklagen wegen Landfriedensbruch, zwei wegen schwerer Körperverletzung, eine Verurteilung wegen schwerer Körperverletzung, eine Verurteilung wegen Widerstands gegen Vollstreckungsbeamte, seit zwei Jahren aus der »Gewalttäter Sport«-Datei gelöscht.

»Jaja, ich weiß. Ich hätte ja auch Bock, aber das geht heut nicht. Ich krieg das sonst nicht mehr hin.«

»Oder ist das etwa wieder wegen der Ania? Biste wieder mies drauf wegen der?«

»Nee, da ist alles ok. Ausnahmsweise. Die hat mir eben sogar noch nen Tipp gegeben; jetzt hab ich wenigstens so ne Art Einstieg.«

»Ich sag dir, Tobias: Lass dir von der nicht immer auf der Nase herumtanzen. Ich kann das zwar verstehen. Die ist scharf und so, und die ist schlau. Aber ich sehe doch, dass du da nicht mehr klarkommst. An der Tür bist du ja auch nicht mehr so konzentriert.«

»Nee, Thorben, echt, im Moment ist alles im grünen Bereich mit Ania. Es ist nur diese scheiß kognitive Dissonanz-Scheiße.«

»Kognitive Dissonanz?«

»Ja, genau. Kennst du das?«

»Ich hab mal was drüber gelesen, glaube ich. Aber du weißt ja, ich hab damals VWL gemacht.«

»...«

»...«

»Thorben?«

»Ja.«

»Vielleicht komme ich doch. Mal sehen.«

»Wie, was jetzt?«

»Ich komme doch. Scheiß was auf kognitive Dissonanz. Scheiß was auf den ganzen Uni-Scheiß.«

»Na ja, Tobi, musst du wissen.«

D.
Michael Brandt – Ingo Niemczik (19:07 Uhr):

»Ja?«

»Ingo? Hi, hier ist Michael Brandt.«

»Michael. Alles geklappt? Hast du das Ding abgeliefert?«

»Ja, hab ich.«

»Sehr gut. Hat die Kleine sich gefreut? Wie war der Bauer drauf?«

»Weiß nicht genau. Mit deiner Tochter hab ich eigentlich nicht so viel geredet. Der Bauer hat auch nicht viel gesagt.«

»Macht der nie. Und Birte?«

»Wir haben noch Tee getrunken. Das war ... ich glaub, das war ok.«

»Hat sie dir ihre Bilder gezeigt?«

»Nicht direkt. Aber da hing ne ganze Menge an den Wänden.«

»Und? Wie haben die dir gefallen? Sag jetzt bloß nichts Falsches, Michael. Denk an deinen Job.«

»Äh, tja, ich bin kein Experte für Malerei. Oder nee, das waren ja eher Zeichnungen.«

»Richtig, Birte ist eine Zeichnerin. Die bei weitem bekannteste konterrevolutionäre Zeichnerin in Varel und Umgebung. Karge Striche für karge Landschaften. Also, wie fandest du die Sachen?«

»Gut.«

»Gut? Einfach so: gut?«

»Ja.«

»Hör mal, Michael, ich dachte, du hättest Ahnung von Kunst. Der Urs hat mir damals immer vorgeschwärmt, was für ein kreativer Kopf du wärst. Von wegen Romane und Gedichte und so.

Und da sagst du mir hier einfach so, dass du diesen Schrott von Birte gut findest?«

»Ja. Ich fand das ganz nett. Mit dem Meer und den Vögeln. Hat mir gefallen.«

»Ok, du bist gefeuert.«

»Gefeuert? Echt jetzt? Geil.«

»Ja, echt. Die Geschäftsführung der SprintEx Transportdienste GmbH hat sich soeben schweren Herzens dazu entschlossen, das Arbeitsverhältnis mit Ihnen aufgrund unüberwindlicher künstlerischer Differenzen fristlos zu kündigen ... halt, falsch ... ich bitte um Entschuldigung ... erst gar nicht einzugehen.«

»Oh Mann ...«

»Wo sind Sie denn momentan überhaupt, Herr Brandt? Darf ich davon ausgehen, dass Sie sich bereits seit einiger Zeit auf dem Rückweg befinden, richtig? Ich möchte Sie bitten, den Firmenwagen zu meiner Privatadresse zu bringen.«

»Deswegen rufe ich an, Ingo. Das wird nicht klappen.«

»Nicht klappen? Ich verstehe nicht ganz.«

»Nee, das klappt nicht mehr, Ingo. Ich muss um acht im La Terrasse sein und ich bin noch 80 Kilometer weit weg. Wenn ich vorher bei dir vorbeifahre, komme ich niemals mehr rechtzeitig.«

»Ja, und? Was heißt das jetzt?«

»Ich nehme den Wagen heute Abend und stelle dir den entweder heute Nacht noch oder morgen früh vor die Haustür. Tut mir leid, geht nicht anders.«

»Sag mal, Michael, drehst du jetzt durch? Hat dir Birte was in den Tee getan? Jetzt mal ernsthaft, wenn du gleich wieder solche Spirenzchen veranstaltest, wird das mit dem Job nichts. Bring den Wagen bitte sofort zu mir, hörst Du? ... Hallo? ... Michael?«

E.
Umar Khubayb Abdulbaki – unbekannter Tankstellenangestellter (19:32 Uhr):

»N'Abend, Kanister ausleihen, läuft das bei euch?«

»Nein.«

»Kanister kaufen?«

»Das ja.«

»Also gut, wo stehen die? Und wo ist das Bier? Habt ihr hier alles umgeräumt, oder was?«

KAPITEL 15

Es fällt schwer, das zu glauben, aber die Zone ist unendlich. Wenn jetzt der 7er streikt, wenn jetzt die Bordelektronik abstürzt – bin ich erledigt. Oder ein Ostler wirft sich in den Verkehr. Zu meiner Verteidigung, sehr verehrte Damen und Herren, kann ich zu meinem größten Bedauern lediglich anführen, dass ich auf Wildwechsel zu diesem Zeitpunkt leider nicht in ausreichendem Maße vorbereitet war. Im Übrigen wäre es schön, wenn sie mir kurz mitteilten, warum im Briefkopf der meinem Rechtsbeistand übermittelten Anklageschrift die Worte »Amtsgericht Magdeburg« durchgestrichen und durch die meines Wissens nicht mehr beziehungsweise noch nicht wieder gebräuchliche Bezeichnung »Volksgerichtshof« ersetzt wurden.[89]

Dunkle Steppen um mich herum. Immerfeuchte Trockensavannen. Unbewohnbare Marslandschaften. Wie weit hat es

---

89 Als Hintergrundinformation reicht hier lediglich ein Name: Wolfgang Pohrt.

eigentlich damals die Rote Armee geschafft? Tiefe, aufrichtige Bewunderung für den Sowjet-Menschen.

Heute Morgen lag ich im Bett. Ich meine, heute Morgen lag ich ganz in Ruhe und Sicherheit im Bett. Draußen war Genf, war alles in Ordnung, und ich hatte höchstens ein bisschen Langeweile, einen Anflug von Überdruss. Gut, vielleicht auch ein ganz klein wenig Panik. Aber harmlos. Das wäre vorbeigegangen. Das war auf jeden Fall kein Grund, gleich Entscheidungen zu treffen und mich in diese gottverdammte Einöde zu bugsieren. Die Arbeitsbedingungen in den hiesigen Studios würden mich interessieren: Spezialtarif für Kameradschaften. Plattenbauhausbesuche. Recyceltes Massageöl aus LPG-Treckern. Das Grillfleisch für die diesjährige Sonnwendfeier spendet das auf Weltniveau massierende Institut »Volkseigene Thai-Sonne«.

Dieser verfluchte Saab. Hätte das Ding nicht gestreikt, würde ich jetzt irgendwo in Baden-Württemberg die Hotelbar auslecken. Im trüben Hessen. Im SS-Gasthof Fischlaich.

Nun, was sagen eigentlich in diesem historischen Moment die Instrumente? 19:20 Uhr? 135 km/h? Darf ich davon ausgehen, dass es sich dabei um Annäherungswerte handelt? Dass sich die Wirklichkeit noch einmal unendlich viel komplexer darstellt, als diese Informationen erahnen lassen? Tankfüllung momentan: Weiterhin klar über 90 %. Von diesem Auto wird Benzin demnach nicht verbraucht, sondern lediglich aufbewahrt. Komplette Konsumverweigerung. Ist es da ein Wunder, dass die Wirtschaft am Boden liegt? Dass man für PR-Spitzenkräfte wie zum Beispiel … mich keine Verwendung mehr findet? Dazu kommt der Preisverfall. Eine achthändige Full-Body-Massage mit Extras und Nachspielzeit kostet hier vermutlich nicht mehr als 7,95 Euro. Euro – wenn ich das Wort schon höre. Was um alles in Welt hat mich bloß geritten, die allgemein geschätzte, sich durch Stabilität und diskrete Seriosität auszeichnende Wertegemeinschaft des Schweizer Franken zu verlassen und mich dem Risiko einer staatsmonopolkapitalistischen Chaoswährung auszusetzen? Ich meine, die Scheine in meinem Portemonnaie regiert der Franzose! Allerdings, als Swiss-Forex-Mann der ersten Stunde hätte ich wissen müssen, worauf ich mich hier einlasse.[90]

Eben habe ich zwei Mal telefoniert. Ich habe Sehnsucht nach Mari. Ich habe Sehnsucht nach ihrer unjapanisch dunklen Japanerhaut. Nach den Pillen, die ich von dieser Haut geleckt habe. Marion hat einen Tisch im La Terrasse gebucht. Sie will Michi AbgeBrandt beim Scheitern zuschauen, und gleichzeitig soll so ein Nouvelle-Cuisine-Kasper um den Tisch scharwenzeln. Ich gebe zu, es gibt schlechtere Abendplanungen. Ich gebe auch zu, ich mag diesen BMW. Eine Art Stockholm-Syndrom: Irgendwann beginnt man den Kram zu mögen, von denen das Leben abhängt. Draußen, abseits der Autobahn: kein Licht. Kein einziges Licht. Es kann sein, dass mir auch das gefällt. Denn vor mir glüht die Instrumententafel. Es ist 19:28 Uhr. Um neun Uhr treffe ich Marion. Ich sollte ein wenig schneller fahren. Ich fahre ein wenig schneller. Die Tachonadel bewegt sich. Ich denke an Maris Körper und an Maris Pillen. Ich denke daran, wie ich auf Maris Pillen an Maris Körper gedacht habe. Vielleicht ist es gar nicht mehr notwendig, sie zu schlucken. Vielleicht wurde in mir ein Reservoir angelegt, ein Speicher, der mich bis zum Lebensende mit zwitschernden Wahnbildern, mit krebsschwänzigen Ostlern, mit orange schimmernden Massage-Kathedralen versorgt. Das wäre schön. Das

---

90 Swiss Forex SA, ein in Genf beheimateter Währungsbroker, bei dem Stremmer von 2003 bis 2008 im Bereich Public Relations angestellt war.

würde mir Mut machen. Heute Morgen lag ich im Bett und hatte auf einmal absurde Ideen. Ich stand auf und ging nach Saint-Jean. Ich suchte meinen Wagen, um mit ihm und in ihm und mit seiner Hilfe nach Deutschland zu fahren. Ich muss vollkommen wahnsinnig gewesen sein. Zugegeben, der Saab hat versucht, mich zu warnen! Ich war taub. Dieses Auto hat sich versteckt, dann auch noch tot gestellt, nur um mich vor dem Schlimmsten zu bewahren. Ich bin hartnäckig geblieben. Ich bin hierher geflogen, ich fahre in einem BMW nach Westen, und meine Ex-Freundin hat dem Vernehmen nach nicht nur den Tisch im La Terrasse, sondern auch noch ein Hotelzimmer gebucht. Ein Doppelzimmer. Das alles klingt entweder gut oder schlecht. Ich vermute, eher gut, doch ich finde ohnehin zu nichts mehr eine Einstellung.

Die Stimme im Radio wispert jetzt plötzlich. Der BMW wiegt doppelt so viel wie ein Leopard II. Der Wind kann ihm nichts anhaben. Und wenn doch, frage ich allen Ernstes: warum nicht? Ich drehe mich in einem Tornadowirbel nach oben. Ich erreiche das Ende des Trichters und starre in Gesichter. Ich sehe sechsnüstrige Esel. Schlingpflanzen. Meine Geschwindigkeit jetzt wieder: 135 km/h.

KAPITEL 16

04.11.2009, 19:06 Uhr, die Straßen von B.-Zentral-Nord. Patrick Duchais hatte Entscheidungen zu fällen: Sofort verschwinden oder nochmal im La Terrasse vorbeischauen? Wirklich nach Paris fliehen oder doch lieber in den Tschad? Weinerlicher Abschiedsbrief oder stilvolles Schweigen?

Immerhin: Der Bärtige hatte einen vernünftigen Eindruck gemacht. Ganz ruhig. Entschlossen. Er hatte dem Mann das

Geld[91] und den Schlüssel für den hinteren Zugang zum Keller gegeben. Er hatte ihm beschrieben, wo die Gasleitungen verliefen. Der Bärtige hatte versichert, sich erst in der Nacht ans Werk machen zu wollen. Zu dem Zeitpunkt würde das Haus längst – bis auf Peter Grab natürlich – leer sein.

Der Jaguar glitt langsam durch die Dönerladen-Galerien des inneren Nordens. Da draußen gab es wieder jede Menge zu sehen. Duchais stoppte den Wagen, stieg aus und betrat die Kneipe »Bei Herbert in der Gurke«, in der sich zu diesem Zeitpunkt der Wirt, ein übergewichtiger und kahlköpfiger Mittdreißiger, sowie zwei spindeldürre Stammgäste befanden.[92] Duchais orderte Calvados und Oliven. Auf Französisch! Im gewählten Idiom des 16. Arrondissements[93], das Ania an Klassiker gallischer Soziologie, an Durkheim und natürlich an Bourdieu erinnert und in gewisser Hinsicht vielleicht ein wenig entschädigt hätte, denn die sehr, sehr, sehr attraktive Schwarzhaarige musste genau

---

91 Als Vertrauensbeweis sogar die gesamten 1000,– €.

92 Sowohl der Wirt als auch einer der Gäste trugen ein hellblaues Fußballtrikot, auf dessen Rückseite »Spiegeltrinker C. F.« geflockt worden war. Offenkundig handelte es sich hierbei um eine der in B. zahlreichen Freizeitmannschaften, die, wie bereits erwähnt, in mehreren Spielklassen organisiert waren und sich oftmals im Umfeld von Gastwirtschaften bildeten.

93 Aber entstammte Patrick Duchais überhaupt der französischen Oberklasse? Oder versuchte hier ein Parvenü mit Sprache seine niedere Herkunft zu verschleiern? Immerhin, sein Vater, dessen tragisches Ende den jungen Patrick, nicht jedoch seine Mutter Eglantine seinerzeit sehr mitnahm, stammte aus gutem Haus. Der Jazz-Musik-Kritiker und Journalist verdiente jedoch zeitlebens wenig, weswegen sich Patrick Duchais' Aufenthalte im noblen 16. Arrondissement auf sonntägliche (und katastrophale) Besuche bei den Großeltern beschränkten. Die Eltern von Eglantine Duchais, geb. Arnoux, lebten in der Provinz.

in jenem Moment, als Duchais vom Wirt der Gurke[94] erwartungsgemäß lediglich einen höhnischen Blick zur Antwort erntete, ebenfalls mit einer Enttäuschung fertig werden: Der Bus, der sich pünktlich der Haltestelle näherte, war ein hochmodernes Exemplar und damit von geringem Informationswert. Kryptische Botschaften auf Sitzen und Rückenlehnen, in die Scheiben eingekratze Zeichen, die Zusammensetzung des sich in den Ecken sammelnden Drecks – Ania hatte sich auf diese anthropologischen Leckerbissen gefreut. In ihrem Notizbuch wartete eine frische Tabelle darauf, gefüllt zu werden. In ihrer Handtasche lag eine Digitalkamera bereit, Spuren für die spätere Auswertung zu konservieren. Falls der nächste Forschungsbericht für den Professor nicht vollends zu allgemeinem Gerede degenerieren sollte, brauchte sie dringend neues Material.

Der Bus hielt, Ania stieg ein, dem Fahrer entgleisten Gesichtszüge. Wie sie befürchtet hatte, glänzte und blinkte alles fabrikneu, doch als sie saß und sich draußen ihre Wohngegend langsam in Bewegung setzte, zeichnete sich auf ihren Lippen ein nachsichtiges Lächeln ab. B. wusste nichts von seiner Wirkung. Die Stadt hatte keine Ahnung davon, dass es Menschen an entfernten Orten, an amerikanischen Instituten gab, die sich mehr für die Randbepflanzung ihrer Grünanlagen als für die eigene Sexualität interessierten. Deren Sexualität mitunter sogar direkt mit diesen Pflanzungen in Verbindung stand.

---

94 Vorname Wolfgang, nicht Herbert. Herbert, Wolfgangs Vor-Vorgänger und Erfinder der Gurke, verstarb im Frühjahr 1999 56-jährig an einer durch eine Mischung aus Wodka und Benzodiazepinen verursachten Atemlähmung in den hinteren Räumlichkeiten des von ihm gegründeten Unternehmens, dessen Name aus Traditionsgründen sowie aus Bequemlichkeit von den späteren Betreibern beibehalten wurde.

Anja dachte an den Professor. Ein Deckenmonitor zeigte Werbespots für kommunale Kulturveranstaltungen. Die Auswahl der Informationen, fiel ihr plötzlich auf, war selbst Information. Sie zückte Notizbuch und Kugelschreiber, schrieb jedoch vorerst nichts. Ob die Spots mit den Bezirken wechselten? Je nach Zielgruppe, wie im Fernsehen? Plötzlich dachte sie an Michael Brandt. Wo der wohl wohnte? Der Supermarkt vom Morgen hatte im Osten gelegen. Extrem Zentral-Ost. Wenn sie nicht alles täuschte, hatte sie gleich ein Rendezvous mit einem Mann aus der interessantesten Gegend der Stadt. Ein leibhafter Bewohner der *transitional zone*[95], ein lebendiger Eintrag in der »Enzyklopädie sozialer Deformationen«[96], und das Verrückte daran war: Ihre Vorfreude auf das Date war dennoch kaum wissenschaftlich motiviert, womit sich ihre Gefühlslage elementar von der Michael Brandts unterschied, der zwar in wissenschaftlicher Hinsicht ebenfalls keine spezifischen Empfindungen hegte, allerdings in diesem Moment von Vorfreude so weit entfernt war wie die kleine Urte Möller von der Nutzung des diesjährigen Geburtstagsgeschenks ihres (ehemaligen) Vaters Dr. Ingo Niemczik. Michael Brandt hatte trotz Zeitnot angehalten und sich eine weitere Chirras-Zigarette gebaut. Ihm war klar, jeder weitere Drogenkonsum würde sich im Hinblick auf die folgenden Stunden als fatal erweisen. Trotzdem, ihm blieb keine andere Wahl. Wesen wie das Wesen waren nicht für ihn vorgesehen. Selbst damals, als

---

95 Ein Begriff aus der klassischen Stadtsoziologie (Chicago School, der Einfachheit halber und vollständig korrekt mit »Innerstädtisches Armutsgebiet« zu übersetzen).

96 Kapitelüberschrift aus: Höhtker, Jobst-Michael, Das Geflüster der Gebüsche – Perspektiven und Ansätze einer entgrenzten Soziologie, Verlag für experimentelle Soziologie, Hildesheim 2006, S. 222.

mit ihm noch alles in Ordnung schien und er mit Stremmer und den anderen losgezogen war, hatte er nie solche Frauen gekriegt. Ihm fehlte jegliche Routine im Umgang mit geilen Weibern. Er hatte seit drei Jahren keinen Sex gehabt. Brandt stutzte. Wirklich nur drei? Das war eigentlich noch ganz vertretbar. Da kannte er andere Fälle, bei SprintEX, im Taxi. Brandt überlegte, wie lange Urs schon mit seiner Hannah zusammen war. Die einzige Frau im Leben dieses Typen hatte gleich vier sehr behaarte Beine. Brandt zog an der Zigarette und verschluckte sich an dem Rauch. Die Beschäftigung mit Fakten tat ihm gut. Überhaupt, er hatte den Tag anständig über die Bühne bekommen. Vor einigen Monaten wäre das noch anders gelaufen. Da hätte er zu Hause rumgelegen, und zwar nicht im Bett, sondern auf dem Boden. Niemals, wirklich niemals hätte er das gebracht, was er heute schon geleistet hatte. Er befand sich, das musste man objektiv feststellen, auf dem aufsteigenden Ast. Er war bereit, sachte zurückzukehren in den Kreis derer, die man als Menschen bezeichnen konnte. In die Gemeinschaft der Werktätigen. In den mythischen ersten Arbeitsmarkt. Er hatte die Talsohle durchschritten. Aktuell jedoch, daran konnte keine noch so ausgefeilte Autosuggestion etwas ändern, drohte der Rückfall. Für dieses Treffen gab es einfach keine Argumente. Solche Geschichten waren nicht vorgesehen. Er fühlte sich wie ein Stellenbewerber, der drei Minuten vor Beginn des Vorstellungsgesprächs feststellt, komplett nackt im Vorzimmer der Sekretärin zu sitzen.[97] Es gab tatsächlich nichts, womit er bei

97 Keine reine Fantasieleistung Brandts. Olaf »Olfie« Heinrich, ein ehemaliger Kollege Brandts bei Urs Föste, hatte noch Mitte der Neunziger vom Arbeitsamt zugewiesene Vorstellungsgespräche auf diese Weise (Turnhose, Gewerkschafts-T-Shirts, im Sommer barfuß) zu einem schnellen Ende gebracht.

dieser Frau Punkte sammeln konnte. Und wie sollte er die Sache mit dem Geld angehen? Das war überhaupt die schwierigste aller Fragen. Ihr gleich zu Beginn Stremmers Kohle in die Hand zu drücken, barg zwar die Möglichkeit eines sehr verkürzten Abends, wirkte aber nuttenmäßig. Und später? In welchem Zustand würde er dieses Später erleben? Brandt ließ den Motor wieder an. Er war noch 50 Kilometer von der Stadt entfernt. Wenn er sich beeilte, würde er noch einigermaßen pünktlich sein. Umar Khubayb Abdulbaki hatte hingegen keine Terminprobleme. Seine Verabredung mit dem La Terrasse war als Gleitzeit-Unternehmung angelegt. Der rotbärtige Arbeitslose hatte das Tankstellengelände verlassen und seinen letzten Marsch angetreten. Vor ihm lagen ein kleines Stück innerer Osten, dann die City, der innere Westen und schließlich der äußere Westen. Zusammen etwa neun Kilometer. Er hatte zwei gefüllte Fünfliterbenzinkanister sowie als Proviant zehn Halbliterdosen dabei, doch dieser Ballast machte ihm keine Sorgen. Er war schon immer stark gewesen. Und Taxis gab es auch. Außerdem: Mit jeder geleerten Dose hatte er weniger zu schleppen. In aufgeräumter Stimmung ließ der hünenhafte, eventuell kurz vor einer erneuten Konversion stehende ehemalige SprintEx-Fahrer also Bier Nummer Eins aufzischen. Der erste, tiefe, über viele Monate vermisste Schluck – harām hin oder her – das Zeug schmeckte einfach verdammt gut.

Abdulbaki vormals Lösing hatte zur Erledigung des von dem französischen Staatsbürger Patrick Duchais erteilten und bereits in Gänze bezahlten Auftrags folgenden Plan ausgearbeitet: Er würde in den Keller eindringen, das Benzin verschütten und die Gasleitung kappen. Dann würde er warten, vielleicht ein oder zwei Dosen stürzen, wenn bis dahin noch welche übrig sein sollten. Oder mal nach dem Wein schauen. Den lagerten solche

Läden doch immer im Keller. Schließlich würde er sich eine Zigarette anstecken, ein paar Ungläubige rösten und in Nullkommanichts einigen Ladies da oben aber mal ganz gepflegt ein »Hallo« zuzwitschern.

Abdulbakis Laune besserte sich zusehends. Nach der langen Pause wirkte das Bier sofort. Seine Alkoholikersynapsen fühlten sich an wie die staubigen Böden Kenias oder Tansanias oder ... keine Ahnung, eines dieser Länder da unten, nach drei Jahren Trockenzeit. Der erste Regen im Bonga-Bonga-Krater. Antilopen und Gnus schauen verwundert zum Himmel.[98] Und ja, es war schon verrückt mit der Religion: Gerade wenn man dabei war, es zu beenden, machte das Leben am meisten Spaß.

KAPITEL 17

Marion stand vor dem Spiegel der FORMA(r)T-Toilette und zog sich die Lippen nach. Es war 19:45 Uhr und wahrscheinlich nicht gerade feinfühlig von ihr gewesen, ausgerechnet im La Terrasse einen Tisch zu buchen. Irgendwie sah sie das jetzt ein. Und wenn Frank auf Michael träfe, wenn Frank diese Polin sähe – scheiße, sollte sie die Sache rückgängig machen? In der Stadt gab es ein paar nette Läden. Nicht dasselbe Niveau, klar, aber vernünftige Antipasti kriegte man da auch. Andererseits war sie neugierig. Es nützte nichts, sich da etwas vorzumachen – sie wollte wissen, wie Michi die Situation mit dem Mädel händelte. Außerdem war das

98 In den ersten Monaten nach dem überstürzten Abschied seiner Frau hatte der sich damals noch Lösing nennende Abdulbaki sicher einige hundert Tierfilme konsumiert. Vorzugsweise in den Nachmittagsprogrammen.

La Terrasse groß und verwinkelt. Vielleicht würde man sich gar nicht sehen, nicht einmal über den Weg laufen. Für einen Moment glaubte Marion an diese Option, dann beschloss sie, Gedanken über mögliche Verläufe des Abends generell beiseitezuschieben. Egal, was passierte, es würde unterhaltsamer werden als mit Jan und seinen Vulkanalben. Mit seinen Nummern. Marion versuchte, ihr Gesicht einmal ganz ohne Abscheu zu betrachten. Wie sah sie eigentlich aus? Was sahen Männer in ihr? Erkannten die überhaupt noch was? Marion legte die Zeigefinger auf die Wangenknochen und ließ die kleinen Falten um die Augenwinkel verschwinden. Sicher, sie wurde jetzt schnell älter. Aber wenn sie einmal ehrlich war und für eine Sekunde, wenigstens eine einzige Sekunde aufhörte, alles und ganz besonders sich selber scheiße zu finden, dann musste sie zugeben, dass sie noch Glück hatte. Zur Stabilisierung ihrer Psyche wandte Marion die uralte Kulturtechnik des Vergleichs mit Schlechtergestellten an. Mit den Frauen, die sich da draußen durch die Straßen wuchteten. Die noch nie in ihrem Leben eine Karotte von innen gesehen hatten. Marion verglich sich mit Leuten, mit denen sie absolut nicht verglichen werden wollte. Sie hasste es, so zu denken, aber in diesem Punkt hatte Jan Recht: Die dort unten waren im Eimer. Marion wurde merkwürdig zumute. Alles stehen und liegen lassen und mit Frank zurück in die Schweiz gehen? Wieder diese Nachmittage ohne näher definierte Funktion? Diese Monate?

Ohne zu wissen, warum, und speziell ohne zu wissen, warum so früh, verließ Marion Gräfe die Agentur FORMA(r)T um 19:52. Bis zu ihrer Verabredung mit Frank blieben damit 68 Minuten, die Peter Grab übrigens bewusstlos mit einem Schädel-Hirn-Trauma zweiten bis dritten Grades auf einer bewaldeten, nur 300 Meter vom La Terrasse entfernten Anhöhe verbrachte. Infolge eines irrwitzigen Zufalls, aufgrund eines schweren Buchenastes, der von einer in der Spitze beachtliche 126 km/h erreichenden Windböe vom Stamm gerissen worden und ausgerechnet auf den immer noch über die Stadt Schweinfurt sinnierenden Chefkoch heruntergekracht war, mussten die Vorbereitungen im La Terrasse an diesem Abend, wie an so vielen zuvor, ohne die manchmal rauen, jedoch immer sachverständigen Anweisungen des Meisters vonstattengehen. Grab ging es in diesen Minuten den Umständen entsprechend. Er lag auf dem aufgeweichten Waldboden. Seine Augen waren geschlossen. Aus dem linken Ohr tropfte Blut, während ein vom Haaransatz über die Stirn und an beiden Seiten der Nase Richtung Mund verlaufendes Blutrinnsal vom wieder einsetzenden Regen allmählich weggewaschen wurde.

KAPITEL 18

Mittwoch 04.11.2009, 19:52 Uhr, Zwischenstände:

Bewegung:

Peter Grab Richtung Nirvana. (kein Verkehrsmittel, aktuelle Geschwindigkeit: nicht messbar).

Patrick Duchais (kein Calvados, keine Oliven, une bière, dazu Blicke) wieder im Jaguar (63 km/h).

Frank Stremmer im 7er BMW (135 km/h).

Michael Brandt in Ingo Niemcziks Golf 6 (106 km/h, innerorts).

Ania D. im Bus (41 km/h).

Umar Khubayb Abdulbaki zu Fuß (6 km/h).

Stillstand:

Jan Bargfrede: im Flur (sitzend vor Nummer Zwei, mit einem Lappen und einem Fläschchen Öl [»Epo Bike Tuning«, 0,3 l / 15,45 €]).

Tobias Z.: die letzten Minuten noch einmal kurz am Schreibtisch (»Eines der am besten erforschten Phänomene ... In der zeitgenössischen Sozialpsychologie bezeichnet der Terminus «Kognitive Dissonanz» einen als unangenehm empfundenen ...«), dann auf dem Weg zur Wohnungstür.

Ingo Niemczik: in einem Wohnzimmer, äußeres B.-Süd-Ost (Rotwein, Musik[99], Reinigen einer Purpfeife).

Angela Pertmes: im Servicebereich von Huntetal-West (von der Geschäftsleitung ausgegebenes Motto: »Kassieren, Informieren, Observieren«).

Beate Klaassen: in der Küche ihres Zwei-Zimmer-Appartments (Gemeinde Männedorf, Kanton Zürich, Schweiz).

Hybridformen (hochgradig potentielle Mobilität):

Marion Gräfe unentschlossen vor Jan Bargfredes Golf 4. 68 höhnische Minuten wollten gefüllt werden.

Urs Föste dösend im 297 (E-Klasse).

Hannah schlafend im 297 (E-Klasse).

99 Neu, »Neu '75« (Brain Records). Obwohl er sich der Lächerlichkeit solch bürgerlicher Distinktionsreflexe durchaus bewusst war, bildete sich Niemczik auf seinen Musikgeschmack einiges ein.

ERGÄNZUNGEN ZU TEIL II (ERGÄNZENDE DOKUMENTE)

A.
(4. Version eines Antwortbriefs, Jobst-Michael Höhtker – Ania D.)

»Liebe Frau D., fast möchte ich sagen, liebe Ania, so vertraut erscheinen Sie mir in Ihren Briefen, so sehr fühle ich mich von ihnen gekannt, erkannt, ja voll und ganz verstanden und angenommen.

Sie haben Recht. Meine wissenschaftliche Arbeit hatte nie das Ziel, Probleme zu lösen. Sie hatte überhaupt kein Ziel. Ich wollte beschreiben. Ich wollte durch Beschreibung erschaffen. Totale Soziologie bedeutet mehr als alles andere, zu sehen. Sie kann nur über-empirisch sein. Meine Theorien verweigern Antworten, sie werfen nicht einmal Fragen auf. Sie stehen einfach nur da und schimmern in der Abendsonne des entsetzlichen B., nach dem ich mich hier im wunderschön über dem See gelegenen Affenhaus oft sehne. Das, Sie werden es vielleicht nachfühlen können, in mir, nach mir ruft, das ununterbrochen an mir zieht und zerrt. Sehnsucht in ihrer vielleicht radikalsten Ausprägung, vergleichbar nur mit der rein sexuellen Begierde. Ich kompensiere, bekämpfe und verstärke dieses Verlangen nach der tödlichen Tiefe B.s übrigens mit dem Foto, das Sie Ihrem letzten Brief beigelegt haben, liebe Frau D. Ihr Gesicht und Ihr Körper, Ihre Brüste sind für mich sowohl reines B. als auch hochwirksames Gegengift. Verlockender Schlangenbiss und berauschendes Serum. Zu wissen, dass Sie in B. sind und dort weiterhin sehen, was ich zu sehen begann, womit ich angefangen zu haben glaubte, macht mich ebenso glücklich wie unruhig.

Gleichzeitig habe ich den Plan gefasst, eine Frau namens Beate Klaassen (sie arbeitet hier als Tierpflegerin) zu ehelichen. Ich bin sexuell und geistig verliebt. Frau Klaassen, liebe Frau D., geliebte Ania, weiß nichts von B. Sie betrachtet mich als krank und schreibt kleine Traktate über mich, die sie mir nicht zu lesen geben möchte. Ihr Körper ist nicht makellos, aber attraktiv. Doch werden Sie, wird B. diese Beziehung zulassen? Will ich, dass Sie und B. mich freigeben?

Jobst-Michael Höhtker«

B.

(Notiz: Prof. Dr. Hans Wirthler an B. Klaassen, hinterlegt um 18:11 Uhr [und damit zu spät] in ihrem Fach im Schwesternaufenthaltsraum der Station 2 B, intern Affenhaus genannt)

Beate, eben kurzes Einzelgespräch mit dem H. Vordergründiger Eindruck: stabil (»Der Spaziergang mit Beate ist heute leider ins Wasser gefallen.«). Im Nachgeschmack: beängstigend. Werde mir seine Bücher nochmal anschauen. Medikation durchgehen/ändern?

Eigenes Blumengesteck der Station für Beat? Kümmerst du dich darum?

Heute Abend?

H. W.

C.
(Traumprotokoll Hannah, 20:37 Uhr)

Eine Wiese vielleicht. Die Sonne scheint nicht, doch es ist warm, und ich weiß, dass ich träume. Das Gras ist feucht. Es riecht schwer und nach – allem. Ich laufe sehr schnell. Ich verfolge etwas. Ich und das, was ich verfolge, wir sind in der Stadt. Aber wir sehen nur die Wiese und weiter hinten Bäume.

Es geht mir gut. Ich spüre den Wind. Ich könnte immer weitermachen. Ich höre von fern Föstes Stimme. Dadurch fühle ich mich noch besser. Ich höre Schritte. Es riecht merkwürdig. Ich wache auf. Föste sagt etwas. Eine Tür öffnet sich. Jemand schaut zu uns ins Taxi hinein. Der Mann ist groß.

KAPITEL 19

04. 11. 2009, 19:57 Uhr, extremes B.-Außen-West. Michael Brandt fuhr durch ein Waldstück. Ihm war übel vor Aufregung. Der Bus vor ihm stoppte an einer Haltestelle. Jemand stieg aus. Brandt überholte, steckte sich einen Kaugummi in den Mund, verlangsamte dann die Fahrt. Er versuchte sich zu erinnern. Hier musste es sein. Er wurde noch langsamer. Das Kaugummi tat gut. Es war dunkel. Brandt schaltete das Fernlicht ein. Die Scheinwerfer erfassten ein Schild. Im Rückspiegel tauchte der Bus wieder auf. Brandt beschleunigte kurz. Die Inschrift des Schilds enthielt nur zwei Worte. Der Wind schien sich zu beruhigen. Es regnete. Brandt bog ab.

III. AMALGAM

KAPITEL 1

Das Paradies? Fühlte es sich so an? Mittwoch, 04.11.2009, 20:29 Uhr, das Restaurant La Terrasse, äußeres West-B., Tisch 11: Der Abend war noch jung und sie hatten bereits über Literatur gesprochen. Über die Gründe, warum sein Roman gescheitert war. Das Wesen wollte den Text trotzdem lesen. Es war unbeirrbar. Ania – allein den Namen fand er schon geil.

Der schwarzgekleidete Kellner erschien erneut. Auf seinem Gesicht: würdevolle Gleichgültigkeit.[100] Auf dem Teller, den er vor Brandt platzierte: ein riesiges, aus Zucchinistreifen geflochtenes Insekt.

»Los, lass uns anfangen. Aber vorher ...«, Ania erhob ihr Glas, »auf was trinken wir? Auf die Stadt, die dir dein Buch geschenkt hat? Und mir auch einiges. Davon erzähle ich dir gleich. Los, lass uns auf die Stadt trinken.«

»Nein, nicht auf die Stadt. Auf ... keine Ahnung, auf was. Auf Stremmer? Gut, auf die Stadt.«

Er leerte sein Glas bis zur Hälfte. Der Wein hatte einen französischen Namen. Die Flasche kostete 70 Euro. Er hatte das

---

100 So kam es Michael Brandt jedenfalls vor, der sich mit den Gepflogenheiten in Restaurants dieser Preisklasse nicht auskannte. In Wirklichkeit hatte Peter Grab (»... verschreckt die Bauern hier nur ...«) sein Team vor allem in den revolutionären Anfangsjahren immer wieder dazu angehalten, nicht zu formell oder gar snobistisch aufzutreten. Das La Terrasse verzichtete zudem demonstrativ auf den Einsatz von Sommeliers und anderer Spezialkräfte, was allerdings zu gleichen Teilen der Philosophie sowie dem pathologischen Geiz des Kochkünstlers geschuldet war.

Finanzielle, die Sache mit den 500 für Ania, noch draußen auf dem Parkplatz regeln wollen. Ohne Erfolg. Das Geld schien ihr gar nicht wichtig zu sein.[101]

Der Kellner kam zurück und füllte die Gläser nach. Brandt las auf der Flasche das Wort »Pauillac«. Durch ein französisches Städtchen, das so hieß, oder anders hieß, aber ähnlich klang, waren er und Stremmer in einer Nacht vor 100 Jahren getaumelt. Plötzlich erinnerte er sich an Details. An Straßen. Sogar an Geräusche. Weswegen andererseits in ihm der Verdacht wuchs, dass jene Nacht nie existiert hatte. Gewisse Ereignisse waren zu gut, als dass sie ihm passierten. Um nicht vorzeitig zu implodieren, versuchte er sich auf Anias Schneidezahn-Brillanten zu fokussieren. Dieses Ding törnte ihn unglaublich an. Sie war Soziologin, das hatte er schon mitbekommen. Oder sie wollte Soziologin werden. Also konnte er sie fragen, welche Botschaft sie mit dem Stein aussenden wollte – schichtenmäßig gesehen. Schichtenironiemäßig. Davon hatten sie früher immer fantasiert: Ein Girl, dass den pragmatischen Sex der unteren Klassen mit dem Humor der mittleren Mittelschicht amalgamierte. Später war Stremmer dann mit Marion zusammengekommen.

Ania lachte laut auf, verschluckte sich und hielt sich die Serviette vor den Mund. Ein Stück Zucchini-Käfer war auf seinem Teller gelandet. Sie bemerkten es beide. Sie sagte: »Ich bitte um

101 »Die hauen wir ja wohl zusammen auf den Kopf, oder?«
»Wirklich? Das ist dein Geld, das weißt du?«
»Ja, klar. Aber wir legen alles zusammen und schauen, wie weit wir damit kommen, ja?«
»…«
»Los, wir gehen rein. Bist du bereit? Sitzt deine Krawatte?«
»…«

Verzeihung«, und während er sich noch fragte, ob er beziehungsweise die Chirras-Regierung in seiner zerebralen Steuerungseinheit das eben wirklich und tatsächlich nicht nur gedacht, sondern unverzeihlicherweise auch ausgesprochen hatte, nahm sie das Zucchini-Stückchen mit Zeigefinger und Daumen von seinem Teller und steckte es sich in den Mund.

»›Amalgamieren‹?[102] Sag mal, und solche Fragen habt ihr euch früher gestellt? So habt ihr eure Freundinnen klassifiziert? Das war ja die reinste Sozialstrukturanalyse. Finde ich klasse.«

»Viele Freundinnen waren das jedenfalls nicht. Speziell bei mir nicht.«

»Du hast dich aufgespart, stimmt's? Für die Richtige.«

»Keine Ahnung«, antwortete Brandt. »Ich schätze, irgendwann habe ich einfach nicht mehr dran gedacht. Da, wo ich wohne, gibt es ne Menge solcher Kandidaten. Alle Singles. Und zwar die von der abgewrackten Sorte.«

»Wo wohnst du denn?«

»Ernst-Milchberg-Straße.«

»Wo ist die?«

»Kennst du die Ferdinand-Lassalle?«

»Und wie ich die kenne.«

»Da in der Nähe. Zehn Minuten zu Fuß.«

»In welche Richtung?«

»Osten. Eher noch Nord-Osten, glaube ich.«

»Wow! Und?«

---

102 In der Tat lange Zeit, von etwa 2006 bis 2008 eines der Lieblingswörter Brandts – und zwar aus naheliegenden Gründen. In dieser Phase amalgamierte und zerfloss so ziemlich alles (Helligkeit und Dunkelheit, Stimmen, die Sachen in seiner Wohnung), so dass er an manchen Tagen nicht mehr gewusst hatte, was zum Teufel eigentlich los war.

»Wie› und‹?«

»Wie fühlst du dich da? Was macht die Umgebung mit dir? Ich meine, macht der Osten was mit dir?«

»Ich denke schon, aber auf der anderen Seite auch nicht. Manchmal glaube ich, die Leute machen sich selber bereit für den Osten. Es ist gar nicht die Umgebung, die den Leuten den Rest gibt, die ganzen Durchgeknallten auf den Straßen und so. Sondern es ist eher so, dass die Leute erst durchdrehen und dann in den Osten kommen. Dort quasi ihr natürliches Umfeld finden. Mein Nachbar zum Beispiel, ein völlig Irrer auf meiner Etage, hat früher in der Nähe der Uni gewohnt ... noch westlicher, glaube ich. Der ist erst in den Osten gezogen, als bei dem schon alles zu spät war. Hat der mir alles selber erzählt: Der musste ordentlich Alimente zahlen, hat dazu geschluckt, bis die weißen Mäuse tanzten. Irgendwann war natürlich Schluss mit dem guten Job, mit der hübschen Altbauwohnung, mit den Lehrern und den Sozialpädagogen in der Nachbarschaft. Da hieß es: Umziehen in ein billiges Loch. Was ich sagen will: Vielleicht ist die Ecke, die ganze Gegend hinter der Ferdinand-Lassalle eine Art Psychiatrie ... ich meine ... eine Freiluftanstalt.«

»Ein Feldversuch«, warf Ania ein.

»Möglich. Aber von wem? Ich glaube nicht, dass sich das jemand ausdenkt. Warum auch? Trotzdem schon auffällig, wie viele Verrückte in der Gegend rumlaufen. Eigentlich in der ganzen Stadt. Wenn ich mal wirklich genau nachdenke, kenne ich eigentlich mehr Verrückte als Normale.«

»Absolut«, stimmte Ania zu. »Und ich glaube, ich weiß, jetzt klinge ich selber verrückt, also ich glaube, im Gegensatz zu dir wahrscheinlich, es ist die Stadt selber, die das macht. Das ist wie ein Organismus, der aus Langeweile einen Willen entwickelt hat, der sich über Leute wie mich oder Höhtker totlacht, die versuchen, ihn zu verstehen, zu analysieren.«

»Höhtker? Das ist dieser Prof, der vor ein paar Jahren ausgeflippt ist, oder? Mein früherer Chef hat Bücher von dem.«

»Unbedingt lesen!«, rief Ania begeistert. »Nach dem, was du von deinem Buch erzählt hast, seid ihr beide auf derselben Spur gewesen. Ich glaube irgendwie, dass du eine künstlerische Facette der TS bilden könntest. Höhtker hat bei aller Genialität immer noch versucht, wissenschaftlich zu sein. Der wollte immer auch die Anerkennung der Amerikaner, verstehst du, der Empiriker. Höhtker wollte sehen, alles sehen, und messen, alles messen, und dann erst theoretisch ...«

»Alles sehen?«, unterbrach Michael. »Geil.«

»Ja, genau, finde ich auch. Ich finde alles interessant. Du solltest Höhtker wirklich mal versuchen. Danach hast du keinen Augenblick Langeweile mehr. Selbst mit geschlossenen Augen sehe ich die Strukturen um mich herum. Die pulsieren richtig. Jedes Straßenschild, jeder halb abgeknibbelte Aufkleber auf einem dieser Stromkästen, du weißt schon ...«

»Stromverteilerkästen«, präzisierte er.

»Genau, jedes Ding erzählt mir unheimlich viel. Legt Tausende von Spuren aus. Die Stadt, das denke ich manchmal wirklich, macht die Leute nicht mit ihrer Langeweile verrückt, das denken ja alle, aber das ist Quatsch. Die Stadt ist vielmehr wie ein riesiges schwarzes Universum, wie ein monströser Flugzeughangar, in dem Myriaden von Informationen durch die Luft schwirren. Wie auf kleinen Konfettistreifen. Und TS ist in diesem komplett lichtlosen Hangar wie eine Ameise mit einer winzigen Ameisentaschenlampe. Höhtker hat einmal scherzhaft gesagt, das erste Kapitel eines halbwegs gewissenhaften TS-Werkes zu B., eine erste TS-Annäherung an die Stadt, oder eher nur das Vorwort dieser Annäherung, also, nur das Vorwort müsste schon 30 Millionen Seiten umfassen. Und das betrifft, möchte ich mal hier hinzufügen, nur den humanoiden Part. Wir vergessen in der Soziologie ja immer die immense Rolle des Tieres, zum Beispiel der Hunde.«[103]

»Nochmal zehn Millionen Seiten?«, fragte Brandt.

»Mindestens«, sagte Ania und lachte. »Los, wir trinken.« Sie goss neuen Wein ein, kam damit dem Kellner knapp zuvor. Sie trank und sagte: »Der Wein ist gut, und mit dir finde ich es wirklich klasse. Ich hoffe, ich gehe dir nicht schon auf den Keks mit meiner ewigen Soziologie. Sag mir einfach, wenn du genug davon hast, ok? Tobias kann das alles schon lange nicht mehr hören.«

»Tobias?«

»Ja, das ist der Typ, mit dem ich ab und zu schlafe. Studiert auch, aber Psychologie.«

»Du hast einen Freund?«, fragte Brandt beinahe erleichtert. Das musste der Typ in dem roten BMW sein, von dem Föste gesprochen hatte.

»Tobias ist nicht mein Freund«, korrigierte sie ihn. »Der denkt das, aber ich denke das schon lange nicht mehr. Manchmal glaube ich, mit mir kann man gar nicht zusammen sein. Das geht einfach nicht.«

»Wieso?«, erkundigte sich ein merkwürdig beschwingter, fast heiterer Michael Brandt.

---

103 Michael fühlte sich souverän genug, um nicht nachzufragen, was es mit diesem dauernden »TS« auf sich hatte. Was auch immer das war, dem Chirras konnte es nicht das Wasser reichen.

»Na, weil ich andauernd diese komischen Sachen im Kopf habe. Weil ich überall und mit jedem, selbst bei der Arbeit, selbst unter der Dusche vom Elixia, mit meinen Cellulite-Frauen, mit Soziologie anfange. Ich schreibe kleine private Forschungsberichte und schicke die dann dem Höhtker in die Schweiz. Unverlangt, versteht sich. Das ist doch ein bisschen merkwürdig, findest du nicht? Es ist einfach so, dass ich mich in Sozialforschung, in Sozialanthropologie, oder noch mehr in klassische Stadtsoziologie praktisch verliebt habe.«

»Dieser Höhtker lebt jetzt in der Schweiz?«

»Na ja, ›leben‹? Ich weiß nicht. Der sitzt da in der Nähe von Zürich in einem Sanatorium. So einem edlen Ding für Reiche, die nicht mehr klarkommen.«

»Und hat er schon mal geantwortet?«

»Auf meine Berichte, meinst du?«

»Hmm.«

»Nein. Aber ich bin sicher, dass sich das bald ändern wird.«

»Warum?«

»Den letzten beiden Briefen habe ich jeweils ein Bild von mir beigelegt. Ich weiß, das ist billig, aber andererseits: warum nicht? Ich will einfach, dass der antwortet. Ich will mit dem zusammenarbeiten und dann mein ganzes Leben lang durch B. ziehen und alles protokollieren. Komm, sag schon, das ist krank, oder?«

»Das ganze Leben durch B. ziehen? Wenn man noch eine Alternative hat? Ok, ich kann nicht widersprechen. Finde ich aber trotzdem gut. Und außerdem ist das ne gute Tarnung.«

»Du meinst bei der teilnehmenden Beobachtung?«, fragte Ania erstaunt.

»Das ist eine Soziologie-Technik, stimmt's?«

»Ja, das ist eine anerkannte Untersuchungsmethode. Die

Forscher begeben sich sozusagen in das Untersuchungsobjekt, werden Teil davon, leben das Leben der Leute, die unter ihrem Mikroskop liegen. Die Forscher legen sich selber drunter. Eine superinteressante Methode. Allerdings manchmal zu untheoretisch, finde ich.«

»Und dein Tobias? Was sagt der zu deinen Plänen? Ich meine dieses ein Leben lang durch B. ziehen und so. Findet der das auch so gut?«

»Tobias ist nicht ›mein Tobias‹«, sagte Ania. »Mach dir um den keine Sorgen, ok? Der ist heute und auch sonst kein großes Thema. Ich respektiere den. Ich versuche, ehrlich zu sein und alles, aber das war's.«

»In Wirklichkeit bist du nur mit der Soziologie zusammen, stimmt's?«

»Ganz ...«, Ania brach ab, denn der Kellner platzierte zwei neue Teller vor ihnen, auf denen sich etwas befand, das Michael als eine einzige – allerdings blauschwarze – Ravioli identifizierte.

»Ganz genau, lieber Michael. Habe ich ja eben schon gesagt: Ich bin in die Soziologie verliebt. Es gibt keine geilere Wissenschaft.«

»Geil?«

»Ja, genau. Und zwar im wahrsten Sinne des Wortes. Antörnend, erregend. Sexuell. Ich weiß nicht, sollen wir schon darüber reden? Ist vielleicht ein wenig zu viel fürs erste Mal, oder? Ich möchte nicht, dass du gleich aufstehst und schreiend die Flucht ergreifst.« Ania legte eine Pause ein. Ihr Lächeln veränderte sich für einen Augenblick. Es wurde sanft, und es traf Michael mitten ins Herz. »Das fände ich schade«, fügte sie schließlich hinzu.

»Wirklich?«, fragte Michael, der alles genau verstand und alles genau mitbekam, aber wiederum auch nichts verstand und nichts mitbekam. ›Erstes Mal‹? Rechnete sie mit weiteren Treffen? Sie war ohne jeden Zweifel verrückt.

»Klar fände ich das schade. Ich kenne niemanden, der ein Buch über die Stadt geschrieben hat. Ich meine, fiktionalen Stoff. Ich wette, ich werde das mögen. Allein schon wegen des Titels.«

»Du willst das echt lesen? Ich meine, jetzt ehrlich?« Michael kamen erneut Zweifel. Lag er in Wirklichkeit zu Hause im Bett? War er auf dem Weg zur Tankstelle? Das Bild der Blondine von Huntetal-West tauchte auf und verblasste wieder.

»Un-be-dingt will ich das lesen«, sagte Ania. »Ich will nicht nur, ich muss. Das ist Forschung.«

»Aber das ist ziemlich wirrer Stoff. Zu der Zeit, in der ich das geschrieben habe, war ich nicht gerade häufig nüchtern.«

»Na und?«

»Na ja, vielleicht bist du dann enttäuscht.«

»Dein Exzerpt eben fand ich schon mal super. Das klang richtig gut. Genau das, was ich lesen will.«

»Ich weiß nicht. Das ist ein langer Text. Das ist schon etwas anderes als ein Gedicht, ein paar Zeilen, die man in fünf Minuten runterschreiben kann … die einem einfallen, während der Fahrgast die Kohle aus seinem zerfledderten Portemonnaie fischt.[104] In einem langen Text kann man sehr viel falsch machen, finde ich.«

»Michael, jetzt pass mal auf«, sagte Ania mit einem konzentrierten Gesichtsausdruck. »Ich weiß ganz genau, in was für

---

104 So stellte sich Brandt offenkundig das Verfassen von Lyrik vor. Bzw. so stellte sich das Verfassen von Lyrik bei den wenigen Malen, an denen Brandt sich an dieser Kunstform versucht hatte, für ihn tatsächlich dar.

einer Situation wir beide uns hier befinden, wer welche Position einnimmt, wie die Rollenverteilung ist und so weiter. Völlig klar, dass man da gewisse Befürchtungen hat. Verstehe ich sehr gut. Aber andererseits: Du hast das Buch doch geschrieben, damit es jemand liest, oder? Und ich habe wirklich Lust, das zu lesen. Das interessiert mich total. Schon allein, wie du das gerade beschrieben hast mit dem Fahrgast, das fand ich schon wieder gut. Ich mag es, wie du diesen Realismus einbaust. Wie du eine soziale Position, in diesem Fall die des Fahrgasts, praktisch implizierst. Ich meine, mit dem Portemonnaie, verstehst du? Anhand eines einzigen Adjektivs weiß man doch alles über den Fahrgast. Da hat man doch gleich ein komplettes Bild vor Augen. Ich wette, solche Sachen gibt es in dem Text hundertfach. Und ganz generell: Dein Buch kann mich gar nicht enttäuschen, denn, egal was ich unter ästhetischen Gesichtspunkten davon halte, es bleibt immer ein Dokument, praktisch ein Forschungsgegenstand. Genau wie dieses Stromdings.«

»Stromverteilerkasten«, half Michael aus.

»Ja, genau. Dein Buch ist ein Informationsspeicher, ein, pass auf, Informationsverteilerkasten. Gut, was? Unabhängig davon, wie es geschrieben ist, es wurde von jemandem geschrieben, der in einer bestimmten sozialen Schicht, in einem bestimmten Areal der Stadt lebt und über genau dieses Areal, genau diese Stadt schreibt. Das ist in jedem Fall superinteressant für mich. Du lebst ... du bist praktisch Teil einer Welt, die ich mit allen Mitteln zu erfassen versuche. Klingt lustig, aber ist wahrscheinlich so: Du und dein Buch, ihr seid für mich Forschungsgegenstand und Forschungsinstrument. Ich instrumentalisiere dich, ok? Du darfst dich also benutzt fühlen. Das ist höchstens ein Grund für Wut, nicht für Angst.«

Sie lachte, ihre Augen blitzten, und dann berührten ihre Finger kurz seinen Unterarm, während sie mit der anderen Hand bereits erneut das Glas hob. »Und außerdem fühle ich mich gut mit dir. Habe ich das schon gesagt? Ich fühle mich gut. Wie fühlst du dich? Und warum trinken wir so wenig?«

Also tranken sie. Der Kellner schenkte nach, sie tranken, der Kellner schenkte wieder nach, sie bestellten eine neue Flasche. Nach den beiden Riesenravioli kam Risotto mit Krebsen. Brandt, der wie die meisten Insassen des inneren Ostens die scharf gewürzten Speisen der Döner-Imbisse gewohnt war, hatte Mühe, einen Geschmack zu identifizieren. Trotzdem aß er mit großem Appetit. Das Chirras wirkte und wirkte. Sie sprachen jetzt über Jobs. Brandt erzählte von seinen Jahren im Taxi und schätzte den Anteil der Gemüts- und Geisteskranken unter den Fahrgästen auf 25 %. Er berichtete von seinem Intermezzo hinter der Theke eines Bioladens. Von den zickigen Akademikerinnen im Westen. Schließlich kam er zu diesem kochenden SprintEx-Nachmittag im letzten Sommer, als er plötzlich genug hatte von dem Mercedes-Sprinter, dem klebrigen Belag auf dem Lenkrad, von den knirschenden Paketen hinten im Laderaum. Als er einfach mal eine Auszeit gebraucht hatte, zunächst ein paar Kilometer über die Felder marschiert und dann mit einem offenkundig irrsinnigen polnischen Handwerker zurück nach B. getrampt war. Ania hörte zu. Einmal unterbrach sie und fragte, ob sie sich Notizen machen könne. Brandt hatte nichts dagegen, aber Ania tippte ihm wieder auf den Arm und sagte: »Ein Scherz, Michael. Ich glaub, ich könnte gar nicht mehr schreiben.«

Wenig später beschrieb Brandt, gelöst wie selten, seine Spaziergänge zu Föste und den Vorräten, ganz generell das Leben auf den Straßen seiner Wohngegend. Ania wandte ein, dass es vielleicht nicht vollends präzise sei, in Bezug auf den inneren Osten von einem »Leben« zu sprechen. »Absolut richtig«, stimmte er zu. »Aber es ist auch nicht die totale Ruhe; es ist nicht vollends tot da. Es ist eher so, als ob das, was da früher los war, du weißt, mit den Fabriken und dem Schlachthof und den ganzen Arbeitern, ich finde, das klingt irgendwie noch nach, das pulst noch ein wenig unter dem Asphalt, auf dem natürlich jetzt nur noch ab und zu ein paar Figuren in die nächste Absturzkneipe stolpern. Unglaublich, wie leer die Straßen oft sind.«

»Stimmt, das finde ich auch«, sagte Ania. »Vor allem, wenn man bedenkt, wie viele Leute da wohnen. Die Gegend, das ist erst neulich nochmal bestätigt worden, ist nach wie vor die am dichtesten besiedelte der ganzen Stadt und dabei vollkommen ungentrifiziert. Da wohnen immer noch richtig viele Menschen.«

Brandt überlegte einen Moment. »Kann schon sein, aber die haben eben kaum noch einen Grund, nach draußen zu gehen. Wir sind hier eben nicht im Süden, wo man einfach so auf der Straße rumhängt und dort was weiß ich macht.«

»Du meinst jetzt den richtigen Süden, also meinetwegen Italien, oder?«

»Ja.«

»Weil im Westen, also im Westen von B., ist nämlich trotz wesentlich geringerer Einwohnerdichte viel mehr los. Du kennst die Straßen, die ich meine. Die ganzen Cafés und Restaurants, mit den Stühlen und Tischen draußen. Das sind die Uni-Dozenten, die in deinem Bioladen einkaufen und dann praktizieren, was sie vorher in der Toskana gebüffelt haben.« Ania lachte. »Ist das nicht schön, wie ich hier die Klischees reproduziere? Aber andererseits, die sind mit harten Fakten, mit eigenen Beobachtungen und statistischen Erhebungen unterfüttert, wissenschaftlich zureichend untermauerte Klischees. Soziologie ist – wer hat das nochmal gesagt? – wissenschaftliche Klischeeproduktion. Aber TS, also Totale Soziologie, ist …«

»TS bedeutet Totale Soziologie?«

»Ja, genau. Hab ich das gar nicht erwähnt? Die meisten denken, Höhtker hat das Label selber erfunden. Aber das stimmt nicht. Das war ein Ungar namens Fórisz.[105] In den späten Dreißigern. Eigentlich ein Volkswirtschaftler und Jurist. Interessant, nicht? Ein staubtrockener Ökonom, vormals überzeugter Marxist, fängt plötzlich an, durch Budapest zu laufen und alles zu protokollieren. Verstehst du, alles. Und mehrfach. Der hat sich die Veränderungen von Holzmasten angeschaut, du weißt schon, diese Dinger, an denen früher Telefon- und Stromkabel befestigt waren, auf dem Land. Also, der Typ ist raus auf die Dörfer gefahren und hat wochenlang Veränderungen an diesen Holzmasten verzeichnet. Kleine Botschaften, aber auch tierische Spuren, Verwitterungen. An Holzmasten! Sein Ansatz war, zunächst beim Unwichtigsten, am allerunbedeutendsten Alltagsobjekt anzufangen, Spuren des – so hat der das genannt – ›Lebens‹ zu messen, also der Zivilisation, der Gesellschaft, der Produktionsweisen und -verhältnisse, aber auch des Klimas, der Tiere, der Luft, – pass auf, das hat der wirklich gesagt – der Geister und Dämonen, also all diese Sachen zu messen und aufzuzeichnen und zu kartographieren. Und das Beste daran: Der hat sich zeitlebens geweigert, den genauen Zweck dieser Aufgabe preiszuge-

105 Fórisz, Adam: 1901 (Budapest) – 1953 (unklar, vermutlich Lager 142, östl. Tscherskigebirge, Verwaltungsregion Magadan, ehem. UdSSR). Einzige übersetzte Veröffentlichung: Stäube lesen, Horvath-Verlag, Budapest 1939, 876 S.

ben. Der hat selber gesagt, dass es gar keinen anderen Sinn als das reine Sehen geben könne. Keinen Nutzen. Dass Sehen letztlich nicht vor, sondern erst nach dem Verstehen kommt. Dass ... na ja, und so weiter. Dafür ist der natürlich nach Sibirien gegangen. Nach dem Krieg. Das war, da muss man den Stalinisten Recht geben, tatsächlich kontraproduktives, ja eigentlich antiproduktives Verhalten. Mit solchen Leuten konnte man natürlich keinen Sozialismus aufbauen. Was mit dem dann in Kolyma geschehen ist, darüber gibt es mehrere Versionen. Es ist ... soll ich aufhören? Das langweilt dich, oder?«

»Absolut nicht«, sagte Michael, der sich absolut nicht langweilte.

»Also, na ja, viel ist nicht mehr bekannt über die letzten Jahre von dem. Der ist in Sibirien gestorben, Mitte der Fünfziger. Angeblich hat der die ersten Jahre – trotz der Bedingungen da, und bei härtester Arbeit – noch weitergemacht. Ich meine, mit TS. Der hat sich die Lagerbaracken vorgenommen, das Essgeschirr. Aber auch abstrakte Strukturen, Herrschaft und so. Das weiß man von einem Mitgefangenen, der später Bücher über die Zeit geschrieben hat. Dieser Mitgefangene, ein Typ namens Lamov, russischer Schriftsteller[106], oder ukrainischer, ich weiß nicht mehr, der hat auf jeden Fall ein paar von den Gedichten gerettet, die der Ungar, der hieß übrigens Fórisz, Adam Fórisz ... habe ich schon gesagt, oder? ... die der wohl kurz vor seinem Tod geschrieben hat. Es gibt aber auch Theorien, die besagen, dass

106 Lamov, Valentin: 1901 (Odessa) – 1971 (New York City), Veröffentlichungen übersetzt: Schönheit ohne Farbe (1960, 232 S.), Späße in der Silbermine (1966, 188 S.), Probleme eines Wachsoldaten (1966, 401 S.), alle in: Edition Stimmen der Freiheit, Metropol-Verlag, Frankfurt am Main

das Lamovs eigene Werke waren, für die er aber nicht mit dem eigenen Namen einstehen wollte, weil die zu … weil die wohl zu erschütternd waren, zu strange, verstehst du? Zu unsowjetisch.«

»Kennst du die?«

»Kennen wäre zu viel gesagt. Ich habe die gelesen, aber ich habe mich noch nicht wirklich mit denen auseinandergesetzt. Die sind gut, glaube ich. Stilistisch ganz formlos, einfach Aufreihungen, lakonisch. Als ich dich gehört habe, wie du über deinen Text geredet hast, musste ich übrigens an Fórisz denken.«

»Echt.«

»Ja, und ich finde, das solltest du als Kompliment werten. Wenn ich deine Sachen nicht gut finde, sage ich dir das. Da kannst du mir vertrauen. Außerdem kann ich einen Mann auch mögen, wenn ich seine Bücher nicht mag. Oder wenn er überhaupt nicht schreibt … obwohl, na ja, das wäre schon etwas schwieriger.«

»Und Tobias? Was schreibt der?«

»Hey, der Typ scheint dich wirklich zu beschäftigen. Möchtest du einen Schreibzirkel mit dem gründen? Also, der liebe Tobias … das schriftstellerische Schaffen von dem beschränkt sich im Augenblick, seit Wochen, auf die Einleitung einer Hausarbeit zu dem faszinierenden Thema ›Kognitive Dissonanz-Reduktion‹.«

»Für sein Studium, nehme ich an.«

Ania nickte und piekte mit der Gabel ein einzelnes Risotto-Reiskorn auf. Brandt schaute auf seinen Teller. Für einen Moment fragte er sich, wie es ihm schmeckte im La Terrasse, was für ein Zeug sie da eigentlich gerade aßen. Doch es war unmöglich, darauf eine sinnvolle Antwort zu finden. Das Essen störte nicht weiter. Es nahm seine Aufmerksamkeit allein im motorischen Bereich in Anspruch, während der Rest von ihm – seine

Augen, sein Mund, seine Nase, seine Haut – geradezu manisch auf sein Gegenüber fixiert war, auf eine vielleicht 24-jährige Soziologiestudentin, die sich jetzt ein Stück Brot in den Mund steckte, mit Wein nachspülte und dann fortfuhr: »Klar, für sein Studium. Tobi möchte später was mit Kommunikation oder Werbung machen. Mit Menschen-Beeinflussen, verstehst du? Dazu, das glaubt er, ist Psychologie genau das Richtige. Na ja, vielleicht hat er Recht. Apropos, heute Morgen hat uns dein Freund auch ganz schön beeinflusst, stimmt's? Oder war das alles deine Idee und du hast den nur vorgeschoben? Na, wie auch immer … der hatte echt eine Tour drauf … nicht schlecht. «

»Frank? Der war schon immer so.«

»Wenn ich den mal treffe, werde ich ihm was schenken. Oder ich mache sonst irgendwas für den.«

»Warum?«

»Zum Dank. Ich finde das super, was der getan hat. Ich meine, für uns. Ohne den … heute Morgen auf dem Parkplatz … ohne den wäre doch wohl nicht so viel passiert, oder? Ich wäre in diesen doofen BMW gestiegen und du wärst brav mit deiner Tüte nach Hause marschiert. Ohne den hätte ich nie von deinem Buch gehört. Ich meine, schon allein der Titel hat mich umgehauen. Gibt es einen besseren Titel für einen Roman über diese Stadt?« Ania lachte. »Hey, ich werde langsam betrunken, aber glaub nicht, dass ich nicht mehr weiß, was ich sage. Ich bin wirklich gespannt auf dein Buch. Solche Sachen machen mich total an. Verstehst du, als ich die ersten Sachen von Höhtker gelesen habe, auch die Gedichte, als ich praktisch eingetaucht bin in die TS, das war für mich mehr als alles andere ein sexuelles Erleben … hast du Bock, darüber zu reden? Ich merke gerade, dass ich echt Lust habe, darüber zu reden. Den ganzen Abend schon.«

»Über Sex?«

»Ja, über Sex. Lass uns über Sex-Soziologie reden. Über Sex-Soziologie-Sex. Schreib-Sex. Aber warte ... vorher musst du mir noch was von deiner Straße erzählen. Wie hieß die noch?«

»Ernst-Milchberg-Straße.«

»Und wie lange lebst du schon da?«

»Sechs Jahre. Fast genau sechs Jahre.«

Brandt lauschte seinen eigenen Worten. Das Wesen hatte soeben die Absicht geäußert, mit ihm über Sex zu reden, oder zumindest über eine sozialwissenschaftliche Variante davon, und er war trotzdem noch in der Lage, präzise Antworten zu formulieren. Befand er sich bereits in Trance? Sollte er draußen einen Joint rauchen, um wieder runterzukommen? Um noch mehr draufzukommen?

»Und kennst du viele Leute dort?«

»Nein.«

»Aber deinen verrückten Nachbarn kennst du schon?«

»Auch nicht. Der Typ verlässt seine Wohnung nur zwei Mal pro Tag. Die Chance, auf ihn zu treffen, ist gering.«

»Zwei Mal?«

»Ja, einmal geht er zum Briefkasten – warum auch immer. Und das andere Mal zum Supermarkt. Von wegen Nachschub. Ansonsten sitzt der in seiner Bude, und es ist Totenstille.«

»Was glaubst du, was er da drin macht?«

»Trinken.«

»Nur trinken?«

»Ja.«

»Bist du auch den ganzen Tag in deiner Wohnung?«

Anias Mittelmeerwasser-bei-Sonnenschein-Augen glitzerten stärker als der Stein auf ihrem Schneidezahn, sie bildeten einen extremen Kontrast zu diesem düsteren, drogigen Ölgemälde[107] an der Wand über dem Nachbartisch, das er immer dann betrachtete, wenn er den Blick von ihr für Augenblicke abwenden musste. Dieses Pferd, so sein Eindruck, versank Zentimeter für Zentimeter im Morast. Etwas saugte den Gaul ins Verderben, ins Ersticken, und Brandt fühlte, dass das Bild eine andere Wirkungsfacette des Chirras zu aktivieren drohte, etwas …

»Michael … Aufwachen! Findest du die Frage zu privat?«

»Nein«, antwortete Brandt, der die Frage vergessen hatte. Der Kellner stellte neue Teller vor ihnen ab.[108]

»Wow! Sieht nicht schlecht aus, findest du nicht? Obwohl Essen natürlich generell überbewertet wird.«

»Von mir nicht.«

»Du bewertest Essen nicht über?«

»Auf keinen Fall.«

»Das gefällt mir sehr, Michael. Trotzdem hast du mir noch nicht verraten, was du so den Tag über treibst, wenn du nicht in deiner Wohnung bist und nicht dem Nachbarn beim geräuschlosen Trinken zuhörst. Hast du einen Job? Oder beobachtest du lieber die Leute? Vorzugsweise auf Supermarktparkplätzen?«

»Stimmt, das mache ich eigentlich ganz gern«, antwortete Brandt freimütig.

---

107 Peter Grab hätte sich, wäre er zu diesem Zeitpunkt noch am Leben und überdies fähig gewesen, Michael Brandts THC-imprägnierte Gedanken lesen zu können, in seinen Vorbehalten gegen die Anschaffung des in der Tat verstörenden Kunstwerks voll und ganz bestätigt gesehen. Die Künstlerin selber zeigte sich während der Verkaufsgespräche mit Patrick Duchais davon überrascht, dass ihr Bild fortan als Restaurantdekoration dienen sollte. Andererseits: 9700 Euro waren 9700 Euro.

108 Dorade im Salzmantel, 38 Euro.

»Die Leute beobachten?«

»Hmm.«

»Kann ich verstehen. Ich bin selber eine absolute Voyeurin. Soziologie ohne Voyeurismus ist wie Chirurgie ohne Instrumente. Wow, meine Vergleiche heute … na ja … Hast du einen Job?«

»Momentan nicht, aber wahrscheinlich bald wieder.«

»Wo?«

»Bei einem marxistischen Kurierdienst.«

»Was? Echt?«

»Der Laden heißt SprintEx. Der wird von zwei Verrückten geleitet, die – das ist jetzt echt wahr – die Seele des Spätkapitalismus, also die schlechtbezahlte Dienstleistung, durch eine Überperfektionierung und Noch-schlechter-Bezahlung persiflieren, die das System also mit den eigenen Mitteln abschaffen wollen. Ist natürlich alles Quatsch, aber das erzählen die dir beim Bewerbungsgespräch. Ohne Scheiß. Die lassen sich natürlich nur die kaputtesten Typen von der Arbeitsagentur schicken. Ist bei denen alles Prinzip. Außerdem ist mein früherer Chef, also, als ich noch Taxi gefahren bin, mit einem der SprintEx-Chefs befreundet.«

»Das mit dem Portemonnaie eben, dein Beispiel, kannst du dich erinnern? Das war aus dem Taxi, oder?«

»Klar. Ich habe Jahre meines Lebens damit zugebracht, auf schmierige Geldscheine zu warten.«

»Gute Jahre?«, fragte Ania und steckte sich – mit den Fingern – ein Stück schneeweißes Doradenfleisch in den Mund.

»Pfff, damals dachte ich, es ist die Hölle. Taxi und so. Deswegen habe ich ja das Buch geschrieben. Um das auszuhalten.«

»Und heute? Wie siehst du das heute?«

»Manchmal schon wie du. Das Taxi war eine Gelegenheit. Das

war wie Zoo nachts und ohne Eintritt. Aber andererseits, na ja, in eine bestimmte Gegend konnte ich jahrelang nicht fahren.«

»Wieso? In welche?«

»Wo meine Mutter gelebt hat.«

Ania schaute ihn forschend an, streichelte dann einmal über seinen Unterarm.

»Das war ein Problem«, fuhr Brandt fort. »Weil, wenn Fahrgäste da hinwollten, musste ich die weiterschicken.«

Ania wartete einen Moment. Sie studierte ihn weiterhin aufmerksam.

»Wie hast du die Stadt gesehen? Ich meine, gibt es ein anderes, spezielles B., wenn man es vom Taxi aus betrachtet? Ich frage das, weil Höhtker sich immer geweigert hat, das Taxi für seine Untersuchungen zu nutzen. Das ist in der Fachwelt schon beinahe legendär: Busse, Bahnen, Sträucher, Gebüsche, Parkbänke, Mülleimer, Gesichter, alles – aber keine Taxis, niemals. Angeblich hat er sogar mal einen Assistenten gefeuert, als der auf eigene Faust ein wenig mit dem Taxi herumgefahren ist. Irre, nicht?«

»Vor allem nicht besonders clever. Denn, na klar, im Taxi sieht man die Stadt ganz genau. Ich denke, man kann sagen, dass der Ausschnitt, den man von der Stadt, ich meine jetzt nachts, ich rede von Nachttaxifahren, also, der Ausschnitt, den man dann zu sehen bekommt, von der Stadt, und natürlich von den Menschen, ist der negativste überhaupt. Das ist eine absolute Negativselektion. Nur Kaputte und Durchgeknallte. Taxifahren ist ...«, Michael brach ab. Hinter Ania, an der Garderobe im Eingangsbereich, war eine große schlanke Frau mit lockigen blonden Haaren aufgetaucht. Die Frau unterhielt sich mit einer der schwarzgekleideten La-Terrasse-Frauen. »... Taxifahren ist der ... verstehst du ... der zentrale Osten unter den Berufen, würde ich sagen.«

»Wow! Darf ich diesen Satz Höhtker schreiben? Ich meine, ich werde dich als Urheber natürlich erwähnen. Und dein Buch würde ich dem am liebsten auch gleich schicken. Wäre das ok? Ich meine ... was ist? Was ist da hinten?«

Ania drehte sich um und schaute in dieselbe Richtung wie Michael. Die blonde Frau hatte sich jetzt halb zu ihnen gewandt. Neben ihr stand ein großer, für die Verhältnisse in B. gutgekleideter Mann.

»Oh Mann«, sagte Michael.

KAPITEL 2

Flaute, totale Flaute!

Mittwoch, 4. November 2009, 20:30 Uhr, Taxi-Halteplatz »Martin-Luther-King-Park«, mittleres B.-Zentral-Ost, der Innenraum des Wagens 297. An Bord der komfortablen, wenn auch bereits in Mitleidenschaft[109] gezogenen Mercedes-E-Klasse:

---

109 Bisher drei Unfälle, zwei leichte (davon einer mehr oder weniger absichtlich herbeigeführt), einer mittelschwer. Die Kosten der (von einem mit Föste auch anderweitig geschäftlich verbundenen [Cannabisprodukte] KFZ-Meister ausgeführten) Reparaturen beliefen sich auf nur gut zweidrittel der jeweils von der Versicherung ausgezahlten Schadenssumme. Alles, wie Föste an weinseligen Abenden mit seinem besten Freund, dem Philosophen Dr. Ingo Niemczik, sehr gerne zum Besten gab, alles im Taxigewerbe basierte auf Betrug und Mauschelei. Ein ehrliches Überleben in dieser Branche sei absolut ausgeschlossen, es sei nicht einmal gewollt. Niemczik hörte bei diesen Gelegenheiten genießerisch lächelnd zu, um später seinerseits mit Schwänken aus dem seiner Meinung nach noch wesentlich ruinöseren, ja geradezu brutalen, jedoch gerade deswegen auch revolutionären Alltag in der Kurierbranche aufzuwarten. Zwei versoffene und bekiffte Kleinstunternehmer bei der Märchenstunde.

Urs Föste sowie die außergewöhnlich intelligente Labrador-Schäferhund-Mischlingshündin Hannah.

Flaute war gar kein Wort mehr! Das Taxigeschäft in B. erlebte an jenem Abend, zumindest was die Lage im inneren Osten betraf, eine Art Zusammenbruch. Föste hatte mitgezählt: In den letzten 30 Minuten waren für das gesamte, immerhin acht oder neun Halteplätze umfassende Gebiet ganze sechs Fahrten vermittelt worden. Das bedeutete, wie er kopfschüttelnd feststellte, exakt eine Tour auf je 5000 Alkoholiker! An einem Monatsanfang! »Hund«, sagte der 47-jährige Unternehmer daher zu dem auf dem Beifahrersitz zusammengerollten Vierbeiner. »Hund, Hund, Hund.«

Die Angesprochene schlummerte unterdessen weiter. Föstes THC-Rhetorik, seine in der Luft hängenden Satzfragmente – das alles kannte sie in- und auswendig. In den zahllosen umsatzschwachen Nächten der letzten Jahre hatte sie Gelegenheit gehabt, ihr Herrchen hermeneutisch komplett zu durchdringen. Föstes Worte bedeuteten noch nichts. Der ehemalige Student der Juristerei, der Sozialpädagogik, der Geschichtswissenschaften, der Soziologie und der Sportwissenschaften befand sich in einer Latenzphase. Seine Bemerkung war lediglich ein erster, noch codierter Hinweis auf einen unter Umständen bevorstehenden Halteplatzwechsel.[110] Zudem bestand eine geringe Chance, dass Föste bereits die Aufgabe, also die Heimfahrt, andachte. In diesem Fall, so viel war Hannah klar, würde es bis zum konkreten Vollzug noch mindestens eine halbe, wenn nicht eine ganze Stunde dauern. Doch ganz unabhängig davon, was Föste letztlich

---

110 Erfahrungsgemäß steuerte Föste, wenn es im Osten nicht lief, Halteplätze im wohlhabenderen und lebhafteren zentralen Westen an.

im Sinn hatte, vorerst lag kein Grund vor, mit mehr als einem angedeuteten Schwanzwedeln zu reagieren.

Minuten vergingen. Es war jetzt 20:36 Uhr und der Wind schien kaum etwas von seiner Kraft einzubüßen. Der Halteplatz lag im Halbdunkel. Der 297 war allein. Der letzte andere Wagen, der 372 des Unternehmers Ismael Kaviçi, hatte den »Martin-Luther-King-Park« – ohne Fahrgäste, ohne Funkauftrag – um 20:21 Uhr verlassen. Hannah träumte.[111] Sie sog Luft ein und einige ihrer 200 Millionen Geruchszellen analysierten routinemäßig die aktuelle Duftzusammensetzung. Es roch nach Zigaretten. Nach wodkagetränkter Menschenhaut. Es roch immer noch nach dem Erbrochenen, das diese junge Frau am letzten Neujahrsmorgen auf dem Rücksitz versprüht hatte.[112] Dazu kam plötzlich ein neuer Geruch. Und ein neues Geräusch. Sie hörte Schritte. Schwere Schritte von schweren Schuhen. Sie hatte gelernt, dass aus Fußgängern in der Nähe eines Taxis nur selten Fahrgäste wurden. Trotzdem wachte sie nun endgültig auf. Zehn Sekunden passierte nichts. Die Schritte wurden lauter. Hannah schaute nach draußen. Föste sagte: »Oha«, und dann: »Es geschehen noch Zeichen und Wun…«

Die Beifahrertür wurde aufgerissen. Vor dem Wagen stand ein riesiger Mann mit langem roten Bart und einem weißen Kaftan und einer orangefarbenen Bomberjacke und klobigen, halbhohen Sicherheitsschuhen. Der Mann hatte zwei Benzinkanister und eine sich gefährlich dehnende Plastiktüte dabei. Er beugte

---

111 Siehe: Ergänzungen zu Teil II (Ergänzende Dokumente).

112 Ein überdurchschnittlich attraktiver Fahrgast, wie Olfie am Neujahrsmorgen berichtet hatte, weswegen er es nicht gewagt hatte, die fällige Säuberungsgebühr von mindestens 200 Euro einzufordern.

sich vor, schaute über Hannah hinweg zu Föste und fragte: »Frei?«

»Wie man's nimmt«, antwortete Föste.

Der Mann warf einen Blick auf Hannah, richtete sich wieder auf, schloss die Beifahrertür, öffnete die Tür zum Fond, warf sein Gepäck auf die Rückbank, stieg dann selber ein und sagte: »La Terrasse.«

KAPITEL 3

Mittwoch, 4. November 2009, 20:50 Uhr, eine geräumige Altbauwohnung in B.-Zentral-West.

Im Stadium allumfassender, an der Schwelle zur Meditation stehender Langeweile hatte Jan Bargfrede in einem von Marion vorsichtshalber bei ihm deponierten Roman der japanischen Autorin Aoi Kato[113] zu lesen begonnen. Das Buch war, wie Bargfrede nach einigen Minuten feststellte, durchaus lesbar. Diese Sex-Szene gefiel ihm. Sollte er in den nächsten Jahren zufällig einmal eine Indoor-Viertelstunde mit seinem rundlichen Sohn verbringen müssen – er würde Paul unter Umständen daraus vorlesen. Jan lief in die Küche zur Weinflasche. Die hatte jemand, vermutlich ein veritabler Vulkan- und neuerdings auch Literaturliebhaber, bereits halb geleert. Der Abend entwickelte sich. Von den frisch geölten Nummern kein Mucks.

---

113 Gelb Schwarz, Roman, Kiepenheuer & Witsch, Köln 2006, 326 Seiten mit Zeichnungen. Handlung: Eine junge Japanerin verirrt sich in der Untergrundbahn von Tokyo und überlebt dank der Hilfe eines Thunfisches.

Vor 20 Minuten habe ich die Stadtgrenze überquert. Oh Gott, oh, ihr erloschenen Sterne längst vergessener Sonnensysteme, es ist wahr: Ich bin zurück. Ich fahre über die Straßen von Gespensterstadt. Mari glaubt, dass wäre gut für mich. Eben haben wir nochmal telefoniert. Zum dritten Mal heute. Nach 30 Lichtjahren Sendepause. Ich finde Trost und Mut, indem ich daran denke, wie ich ihre Brüste studierte, diese feine dunkle Linie, die vom Nabel hinabführt. Wenn ich wieder in Genf bin, werden wir uns sehen. Ich meine, falls ich das hier überstehe. Andererseits, warum sollte ich das nicht? Zwei Stunden Zone! Ich habe mindestens 120 hochkonzentrierte, durch keinerlei zivilisatorische Beimischungen verdünnte Minuten Deutsche Demokratische Republik überstanden. Zwischen mir und irgendwelchen bärtigen Montagsdemonstranten lag nichts als eine dünne BMW-Gaze. Ein Hauch von Stahl. Ein zartes Nichts von einem Chassis. Und trotzdem haben das Auto und ich die Herausforderung angenommen. Wir sind mitten durch die Magdeburger Sümpfe gedroschen, vorbei an den Menschenzuchtteichen von Sportgreula. Schließlich erreichten wir den Westen.[114] Wir fuhren weiter, erholten uns und sammelten Kräfte, wir versuchten, Musik zu hören. Und dann tauchten am Horizont die Lichter auf. Die Wolken nahmen diesen düster orangefarbenen Ton an. Und natürlich der Wind. Den

114 Wolfgang Pohrt, die Jahre im Ausland – es mag mehrere Gründe dafür geben, warum für Frank Stremmer die Vereinigung der beiden deutschen Staaten nicht stattgefunden hatte.

ganzen Tag über hat es gestürmt, aber hier ist es doch noch einmal anders. Der Wind ist ... keine Ahnung ... der schraubt einem im Gehirn herum. Ich meine, damals, kurz bevor ich begriffen hatte, dass ich gehen musste, dass es höchste Zeit war, sofort zu verschwinden, damals fing ich gerade an, den Wind zu *sehen*. Falls das wieder passiert, bin ich erledigt. Allerdings: Das ist ausgeschlossen. Nach Lage der Dinge bin ich sicher. Die Stadt wirkt nur langfristig. Die ist chronisch. Trotzdem, bereits 30, 40 Kilometer vorher spürte ich es. Spürte ich etwas. Eine Veränderung. Von Ferne schon glühten mich die Türme der Verbrennungsanlage an. Hilfe, der äußere Osten, dachte ich. Ein Moment der Schwäche. Dennoch fuhr ich weiter. Die Stadt begann, den Luftdruck zu verändern. Kleine Blitze regneten vom Himmel oder von meiner Schädeldecke herab. Befruchteten paralysierte Synapsen. Mir fiel wieder ein, wie wenig man in der Stadt Drogen brauchte. Wie sehr die Stadt selber Droge war. Und wie geil es war, wenn man trotzdem Drogen nahm. Ok, ich habe keine. Maris Pillen sind bei Mari. Und ich bin auf dem Parkplatz des La Terrasse. Drinnen im Eingang – falls das alles keine Halluzination ist, falls ich und all die wunderschönen Pflanzen dieser Erde wirklich einmal existiert haben – da drüben also steht Marion. Ich schätze daher, ich meine, es liegt durchaus im Bereich des Möglichen, dass ich gleich aussteigen und mit ihr reden werde. Wie begrüßt man seine Ex-Freundin, mit der man versehentlich ein Rendezvous im besten Restaurant einer allgemein als Vorhölle bekannten Stadt arrangiert hat, während man sich eigentlich zu einer ungewöhnlich dunkelhäutigen japanischen Sex- und Pillenkellnerin aus dem Genfer Stadtteil Les Paquis wünscht? Nun, ich denke, ein erster rationaler Schritt, eine erste zielgerichtete Option könnte es sein, die zitternden

Extremitäten meiner linken Hand um den Türgriff zu legen und sodann zu versuchen, jene aus doppelt gehärtetem Anti-DDR-Titan gefertigte BMW-Tür zu öffnen. Sollte dieses Projekt sich vollumfänglich realisieren lassen, wäre es ein durchaus logisches Folgevorhaben, einen Fuß – oder warum nicht gleich zwei? – aus dem Wagen zu bewegen und auf der Erde abzustellen. Auf mit allen psychotischen Erscheinungsformen durchseuchten städtischen Boden. Das sind verdammt nochmal gute Ideen, die ich hier habe! Klare, umsetzbare, niemanden überfordernde Konzepte. Die jedoch in diesem Moment, genau in dieser Sekunde von der Stadt bereits sabotiert werden. Einfach über den Haufen geschmissen. Denn was sehe ich da? Was müssen diese von mir täglich über viele Stunden als Augen missverstandenen Plastikweintrauben in meinem Kopf dort erblicken? Ist das Rübezahl auf dem Weg ins Heilige Land? Mit zwei Kanistern? Hat Marion Olivenöl bestellt, um mich gefügig zu machen? Der Typ sieht nun wirklich irre aus. Ich meine, kann es sein, dass der erste Mensch, den mir die Stadt zu sehen gibt (ok, Marion, aber Marion zählt nicht), den die Stadt einfach aus dem Dickicht auftauchen lässt, ein sichtbar verrückter Total-Verrückter ist? Das ist doch kein Zufall. Woher wusste dieses Ungeheuer überhaupt von meiner Reise? Liest B. etwa auch Flugpläne? Passagierlisten? Wurde mir bereits vor meiner Flucht ein Chip implantiert? Es besteht zudem die Möglichkeit, dass B. Genf erfunden hat. Um mich zu konservieren. Um mich frisch zu halten. Und jetzt, während der Riese nicht zum Eingang stapft, sondern irgendwo hinter dem Haus verschwindet, soll ich endlich und vollständig verdaut werden? Ich bin Nahrung. Die Stadt als fleischfressende Pflanze. Die Stadt als fleischfressende Stadt. Ich öffne die Wagentür, steige wie in Trance aus. Jemand lutscht mich aus der

BMW-Schale. Es ist recht windig hier draußen. Frische, gesunde Thai-Studio-Luft. Marion schaut in meine Richtung. Jetzt winkt sie mir zu.

KAPITEL 5

04. 11. 2009, 20:43 Uhr, das Taxi 297, Frieda-Mertes-Allee, zentraler Westen, Fahrtrichtung Westen. Das Mobiltelefon des ledigen bzw. lediglich mit einem Hund verpartnerten Taxiunternehmers Urs Föste klingelt. Laut Display handelt es sich bei dem Anrufer um den geschiedenen, aktuell ebenfalls ungebundenen Inhaber des Kurierdienstes SprintEx, Ingo Niemczik.

»Brigitte Mohnhaupt?«

»Alter, Alter.«

»Herr Niemczik, watt gibbet? Schon einen im Kahn?«

»Nix. Bin noch voll da. Hör mal, der Brandt, eine Ahnung, wo der stecken könnte?«

»Und ob. Heute ist Michis großer Tag. Rendezvous im La Terrasse. Komisch, da fahr ich auch gerade hin ... Wieso? Was ist los?«

»Der Typ war heute bei mir und wollte seinen Job wieder. Ich sage, ok, kannst du haben. Du weißt, ich musste letzte Woche wieder einen von diesen Verrückten freistellen. Der Typ ging gar nicht. Konvertit. Gebetsteppich usw. Auf jeden Fall sag ich dem Michael: Ok, du kannst wieder für uns fahren, aber du musst heute für mich was nach Varel bringen. Kannst dir vorstellen, warum, oder? Die Kleine hat heute Geburtstag, und ich war mal wieder zu schlapp, da selber was abzuliefern. Außerdem, Birte und ich in einem Raum, du weißt ja, was dann passiert. Ich sag dem Michael also: Bring mal eben das Fahrrad da oben hin, liefer das schön ab, und dann hast du den Job. Er sagt: Ok. Und eben, ich meine vor ner Stunde oder so, ruft der mich an und meint, er kann mir den Golf nicht zurückbringen. Da hätte er keine Zeit mehr für. Der Wagen stünde aber morgen bei mir vor der Tür. Ich meine, hat der sie noch alle? Ich bin sein Boss! Der Typ krallt sich einfach meine Karre. Den neuen Golf.«

»Ich sag ja, heute ist Michis großer Tag. Da macht sich ein fahrbarer Untersatz natürlich nicht schlecht. So ein schicker Golf 6. Ich sag dir, der Mann hat das große Los gezogen. Ich hab die Dame schon mal gesehen, glaube ich wenigstens. Nicht übel. Sagen wir zehn Ligen über Michi.«

»Na und? Was habe ich damit zu tun? Gerade das physisch attraktive Weib war immer schon eines der beliebtesten Manipulationsinstrumente der Reaktion. In meinem Staat, Urs, das weißt du, werden Frauen im Einheitslook auf die Straße geschickt. Da gibt es keine Miniröcke mehr, keine knallengen Leggings und diesen ganzen Scheiß. Das gibt es höchstens noch für Leute, die das ideologisch einordnen können. Politbüro aufwärts, würde ich sagen.«

»Genau. Die Werktätigen müssen beschützt werden.«

»Aber auch gefördert, Urs. Und vor allem: erzogen. Ich kann sagen, dass ich es zumindest versuche. Ich konfrontiere meine Leute immer wieder mit Inhalten, verstehst du? Am liebsten würde ich wöchentliche Schulungen einführen, aber Konterrevolutionär Westhaus ist natürlich dagegen. Apropos, was sagst du jetzt zu unserem neuen Firmenlogo, das ich dir gestern gemailt habe?«

»Die Stoppuhr mit Hammer und Sichel?«

»Ja, geil, was? Sozialistischer Realismus meets Dienstleistungsparanoia. In aller Bescheidenheit: Das ist Kunst. Viel zu schade ...«

(Eine tiefe, sachliche Stimme aus dem Taxifond): »Hör mal, Meister, was dagegen, wenn ich mir hier ne Dose aufmache?«

»... für SprintEx, eigentlich.«

(Föste wendet den Kopf zur Seite) »Nee, ist in Ordnung. Aber nichts verschütten.«

»Deine Fahrgäste saufen bei dir im Wagen? Tss, gäb's bei mir nicht. Egal, was ich sagen will, ist: Nicht Birte hat es künstlerisch drauf, sondern der Philosoph, Marxist und sturmerprobte Mittelständler ...«

»... Dr. Ingo Niemczik«, ergänzte Föste.

»Janz jenau, mein Lieber. Und so ein erfolgreicher Allround-Mann braucht natürlich ständig einen Wagen vor der Tür. Deswegen ... Stimmt das? Du fährst jetzt dahin, ich meine dahin, wo Brandt mit der Alten sitzt?«

»Ja, die sind, wenn alles hingehauen hat, im La Terrasse. Und da fahre ich jetzt hin. Ein Zufall, der mich nachdenklich stimmt. Hannah ist irgendwie auch schon ganz unruhig.«

»Echt? Das mag ein Zeichen sein. Du weißt, zusammen mit Frauen sind Hunde die natürlichsten und bösartigsten Feinde des Kommunismus. Denn Kommunismus bedeutet zunächst: Überwindung der Natur. Hunde und Frauen hingegen sind Natur. Ein krasser, unüberwindlicher Antagonismus, der insofern ...«

»Pass auf«, unterbrach Föste, »ich bin gleich schon da. Fünf Minuten noch. Wenn ich den Golf vor der Tür sehe, gehe ich rein und sage Michael, er soll dir die Karre noch heute Abend wieder auf den Hof stellen, ok?«

»Sehr gut, der Mann. Brauchbar. Aber zu mir nach Hause, hörst du? Sag dem Spinner das. Nicht zu SprintEx.«

»Ok, sag ich ihm. Ich freu mich schon, diese Braut zu sehen. Erstklassiges Material.«

»Apropos Material, willst du später noch vorbeikommen und wir rauchen was von diesem neuen Zeugs? Bin heute in …«

(Wieder die Stimme aus dem Fond) »Hör mal Meister, fahr mal nicht direkt vor den Laden. Irgendwo davor. Da ist doch Wald, oder? Park mal im Wald.«

»… Feierlaune.«

»Was? Jaja, können wir machen. Ok, Ingo. Wir sehen uns später. Vielleicht. Kann ich noch nicht versprechen. Alles absolut tot heute.«

KAPITEL 6

Peter Grab lag tot unter seiner Buche, doch nichts, nicht ein Partikel seines Seins war bereits dort angelangt, von wo Umur Abdulbakis zukünftige Gespielinnen das Geschehen verfolgten. Patrick Duchais hingegen lebte. Mehr noch, der Franzose wirtschaftete äußerst agil im ersten Stock des La Terrasse herum. Die Zeit drängte. Er wollte über alle Berge sein, am besten schon außer Landes, wenn es unten ungemütlich wurde. Deswegen galt es, Entschlüsse zu fassen. Was zum Beispiel sollte er mitnehmen? Was außer seinem Leben zurücklassen? Oder war es besser, ganz ohne Gepäck zu verschwinden? Duchais hasste solche Entscheidungen. Duchais hasste Entscheidungen grundsätzlich. Ein Wunder, dass er sich dazu durchgerungen hatte, diesen Fanatiker zu mieten. Früher hatte der Triebmensch Grab bestimmt. Der Koch hatte die Richtung vorgegeben und Duchais war, meist mit einem sarkastischen Kommentar auf den Lippen, gefolgt.

Damit war es jetzt vorbei. Damit war es schon eine Weile vorbei. Seit Grab im Pure Relax saunierte und Koma-Ausflüge in noch schlimmere Städte als B. unternahm, hatte er, hatte ein Patrick Duchais das Ruder übernehmen, ja selbst die Speisekarte gestalten müssen. Er hatte gearbeitet und gekämpft. Er hatte alles gegeben und das Beste aus Grabs irrwitzigen Eingebungen gemacht. Doch eines war immer klar gewesen: Es konnte nicht gutgehen. Grabs Eskapaden, die Grapscherei – einmal musste Schluss sein.

Duchais trat ans Fenster. Der früher viel zu kleine Parkplatz war nur zu einem Drittel gefüllt. Kalbsfilet in Limonen-Safranöl gegart auf Hummer-Gurken-Ragout mit Schalotten-Couscous? Vorbei! Die Wursthirne hatten wieder einmal besseres zu tun. Andererseits: Interessierte ihn das noch? In ein paar Minuten saß er im Jaguar und sagte auf keinen Fall: Au revoir!

Unten fuhr ein großer BMW vor. Duchais riss sich aus seinen Überlegungen. Immerhin war nicht auszuschließen, war es nicht einmal unwahrscheinlich, dass sich sein größenwahnsinniger Ehemann von den immensen La-Terrasse-Profiten der letzten Zeit ein neues Spielzeug zugelegt hatte. Die Limousine wurde eingeparkt, die Scheinwerfer erloschen, doch niemand stieg aus. Duchais konnte lediglich das Aufglühen einer Zigarette erkennen, wurde dann aber von einem ungleich unterhaltsameren Ereignis abgelenkt. Putain! Der Bärtige! Mit zwei Kanistern. Und dunklen Flecken auf dem Kaftan. WAS? SOLLTE? DAS? Hatte er das Feuerwerk nicht unmissverständlich für den späteren Abend geordert? Hatte er nicht alles in seiner Macht Stehende getan, um Personenschäden zu vermeiden? Wahrscheinlich konnte der Kretin nicht einmal die Uhr lesen.

Duchais schnappte sich die Autoschlüssel und die Louis-

Vitton-Herrenhandtasche mit den Kreditkarten sowie dem letzten Brief seines Vaters.[115] Zum Packen blieb jetzt keine Zeit mehr. Falls der Riese dort unten sein Handwerk verstand, konnte der Laden jeden Moment in die Luft fliegen. Er warf sich seinen – von der La-Terrasse-Mannschaft gerne bewitzelten – Lodenmantel über, eilte zur Tür, drehte sich dort jedoch noch einmal um. In diesem geschmackvoll[116] eingerichteten Büro hatte er gearbeitet. Etwas aufgebaut und mit Klugheit und Weitsicht durch die Unbilden der Zeit gesteuert. Er war ein Pionier, zweifellos. Ein Organisator. Für einen Moment fühlte sich Duchais wie ein Missionar, der von einem Hügel aus seine dem Dschungel unter unendlichen Mühen abgerungene Missionsstation (und die unter einem Baum liegenden Eingeborenenschnapsleichen) betrachtete. Zusammen mit Peter hatte er Neuland nicht nur betreten, sondern – für gewisse Zeit – urbar gemacht. Er hatte die Kultur seines Landes, den Geschmack einer Zivilisation zu lehren versucht. Er hatte ein Unternehmen gegründet und geleitet. Er hatte Arbeit geschaffen, Existenzen gesichert. Duchais sah sich in der dunkelblauen Uniform eines Admirals zur See. Den Kopf im eisigen Wind, die Haut gegerbt von Gischt, Salz und Sonne. Ein Steuermann auf Kurs. Umgeben von 20 Matrosen.

115 Das etwas absonderliche Hobby von Luc-Remy Duchais: Die Briefe an seinen Sohn. Briefe, in denen er sich hauptsächlich über seine dürftigen Einkünfte als Musikkritiker sowie über die Eidechsenaugen und die kleinbürgerliche Herkunft seiner Ehegattin Eglantine Duchais geb. Arnoux lustig machte.

116 Hier wird Duchais' Meinung widergegeben; ein Jan Bargfrede, aber auch eine Marion Gräfe wären angesichts der Fien-de-Siècle-Möbel schreiend davongerannt. Allerdings, um der Wahrheit die Ehre zu geben, näherte sich Jan Bargfrede einem Zustand, der ihn befähigte, bei jedem Möbel schreiend davonzurennen.

Duchais ließ die Türklinke los und tänzelte zur Glasvitrine mit dem Hardy-Cognac. Verließ ein Kapitän sein Schiff? Konnte ein Patrick Duchais, Sohn eines Schallplattennarrs und einer Eselin, Flucht mit seiner Würde vereinbaren? Er setzte die edle Spirituose[117] an, nahm zwei, drei Riesenschlucke. Gab es überhaupt etwas, was ein Patrick Duchais mit seiner Würde vereinbaren konnte? Oder andersherum: Gab es etwas, was damit nicht vereinbar war? Der Alkohol entzündete ein Feuer in seinem Magen. Duchais zwängte die Flasche in die Manteltasche. Unten am Empfang standen eine große blondgelockte Frau und ein großer, belustigt wirkender Mann. Duchais registrierte die Blicke der Deistkamp. Er sagte jedoch nichts, er fand keine Abschiedsworte für sein Team, und nur Sekunden später fühlten sich die Ledersitze des Jaguars beinahe tröstlich an. Alles, was er sich jetzt noch wünschte, war zu beobachten, wie alles, was er sich jemals gewünscht hatte, ausgelöscht wurde. Allerdings, das war unmöglich. Er hatte keine Zeit mehr zu verlieren. Die Explosion musste ohne ihn stattfinden.

Um 21:00 Uhr des 4. November 2009 verließ der französische Staatsbürger Patrick Duchais mit seinem Wagen, einem Jaguar vom Typ XF, den Parkplatz des Restaurants La Terrasse in B.-West-Außen. Über seinen gegenwärtigen Aufenthaltsort ist den Behörden trotz erheblicher Ermittlungsanstrengungen nichts bekannt. Duchais gilt bis auf den heutigen Tag als vermisst.

---

117 Einkaufspreis 349 Euro.

KAPITEL 7

Wie bereits erwähnt, war Umur Khubayb Abdulbaki ein vernünftiger Mann. Aus diesem Grund fiel es ihm nicht schwer, den anvisierten Fußmarsch zum La Terrasse schon wenige Minuten nach Verlassen der Tankstelle wieder abzublasen. Zwei Kanister plus zehn halbe Liter über sieben, acht Kilometer schleppen – wozu? Der Franzose hatte ihm schließlich jede Menge Geld gegeben.

Phänomene wie erhöhte Aggressions- und Risikobereitschaft oder auch nur plötzliche Stimmungsaufhellungen zählten nicht zu den Effekten, die Alkohol üblicherweise in Umur hervorrief. Was hingegen sofort einsetzte, war eine Radikalisierung seiner ohnehin ungewöhnlich vernunftorientierten Denkweisen. Alkohol, so hätte es Lösings ehemalige Ehefrau vielleicht erklärt, wenn sie das hierfür notwendige Bildungsniveau besessen hätte, was ihr – wie Dr. Niemczik im Gegensatz zu einer Hanna-Renate Laurien sofort bestätigt hätte – aufgrund der betonierten Struktur der hiesigen Klassengesellschaft verweigert worden war, Alkohol also, verwandelte Lösing in einen Utilitaristen, in einen jenseits jeder Moral agierenden Über-Hedonisten. Eines Abends zum Beispiel, gegen Ende seiner dreijährigen Ehe mit der in einem Textildiscounter ausgebeuteten Nicole Lammel, eröffnete ein von gut sieben halben Litern rationalisierter Lösing seiner Partnerin, dass er deren Konsum amerikanischer Fernsehserien nicht länger zu tolerieren beabsichtige und sich viel mehr sehr und in sogar noch rasch wachsendem Ausmaß darauf freue, den Fernseher und auch sie, Nicole, vom Balkon hinaus auf die Straße zu werfen. Selbstverständlich sei ihm klar, dass er – als Vorbestrafter – allein schon wegen des Fernsehers in Schwierigkeiten geraten könne, doch der unmittelbare Lustgewinn der nun bald – falls sie nicht augenblicklich die Fernbedienung betätigte, eigentlich ganz egal, ob sie die Fernbedienung betätigte – bevorstehenden Gewalthandlung wiege zu befürchtende Konsequenzen bei weitem auf. Er sei daher entschlossen[118], nach Abwägung aller Vor- und Nachteile ohne weitere Verzögerung seinen Vorsatz in die Tat umzusetzen.[119]

Umur machte sich also auf zum Martin-Luther-King-Park, bestieg dort ein Taxi, dessen Beifahrersitz von einem Hund besetzt war.[120] Die Fahrt verlief zunächst zufriedenstellend. Obwohl Hunde bei manchen Anhängern seiner aktuellen Religion nicht unbedingt hoch angesehen waren, hatte Umur nichts gegen diese Tiere. Ganz im Gegenteil. Zudem bot der Fond des Viertürers selbst für jemanden wie ihn ausreichend Platz. Die Lage war daher entspannt. Das Bier der ersten Dose hatte seinen Dienst aufgenommen. Die Stadt draußen, zu der er noch nie

---

118 Abdulbaki drückte sich bei dieser Gelegenheit übrigens direkter aus.

119 Nicole Lammel ergriff daraufhin die Flucht. Aufgrund früherer Vorkommnisse war ihr bewusst, dass die Worte ihres damaligen Gatten absolut ernst zu nehmen waren. Nach ihrer Scheidung verbrachte Lammel zwei Monate in einer an der niedersächsischen Nordseeküste befindlichen Einrichtung für (ausschließlich weibliche) Opfer innerfamiliärer Gewalt. Am Nebentisch der damals 31-jährigen saß übrigens über einige Wochen eine gewisse Angela Pertmes, die spätere gute Fee von Huntetal-West, und erholte sich von einer ebenfalls keinesfalls harmonisch verlaufenen Beziehung mit einem Oldenburger NPD-Funktionär. Zwischen den beiden Frauen entwickelte sich kein Kontakt.

120 Selbstverständlich war Föstes Praxis, seinen Hund auf dem Vordersitz herumzukutschieren, weder mit der Straßenverkehrsordnung noch mit dem Personenbeförderungsgesetz zu vereinbaren. Der mit der Beaufsichtigung des Taxiwesens in B. betraute Abteilungsleiter des Ordnungsamtes zählte jedoch zu Föstes ältesten THC-Kunden.

irgendein Verhältnis gehabt hatte, glitt vorbei, während sich in seinem massiven Schädel jene 72 ansehnlichen, nicht schönen, aber ansehnlichen, er war schließlich bescheiden, während sich also in Umurs IQ-112-Gehirn[121] 72 zweckmäßig gebaute Jungfrauen langsam in Wartepositionen begaben.

Dann allerdings klingelte das Telefon des Fahrers und der Anrufer war, wie Abdulbaki bald feststellte, niemand anderes als sein ehemaliger Boss! Ein Mann, mit dem ihn zwar nicht gerade viel verband, dem er aber andererseits durchaus zu Dank verpflichtet war. Denn dass er die Kraft zu dem Entschluss gefunden hatte, einige Kilometer weiter oben einigen Damen mal etwas genauer auf den Zahn zu fühlen, lag zu einem nicht unwesentlichen Teil in den unternehmerischen Entscheidungen des Dr. Ingo Niemczik begründet.

* * *

Finales Gespräch Dr. Ingo Niemczik – Umar Khubayb Abdulbaki vormals Stefan Lösing, 26. Oktober 2009, SprintEx-Kurierdienste, B.-Zentral-Ost.

»Umur, warte mal ... Kommst du bitte mal kurz rein? Und mach die Tür zu.«

»...«

»Setz dich bitte. Willst du was trinken? Kaffee, Tee? Eine Wasserpfeife vielleicht? Haha, komm, das macht ihr Brüder doch so, oder?«

»...«

121 Wert ca. 1994 ermittelt anhand eines Fragebogens der mittlerweile eingestellten Special-Interest-Zeitschrift »Brust-Report«.

»Also Umur, ich sag's jetzt mal ganz direkt: Für dich ist hier Schluss.«

»Warum?«

»Warum? Meinst du das ernst?«

»Ja.«

»Ok ... warte (kramt in Papieren auf seinem Schreibtisch herum) ... also, du bist allein in der letzten Woche genau elf Mal zu spät bei einem Kunden angekommen. Elf Mal! Und zwar so zu spät, dass die angerufen haben. Zufrieden mit der Antwort?«

»Ja.«

»Na also. Wir sind ein kommunistisches Unternehmen, Umur, das wusstest du von Anfang an. Unser Ziel ist, das System durch überperfekte Systemkonformität zu persiflieren und letztlich auszuhöhlen. Andauerndes Zuspätkommen, ganz egal aus was für verrückten Gründen (Niemczik wirft einen vielsagenden Blick auf Umurs Kaftan), zählt nicht zu unseren Serviceleistungen. Deswegen bist du draußen. Kommentare?«

»Nein ... doch. Ab wann? Soll ich heute noch fahren?«

»Aber selbstverständlich. Bis zum Monatsende bist du ein SprintEx-Mann. Danach kannst du dich in aller Ruhe auf deine nächsten beruflichen Herausforderungen vorbereiten. Comprende compañero?«

»Ja.«

* * *

Alles in allem gab es jedochEreignisse, an die Umur an seinem letzten Abend auf Erden lieber erinnert werden wollte als an die Tage und Wochen mit Ingo Niemczik. Der hünenhafte Vollbartträger spürte den Impuls, Föste das Handy vom Ohr zu reißen und in die Augenhöhle zu rammen. Der Wagen rauschte unterdessen durch den inneren Westen. Abdulbaki starrte in belebte Bars und Cafés, in hellgrün schimmernde Bio-Supermärkte, unter drei Meter hohe Altbaustuckdecken. Er entdeckte eine junge Frau mit langen blonden Haaren, die sich an einer Straßenecke – noch halb auf ihrem Fahrrad sitzend – mit einem großen, sportlich wirkenden jungen Mann unterhielt.[122] Er beobachtete andere junge Leute, von denen es hier viel mehr auf der Straße zu geben schien als in seiner Gegend. Alle kamen ihm gut gelaunt vor. Abdulbaki machte sich ein Bier auf. Plötzlich hatte er Lust, das Handy aus der Augenhöhle des Fahrers herauszureißen, mit einem Sprengsatz zu versehen und damit in den »Healthy & Tasty-Store« zu marschieren. Tiefe, gierige Schlucke – das Bier brachte ihn wieder auf den Boden der Tatsachen zurück. Ihm wurde klar: Die Gewalt, die heute von ihm ausgehen würde, musste sich auf den dekadentesten Ort der Stadt konzentrieren. Er kannte diesen Laden zwar nicht, er hatte überhaupt noch nie französisch gegessen, doch allein das Gehabe seines Auftraggebers ließ keinen Zweifel aufkommen: Wenn überhaupt, dann gab es in B. nur einen Platz, wo man das Ticket zu den Jungfrauen löste – das La Terrasse.

Andererseits jedoch wirkte die Stimme seines ehemaligen Arbeitgebers in Umur nach. Niemczik Hände und Füße abzuschneiden und dann die Einzelteile mit seinem eigenen Kurier-

---

122 Mit keinem anderen als Tobias Z., und zwar auf dem Weg zum Champions-League-Abend, den er kurzerhand zum Kognitive-Dissonanz-Selbstversuchs-Abend umdeklariert und daher tatsächlich kognitive Dissonanz reduziert hatte. Die junge Frau: Eine Kommilitonin, deren Haar, fand Tobias, einen angenehmen Kontrast zu Anias Mähne darstellte, zu Ania generell, dieser blöden Nutte.

dienst in alle Welt zu verschicken – gab es nicht irgendeine Unterströmung in irgendeiner Religion, die dafür eine Viertelstunde Himmel versprach?

Der Hund hatte seinen Kopf zwischen Fahrer- und Beifahrersitz gesteckt und schaute ihn an. Lösing hatte eine Million Tierfilme gesehen. Er wusste alles über das arttypische Verhalten von Wölfen, Muränen und Tüpfelhyänen. Dieser Hund war interessiert und beunruhigt. Abdulbaki mochte das Tier. Er würde es streicheln und dann, um sich selber zu kasteien, was wohl niemals schaden konnte, töten. Er würde überdies bald selbst tot sein. Falls sich das mit den Jungfrauen als Humbug herausstellen sollte, würde er unter einer Rasenfläche zusammen mit Hunderten anderer Pleitegeier verschimmeln. Oder verbrannte man die? Klar, Loser wurden kostengünstig abgefackelt. Er würde also in einer billigen Zink-Urne unter die Erde wandern und dort liegenbleiben. Abdulbaki lehnte sich zurück. Die Vorstellung gefiel ihm. Es war 20:48 Uhr. Der 297 verließ den inneren Westen.

KAPITEL 8

20:59 Uhr, die Station 2B, der zweite Stock der malerisch oberhalb des Zürichsees gelegenen psychotherapeutischen Klinik Bellerive im Kanton Zürich. Prof. Hans Birthler stand am Fenster und schaute in die Dunkelheit. Dort unten musste der See sein, ein paar Kilometer weiter rechts, schon in der Nachbargemeinde, wohnte er. Wohnten Ulrike und die beiden Schwachköpfe. Birthler schüttelte kaum merklich den Kopf und nahm dann den Hörer in die Hand.

»Klaassen.«

»Ich bin's. Hast du meine Nachricht nicht mehr bekommen?«

»Welche Nachricht? Nee, ich weiß von nichts.«

»Ich habe heute nochmal mit dem Höhtker geredet. Ganz informell, kurz vorm Abendessen. Also, keine Ahnung … Der ist mir jetzt fast schon zu beherrscht.«

»Stimmt, er ist ruhiger geworden. Neulich hab ich bei ihm im Zimmer ne Fahrradkarte liegen lassen. Vom See und Umgebung.[123] Und beim nächsten Mal, am nächsten Tag, lag die noch da. Fand ich klasse. Würde ich als Therapieerfolg ansehen, eindeutig.«

»Ja, klar. Aber ich traue dem Braten noch nicht. Was meinst du, sollen wir die Medikation noch etwas reduzieren? Mal sehen, was dann passiert. Wenn der bei dieser Dosis bleibt, kann der ohnehin nie wieder arbeiten.«

»…«

»Beate?«

»Ja.«

»Was denkst du darüber?«

---

123 Klaassen hatte im Internet bereits Karten der Stadt B. bestellt. Diese stellten den nächsten und gefährlichsten Schritt in ihrem persönlichen, jedoch mit den zuständigen Ärzten abgesprochenen und ganz wesentlich auf Konfrontation angelegten Therapieplan für Höhtker dar. Gegenüber den anderen hatte sie diesen Verdacht bisher nicht geäußert, aber für sie stand bereits seit einiger Zeit fest: Höhtkers (affektive und schizophrene) Psychose war nicht durch ›private‹ Traumatisierungen erzeugt worden. Mögliche organische Ursachen waren nach Lage der Dinge ebenfalls auszuschließen. Es war vielmehr so, davon war Beate in zunehmendem Maße überzeugt, dass B., also die Stadt des Professors, diesen gespenstischen, auch für sie anfänglich beängstigenden Effekt generiert hatte, wahrscheinlich sogar im Verborgenen weiter generierte.

»Klar, mach.«

»...«

»...«

»Beate.«

»Ja.«

»Ich würde gerne noch auf einen Sprung bei dir vorbeikommen.«

»...«

»Ulrike hat eben am Telefon gesagt, sie muss mit mir über den Kleinen sprechen ... Weißt du, wie deren Dinger sich mittlerweile anfühlen?«

»Betonnoppen? Letzte Woche waren es noch Betonnoppen.«

»Stahlzapfen. Kleine piksende Stahlzapfen. Ich frage mich ernsthaft, was die im Studio will. Brustmuskulatur kann man nur trainieren, wenn man Brüste hat. Ich meine, so wie du, Beate. Ich brauch heute Abend einfach ...«

»Nee, Hans. Heute nicht. Ich bin zwar sehr sexualisiert momentan, aber nicht wegen dir.«

»Aha, das ist ja interessant. Darf man fragen, um wen es sich handelt?«

»Fragen schon.«

Er schaute noch einen Moment auf das Telefondisplay, bis dieses sich verdunkelte und in den Ruhemodus zurückkehrte. Beate hatte das Gespräch beendet. Unten lag schwarz der See. Birthler fühlte, in seinem Leben gab es keinen Ausweg mehr.

KAPITEL 9

Zentrales Dialogmolekül

»So, ist es hier genehm? Da hinten ist das La Terrasse. Auf die Straße zurück und dann die nächste Einfahrt. Hundert Meter.«

»Fahr mal noch nen Stück weiter rein da.«

»Nee, das reicht hier. Der Weg ist zu matschig. Ich hab keine Lust, in der Wildnis stecken zu bleiben.«

»Fahr mal weiter.«

»Ruhig, Hannah, ganz ruhig. Alles ok.«

»Los, fahr weiter da rein. Ich will im Wald aussteigen. Ein paar Meter.«

»…« (Seufzen, einige Augenblicke sind nur Motorengeräusche zu hören.)

»Gut, Schluss. Was bekommst du?«

»22,60.«

»Mach 25.«

»Was soll das denn? Was soll ich denn mit nem Hunderter? Hat es der Herr eventuell auch kleiner?«

»Hör mal, ich gebe dir Geld und du wechselst das, verstanden? Ich bezahle dich, das ist wichtig. Vorher bezahle ich dich, wie es dein Recht ist.«

»Häh, wie? Vorher? Vor was?«

»…«

»Ey, was soll … Hannah …«

(Hundegebell, dann Jaulen, ein sehr lautes Knacken.)

»Oh Gott, Hannah … Scheiße … Oh Gott.«

»Versuch gar nicht erst auszusteigen. Schaffst du nicht, verspreche ich dir. Und lass die Finger von den Knöpfen. Also, pass auf: Was ich mit dem Tier gemacht habe, war nichts persönliches, verstanden? Dass du das weißt. Ich liebe Hunde. Das geht um was anderes.«

»Hannah ...« (Flüstern, dann unterdrücktes Schluchzen.)

»Hör auf rumzuflennen. Hör lieber zu. Also, dich umzunieten ist eigentlich nicht nötig. Das bringt mir nix. Beim Hund schon, weil ich Hunde mag, verstehst du. Dich mag ich nicht, deswegen sollte ich dich eigentlich laufen lassen.«

»...« (Weiter Schluchzen.)

»Geht aber nicht. Wenn ich dich laufen lasse, hab ich sofort die Grünen am Hals. Das geht nicht. Tut mir Leid, wenn ich mit meinen blutigen Pfoten den Wagen einsaue.«

»...« (Reißt die Tür auf, versucht auszusteigen, wird brutal zurückgerissen.)

»Das is wegen der Weiber. Das verstehst du, oder?«

KAPITEL 10

Angaben zur Stadt B.

B. war nicht nur eine sich entvölkernde, sondern eine bereits seit langem spärlich besiedelte Stadt. Verantwortlich dafür waren vor allem die massiven, von einer größenwahnsinnigen Sozialdemokratie initiierten Eingemeindungen Anfang der siebziger Jahre, die dem offiziellen Stadtgebiet neben mehr oder weniger geschlossen bebauten Vorortzonen auch dörflich gebliebene Strukturen, sogar Äcker, Wiesen und Wälder einverleibten und die Gesamteinwohnerzahl B.s zwar deutlich steigen, die Einwohnerdichte jedoch ebenso deutlich sinken ließen.[124]

In einem jener erst seit knapp 40 Jahren zu B. gehörenden Waldgebiete befanden sich übrigens am 4. November 2009 um ca. 21 Uhr nicht nur Marion Gräfe, Michael Brandt, Ania D., Frank Stremmer, einige andere Restaurantgäste sowie die verbliebene Mannschaft des La Terrasse, sondern auch Umar Khubayb Abdulbaki und die Leichen von Hannah und Urs Föste sowie von – etwas abseits gelegen – Peter Grab. Viel wichtiger in diesem Zusammenhang ist allerdings, dass sich neben den Genannten im Umkreis von mindestens einem halben Quadratkilometer keine, tatsächlich nicht eine einzige *andere* Person[125] aufhielt. Zu den ständigen Bewohnern des Areals zählten dagegen Rotwild, Füchse, Hasen, Kaninchen, Wildschweine, Frettchen, Marder, Habichte, Bussarde, andere Vögel, andere Säuger, kleinere Eidechsen, Frösche, Spinnen, Käfer, Milliarden anderer Käfer und Insekten, Würmer, Maden, Puppen, Zecken, andere Parasiten, Bakterien und Bakterien fressende Bakterien, andere Wesen, mikroskopisch kleine, seelenlose Monster, Tiere, die nie in ihrem Leben einen Laut von sich gaben, gespensterhafte Zellverbände. Mit anderen Worten, natürlich war auch dieser Teil von B. belebt, doch es dürfte selbst mit einem hochwertigen

124 Die ländlichen Areale befanden sich beinahe ausschließlich im Westen und bildeten damit den neuen »Äußeren Westen« der Stadt. Die im Osten neu hinzugekommenen Gebiete hatten bereits lange vor ihrer Eingemeindung einen suburbanen, in manchen Bereichen sogar urbanen Charakter.

125 Aufgrund ihres ausgeprägten Charakters und ihrer Intelligenz erscheint es gerechtfertigt, der Hündin Hannah das Attribut »Person« posthum zuzugestehen.

wissenschaftlichen Instrumentarium[126] unmöglich sein, sich der realen Bewohneranzahl wenigstens anzunähern und somit einen Hinweis auf die tatsächliche Bevölkerungsdichte der Stadt zu erhalten. Was jedoch menschliche Wesen betraf, so stand fest: Speziell der äußere Westen, aber auch die Gesamtstadt, waren im Vergleich zu anderen urbanen Räumen, erst recht natürlich zu den überfüllten Metropolen der Südhalbkugel, eine locker besiedelte, eine in Teilen beinahe unbesiedelte Landmasse. B. insgesamt war geradezu leer. Seine Straßen waren verlassen. Es gab den Einkaufsdistrikt der zentralen Innenstadt sowie die wenigen Ausgehinseln des inneren Westens, doch das waren Ausnahmen. Selbst in den beiden intensiv bewohnten Zonen, dem inneren Norden und dem inneren Osten, ging kaum jemand nach draußen.[127] Lieber blieb man zu Hause und machte (oder »konsumierte«) irgendwelche Sachen.

Der Faktor Mensch präsentierte sich im Stadtbild von B. auf neuartige Weise entzerrt. Das erzeugte Stille. Und Einsamkeit. B. war eine stille und einsame und alles in allem sehr gute Stadt. Zugereiste begriffen dies nach einer Weile, doch meist zu spät, und die wenigsten wagten es, darüber zu sprechen. Als er in seinem XF die Stadtgrenze überquerte und B. für immer verließ, war sich beispielsweise der Franzose Patrick Duchais sicher: Wenn er leben wollte, zumindest wenn er nicht tot leben wollte,

---

126 Wie an anderer Stelle bereits angeklungen, bemühte sich »Totale Soziologie« seit längerem, dem Problem und den Auswirkungen realer Populationen Herr zu werden. Bisher jedoch mit wenig überzeugenden Ergebnissen. Vgl. hierzu u. a.: Marx, John F., Deltidis, Bertram R.: Two or four (or fourteen) legs? The problem of defining population, Phoenix Societal Books, Phoenix/AZ 2003, 1344 S. mit Abbildungen.

127 Gängige Ausnahmen: Arbeit, Amt, Nachschub etc.

musste er gehen. Allerdings standen ihm Tränen in den Augen. Und er wusste warum.

Insgesamt gab es auf der ganzen Welt keine Stadt wie B. Nirgendwo hatte sich eine kommunale Körperschaft so eindeutig der Klärung der Frage verschrieben, wie viel Sinnlosigkeit ein (auch) aus menschlichen Organismen geformter urbaner Organismus aushielt, bevor die Implosion einsetzte, das In-sich-Zusammensacken zu einem enorm verdichteten Klumpen, zu einem schwarzen Saugloch, in dem die Insekten die Macht übernahmen. Eigentlich war B. kein wissenschaftliches Rätsel, die Stadt selbst war Wissenschaft.[128] Doch in der allgegenwärtigen Ruhe gab es immer wieder Geräuschhäppchen. Morgens sangen Vögel. Abends sangen Fernseher und Konsolen, während vielfältig angereicherte Blutbäche durch ihre Arterialbetten murmelten.

KAPITEL 11

Margarete Brandt hatte ihren Sohn Michael seit jeher mit einer Mischung aus Zuneigung und Skepsis betrachtet. Von Anfang an war dieser Zweifel in ihr gewesen, eigentlich schon die Gewissheit, dass aus ihrem Sohn, der an einem hellen Oktobermorgen in den späteren Sechzigern das Licht der Welt erblickte, nichts werden würde.

128 Speziell die zeitgenössische amerikanische Stadtsoziologie weist immer wieder darauf hin, welch immens gewichtige Rolle B. bei der Entwicklung der TS gespielt hat. TS, so der Tenor vor allem in Stanford, wurde nicht in, sondern von B. »erfunden«. Solche Einschätzungen verkennen allerdings z. B. die in und um Budapest vorgenommenen Pionierarbeiten eines Adam Fórisz (Stäube lesen).

Aber, und davon war sie bis zu ihrem letzten Atemzug in der Vorratskammer der kleinen Wohnung in B.-Ost-Außen überzeugt, ihr Sohn war ein guter Mensch. Vielleicht hatte er es ja genau deswegen nicht geschafft? Die Leute nach ihrem beruflichen Erfolg zu beurteilen, war ihr immer fremd gewesen, doch für Ausbeuterfirmen wie SprintEx sollte ihr Kind nun auf dem Gymnasium gewesen sein?[129] Auf der Universität? Andererseits, wenn man sie fragte, wenn man sie gefragt hätte, bevor sie sterben, bevor sie jämmerlich und einsam diese Welt verlassen musste, war das Gymnasium mehr als alles andere dafür verantwortlich, dass Michael jetzt bis zum Lebensende nur noch solche Jobs blieben. Dort hatte er den Frank kennengelernt und die anderen. Und diesen schrecklichen Pohrt nicht auch? Oder war das erst auf der Uni gewesen? Den Frank Stremmer hatte sie ja eigentlich immer gemocht: ein witziger, intelligenter Junge. Aber eben vollkommen verrückt. Genau wie der Pohrt. Von dem hatte sie sich sogar einmal ein Buch geschnappt. Danach war es ihr eine Weile schwergefallen, ohne Ekelgefühle auf die Straße zu gehen. Was machte der eigentlich jetzt? War der auch schon tot?[130]

---

129 Obwohl traditionell sozialdemokratisch ausgerichtet, hatte Margarete Brandt ihren Michael gegen Ende der siebziger Jahre nicht auf die nähergelegene Gesamtschule, sondern aufs Gymnasium geschickt. Trotz einer klaren ideologischen Gegnerschaft handelte sie damit ganz im Sinne der bedeutendsten Bildungspolitikerin der Epoche: Hanna-Renate Laurien.

130 Ein Tag im Leben des Wolfgang Pohrt (wohnhaft in einer abgelegenen ehemaligen Köhlerhütte irgendwo südwestlich von Goslar): 6:45 Uhr Aufstehen (im Winter anschließend: sofortige Kontrolle des Kohleofens). 7:00 Uhr: Kraft- und Gymnastikübungen draußen (jede Jahreszeit, keinerlei Pilates-Anleihen). 7:25 Uhr: Nahrung. 7:30 Uhr: Rückkehr ins Bett, Lektüre. 10:00 Uhr (optional): Fußmarsch ins nächstgelegene Dorf

KAPITEL 12

Zentrales Dialogmolekül

04.11.2009, 21:21 Uhr, das (immer noch intakte, das nach wie vor *existierende*, jedoch nur mäßig gefüllte) Restaurant La Terrasse, B.-Außen-West, Tisch 12[131], besetzt mit Ania D., Michael Brandt, Marion Gräfe, Frank Stremmer.

»Und … ihr kennt euch von der Schule?«

»Genau. Frank und Michael … und die anderen … die waren der Jahrgang über mir. Irgendwann stand ich dann mit denen in der Raucherecke, und dann sind wir eine Clique geworden.«

»Und wie war das so damals in B.? Der Michael und ich, müsst ihr wissen, wir reden schon den ganzen Abend über die Stadt. Superinteressant. Aber bisher ging's eher um die Gegenwart. Um das, was jetzt gerade ist, versteht ihr? Ich fänd's klasse, wenn wir da jetzt noch ne historische Dimension reinbringen könnten.«

(sieben Kilometer), Besorgungen, Frühschoppen. 10:00 Uhr (in der Regel): Fortsetzung der Arbeiten an dem von Pohrt als »kommerziell orientierten Liebes- und Unterhaltungsroman« klassifizierten Buchprojekt »Der Staat« (Anzahl der [handschriftlichen] Manuskriptseiten bisher: 2221). 16:00–16:30 (optional): Besuchszeit/Sprechstunde. Besucher in den vergangenen 24 Monaten: keine. 18 Uhr: Nahrung. 18:30 Uhr: Rotwein, Weißwein, Whisky, Wodka.

131 Mit Genehmigung des Servicepersonals war man an den geräumigeren, selbstverständlich unbesetzten Nachbartisch umgezogen, in den »Sumpf«, direkt unter das psychotische Pferdebild Alexandra Sonntags. Stremmer betrachtete das Gemälde im Laufe des Abends immer wieder, kommentierte es jedoch nicht.

»Sag mal, Michi, hast du schon mal so eine Geschichtslehrerin gesehen? ›Ne historische Dimension‹! Wäre ich nicht seit nunmehr gut 13 Jahren geschlechtslos, ich würde ...«

»Ey Frank, echt! Das ist Frank, kümmer dich nicht drum.«

»Wieso? Ich finde es ok, wenn Männer in meiner Gegenwart erregt sind. Das ist für mein Selbstwertgefühl ziemlich wichtig, obwohl es in meinem Job natürlich manchmal nervt.«

»Was machst du?«

»Prostituierte ... haha, nein, Quatsch, ich bin Fitness-Trainerin. Hier im Elixia. Pilates hauptsächlich. Und du?«

»Grafik-Designerin. Momentan entwerfe ich aber eher Möbel. Ich ... keine Ahnung, was ich eigentlich mache. Das ist ne kleine Agentur, die meinem Freund gehört.«

»Marion kooperiert momentan auf physischer wie geschäftlicher Basis mit einem Objektsexuellen.«

»Einem was?«

»Frank spinnt. Das heißt ... wahrscheinlich hat er sogar Recht. Jan, also ›mein Freund‹, redet mit seinen Fahrrädern. Mehr als mit mir übrigens. Und seine beiden Lieblingsstücke nennt er ›Nummer Eins‹ und ›Nummer Zwei‹.«

»Echt?«

»Einmal hab ich ihn gefragt – scherzhaft, meine ich –, ob er mich nicht wenigstens ›Nummer Drei‹ nennen könnte, praktisch als Auszeichnung. Da hat der ernsthaft drüber nachgedacht.«

»Wow.«

»Marion sucht sich die falschen Männer aus. Das war schon immer so.«

»Das sagt er, weil ... ich und Frank, wir waren lange zusammen. 14 Jahre. Waren doch 14, oder?«

»Keine Ahnung ... Habe ich alles verdrängt ... Marion war übrigens beinahe auch mal mit unserem schweigsamen Michi hier zusammen.«

»Stimmt das? Du hast mir ja gar nicht erzählt, dass du so schöne Freundinnen hattest.«

»Hey, danke.«

»Michi, was ist los? Sagst du jetzt gar nichts mehr? Bist du so breit?«

(Michael Brandt löst sich aus seiner schon einige Minuten, letztlich seit dem Eintreffen Stremmers währenden Erstarrung.)

»Nee ... also ... Marion und ich damals ... wir waren eher Freunde, oder?«

»Tja ... ein paar Komponenten haben schon gefehlt.«

»Interessantes Thema: Beziehungsindikatoren. Woran merkt man eigentlich, dass man mit jemand zusammen ist? Sex? Wohl kaum. Dann wäre ich ja mittlerweile mit halb Thailand liiert. Tiefe, unergründliche, ununterbrochene, alle Zellen flutende Traurigkeit? Vielleicht. Apropos, ich ...«

»Sorry ... du bist traurig, wenn du mit jemandem zusammen bist?«

»Nicht ich. Ich kenne keine Gefühle. Aber Marion. Der ging es mit mir nicht so gut, glaube ich.«

»Hab ich schon gesagt, dass man Frank nicht so ernst nehmen darf? Der macht immer nur Witze.«

»Aber gute Witze. Überhaupt, ich finde, ihr seid ziemlich außergewöhnliche Leute. Michael beispielsweise hat ein Buch geschrieben, dass für mich, so wie er es beschreibt, unglaublich interessant klingt. Wenn man bedenkt: Heute Morgen kam ich mit echt beschissener Laune aus dem Supermarkt, und das Einzige, was ich wollte, war so schnell wie möglich den Wagen von

Tobias loszuwerden. Tobias ist der Typ, mit dem ich manchmal noch schlafe. Also, ich gehe da über diesen an sich natürlich alles andere als langweiligen Parkplatz und denke nicht gerade positiv über alles, und dann kommt da auf einmal ein Schriftsteller an und versucht, mich auf echt süße Weise anzumachen. Und am Telefon ist da auch noch ein anderer, ziemlich merkwürdiger Typ aus ... wo war das?«

»Meinst du mich?«

»Ja.«

»Genf. Ich wohne in Genf.«

»Und dann ist da auch noch ein ziemlich witziger Typ aus der sicherlich ebenfalls nicht uninteressanten Stadt Genf am Telefon ... Und abends sitze ich in dem Nobelrestaurant der Stadt. Das zu allem Überfluss TS-mäßig noch gar nicht erfasst ist. Glaube ich jedenfalls.«

»Sag mal, Michael, was erlebe ich hier eigentlich gerade? Bin ich im Märchen? ›Tobias ist der Typ, mit dem ich momentan noch schlafe‹? Hast du schon einmal ne Frau erlebt, die so redet? Und die dabei *so* aussieht?[132] Aber mal im Ernst: Ich habe zwei Fragen. Nein, drei. Erstens, Michael hat ein Buch geschrieben? Wie heißt das? Warum kenne ich das nicht?«

»›Ich kann nicht mehr‹.«

»Als Aussage oder als Titel?«

»Sowohl als auch.«

»Brillant, Michi, wirklich. ›Ich kann nicht mehr‹! Darf ich das Ding franchisen – ich meine, für später, wenn ich meine

---

132 Stremmer kannte, und dies fiel ihm in dieser Sekunde ein, übrigens sehr wohl jemanden, der so redete und der so, wenn auch ganz anders, aussah: Mari Takano.

Tagebücher veröffentliche? Oder als Tattoo? Vielleicht sollte ich mir das Ding als japanisches Schriftzeichen auf die Stirn stechen lassen.«

»...«

»Nächste Frage: TS – was ist das?«

(Ein Mitarbeiter des La-Terrasse-Service-Teams erscheint und erkundigt sich nach Marions und Franks Wünschen. Die beiden ordern irgendetwas sowie eine neue Flasche.)

»Ok, nachdem das erledigt ist, nochmal: Was ist TS?«

»TS bedeutet Totale Soziologie. Das ist eine beobachtende und eher wenig interpretierende, alle möglichen Bindestrich-Soziologien in sich vereinigende, methodisch quasi überempirisch ausgerichtete Soziologie mit urbanen Räumen als klarem Interessenschwerpunkt. TS kommt quasi von hier. Ich meine, die wurde hier in B. entwickelt. Ich beschäftige mich ziemlich viel damit. Tobias meint, ich hätte mittlerweile schon ein echtes Problem mit der TS. Ein Suchtproblem.«

»Aber Tobi ist ein Idiot, oder?«

»Sehr feinfühlig, Frank.«

»Komm, Marion, der Mann ist sexuell ne Granate. Das bestreitet keiner. Aber intellektuell ... sein künstlerisches Potential ... ich weiß nicht.«

»Haha ... kennt ihr euch? Geht ihr zusammen trainieren? Bist du auch in so einer Hooligan-Combo?«

»Nein. Gewalt ist für mich nur im politischen Kampf akzeptabel. Aber egal. Du gehst also hier zur Uni und studierst diese TS?«

»Na ja, TS wird ja kaum noch gelehrt. Die ist auf einem internen Index gelandet, weil jemand herausgefunden haben will, dass die wohl nicht so gut für das menschliche Gehirn ist.

Dass man damit schnell Probleme bekommt.[133] Aber generell hast du Recht: Ich bin wegen der TS nach B. gekommen. Vor allem wegen einem Prof, der hier früher war und der – obwohl das nicht ganz korrekt ist – als Erfinder der TS gilt.«

»Du redest jetzt aber nicht vom verrückten Höhtker, oder?«

»Doch, natürlich. Kennst du den?«

»Na klar. Wir sind manchmal in seine Vorlesungen gegangen. Zum Spaß. Der Typ war legendär. Ein hochnervöser Gelehrter. Ein echter Wissenschaftler. Gebüsch-Fetischist. Völlig vernarrt in dieses Nest hier.«[134]

»Wahnsinn! Ich glaub es nicht. Michael, hast du den auch gesehen? Warum hast du mir davon noch nichts erzählt?«

»Michael war Karteileiche.«

»...«

»Los, Michi, erzähl uns von deinen wilden Studentenjahren.«

»Stimmt. In der Uni war ich immer nur, um mich für ein neues Fach einzuschreiben. Deinen Höhtker habe ich nie gesehen.«

»Wir alle haben sehr viele Fächer studiert. Es war eine enorme intellektuelle und akademische Vielfalt damals.«

»Und du, Marion?«

»Ich war nur auf der Fachhochschule. Für Gestaltung. Mit der Uni hatten wir nichts zu tun.«

»Michi, ich schau hier gerade auf das Etikett. ›Pauillac‹ – sagt uns das nicht etwas?«

---

133 Richardson, David P.: Eyes never shut – Total Sociology and the Human Mind, Bradford Sociological Journal 1999/4, Bradford University, Bradford/United Kingdom, S. 25–189.

134 Anders als diese Aussagen vermuten lassen, hat Stremmer nie eine Veranstaltung Höhtkers besucht.

»Habe ich eben auch schon gedacht.«

»Wann war das?«

»Keine Ahnung.«

»Michael und ich waren mal in dem Städtchen, aus dem dieser Wein hier kommt. Südwestfrankreich – grob gesagt. Mindestens 15 Jahre her. Lange bevor ich in Genf lebendig begraben wurde.«

»Frank erzählt immer allen, dass er tot ist.«

»Aha.«

KAPITEL 13

Gut, das war der Gaszähler, da kam das Rohr aus der Wand, da stand der Werkzeugkasten. UND JETZT? Lag das an seinen Schaufelpranken, oder warum dachten die Leute immer, dass er es handwerklich drauf hatte? Es war 21:27 Uhr und Umur hatte die Schnauze bereits endgültig voll. Der Franzose hatte seinen Teil der Absprache eingehalten. Dem war kein Vorwurf zu machen. Doch warum glaubten alle, er wäre so ein verfluchter Heimwerker? Wenn er in dieser Hinsicht was los hätte, wäre er gar nicht hier. Dann würde er genug Geld machen und ab und zu in den Puff gehen und mit einer der Damen dort eine Familie gründen. Dann hätte ihn Niemczik gar nicht feuern können.

Abdulbaki setzte sich auf einen der ausrangierten Restaurantstühle. Dann ließ er eine Dose aufzischen. Eigentlich war es ganz gemütlich hier unten. Er hatte nicht die Bohne Lust auf Ficken. Er fühlte sich wie ein Mann, der von der Arbeit nach Hause kommt und nur noch eins will: Ordentlich was wegschlucken. Allerdings war er für den Job bezahlt worden. Er hatte kein Recht dazu, einfach blauzumachen. Abdulbaki stand mühsam wieder auf, nahm eine Rohrzange aus dem Kasten und setzte sie an einer Rohrmutter an. In schätzungsweise drei Sekunden hätte er das Ding offen. Oder steckte da noch eine Leitung in der Leitung? Und wie lange musste man eigentlich warten, bis genügend Gas rausgekommen war? Gut, Zeit hatte er genug. In den nächsten Jahren lag nichts Entscheidendes an. Umur ließ die Zange zurück in den Kasten und sich erneut auf den Stuhl fallen. Seine letzten Minuten auf Erden hatte er sich anders vorgestellt. Spannender. Mit Action. Genau genommen hatte er sich sein ganzes Leben anders vorgestellt. Selbst eben, als er den Taxifahrer erledigen musste, hatte er sich eigentlich gelangweilt. Wenn die Szene im Fernsehen gekommen wäre, hätte er weitergeschaltet – zumindest, wenn sie irgendwo einen Tierfilm gezeigt hätten. Oder was über Natur. Naturkatastrophen. Filme über Tornados und Tsunamis und diese Sachen sah er auch ganz gerne. Wenn sie solche Sachen auf einem anderen Kanal gezeigt hätten, hätte er wahrscheinlich umgeschaltet und sich nicht dabei zugeschaut, wie er einen Taxifahrer killte, der scheinbar ein Kumpel von dem Typen war, der ihn vorletzte Woche gefeuert hatte. Und bei der Szene mit dem Hund hätte er in jedem Fall zur Fernbedienung gegriffen. Die war, das musste er zugeben, nicht langweilig gewesen. Eine elende Sauerei. Eine Quälerei für beide Seiten. Er hasste Leute, die Tiere quälten. Konnte ihm vielleicht mal jemand erklären, warum jemand eine Katze im Sack ersäufte, obwohl er verheiratet war oder eine Freundin hatte oder wenigstens die Kohle, um im Puff einen draufzumachen? Der musste doch überhaupt nichts beweisen. Hatte der doch gar nicht nötig. Verstand er nicht, so ein Verhalten. Wenn man ihn fragte, war das Sadismus. Und Leute, die Tiere zum Vergnügen fertigmachten, wurden oben wohl kaum mit Jungfrauen belohnt. Umur legte den Kopf in den Nacken, öffnete den Mund und ließ das letzte Viertel der Dose aus zehn Zentimeter Entfernung in sich hineinplätschern. Das Zeug lief ihm über das Kinn und den Hals hinab. Es tropfte auf den blutverschmierten Kaftan. Was geschah mit Leuten, die sich auf Erden wie Schweine aufführten? Und warum beleidigte er jetzt schon wieder arme Tiere? Was hatten ihm die Schweine denn getan? Eine neue Dose schäumte. Schweine waren seines Wissens in Ordnung. Die waren intelligent. Schätzungsweise intelligenter als er. Was geschah mit Leuten, die sich wie sehr schlechte Menschen aufgeführt hatten? Er hatte keine Ahnung. Spielte aber auch keine Rolle. Eine Rolle spielte vielmehr, dass er wirklich absolut keinen Bock auf Ficken hatte. Umur dachte nicht mehr an appetitliche Jungfrauen, sondern an die vielen Hundert Bratwürste, Nackensteaks, Bauchfleischlappen usw., die er im Laufe seines Lebens in sich hineingewuchtet hatte. Das war, so viel verstand er nun, Sünde gewesen. Nette Tiere waren das, die Schweine. Und sehr schlau. Damals, in diesem wirklich guten Film aus England, in dem ein alter Mann über die Schweine und ihre Gedanken erzählt hatte, ihr Leben im Stall und auf der Wiese – er konnte sich wirklich noch an jede Szene erinnern. Und deswegen würde er ab heute weder Schweine noch Kühe noch Hunde noch Insekten essen. Er würde sich allein von Pflanzen ernähren. Umur holte eine Säge aus dem Werkzeugkasten und setzte sie oberhalb des Gaszählers an. Dazu musste er nicht einmal aufstehen. Sägen war besser als Aufschrauben. Sägen war aber definitiv schlechter als Nicht-Sägen. Und Saufen war sowieso am allerbesten. Wenn er ehrlich war, hatte er nie gerne gefickt. Das lag natürlich in erster Linie an den Weibern, die er gehabt hatte. Allesamt blöde Kühe. Hässliche Ziegen. Fette ... schon wieder beleidigte er Tiere. Konnte er wirklich nichts anderes, als Tiere anzumachen? Er musste mehr darauf achten, was er dachte. Er musste die Sachen in seinem Kopf kontrollieren und immer nur eine Sache für sich denken. Die Rätsel schön der Reihe nach abarbeiten. Warum, zum Beispiel, hatte er zwei Benzinkanister mitgeschleppt? Wieder einmal eine dumme Aktion von ihm. Wenn er den Laden hier unten mit dem Zeug ansteckte, hätten die da oben noch jede Menge Zeit, sich in Sicherheit zu bringen. Und wenn die Sache mit dem Gas hinhaute, war Benzin ohnehin überflüssig. Das machte dann auch keinen Unterschied mehr. Er hatte also zwei Fünfliterkanister ganz umsonst durch die Gegend bugsiert. Vielleicht sollte er damit zurückgehen und die Kiste von dem Taxifahrer anstecken. Keine schlechte Idee, fand Umur. Eine Feuerbestattung für das Tier.

Mittwoch, 04.11.2009, 21:37 Uhr, der Keller des La Terrasse, B.-West-Außen. Der arbeitslose Hilfsarbeiter – und seit neuestem Doppelmörder –Umur Khubayb Abdulbaki fällte auf der Basis einer insgesamt rationalen Analyse der verschiedenen Sachstände und begründet durch eine aktuell unterdurchschnittliche sexuelle Motivationslage die Entscheidung, seinen Auftraggeber Patrick Duchais um die Summe von 1000 Euro zu prellen. Abdulbaki verließ den Keller des Feinschmeckerrestaurants ebenso unbemerkt, wie er gekommen war. Er kehrte anschließend zum 297 zurück, zündete das Taxi, in dem sich jede Menge Blutspuren und andere genetische Beweismaterialien befanden, jedoch aus unbekannten Gründen nicht an, sondern entfernte sich nach einigen Minuten in die regennassen und nach wie vor windbewegten Wälder, wo er sich – trotz seiner zerbissenen rechten Hand – erst nach mehreren Kilometern der beiden Kanister entledigte. Am nächsten Morgen, nach Stunden eines keineswegs zielgerichteten Fußmarsches durch die Natur und über Felder, durch Vorortsiedlungen und Industriegebiete, gelangte er schließlich wieder in seine Wohngegend in B.-Zentral-Nord-Ost.[135]

Abdulbaki wurde in Zusammenhang mit den La-Terrasse-Todesfällen übrigens nie verdächtigt. Sein Name tauchte in den polizeilichen Ermittlungsakten nicht ein einziges Mal auf.[136] Momentan nimmt er an einer auf zwei Jahre ausgelegten Weiterbildungsmaßnahme zum Systemadministrator teil. Im Gegensatz zu seinem irrational optimistischen (jedoch zwischenzeitlich aufgrund einer psychischen Erkrankung krankgeschriebenen) Kursleiter beurteilt er seine Aussichten, den Kurs erfolgreich abzuschließen und danach einen Job zu finden, skeptisch. Abdulbaki trägt sich zudem seit neuestem mit dem Gedanken, seinen Namen ein weiteres Mal zu ändern.

---

135 Beinahe wäre Umur am Morgen dieses 5. November auf Jan Bargfrede getroffen, der sich bereits um 7:30 Uhr zu einer kleinen Fahrradtour entschlossen hatte, die ihn (und Nummer Eins) rein zufällig auch in einen der westlichen Vororte und damit direkt vor jenes Haus führte, in dessen zweiter Etage sein Sohn Paul sowie dessen Mutter Karin Hartmann genau bis zu dem Zeitpunkt schliefen, bis das Telefon zu klingeln begann.

136 Obwohl Föstes Wagen aufgrund der heftigen Gegenwehr seines Hundes Hannah mit Blutspritzern des Vorbestraften übersät war, erbrachten wiederholte DNA-Datenabgleiche keinen Treffer. Dies mag einerseits als Indiz für erhebliche Schlamperei und Laxheit innerhalb der Polizeidirektion B. gelten, könnte andererseits aber auch für eine gewisse Vitalität des polizeilichen Datenschutzgedankens sprechen. In jedem Fall provozierte die anhaltende Erfolglosigkeit der Ermittlungen zu den La-Terrasse-Todesfällen bei Teilen der Mordkommission »Vier Sterne«, besonders aber bei dem 54-jährigen Kriminalhauptmeister Günter Hilter, die Neigung zu immer abenteuerlicheren Theoriebildungen. Hilter, ein schweigsamer, in Polizeikreisen bis dato durchaus respektierter Beamter,

KAPITEL 14

Zentrales Dialogmolekül

»Und du?«, fragte Marion.

»Keine Ahnung«, antwortete Ania (während eines der auf dem Tisch versammelten Mobiltelefone einen Signalton von sich gab). »Wünsche? Habe ich so etwas? Nein, ich glaube, ich bin in einer objektiv anderen Situation als ihr. Mein Problem ist vielleicht, dass ich meinen Träumen schon ziemlich nahegekommen bin. Das was ich will, mache ich ja eigentlich bereits. Ich meine, forschen und sehen und so. Dank TS bin ich in der Lage, das praktisch ständig zu tun. Ohne dass mir das stressig erscheint. Oder wie Arbeit. Eigentlich ... ja, das stimmt: Durch TS sind die Grenzen zwischen den verschiedenen Teilbereichen meines

---

verbiss sich immer verzweifelter in die Suche nach einem Zusammenhang, nach einem Tatmotiv, das die Todesfälle Peter Grab und Urs Föste sowie die Flucht des La-Terrasse-Geschäftsführers Patrick Duchais hinreichend zu erklären vermochte. Diese logische Klammer existierte jedoch nicht, weswegen Hilter spätesten Ende Januar 2010 damit begann, »outside the box zu denken« (Zitat Hilter), das heißt auch soziographische, klimatische oder topographische Faktoren in seine multifaktoriellen Berechnungen und Planspiele miteinzubeziehen. Allein der entscheidende Durchbruch ließ weiter auf sich warten, erschien sogar unwahrscheinlicher denn je. Auch Patrick Duchais, der dringend, allerdings nicht per Haftbefehl gesuchte »Schlüssel-Zeuge« (Zitat Hilter) blieb weiter verschwunden. Günter Hilter (geschieden, täglich 6–8 Halbliterflaschen, 5–10 Kurze, Nichtraucher) wurde am 01. 07. 2010 zum zweiten Mal und diesmal endgültig vom Dienst suspendiert und am 04. 11. 2010, genau ein Jahr nach den Geschehnissen um das La Terrasse, im rückwärtigen Lagerraum eines Getränkemarkts in B.-Ost-Außen erhängt aufgefunden. Der engagierte Kriminalist hinterließ keinen Abschiedsbrief.

Lebens aufgelöst, versteht ihr? Wenn ich mit meinen Pilates-Leuten arbeite, oder wenn ich im Bus sitze, oder wenn ich mit Leuten schlafe oder esse oder … ganz egal, was – das ist immer irgendwie auch Forschung. Beobachten, eigentlich erst einmal wahrnehmen, und dann vergleichen. Das alles räumlich einordnen. Und dabei Spaß haben. Also, keine Ahnung, was wünsche ich mir? Was möchte ich ändern? Tja, klar, ich möchte den Höhtker persönlich kennenlernen. Mit dem zusammen TS weiterentwickeln, falls das geht. Ok, mein Wunsch wäre, Jobst-Michael Höhtker zu treffen.«

»Wo ist der nochmal?«, erkundigte sich Frank (mit Blick auf sein Handydisplay).

»In der Schweiz«, informierte ihn Ania. »Die Klinik ist irgendwo in der Nähe von Zürich.«

»Also, dass man Selbstmordgedanken ausgerechnet in Zürich loswerden kann, wäre mir neu«, sagte Frank. »Aber pass auf, wenn wir hier fertig sind, setzen wir uns in den BMW und schauen mal nach.«

»Wie ›schauen mal nach‹? Was heißt das?«, fragte Ania.

»Wir fahren da hin«, sagte Frank. »Sechs, sieben Stunden, in etwa.«

»Soso«, erwiderte Ania. »Und dann klingeln wir einfach und frühstücken mit dem?«

»Ganz genau«, entgegnete Frank. »Aber vorher möchte ich euch was zeigen. Oder vorlesen. Wartet, Sekunde … wo habe ich das Ding … also … die Überschrift ist: ›1. Communiqué des Verbandes von Thai-Massagestudios aktiv Verfolgter (VTMAV)‹. Habt ihr Lust, euch das anzuhören. Ich sage schon mal vorweg: Das ist Kunst.«

»Bitte, Frank«, stöhnte Marion. »Muss das sein?«

»Wieso?«, insistierte Frank. »Der Titel ist doch fast so gut wie Michaels, oder?«

»Finde ich auch«, pflichtete Michael bei. »Los, lies vor.«

»Ich habe ne Kommilitonin, die in einem Thai-Massage-Salon arbeitet«, sagte Ania. »Da hab ich mal einen ganzen Nachmittag mucksmäuschenstill in so einer kleinen Kabine verbracht. Oder, ich weiß nicht, wie man das nennen soll, in einer Parzelle. Das sind so kleine Räume, die von Bambuswänden oder so umgeben sind.«

»Manchmal auch nur von Vorhängen«, ergänzte Frank.

»Auf jeden Fall«, fuhr Anja fort, »habe ich mal einen Nachmittag in so einer Kabine gesessen und durch so einen kleinen Spalt in der Bambuswand beobachtet, was in der Nachbarkabine los war. Extrem interessant, obwohl im TS-Sinn nicht wirklich verwertbar.«

»Was passierte denn da?«, hakte Marion nach.

»Genau«, rief Frank. »Sex oder Therapie? Oder etwa eine dieser circa 164 Millionen Zwischen- und Graustufen?«

»Die du wahrscheinlich allesamt kennst«, bemerkte Marion.

»Glaube ich nicht«, antwortete Frank. »Realistisch betrachtet dürften mindestens zwei Dutzend mir noch unbekannte Variationen existieren. Außerdem, Madame Gräfe, wer hat mich denn überhaupt auf diesen Trip gebracht? Wer hat damals gesagt, ich soll in diese Hütte marschieren und mir eine Behandlung verpassen lassen wegen meinem Rücken?«

»Wie? Was?«, reagierte Marion überrascht. »Sprichst du von Koh Tao?«[137]

»Von was denn sonst?«, fragte Frank zurück. »In diesem

137 Vergleiche Teil I, Kapitel 2.

Urlaub, der insgesamt das Fundament für meinen Untergang legte, lernte ich, mich am Nektar asiatischer Heilkunst zu laben. Ich erfuhr den Trost kleiner brauner Hände.«

»Tsss, Stremmer«, entfuhr es Michael. »Los, lies vor.«

»Ok«, sagte Frank, »auf vielfachen Wunsch ... ähh, das geht so weiter: ›Oh, ihr unauffälligen Ladenlokale in den verschwiegenen Seitenstraßen, ihr bescheiden dekorierten Schaufenster, in denen sich vielleicht ein Buddha findet oder ein sitzender Elefant aus Ebenholz, und Blüten, überall Blüten, und dann, wir haben die Tür schon geöffnet und sind eingetreten, so wie wir immer diese Türen öffnen und eintreten, umhüllen uns abermals Düfte und Öle und diese lethargische Musik und jemand lächelt, stets ist jemand da, der lächelt, so dass wir uns unwillkürlich umdrehen und fragend hinter uns schauen, aber dort ist niemand, das Lächeln gilt diesem bleichgesichtigen Riesen, diesem glutäugigen Ungeheuer dort in dem blumenbekränzten Spiegel, dessen Gehirn sich wie Schmirgelpapier am Schädelknochen reibt und dabei Elektrizität erzeugt, die nirgends gebraucht und verbraucht werden kann, die im Körper zirkuliert, herumflutet, sich überall verteilt und nach und nach in pochenden Hormonsud, in zähflüssig verklumpte Gier-Atome verwandelt und die uns vor allem immer wieder vor diese Schaufenster peitscht, jenes Lächeln gilt also tatsächlich uns, und wir begleiten es in die rückwärtigen Räume, in die vielleicht nur durch Tücher abgeteilten Parzellen mit den flachen Liegen, den Handtüchern, den Dosierspendern; und später, wenn alles geschehen ist, wenn die flinken Hände über unsere toten Leiber geflitzt sind und die ewig neue Frage, was passieren wird, wie weit die Hände hier und heute zu gehen bereit sind, wenn diese Frage also bereits beantwortet ist und wir mit rasch wachsendem psychotischen Schrecken an die Welt dort draußen, die Hölle vor den Fensterscheiben denken, dann beginnt, obwohl oder gerade weil wir immer noch in diesem Paradies verharren dürfen, obwohl wir noch den fälligen Obulus aus unseren ausgeleierten Brieftaschen und Kreditkarten hinein in diese kleinen Gesichter zu pressen haben, es beginnt also die fieberhafte, panische, die kreischende Suche nach der nächsten Seitenstraße, dem nächsten Studio, nach einem neuen Paar geschäftiger, unermüdlicher Drittwelt-Hände, und wir treten daher hinaus, fröstelnd, zitternd, nervös, unglücklich-glücklich, wir gehen los und schauen uns nicht um, sondern nach vorne, und etwas unter unserer Haut zittert und krampft schon wieder, trotz all der Tiefenentspannung, trotz der Meere der Sinnlichkeit, auf denen wir eben noch wie morsche Holzplanken trieben, das Zittern hat eigentlich nie aufgehört, und das ist gut so, denn es ist dieses Zittern, das uns antreibt, das uns immer neue Straßen und Städte, immer neue Elefantenaltäre erkunden lässt, bis wir am Ende bereit dafür sind, unser innerstes, komplett unerträgliches Selbst dabei zu bestaunen, wie es sich auf Nimmerwiedersehen in den heilsamen Dämpfen der Institute auflöst.‹ … Schluss. Ende. Brillant, was?«

»Krank«, befand Marion. »Aber lustig.«

»Finde ich auch«, sagte Ania (lächelnd, dabei die Schneidezähne mit dem berühmten Stein entblößend, der in seiner Wirkung mit jenem Blitzen, mit diesen kleinen glänzenden Leuchtdioden in ihren Augen, die selbst hier, in diesem Licht, einen strahlend und trotzdem tiefblauen Himmel zu reflektieren schienen, vergleichbar war).

»Noch eine Flasche?«, fragte Michael.

»Unbedingt«, entschied Frank.

KAPITEL 15

Angaben zur Stadt B.

B. war, wie bereits berichtet, einer der interessantesten Orte überhaupt. Weltweit gab es nur wenige Städte, die für sich in Anspruch nehmen konnten, eine wissenschaftliche Disziplin, oder eine bedeutende Sparte einer wissenschaftlichen Disziplin, nicht nur inspiriert, sondern nahezu »erzwungen« zu haben. So auf jeden Fall beschreibt es der amerikanische Soziologe Paul Jeffrey Steinhäuser in seinem launigen Beitrag zu einer inoffiziellen Festschrift anlässlich des 50. Geburtstages von Jobst-Michael Höhtker am 10. April 2004.[138]

Höhtker selber, dessen Name auf das Engste mit dem der Stadt verbunden, dessen soziologisches Fachgebiet sogar in manchen Fällen einfach mit dem Namen der Stadt gleichgesetzt worden war, äußerte sich in seinen Schriften bemerkenswerterweise nie über die Stadt als solche. Ganz auf die zahllosen Teilbereiche seines Forschungsgegenstandes konzentriert und im vollen Bewusstsein der Unerfassbarkeit des »Gesamtsystems«[139],

---

138 Unveröffentlicht. Zwei Ausgaben befinden sich noch im Privatbesitz Höhtkers, der an der zu seinen Ehren ausgerichteten Feier aus (nicht näher definierten) »gesundheitlichen« Gründen nicht teilnahm.

139 Höhtkers bisweilen ungezwungener Umgang mit dem soziologischen Schlüsselbegriff »System«, mit der soziologischen Terminologie im Allgemeinen, provozierte immer wieder heftige Kritik. Überhaupt war Totale Soziologie seit ihrem Aufkommen in den späten Siebzigern und vor allem während ihrer kurzen Blütezeit kurz vor dem Jahrtausendwechsel immer wieder Gegenstand kontroverser fachinterner Debatten. Zahlreiche namhafte Vertreter des Fachs weigern sich sogar bis auf den heutigen

enthielt sich der im namibischen Walfischbai geborene und erst im Alter von sieben Jahren mit seinen Eltern nach Deutschland »zurückgekehrte« Wissenschaftler öffentlich jedweder Überblicksdarstellungen und oder gar Bewertungen jener Stadt, von der er in seinen Publikationen stets nur den Anfangsbuchstaben nannte. Intern hingegen, im Kreis seiner Mitarbeiter, tat sich Höhtker im Hinblick auf seinen Wohnort und Arbeitsplatz keinerlei Zwang an. Die folgende Liste stellt eine Auswahl der von dem Soziologen im Laufe seiner über 20-jährigen Forschungsarbeit in und an B. für B. gefundenen Attribute: Gehirnsauger, Hirnhäcksler, Vakuum, Mondlandschaft, Abraumhalde, Flöz, Kiesgrube, Salzwüste, Wahnfigur, Trugbild, Trugschluss, Missverständnis, Irrtum, Hundehütte, Katzenklo, Nichts, Nirwana, Unterwelt, Hölle, Vorhölle, Wursthölle, Bratwurstsammelsu-

---

Tag, TS als reguläre Soziologie anzuerkennen. Stellvertretend für viele bescheinigte der Mannheimer Soziologe Eberhardt Freiherr Ditzenheim in seinem Redebeitrag auf dem Deutschen Soziologentag 1998 in Freiburg der TS »einen fanatischen, faktisch fast psychotischen Deskriptivismus, der in seinem Anspruch, alles zu erfassen, zwar ›total‹ im Sinne von totalitär sei, aber auf keinen Fall Soziologie.« Soziologie bemühe sich, soziales Handeln, Funktionen, Wirkungen und den Wandel von Gesellschaft zu analysieren. TS hingegen habe sich zur absoluten Oberflächlichkeit entschlossen. Sie ähnele in ihrem Innersten einem selbstzerstörerischen Drogentrip, einer kulturanthropologisch-geographisch geweiteten Pupille, und ihr Ziel, alles zu sehen, sei von berauschender Aussichtslosigkeit. Der greise Wiener Sozialforscher Edward Karl Fiala bezeichnete TS vor demselben Plenum lapidar als »Landschaftsphotographie ohne Fotoapparat, aber mit sehr viel Blitzlicht«, während Höhtkers eigene, mit Spannung erwartete Rede (»Meine Damen und Herren, liebe Verstorbene, ich möchte sie heute grüßen aus den heiligen Gebüschen der Stadt B., von den kotverschmierten Rampen der Personenschlachthöfe des inneren …«) schon nach wenigen Augenblicken in Hohngelächter und Protestgeschrei unterging.

rium, Kartoffelacker, Bauernhof, Affenstall, Insektenstaat, Insektenvatikan, Schnapskirche, Totenreich, Totenstadt, Leichenschauhaus, Leichenfeld, Stadtleiche, Systemblende, Systemgrab, Geräuschsauger, Napf, Topf, Pfropfen, Graben, Flecken, Loch, Waldlichtung, Irrenanstalt, Narrenturm, Sanatorium, Nekropolis, Altersheim, Gifttr äufler, Betäubungssuppe, Mageninhalt, Häusererbrochenes, Häusersoße, Häusersuppe, Häuserbrei, Häusereintopf, Häusersalat, Häuserratatouille, Gesichtergulasch, Straßensalat, Straßensoße, Grab, Friedhof, Schuppen, Schuppenflechte, Geschwür, Ekzem, Karzinom, Lager, Barackensiedlung, Gewerkschaftssiedlung, Drahtverhau, Windmaschine, Gebläse, Golgatha, Schädelstätte, Inferno, Hochregal, Endlager, Restetruhe, Rätsel, Maschinenpark, Maschinenhalle, Getriebe, Menschenpfütze, Menschenpark, Zoo, Wasserkopf, Missbildung, Verwachsung, Verwechslung, Katastrophe, Katastrophengebiet, Slum, Favela, Vorort, Satellit, Unstadt, Nicht-Stadt, Dorf, Weiler, Tümpel, Leerstelle.

Diesen insgesamt eher negativ konnotierten Begriffen stehen jedoch eine Reihe stark positiver, in einen quasi-religiösen bzw. metaphysischen Zusammenhang hineinreichender Zuschreibungen gegenüber, z.B. Stadtsonne, Leuchtfeuer, Hoffnung, Paradies, Versprechen, Erkenntnisspeicher, Liebe, Geliebte, Erlösung, Zukunft, Vermächtnis. Am Abend jenes Tages übrigens, an dem Höhtker die Stadt einer studentischen Hilfskraft gegenüber als Vermächtnis bezeichnete, ohne dabei allerdings genauer zu erklären, an wessen Vermächtnis er dabei dachte, an jenem Abend des klirrend kalten, dennoch hochnebelartig trüben 26. Januar 2006 also, wurde Höhtker – lediglich mit Unterhose und T-Shirt bekleidet und mit einem (durch zahlreiche Notizen und kleine Zeichnungen praktisch unbenutzbar gewordenen) Stadtplan sowie einer Digitalkamera in Händen – kniend und ununterbrochen lateinische Verse[140] deklamierend vor einem Gebüsch im (von den Einheimischen schlicht Nordpark genannten) Nelson-Mandela-Park in B.-Zentral-Nord aufgefunden. Nach einer Reihe anderer Vorfälle und Irritationen bewegte dieser erneute Einbruch die Universitätsleitung dazu, Höhtker nunmehr endgültig und unter Berücksichtigung aller hierfür notwendigen beamtenrechtlichen Verfahrensschritte vom Lehr- und Forschungsbetrieb in B. zu suspendieren. Höhtker sollte die Universität nach jenem Tage nie wieder betreten.

KAPITEL 16

Textnachricht 04.11.2009, 21:47 Uhr
Absender: Mari Takano
Empfänger: Frank Stremmer
Inhalt: »Frank, I don't know what changed. Maybe I changed. But I want you here. Here means: In me. M.«

* * *

140 Dem zuerst am »Tatort« eintreffenden Polizisten ist nur ein Spruch in Erinnerung geblieben: »In girum imus nocte et consumimur igni.« (Wir irren des Nachts im Kreis / und werden vom Feuer verzehrt.) Hierbei besonders auffällig: Höhtker sprach kaum Latein. Der Vers stammt daher mit an Sicherheit grenzender Wahrscheinlichkeit aus einer ordinären Zitatsammlung.

Textnachricht 04.11.2009, 21:56 Uhr

Absender: Jan Bargfrede

Empfänger: Marion Gräfe

Inhalt: „handy abgestellt? eben nochmal über deine beistell-t-lösung nachgedacht. bröker: vollidiot. Unter MEINEM namen geht das nicht raus. PS: lese aio kato.

(Empfängergerät zum Absendezeitpunkt nicht in Betrieb.)

* * *

Textnachricht 04.11.2009, 22.01 Uhr

Absender: Ingo Niemczik

Empfänger: Urs Föste (†)

Inhalt: »Alter, den Brandt schon angespitzt? Ich brauch den Golf hier vor der Tür! Lege mich jetzt hin. Kein Chirras heute, zu schlapp. M. soz. Gr., I.«[141]

---

141 Diese Textnachricht brachte Ingo Niemczik in den folgenden Tagen zwei Besuche der Kriminalpolizei ein. Seine Aussagen führten jedoch hinsichtlich der Ermittlungen in den »Mordfällen« Urs Föste und Peter Grab zu keinerlei neuen Erkenntnissen. Den Begriff »Chirras« definierte Niemczik bei dieser Gelegenheit als freundschaftsinternen Code-Begriff für ein gutes Glas Rotwein und eine Partie Schach. (»Chirras? Das war ne rumänische Schachspielerin. Floriana Chirras. Chirras war so ein Code-Wort von uns, für Schach, verstehen Sie? Wir haben oft versucht, die Eröffnungsvariante von der nachzuspielen. Hat aber nie geklappt.«) Von Seiten der ermittelnden Beamten wurden diese Angaben nicht überprüft.

KAPITEL 17

Zentrales Dialogmolekül

4. Nov. 2009, 21:53 Uhr, der Parkplatz des Restaurants La Terrasse, B.-Außen-West:

»Im BMW? Ist zwar ein Nichtraucher, aber …«

»Nee, lass mal. Das Zeug liegt bei mir Handschuhfach. Da vorne, in dem da.«

»Komm schon, Michi, bitte erzähl mir, dass der dir gehört. Bitte!«

»Der gehört mir.«

(Vier Minuten später, weiterhin auf dem Parkplatz des La Terrasse, jetzt in einem auf die Firma SprintEx-Kurierdienste zugelassenen Golf der neuesten Baureihe.)

»So, ne Minirolle. Ich hatte heut schon einiges von dem Zeug.«

»Ich nicht! Her mit dem Ding. Seit Mari mir den Pillenhahn abgedreht hat, bin ich nüchtern. Weißt du, was das heißt? Ich sehe die Welt, Michi. So, wie sie ist!«

»Nicht mehr lange, schätze ich. Welche Mari, welche Pillen?«

»Mari? So eine Art Japanerin. Kellnert in einem Laden in Paquis. Macht nebenbei Kunst. Avantgarde, versteht sich. Absolut geile Frau. Fliegt zweimal im Jahr nach Hause, nach Tokyo zu ihrer Oberschichtsfamilie, und kommt mit hunderten kleiner Monsterpillen zurück. Angeblich ne japanische Rarität und rein pflanzlich.«

»Wirkung?«

»Tagträume, Filmausschnitte, stark psychedelisch, aber irgendwie gesund dabei. Als würde man Gemüse-LSD futtern. In Verbindung mit dieser Frau …«

»Mari?«

»Wer denn sonst? War noch von einer anderen Dame die Rede?«

»Nein.«

»Na also. Sag mal, wieviel hast du denn schon drin von dem Zeug?«

»Ich bin seit heute Morgen dabei.«

»Wie, schon da auf dem Supermarkt-Parkplatz?«

»Nee, aber direkt danach bin ich zum Ticker marschiert.«

„Und hast erst mal Marions sauer verdiente Kohle in … Wie heißt das Zeugs jetzt?

»Nalana Cream Chirras.«

»In Nalana Cream investiert. Sehr vernünftig, Michi. Vor allem, wenn man am Abend ein Rendezvous mit so einer Braut hat.«

»Nicht darüber reden. Jetzt nicht von Ania reden, ok?«

»Oh là là. Die macht dich fertig, was? Kann ich verstehen. Dieses TS-Gelaber – köstlich!«

»Ich sage dir … eben als ihr aufgetaucht seid, hätte ich ja wohl eigentlich sauer sein müssen, oder?«

»Keine Ahnung.«

»War ich aber nicht. Ich war froh.«

»Warum? Versagensängste?«

»Überhaupt nicht. Soweit kann ich gar nicht mehr denken. Schätz mal, wie lange ich keine Frau mehr hatte?«

»Eine Million Jahre?«

»Beinahe. Aber das ist gar nicht das Problem.«

»Was dann?«

»Keine Ahnung, wie ich das beschreiben soll. Ich denke … irgendwie denke ich, dass so eine Braut nicht mit mir zusammen sein kann. Verstehst du? Dass das ungleichgewichtig ist. Ich meine, mit so einer Frau würde die Geschichte der Familie Brandt auf einmal komplett umgeschrieben.«

»Der Familie Brandt? …«

»Ja, genau. Ich hab das Gefühl, meine Mutter … keine Ahnung … so etwas erlebt man einfach nicht in meiner Familie. Das ist nicht vorgesehen.«

»Wo nicht vorgesehen? In eurem genetischen Bauplan? Michael, was erzählst'n du hier? Du hast das erste Rendezvous mit einem der besten und verrücktesten Weiber, das mir jemals vor die Linse gekommen ist. Ich sage das, obwohl ich in Genf wohne und nicht in diesem Stall hier. Also, du verbringst einen Abend mit so einer Dame und bist naturgemäß völlig fertig. Das ist normal, hörst du? Darüber musst du dir überhaupt keine Gedanken machen. ›Ungleichgewichtig‹ – was für ein Quatsch! Du bist gestresst und dazu natürlich breit von diesem … hmm, wow … ich merke was … normalerweise kriege ich Hasch gar nicht mehr mit, aber … Respekt, Michael … wie nennt sich das Kraut?«

»Nalana Cream Chirras.«

»Also, was ich sagen will, ist: Mach dir keine Gedanken. Alles ist ok. Geh es ruhig an mit … Ania. Die fährt auf dein Buch ab. Beste Voraussetzungen, würde ich sagen.«

»Aber die kennt das doch gar nicht.«

»Umso besser.«

KAPITEL 18

Zeitgleich mit Umurs sechster Dose, exakt um 21:28 Uhr dieses im gesamten Mitteleuropa stürmischen 4. Novembers 2009[142], öffnete sich die Eingangstür eines komfortablen Apartmenthauses am Rand einer kleinen, krankhaft reichen Gemeinde am oberen Zürichsee. Beate Klaassen trat über die Schwelle, legte den Kopf in den Nacken und atmete tief durch. Wie gut die frische Luft tat. Wie schön der Himmel aussah. Die Wolken zogen dahin. Dazwischen entdeckte sie Sterne, funkelnde Punkte, langsam wandernde Positionslichter. In etwas mehr als zwei Wochen würde sie selber in so einem Licht sitzen. Sie liebte es, nachts zu fliegen und die Sterne anzuschauen. Auf einem von denen war Benny[143]. Und es ging ihm jetzt besser.[144]

Klaassen zog sich den Mantel zu und machte sich auf den Weg. Sie schlenderte durch das kleine Ortszentrum, vorbei an den drei oder vier Geschäften, an dem Restaurant, vor dem immer große

142 Der Wind nahm am Abend im Norden und der Mitte Deutschlands bereits wieder ab, während er in Baden-Württemberg, im westlichen Bayern sowie in der nördlichen und östlichen Schweiz zu diesem Zeitpunkt noch an Intensität gewann und erst am darauffolgenden Morgen nachließ. Die Bilanz des Sturms: 4 Tote, 21 Verletzte, wobei der Todesfall Peter Grab irrtümlicherweise als Mord eingestuft wurde und daher in dieser Bilanz nicht auftaucht.

143 Benny Klaassen: 03.04.2004 (Oldenburg) – 03.06.2007 (Hamburg).

144 Etwas in Beate verteidigte diese Version tatsächlich gegen ihr normalerweise faktenorientiertes Denken, das besagte: Ihr Sohn lag seit mehr als zwei Jahren in einer Holzkiste. Und diese Holzkiste lag in der gesunden, von einer stattlichen Anzahl hungriger Lebewesen durchsetzten Erde eines Oldenburger Friedhofs.

schwarze Limousinen parkten.[145] Nach zehn Minuten erreichte sie den Park, der hinunter zum Wasser führte. Natürlich hatte sie während der ganzen Zeit an die Klinik gedacht. Beat war weg. Einfach verschwunden. Der Ruhigste von allen. Der Ausgeglichenste. Sie konnte es einfach nicht fassen. Auch die Sache mit Hans machte ihr langsam Probleme. Wie unprofessionell der sich verhielt. Wie der sie auf ihren Körper reduzierte! Und dann seine ewigen Ulrike-Geschichten. Sie hatte wirklich keine Lust, in einem billigen Arztroman mitzuspielen. In den Schwester-Beate-Heftchen. Schwester Beate und der Oberarzt. Schwester Beate und der geheimnisvolle Patient. Jobst-Michael – schon den Namen fand sie absurd. Doch andererseits: Da war etwas. Etwas, das sie mochte und beunruhigte. Das Foto der Frau, die ihm diese Tabellenbriefe schickte, hatte ihr einen richtigen Stich versetzt. Wie schön die war! Sie hatte keine Komplexe; sie sah gut aus, das wusste sie, dennoch: Wie schön die war! Beate blieb stehen.

---

145 Das Rathaus-Stübli (Neue Schweizer Küche, Vorspeisen zwischen 15 und 35 CHF, Hauptgerichte zwischen 30 und 65 CHF. Reservierung dringend empfohlen). Auf einer ihrer kulinarischen Fortbildungsreisen Richtung Italien waren auch Peter Grab und Patrick Duchais in dem bestens eingeführten Lokal des überregional bekannten Chefkochs und Grab-Freundes Jochen Sätz eingekehrt und dabei bereits während der Vorspeise, einer kalten Crevettenschaumsuppe mit Petersiliencroutons, in einen derart heftigen Streit geraten, dass speziell der zu diesem Zeitpunkt sowohl betrunkene als auch unter dem Einfluss mehrerer Psychopharmaka und Neuroleptika, zudem mehrfach kurz vor einer Vomitus-Attacke stehende Grab gebeten werden musste, das Rathaus-Stübli umgehend zu verlassen. Im Gegensatz zu seinem Lebensgefährten kam Grab dieser Bitte jedoch nicht nach, und es wurde, wie sich Grab und Sätz im Nachhinein gerne versicherten, »noch ein schöner Abend«, der durch das Eintreffen zweier aus dem nahen Zürich herbeigeeilte Prostituierten (beide weiblich) sogar noch an Charme gewann.

Hier am Ufer war der Wind noch stärker. Er wühlte das Wasser auf. Echte Wellen, dachte sie. Wellen wie am Meer. Der Steg, den sie jetzt betrat, zitterte. Ein vertäutes Boot schaukelte wild umher. Der Wind brüllte. Er wehte ihr direkt durchs Gehirn. Ihre Gedanken, fand Beate, wurden klar und hell. Wie die Sterne. Sie ging weiter, bis ganz zum Ende. Wolken flohen nach Osten, so schnell, dass ihr schwindelig wurde. Sie taumelte, beinahe wäre sie ernsthaft ins Straucheln geraten, dann plötzlich setzte der Sturm aus. Ein Moment der Stille, in dem sie alle möglichen Geräusche wahrnahm: Das Glucksen und Zischen des Wassers, das Knarren der Holzplanken, das Rauschen der Bäume am Ufer. Die ersten Akkorde des 1979 erschienenen Sister-Sledge-Disco-Hits »We are family«. Beate zog ihr Handy aus der Manteltasche. Eine Bellerive-Nummer. Das Patiententelefon vom Affenhaus.

»Beate Klaassen.«

»Frau Klaassen, hier Höhtker.«

»Herr Höhtker.«

»Sind Sie morgen früh in der Klinik?«

»Ja, ab acht.«

»Das ist gut, Frau Klaassen, gute Nacht.«

»Ist etwas, Herr Höhtker? Geht es Ihnen gut?«

»Ja, mir geht es gut. Ich wollte Sie etwas fragen. Aber jetzt habe ich mich entschlossen, das morgen früh während unseres Spaziergangs zu machen.«

»Etwas Wichtiges?«

»Ja.«

»...«

»Gute Nacht, Frau Klaassen.«

»Gute Nacht, Herr Höhtker.«

Der Wind setzte wieder ein. Beate sagte: »Gute Nacht, Benny.«

KAPITEL 19

Zentrales Dialogmolekül

04.11.2009, 21:54 Uhr, das Restaurant La Terrasse, B.-Außen-West, Tisch 12:

»Sag mal, hat der Frank das eben ernst gemeint?«

»Was?«

»Das mit Zürich und den Höhtker besuchen. Ich meine, heute noch.«

»Glaub mir, es macht absolut keinen Unterschied, ob Frank etwas ernst meint oder nicht.«

»Okaaayyy ...«

IV.

RÜCKMARSCH

Natürlich ist das alles sehr traurig. Natürlich hätte man sich auch einen anderen Ausgang vorstellen können. Doch ein Teil von mir, den man ohne weiteres als diabolisch bezeichnen könnte, behauptet: Das war richtig. Das war gut so. Michi war fertig für den Abend. Der hatte sich eigentlich schon verabschiedet. Mit dieser Nalanas Creme. Mit all dem Zeug, das wir noch draufgekippt haben. Etwas in mir sagt: Dem habe ich sogar einen Gefallen getan. Schön nach Hause, zurück auf die Matratze und erst einmal die Glotze an. Entspannen. Reflektieren. Eventuell ein Buch andenken. Alles in Ruhe verarbeiten, bei einer 13 Meter langen Gute-Nacht-Tüte. Kein Leistungsdruck. Kein Nervenflattern. Einfach chillen. Den Tag Revue passieren lassen. Fehler identifizieren, analysieren, lernen. Gott, wie ich den Typen beneide. Ein Teil von mir, der mitnichten derselbe ist wie eben, sagt: Ich beneide Michi. So, wie ich alle beneide, die nicht ich sind, weswegen eine erhebliche Anzahl anderer Teile in mir der Ansicht ist, dass ich partiell wahnsinnig geworden bin. Der Konflikt der Teile. Teile im Dialog. Ein schizophrenes Gewisper über Stunden. Ich überhole. Auf einer der zehn Spuren kurz vor der Stadt Darmstadt passiere ich, während rechts von mir kein einziger Laut produziert, während neben mir mit dem vielleicht geräuschlosesten Schlaf überhaupt experimentiert wird, einen nicht gerade taufrischen Benz. Am Steuer: die soziale Realität. Für Augenblicke befinde ich mich auf Höhe eines hageren Nikotinschädels. Ein Skeptiker. Ein ausgeleierter Vertreter vielleicht. Dann bin ich vorbei, schaue in den Rückspiegel, erkenne das Nummernschild: Hildesheim? Kenne ich nicht. Aber Marions Großtante wohnte in Salzgitter. Salzgitter-Lebenstedt – gebauter und gelebter Nationalsozialismus. Ließe man B. über Tage, Wochen köcheln und alle flüchtigen Beimengungen, Studenten,

Graphiker etc. verdampfen, man erhielte Salzgitter-Lebenstedt. Unsere Suche nach einem Restaurant damals. Diese Straßen. Die Siedlungen im schmierigen Nebel. Und die Kommentare von Tante Monika auf der Rückbank: »Das tut mir so leid für euch, Kinder ... in Lebenstedt gibt es ja nicht so viel ... jetzt seid ihr den ganzen Weg gekommen ... es tut mir so leid.«[146] Eine derartige Sensibilität stand mir schon damals nicht mehr zu, aber: Ich habe mich geschämt. Jetzt kommt es mir so vor, als hätte ich mich geschämt. Plötzlich erhöht der Vertreter das Tempo. Dieser klapprige Mercedes kommt wieder auf, zieht tatsächlich auf eine der linken Spuren. Opi hat es eilig. In 40 Minuten beginnt die Frühschicht, sein Zweitjob als Pförtner. Bei einem Mittelständler vor den Toren Montpelliers. Zehn Stunden Pförtner, zehn Stunden Klinkenputzen, zehn Stunden Autobahn, zwei Stunden Hobby, zwei Stunden Schlaf, eine Stunde Puff, eine Stunde Schuldnerberatung. Ein ganz normaler 36-Stundentag im Leben eines 81-jährigen Investmentbankers aus Hildesheim. Welche meiner jaulenden Parzellen auch immer das jetzt empfinden mag: Ich beneide nicht nur Michi, ich hätte auch nichts dagegen, dieser Mann zu sein. Und zwar allein aus dem Grund, weil ich einiges dagegen habe, der Mann zu sein, der den Mann vorhin überholt hat und nun Gefahr läuft, von jenem Mann, den er vorhin überholt hat, zurücküberholt zu werden. Denn es ist hart, so zu sein wie ich. Es ist Arbeit. Bekanntlich hasse ich Arbeit. Ich bin daher – im Gegensatz zu diesem Irren im Benz, im Gegen-

---

146 Hildesheim liegt nicht nur in der Nähe von Salzgitter, sondern auch unweit der Stadt Goslar. Das Nicht-Vorkommen Goslars in der Assoziationskette verdeutlicht daher: Stremmer ist mit an Sicherheit grenzender Wahrscheinlichkeit nicht über den aktuellen Aufenthaltsort von Wolfgang Pohrt informiert.

satz zu diesem irren, zu mir herüberstarrenden Irren in dem Benz neben mir – arbeitslos. Außerdem fahre ich nach Süden, den Tropen entgegen. Mittags nach Nordosten, nachmittags nach Westen, abends im Nirwana, nachts zurück in den Süden. Das nenne ich eine Bilanz. Das nenne ich Geldverbrennen. Ich verschmore meine Reserven. Die Kreditkarte glüht. Genau wie meine Gehirne. Laut Baedeker kommen gewisse Reptilienarten auf bis zu 17 Gehirne. Allerdings bin ich kein Reptil, und deswegen tippe ich jetzt ein wenig auf das Gaspedal. Ein dumpfes Röhren. Der BMW bricht nach vorne. Der Vertreter neben mir verschwindet.

Ehrlich gesagt, es ist ein Vergnügen, nachts auf der Autobahn zu sein. Ich meine, wenn man anständig motorisiert ist. Ein vernünftiger Motor ist Grundvoraussetzung. Und es sollte nicht allzu viel los sein. Es sollte leichter Verkehr herrschen. Gerade so viel, dass zu sehen ist, wo man herfahren muss. Dass man nicht irgendwo im Graben landet und das Wild belästigt. Eine Lärmschutzwand durchbricht und fremde Leute im Schlafzimmer besucht. Deren tropfendes Spielzeug durcheinanderbringt. Den vor Jahren eingemauerten Hund befreit. Es sollten schon einige Leute unterwegs sein auf der Bahn. Ein paar Vertreter meinetwegen. Störrische Rentner, junge Soziologinnen, wer auch immer. Aber nicht zu viele. Auf keinen Fall zu viele. Wenn zu viele herumfahren, fällt es mir schwer, meine Persönlichkeitsrechte wahrzunehmen. Denn Tempo ist dazu da, variiert zu werden. Jemand wie ich, der es eigentlich immer eilig hat, der aber trotzdem absolut nie einen Termin, ein Geschäftsessen oder gar ein Rendezvous als Rechtfertigung für seine Raserei anführen und vielleicht sogar deswegen während eines Wimpernschlages von

180 auf 81 Stundenkilometer runtergehen kann, das aber nicht unbedingt tut, der in seinem Fahrverhalten demnach vollkommen unberechenbar ist und unter normalen Umständen als Verkehrsgefährdung gelten müsste, jemand wie ich also sollte eine überfüllte Bahn oder gar einen Stau in jedem Fall vermeiden. Denn mir und all den anderen nächtlichen BMW-Fahrern geht es um Freiheit. Um jenes kostbare Gut, das ich stets gesucht und gefunden habe, über dessen Definition einst der Nationalsozialismus mit den Vereinigten Staaten von Amerika stritt, das sogar Marion und mich entzweite, und wie auch immer, diese Bahn hier ist leer. Es herrschen optimale Bedingungen. Der Wind ist mir scheißegal! Wir donnern – jetzt auf einmal mit nur noch 107 Sachen – Richtung Basel, und der Wind will mich immer nach links treiben, in den – wie heißt das hier? Spessart? Odenwald? Göring? Der Wind will mich in ein namenloses Stück Nutzwald jagen, aber der BMW hält dagegen. Wir bleiben auf der Spur und wir werden noch ewig so weitermachen. Ich bin tatsächlich überhaupt nicht müde. Vielleicht hat Mari mir per SMS etwas von ihren Kräutern eingeträufelt. Oder es war diese Gratiskombination aus sechsfachem Espresso und Grappa. Wäre ich einer von den Koksschwachköpfen, die früher überall rumliefen, ich würde mich fühlen wie nach einer ordentlichen Ladung, wie nach einer Bauschaufel von dem Zeugs. Auf jeden Fall bin ich nicht müde. Es ist drei Uhr, eben hab ich den Mond gesehen und ich bin voll da. Das ist gut, denn ich trage Verantwortung. Für eine junge Akademikerin, deren Vorhaben, B. nicht nur zu erforschen, sondern regelrecht zu verstehen, von einem Geflohenen wie mir nur als selbstmörderisch zu bezeichnen ist. Ich bin verantwortlich für dieses Paket innovativer Automobiltechnik. Für den Zustand des Straßenbelages. Der Leitplanken. Für die Nutz-

und Sichtblendengehölze. Für die Siedlungen der Unglücklichen dahinter. Die spitzgiebeligen Häuschen, die am Ende von Sackgassen mit Namen wie Danziger Weg oder Gleiwitzer Straße oder Memeler Bogen liegen. Die Leute wie Michis Mutter und deren Eltern aufnahmen. Hinter deren Grundstücken es irgendwann zu rumoren und zu rauschen begann. Zunächst noch mit Unterbrechungen, dann permanent, bei Tag und Nacht, weil die Menschen unterwegs sein wollen. Weil die Gesellschaft mobiler geworden ist. Weil die Dinge nunmal so sind, wie sie sind. Ich trage, niemand wird das bestreiten, jetzt, in diesem Moment, jede Menge Verantwortung, die mich allerdings nicht belastet. Die mein momentanes Freiheitsgefühl mitnichten beeinträchtigt. So lange es schön leer ist, belastet mich gar nichts. Und im Rückspiegel taucht schon wieder der Vertreter auf. Der Mann ist hartnäckig. Ein blausehniger Bleifuß, gepeinigt von der Vergangenheit, von jenen 13 Auftragsmorden in Hildesheim und Umgebung, die ihm eine Fistelstimme befahl, die selbst seine Frau nicht hören konnte. Worüber er eigentlich ganz froh war. Denn die Stimme wollte er exklusiv. Da ließ er keinen anderen ran. Letzte Woche hatte sie ihn runter nach Salzgitter geschickt. Salzgitter-Lebenstedt. Reiche Jagdgründe, frische Opferwiesen. Er würde wiederkommen, nach den Feiertagen, zwischen den Jahren. Aber vorerst hieß es malochen. Die Stimme ausblenden, runter in den Süden und pförtnern. Er hatte es eilig. Er wollte noch 100 Kilometer schaffen, bevor er sich den nächsten Kaffee gönnte. Weiter vorne entdeckte er den Siebener. Plötzlich juckte es dem zu allem Überfluss auch noch gehbehinderten Mehrfachmörder aus dem Hildesheimer Stadtteil (ich fasse es nicht, woher habe ich bloß diesen Namen? Was für ein phänomenales Gehirn besitze ich eigentlich? Danke Mari!) Himmelsthür in den Fingern. Und in den Fußspitzen. Er drückte das Gaspedal bis zum Anschlag durch, der Diesel erhöhte quälend langsam die Schlagzahl. Zum Glück hatte man es vor ihm plötzlich nicht mehr eilig. Der BMW wurde eindeutig langsamer. Waren die verrückt? Wussten die nicht, was bei ihm im Kofferraum lag? Der Benz kämpfte und kämpfte, und der da vorne fuhr einfach spazieren? Den interessierte das gar nicht. Arroganter Fatzke! Aus dem würde er Braunschweiger machen. Schöne, feine Braunschweiger, mit etwas Zwiebeln und Pfeffer und Salz. Und dazu einfach eine Scheibe schönes Lebenstedter Schwarzbrot. Es musste wirklich nicht immer Kotelett sein, oder Jägerschnitzel. Also gut, dann werde ich eben noch langsamer. In circa 20 Sekunden hat er mich. Komm schon, Opi, ich will sehen, was du hinten drin hast. Deine hochglanzpolierten Instrumente, deine Aufzeichnungen. Die Memoiren eines Flakhelfers. Eventuell sollte ich Ania wecken und ihr mitteilen, dass ein Lebensmitteltechniker beabsichtigt, uns in die Geheimnisse der Wurstverarbeitung zu integrieren. Ich werfe einen Blick in den Rückspiegel, erkenne jetzt tatsächlich ein matt von der Armaturentafel beleuchtetes, von 70 Jahren Hildesheim gegerbtes Hildesheim-Gesicht und gebe – diesmal endgültig – Gas, und 100 Kilometer später bin ich immer noch mit der Frage beschäftigt, mit welchem Satz ich Ania wecken soll, welches Wort am geeignetsten wäre, um ohne Traumatisierung aus soziologischen Gegenwelten hinüber in ein glimmendes BMW-Cockpit zu gleiten, an die Seite eines überzeugten Automobilisten, der jetzt zügig durch den Rheingraben drischt, und 150 Kilometer nach dem Rentner aus Hildesheim wird dann langsam klar: Es gibt so einen Satz nicht. Zumindest nicht im Deutschen. Sprache als Ganzes mag hier überfordert sein. Doch angeblich beschränkt sich Kommunikation nicht nur auf Worte. Ich könnte summen. Nach Buschmannart mit der Zunge schnalzen. Ich könnte mich über die Motorleistung ausdrücken. Mit der Handbremse. Per Baumstamm und Airbag. Meine Hand löst sich vom Steuer und meine Finger fahren ganz leicht über den Teil ihres Pullovers, der ihre Brüste bedeckt, aber gleichzeitig auch – das zumindest erzähle ich dem Richter – offenlegt. Euer Ehren, hohes Gericht, ich nehme mit Erleichterung zur Kenntnis, dass der Vorsitzende dieses Verfahrens, das – wie ich hoffe – mit der Verhängung der Höchststrafe enden wird, seine Kindheit und Jugend sowie eine siebenwöchige Flakhelferlehre in der Stadt Hildesheim absolviert hat, und meine Hand liegt jetzt wieder auf dem Schaltknüppel, und aus irgendeinem Grund fällt mir nun diese Stewardess von heute Morgen ein. Die Jamaikanerin im Bus zum Airport. Die Tour, wie die sich ihre Hände eincremte. Jetzt, nachdem der Tag vorbei ist, nachdem ich diesen Tag bis zur Neige ausgekostet und ausgeweidet, dieses Kunstwerk, das sich so nie wiederholen wird, bis zum letzten Geschmacksatom ausgelutscht habe, nachdem der Tagesknochen abgenagt und dazu auch noch zu einer gehaltvollen Tagessuppe ausgekocht worden ist, kann ich mit einiger Berechtigung feststellen, dass jene karibische Flugbegleiterin mir nicht nur das bis eben sinnlichste Erlebnis der letzten 24 Stunden geschenkt, sondern auch eine Wende eingeleitet hat. Denn wenn man mal ehrlich ist: Heute Morgen war ich fertig. Vollkommen erledigt. Aufgewacht, schutzlos in die Höllenstadt Genf hinein aufgewacht, keine Milch im Kühlschrank, zu faul, zum Laden zu laufen, dann aber doch losgestapft, Portemonnaie vergessen, etwas gegessen, das alles nicht mehr ausgehalten, deswegen die Flucht beschlossen, die Tasche gepackt, mit Zeugs aus dem Wäschekorb gefüttert, mich nach St-Jean geschleppt, das Auto gefunden, zum Glück, zum Glüüüüüüüüüccccckkkk die Karte im

Auto gefunden, das Auto aber nicht angesprungen, wieder raus aus dem Wagen, den Flug gebucht, der Albaner neben mir, die ganzen Gesichter um mich herum; bis zu dieser Episode im Airport-Bus hatte ich, wenn ich realistisch bin, wenn ich einmal meinen ohnehin schon schonungslosen Realismus mit einer ordentlichen Portion Wirklichkeitssinn anreichere, nicht unbedingt gute Laune. Man könnte auch sagen, bis zu dem Moment, als Cameron Roxanne Dupier aus Kingston/Jamaika ihre aufreizend langen Finger mit einer exklusiven, aus äquatorialen Tränenmeeren geschöpften Tagescreme zu präparieren begann, befand ich mich in einer Krise. Doch dann, durch ihre Hilfe, wie ich annehmen muss, änderte sich auf einmal alles, enterte ich eine neue Situation. Vielleicht sollte ich sagen, ich befand mich endlich überhaupt in einer Situation. Mein Optimismus kehrte zurück. Ich setzte mich in den Flieger. Ich überwand die schreckliche Hürde Berlin. Den Osten. Assistiert von einem PS-Monster sprang mein Hybrid-Motor an. Wir marschierten gen Westen. Wir folgten den Befehlen Stalins. Wir überwanden den Schutzwall, widerstanden den Verlockungen Salzgitters und näherten uns schließlich jener schweigsamen Zone, die B. umschließt wie orange leuchtende Zellflüssigkeit. Wir hatten tatsächlich den Mut, auf den Kern zuzutreiben. Wir spürten kaum Angst. In uns war Erstaunen. Wir waren ganz Erwartung. Unsere Sensoren erfassten die Umgebung, ertasteten die Strukturen, und dann endlich tauchten sie auf, die roten Lichter am Horizont, die glühenden Zeichen am Ende der Kamine, die ... Merde, ich hätte diese Stewardess sofort heiraten sollen! Schon aus Dankbarkeit. Geliebte Roxanne Dupier, die Du meine Lebensgeister geweckt und mich wieder zum Mann gecremt hast, die Du mich in die Lage versetztest, innerhalb eines Tages nach Deutschland und nach B. zu fahren, dort etwas zu essen und zu trinken und mich insgesamt zu stärken und gleich anschließend an der Seite einer höllisch scharfen Sex-Soziologin, die ich wahrscheinlich heiraten werde, in die Schweiz zurückzukehren, wo ich überdies, wenn mich nicht alles täuscht, eine unglaublich scharfe, mit Drogen handelnde Avantgarde-Kunst-Sex-Japanerin heiraten dürfte, liebe Cameron de la Pièrre, möchtest Du also von mir, kraft meines Amtes als Friedensrichter der kreisfreien Stadt Port-au-Prince, zu meinem rechtmäßig mir angetrauten Weibe erklärt werden, so antworte jetzt mit einer Zahl zwischen eins und zehn hoch minus vierzehn. Außerdem, nüchtern betrachtet: Die Jamaikanerin hat die Studios entmachtet. Die Studios sind – für meine Verhältnisse – in letzter Zeit ganz schön still. Sie lockern ihren Würgegriff. Ich bin, das wird niemand bestreiten, in den letzten 20 Stunden in keinerlei Institut empfangen worden. Das alles ist sehr gut. Das alles könnte ich Ania mitteilen, wenn sich denn zufällig eine Unterhaltung ergäbe. Immerhin, wir befinden uns auf der Höhe von Heidelberg. Ich werde gleich tanken müssen. Vielleicht treffe auf einen Klon von Michis Rastanlagen-Fee. Die Gnade einer professionell servierten, mit einem makellosen Lächeln und einem intelligenten Dekolleté garnierten Dienstleistung – haben nicht selbst Parasiten ein Recht darauf? Michi hat mir den Namen dieser Frau genannt. Den hat er auf dem Schild gesehen, das er gelesen hat, weil es, wie diese clevere Studentin hier neben mir mutmaßte, in der Nähe ihres Busens angeschraubt war. Nun, warum auch immer, der Tank ist beinahe leer. Wenn ich tatsächlich die Absicht haben sollte, unsere Reise fortzusetzen und nicht – wie es bei jemandem wie mir selbstverständlich immer der Fall sein könnte – gleich auf dem Rasthof den Hochgeschwindigkeitszug nach Hildesheim-Himmelsthür zu besteigen, dann besteht kaum eine andere Möglichkeit, als alsbald die linke der mittlerweile nur noch drei Spuren zu verlassen und mich in die Arme von Angela Pertmes[147] zu begeben. Angela Pertmes, Hildesheim-Himmelsthür – Beweise meiner außergewöhnlichen Speicherkapazitäten. Neuronale Trophäen. Mein Marginaliengedächtnis funktioniert besser denn je, und abgesehen davon steht also fest: Wenn es hier weitergehen soll, muss ich anhalten und meine Karte vorübergehend der Obhut einer geschulten Dienstleisterin überlassen. Ein fossiler Brennstoff kauft einen anderen fossilen Brennstoff. Ich sage leise: »Ania?«, und sie sagt, sie sagt sofort: »Ja.« *Wie bitte*? Was zum Teufel soll das heißen? War sie etwa die ganze Zeit wach? Selbst während meines kleinen, schamlosen, selbst nach morgenländischem Rechtsverständnis inakzeptablen Übergriffs? »Ania«, wiederhole ich, »wir müssen tanken. Willst du was? Musst du vielleicht auf die Toilette?« Sie reagiert nicht. Ihr Kopf ist wieder auf die Schulter gesunken. Ich meine, das ist es doch, genau deswegen habe ich mich damals für die Homosexualität entschieden. Diese Unberechenbarkeit. Diese Quantenkomplexität. Mit Mari habe ich einmal darüber zu sprechen versucht. Mari, fragte ich, warum sind die Girls so kompliziert, während meine Zunge, wie mir jetzt einfällt, durch diese kleine Falte am Übergang zu ihrem Oberschenkel fuhr. Sie drehte sich um, sie spreizte die Beine und direkt vor mir, in höchstens zehn Zentimeter Entfernung tauchte dieser Strich extrem schwarzer Schamhaare auf, der sich, ins kaum noch Wahrnehmbare ausgedünnt, bis zum Bauchnabel zog, und ich roch diese

147 Die warmherzige Dienstleisterin von Huntetal-West. Michael Brandt hatte es sich nicht nehmen lassen, seine Erlebnisse auf dieser bestens geführten Rastanlage zu schildern.

tiefbraune, diese entzückend thaimäßig-braune Japanerinnenhaut. Ich habe (ausnahmsweise) vergessen, was Mari damals geantwortet, ob sie überhaupt reagiert hat. Ich denke, während mir ein Mann, der nicht Angela Pertmes heißt, die Tankquittung überreicht, daran, dass ich Mari bald wiedersehen muss, dass ich es kaum noch aushalte ohne sie, dass ich es noch viel weniger aushalte, wie gut sie es wiederum die ganze letzte Zeit ohne mich aushält. Ich werde in Zürich bei diesem Irrenhaus vorbeifahren, und dann gleich weiter. Drei Stunden, wenn alles gut geht. Ich werde gleich bei ihr und ihren blassgrünen Freunden[148] einkehren. Vielleicht werde ich vorher frühstücken. In Bern. In einem Café am Rande der Altstadt. Kaffee und Gipfeli und zur Unterhaltung die Stellenanzeigen in der Neuen Zürcher Zeitung. »Wieviel hat es gekostet?«, sagt jetzt eine junge Frau zu mir, als ich wieder in den BMW steige. »Sollen wir uns das teilen?« Ich lasse den Motor an. Ich antworte nicht, weil mir gerade wieder aufgefallen ist, was ich (aus Loyalität zu Michi, wie ich gerne annehmen würde) abgesehen von einigen skandalösen Sekunden während der ganzen Fahrt verdrängt hatte: Dieses Mädchen dort auf dem Beifahrersitz sieht in der Tat noch besser aus als Mari. Sie operiert in einer Klasse, in die von den mir persönlich bekannten Frauen

148 Gemeint sind hier höchstwahrscheinlich jene halluzinogen wirkenden, in Europa so gut wie unbekannten, auf rein pflanzlicher Basis nach einer überlieferten Rezeptur hergestellten Pastillen, die im Japanischen (wortwörtlich übersetzt) »Präzises Schimmern« genannt werden und die, weil diese Bezeichnung sich in der Regel selber als außergewöhnlich präzise erweist, Mari Takanos für eine Restaurantbedienung und experimentelle Performance-Künstlerin recht aufwändigen Lebensstil finanzieren (Stückpreis: 500 CHF).

nur noch die göttliche Céline Reymond[149] gehört. Neben mir sitzt, und als PR-Mann bin ich mir über die Abgeschmacktheit dieses Wortes im Klaren, eine Sensation. Allein ihre aufgeworfenen, irgendwie breiten Lippen, auf denen ein unsichtbarer, wahrscheinlich direkt aufs Unterbewusstsein wirkender Lippenstift kleben mag. Ich habe plötzlich das Gefühl, als wäre nicht nur dieser komische Brillant, sondern auch diese Jeans, diese Haare, diese sich mit Nachdruck in meine feuchte Synapsenmasse hineinpressenden Brüste, als wäre die gesamte Frau hier neben mir eine Art Theorie. Ein wissenschaftlicher Ansatz. Oder eher: eine Versuchsanordnung. Die Hauptzutat zu einem Experiment. Mein Übergriff von eben war daher unpassend. Er hätte zu einer Verfälschung der Testergebnisse führen können. Oder war genau das das Ziel? Und was zum Teufel hat so etwas noch mit Soziologie zu tun? »Die schichtenspezifisch aufgeschlüsselten Reaktionsmuster männlicher, mit hochdosierter weiblicher Attraktivität konfrontierter Bewohner eines semi-urbanen, betäubungsmittelpflichtigen Strukturzusammenhangs, mit anderen Worten, der Stadt B.« Apropos, jetzt war ich einmal dort und schon bin ich wieder weg. Ich hatte gar keine Zeit, mir was anzuschauen. Mich ins goldene Buch einzutragen. Ein neues Hallenbad einzuweihen. Und Marion? Scheiße, Marion! Ich weiß doch auch nicht, was das immer ist. Sie sah, das muss ich wirklich sagen, nicht übel aus. Blonde Locken, schwarze Designeruniform. Alle Achtung. Man zeigte sich gut erholt. Nach 14 Jahren mit einem Irren. Und ein

---

149 Céline Reymond (27), (alles in allem unglücklich) verheiratet, kein Kind, ehemalige Kollegin Stremmers in der PR-Abteilung von Suisse Forex SA und nach Ansicht eines erheblichen Teils der polyglotten Genfer Finanzwelt eine der schönsten Frauen überhaupt, was heißt weltweit.

paar Monaten mit einem Jan obendrauf. Warum bist du nicht in Genf geblieben, Baby? Mit diesen Haaren, mit diesen nordischen 1,79 – die Saudis wären dir geifernd über die Pont du Mont-Blanc nachgekrochen, die ganzen Südländer, die albernen Frogs. Du hättest ein arisches Terrorregime installieren können. Aber in B. – was willst du bloß dort? Diese Stadt ist unregierbar. Also, um die Sache mal klarzukriegen, um mir mal einen Überblick zu verschaffen: Ich habe vor einigen Stunden eine nicht üble, für mich zwar seit Jahrzehnten reizlose, aber definitiv nicht unattraktive Frau, die bereits ein Hotelzimmer gebucht hatte, hängengelassen, um mit einer Erscheinung in die Schweiz zu fahren, wo ich, wie ich doch hoffe, wie ich doch sehr sehr sehr hoffe, alsbald auf eine geheimnisvolle Performance-Asiatin mit schwunghaftem Pillenhandel treffe, während natürlich am Wegesrand, um das nicht zu vergessen, die Studios locken. Mit anderen Worten, mein Leben ist gekennzeichnet durch Verantwortung, Stetigkeit und Voraussicht. Aus diesem Grund lasse ich in dem Moment, als ich wieder auf die Bahn auffahre, also um 3:37 Uhr am 5. November 2009, einen vermutlich mit einem stark defizitären Dieselaggregat ausgestatteten Mercedes der 124er-Klasse vorerst ohne weitere Gegenmaßnahmen an mir vorbeiziehen. Als diese Schnecke es endlich geschafft hat, sich vor mich zu setzen, erkenne ich, dass das Fahrzeug nicht, so wie ich es eigentlich erwartet hatte, in der faszinierend gesichtslosen Stadt Hildesheim, ja nicht einmal in Deutschland, sondern in der infantilen und überdies in einem nicht mehr tolerablen Ausmaß französischsprachigen Faulenzer- und Käserepublik Vichy zugelassen ist. Aber gut, das geht mich nichts an. Das hat mich nicht zu interessieren. Meine Aufgabe ist einzig, den BMW wieder auf Reisegeschwindigkeit zu bringen, was heißt, andere Verkehrsteilnehmer in wabernde, schnell verglühende Lichtpartikel zu verwandeln. Meine Destination: Zürich. Zunächst. Ein Geldkaff an der widerlichen Goldküste. Meine aktuelle Position: Jedenfalls nicht die Hölle. Nördlich von Freiburg. Links von mir befindet sich, ich sehe kein Stück davon, aber ich weiß es einfach: der Schwarzwald. Und woran denken Öffentlichkeitsarbeiter, die noch nie im Leben Heidegger gelesen haben, wenn sie an den Schwarzwald denken? Natürlich an Heidegger. Rechts: die Vogesen. Dazwischen ein Fluss und ich. Den Fluss zieht es nach Norden, wenn ich mich nicht täusche, was so gut wie nie vorkommt. Hingegen mich zieht es nach Süden. Wobei dieses »es« sicherlich einer genaueren Definition bedürfte. Ist das »es« ein Es im internen, in meinem Fall psychopathologischen Sinne? Diese Vermutung erscheint banal. Zumal sich monokausale Erklärungsansätze, wie besonders wir BMW-Fahrer wissen, nur selten zur Deutung komplexer Phänomene eignen. Das Motivationsgeflecht meiner Handlungen ist vielschichtig. Es ist andererseits jedoch eventuell gar nicht vorhanden. Ehrlich gesagt kommt es mir jetzt so vor, als wäre ich heute/gestern Morgen einfach so in ein Flugzeug gestiegen. Als hätte alles auch ganz anders kommen können. Trostspender Kontingenz. Ich beschließe, mein Leben von nun an ganz und gar dem Zufall zu überlassen. Ein Augenblick kindlicher Vorfreude. All die Pläne, die mein Hirn für mich entwickeln und schon im nächsten Moment wieder verwerfen wird. All die Widersprüchlichkeiten, die mich für Frauen so unberechenbar, aber auch so interessant machen. Außerdem besitze ich – jeweils nur ein bis zwei Mal abgestempelte – Treuekarten von mindestens zwei Dutzend westeuropäischer Massage- und Wellness-Institute. Dieses »es«, fällt mir jetzt ein, könnte auch einfach Potentialität meinen. Ich sehe ein Flugzeug am Himmel, und die Möglichkeit, mit einem irgendwo hinzufliegen, wird sofort übermächtig. Ich sehe eine gewöhnliche Hauskatze, deren zermatschter Kadaver noch deutlich die eleganten Profilspuren eines rollwiderstandsreduzierten BMW-»EfficientDynamics«-Reifens aufweist, und schon klebe ich, obwohl seit Jahren Vegetarier, an einem Hertz- oder Sixt-Tresen. Eines steht auf jeden Fall fest: So ein Lebensstil kostet Geld. Geld, das ich in zunehmendem Maße nicht mehr habe. Es stünde mir daher gut zu Gesichte, mich um einen Job zu bemühen. Vielleicht sollte ich diese junge Dame hier neben mir fragen, ob ich mich eine Weile als ihr persönlicher Assistent versuchen könnte. Oder was ist mit Freiburg? Freiburg – Stadt am Wind. Freiburg – Stadt am Studententeller. Gleich jetzt werde ich abfahren und mich als Umweltdezernent bewerben. Ich stehe ab sofort für ein Gespräch zur Verfügung. Natürlich habe ich bereits ein Projekt in der Schublade. Projekte. Projektschemata. Wie die aussehen, fragen Sie? Das wollen Sie gar nicht wissen, antworte ich und schaue dabei ein wenig nach rechts und links, versuche etwas zu erkennen. Aber dort sind immer nur Bäume. Bäume, die sich gefährlich zur Seite neigen. Eben lag ein gar nicht einmal kleiner Ast auf dem Seitenstreifen. Jenseits der Bäume liegt mein neuer Arbeitsplatz. Und hinter Freiburg beginnt ein schwarzer, stiller Wald, über dessen Bergkuppen der Sturm rast. Dort oben warten glutäugige Wölfe. Die Tiere sind tatendurstig. Sie wurden vom neuen Umweltreferenten ausgewildert. Sie heulen in dieser dunklen Novembernacht, und sie kommen herunter in die Täler, um Rache zu nehmen für die Jahrhunderte, die Torturen, für die endlose Langeweile. Doch während sie durch die Wälder streifen, immer schneller, immer wilder, donnert ungerührt von alldem ein mit vielen, jedoch bei weitem nicht allen Extras ausgestatteter BMW der 7er-Reihe weiter Richtung Süden.

Ania und ich fahren in die Schweiz. Sie will dort eine Art Popstar besuchen, der sich am Zürichsee von den Folgen eines mehrjährigen Nervenzusammenbruchs erholt. Ania hat demnach einen – wenn man so will – nachvollziehbaren Grund einzureisen. Der Wille, ihren Inspirator kennenzulernen, erscheint übermächtig. Ich mache einen müden, kaum noch als Scherz gemeinten Vorschlag, und diese Fanatikerin steigt wirklich darauf ein. Die bricht meinem alten Kumpel Michi ohne mit der Schulter zu zucken das Herz. Wäre ich ein Freund, besäße ich Anstand, ich beförderte diese alberne Ziege unverzüglich nach draußen. Andererseits bin ich seit jeher und vor allem ein Freund der Freiheit. In meiner Idealgesellschaft hat ein jeder das Recht, sich in jedem Moment bis zu 40 Mal umzuentscheiden. Ich kann Ania daher nicht verübeln, dass sie mein politisches Wertesystem mit Leben erfüllt und das Rendezvous mit einem verkifften Pleitegeier mit einem nächtlichen Ausflug in Richtung Gesellschaftskunde-Mann kombiniert. Diese Frau ist Studentin, das sollte man nicht vergessen. Außerdem: Ab einem gewissen Attraktivitätsgrad ist alles möglich, gibt es praktisch nichts, was man sich nicht erlauben kann. Speziell natürlich in einem Land, das von wurstäugigen Monstern bevölkert wird. Man ist für die hiesige Rechtsprechung nicht mehr erreichbar. Im Gegenteil, man setzt selber Rechtsnormen. Man erklärt den in ihren prekären Zellen hockenden Kartoffel-Wesen, warum die Dinge wie funktionieren. Man geht auf die Straße, trägt meinetwegen ein Baströckchen zu einem enganliegendem Plastiktüten-Top, sieht damit selbstverständlich todschick aus, und verurteilt die Massen an Ungeschlachten, die Herden der Unglücklichen, sich ebenfalls eine solche Kostümierung anzulegen und umgehend verhaftet zu werden. Menschen wie Ania sind die Essenz des Kapitalismus. Mit solchen Leuten umzugehen, will gelernt sein. Das können nur wenige. Menschen, denen Kleidung so wenig bedeutet, dass sie sich schon wieder gut kleiden können. Freischaffende Privatgelehrte, die überhaupt keinen Respekt vor den Leistungen der zeitgenössischen Soziologie haben. Kraftfahrer, die sich – mit japanisch-homöopathischer Unterstützung – in die feinen Verästelungen, in die subtilen Empfindungen eines 350-PS-Achtzylinder-Aggregats hineinimaginieren. PR-Fachleute, die, falls mein Gedächtnis mir hier keinen Streich spielt, noch vorgestern Abend über mehr als zwei Stunden zu faul waren, sich aus einer Lache mit Erbrochenem zu erheben und in Richtung Bad zu marschieren.

Ein paar Kilometer noch, dann kommt die Grenze. Ich verlasse Deutschland. Alles ist pechschwarz. Der Himmel brodelt, aber es regnet nicht. Mein Grund, wieder in die Schweiz zu reisen, lässt sich höchstens indirekt ableiten. Ich kehre »heim«, weil absolut kein Grund vorhanden ist, irgendwo anders hinzufahren. Oder in B. zu bleiben. Ich meine, natürlich hätte ich bleiben können. Bei Marions Mutter einziehen und morgens dieses komische Hefezeug futtern. In diese Agentur als Junior-Gestalter eintreten. Meine Damen und Herren, mein erstes Projekt: die Thai-Studio-Erinnerungsliege Pattaya. Stabiles Rattan kombiniert mit stylishen Kieferelementen. Ein Liebhaberstück für zu Hause. Für die düsteren Stunden, in denen nur Träume bleiben. In B. hätte ich die Chance auf einen beruflichen Neuanfang gehabt. Vielleicht wäre so etwas wirklich möglich gewesen. Doch nun ist es zu spät. Ich bin auf dem Weg zurück. Ich habe eine Wohnung in Genf, deren Miete ich bis vor kurzem noch aufbringen konnte. Ich besitze zudem wertvolle Genfer Telefonnummern. Vorerst allerdings ist Zürich das Ziel, und jetzt wacht Ania wieder einmal auf, fragt, ob sie ihren Pass rausholen müsse. Zürich: Eine Stadt, wie mir wieder einfällt, mit einer Anzahl bestens geführter Institute. In Zürich hatte ich immer eine Menge Spaß. Da vorne sind die Lichter von Basel. Deutschland ist vorbei. Sie verlassen jetzt den Einflussbereich der Nationalsozialistischen Deutschen Arbeiterpartei. Plötzlich überfällt mich ein neues Gefühl, das ich in Ermangelung eines Wortschatzes »Wehmut« nenne. B. ist 600 Kilometer entfernt. Es liegt dort oben im Norden und stirbt vor sich hin, und es macht absolut keine Zicken dabei. Eine Welle der Zuneigung überflutet mich. Ich berichte Ania davon. Erstmalig auf dieser Fahrt kombiniere ich mehr als zwei oder drei Sätze und anschließend entwickelt sich beinahe ein Gespräch. Mir fällt erst jetzt auf, wie ungewöhnlich das alles ist. Ich sitze stundenlang neben einem Wunderwesen, einer angeblich schlafenden Frau, die, seit wir das La Terrasse verlassen haben, verstummt ist, die überdies anscheinend nie zur Toilette muss, dieses ganze komische Zeugs passiert, und ich komme nicht einmal auf die Idee, wenigstens einige grundlegende Dinge abzuklären? Weiß Ania, um mal ein Beispiel zu nennen, überhaupt von meinen weiteren Reiseplänen? Ich meine, kann es sein, dass sie annimmt, ich würde draußen vorm Irrenhaus warten, bis die Audienz beendet ist, um dann schnurstracks mit ihr zurück nach B. zu lasern? Generell: Was genau war meine Motivation, diesen Ausflug vorzuschlagen? Nun, vermutlich die Präzisionsanordnung ihrer Brüste, Lippen und Zähne. Und dazu diese kaum merklichen, taktisch geschickt eingestreuten, Michi wahrscheinlich schon seit heute Morgen Angstschauer über den Rücken treibenden Asymmetrien. Aufgrund einer obsessiven Auseinandersetzung mit gewissen physischen Details setzten zentrale Hirnfunktionen bei mir aus, was wiederum zur Folge hatte, dass ich diesen alles in allem idiotischen Trip in die Schweiz ins Spiel brachte. Ania sagt jetzt, höchstwahrscheinlich als Replik auf etwas, was höchstwahrscheinlich ich gesagt, jedoch längst vergessen habe; Ania sagt also, dass es ihr oft ähnlich ginge. Dass sie B. personalisiere. Und dass das die wissenschaftliche Beschäftigung mit der Stadt natürlich nicht gerade vereinfache. Ich stimme ihr zu. Dann lauschen wir für einen Moment den Selbstgesprächen eines von Schweizer Höchstgeschwindigkeitsbestimmungen gelangweilten bayerischen Kraftfahrzeugs, bis Ania plötzlich fragt, ob ich »das eben« selber verfasst hätte. Ich weiß nicht, wovon sie spricht. Insgesamt brauche ich bald einen Kaffee, meine Reisegefährtin dagegen wird jetzt munter. Sie verändert ihre Sitzposition, lehnt mit dem Rücken an der Beifahrertür und beobachtet mich mit einem amüsiert-spöttischen Lächeln. Ich starre nervös auf die Fahrbahn. Ania will wissen, es ist unglaublich, aber sie erkundigt sich in ruhigem Ton, ob Sexualität in meinem Leben eine große Rolle spiele. Trotz Müdigkeit, mein »Nein« kommt wie aus der Pistole geschossen. Dann ginge es, hakt sie nach, bei meinen Thai-Studios eher um Spirituelles? Darüber muss ich eine Weile nachdenken. Darüber muss ich so lange nachdenken, bis sich der Nachhall dieser absurden Mutmaßung allmählich in den Motorengeräuschen auflöst. »Und deine TS? Ist das nicht auch so ein Sex-Ding?«, lautet schließlich meine Gegenfrage, worauf mich Ania darüber in Kenntnis setzt, dass sie sich mit dem Thema bereits intensiv auseinandergesetzt und dann allmählich begriffen habe, dass bei ihr nicht nur TS, sondern praktisch alles in irgendeiner Form sexuell konnotiert sei. Dass sie, obwohl sie wisse, wie das klänge, wohl ihre gesamte Existenz als vollkommen sexualisiert bezeichnen müsse. Danach: Wieder Stille. Ich meine, wie soll man auf so etwas reagieren? Was hat das alles zu bedeuten? Eine Frau, die so redet, gibt es nicht. Ich kutschiere hier einen verfluchten Manga-Comic durch die Gegend, und ich schlage daher vor, jetzt endlich einen Kaffee zu nehmen. Sie trinke vor allem Tee, am liebsten grünen Tee, informiert sie mich daraufhin. Außerdem könne sie, falls ich müde sei, das letzte Stück bis Zürich fahren. Sie fühle sich fit, sogar ein wenig aufgedreht. Darf ich daraus schließen, dass sie vorher tatsächlich die ganze Zeit geschlafen, dass sie wirklich nichts von meiner, wie es mir jetzt vorkommt, völlig wahnsinnigen Berührung mitbekommen hat? Ania findet, wir sollten gleich beim nächsten Parkplatz Fahrerwechsel machen und den Kaffee lieber irgendwo in Zürich trinken. Sie sei völlig wach. Und Autofahren könne sie auch, da müsse ich mir keine Sorgen machen. Ich wende ein, dass in den Bestimmungen meines Mietvertrages höchstwahrscheinlich eine solche Option nicht vorgesehen ist, worauf sie mir zunächst nur wieder ein amüsiert-mitleidiges Lächeln schenkt. Das könne natürlich sein, sagt sie schließlich, aber bisher habe sie mich eigentlich nicht als jemanden kennengelernt, den solche Bestimmungen sonderlich kümmerten. Da hat sie Recht. Bei der Definition meiner individuellen Freiheitsrechte brauche ich bestimmt keine Hilfe von einem pickeligen Autovermieter-Anwalt. Seit jeher lege ich Wert darauf, mir nichts von anderen vorschreiben zu lassen. Allerdings hat das niemand je versucht. Ich lebe von Geburt an ohne Schranken. Für einen jungen Menschen ist das mehr als schädlich. Es ist leider so: Ich habe schon immer gemacht, was ich zwar nicht wollte, aber eben auch kein anderer. Und bezüglich des gegenwärtig zu bewältigenden Problems bietet mir mein bisheriges Leben überhaupt keine Orientierung. Ich fahre daher auf den nächsten Parkplatz, wir steigen aus, stehen vor dem Auto. Ania sagt, ich solle mir keinen Zwang antun, falls ich mal kurz ins Gebüsch gehen wolle. Generell seien Gebüsche von Autobahnparkplätzen im TS-Sinne ziemlich ergiebige Jagdgründe, die allerdings nur von wirklich entschlossenen, ekelresistenten Forschern abgegrast werden könnten. Sie selber habe in dieser Beziehung Probleme. Sie sei manchmal noch etwas zu sehr – sie verwendet genau diese Formulierung – »bei sich«. Nun, wie auch immer, mich interessieren Gebüsche nicht. In meiner Wohnzimmervitrine befinden sich keine Papiertaschentuchskulpturen. Obwohl ich andererseits einer Horde Brillenschlangen, die mit Laptops und Digitalkameras, mit Nachtsichtgeräten und Sonarsonden durch versifftes Buschwerk kriechen, durchaus Unterhaltungswert zugestehe. Ich finde es, das sei hier einmal ganz deutlich festgestellt, ebenfalls nicht ganz unspannend, dass wir uns momentan auf dem Weg zu dem Oberhaupt dieser Herrschaften befinden. Zum Herrn der Gebüsche. Zum, wenn ich das alles richtig verstanden habe, Gegenpapst der Sozialforschung. Zu einem anthropologischen Müllschlucker.

Der Wind macht es unmöglich, die Zigarette anzubekommen. Wir stehen draußen vor dem Wagen, unter der Motorhaube knackt es geheimnisvoll. Soeben hat mir Ania eröffnet, sie sei noch nie in der Schweiz gewesen. Noch nie in ihrem ganzen Leben. Und dann, während ich diese ungeheuerliche Aussage sacken lasse, wiederholt sie ihren Wunsch nach einem Fahrerwechsel. Also gut, warum eigentlich nicht? Selbstverständlich ist es mir egal, ob ein Mann oder eine Frau oder eine 16-schwänzige Amöbalstruktur am Steuer sitzt. Generell kann niemand behaupten, dass ich am Leben hänge. Obwohl ich mich andererseits auf gar keinen Fall als todessehnsüchtig begreifen möchte. Insgesamt ist alles verworren, und wenn ich ehrlich bin, habe ich zu verworrenen Sachverhalten selten eine Meinung. Kritiker unterstellen mir daher, dass mich manche Themen, die Grundfragen der Existenz beispielsweise, letztlich gar nicht kümmern. Doch das ist falsch. Diesen Leuten trete ich entschlossen entgegen. Des Weiteren betrachte ich meinen insgesamt albernen, aber jetzt dezent leuchtenden 4000-Franken-Chronometer. Es ist 6:32 Uhr. Ich bin die ganze Nacht gefahren, doch mein Restalkohol reicht mit Sicherheit noch aus, um mit den hiesigen Repressionsorganen Probleme zu bekommen. Also entferne ich mich etwas vom Wagen, bleibe in der Dunkelheit stehen und stelle umgehend fest, dass sich in meinem Körper große Mengen an Flüssigkeit befanden. Angewidert wende ich den Blick zurück zum Auto. Dort sind jetzt jede Menge Lichter in Betrieb. Ania hat den Motor angelassen, vermutlich wird sie gleich schon die Mechanismen des Automatikgetriebes durchschaut haben und mich auf diesem trostlosen Parkplatz dem Gezeitenwechsel überlassen. Eilig ziehe ich den Reißverschluss hoch, mache mich auf den Weg zurück zu diesem flackernden Automobil. Ich schwebe in einer Art hyperbewusster Trance. Alles in mir, an mir, um mich herum ist so schrecklich kontingent, dass ich fürchte, der Wind wird mich im nächsten Moment von der Erdoberfläche ablösen, mit sich nehmen, hinauf in die Berge, über die eisigen Gipfel. Ania hat die Innenbeleuchtung eingeschaltet. Ihr Haar ist nun zu einem Pferdeschwanz gebändigt, was ich sofort nach dem Einsteigen mit einem Kompliment quittiere. Sie bedankt sich artig, ohne Koketterie, fragt anschließend, während wir auf der Beschleunigungsspur (alle Frauen, die ich begehre, fahren wie Verrückte) tatsächlich extrem beschleunigen, erneut nach diesem Thaistudio-Text. Wer den denn nun geschrieben habe. Um Zeit zu gewinnen, erkläre ich, dass alles, was ich sage und vor allem tue, Text sei. Die Tachonadel passiert derweil die Zweihunderter-Marke. Der Motor klingt jetzt, mir fällt genau dieses Wort ein, erheitert. Anja versichert, es sei letztlich egal, wer der Autor ist. Wichtig sei, dass sie den Text gemocht habe. Dass sie lachen musste. Dass ihr das, so merkwürdig das klänge, auch in sexueller Hinsicht etwas gegeben hätte. Schon wieder! Wie oft will sie eigentlich noch damit anfangen? Andererseits natürlich: gut so. Das nimmt mir Arbeit ab. Ania scheint Gedankenleserin zu sein, denn jetzt fragt sie mich tatsächlich, ob sie mir zu oft von Sex spreche. Ich antworte etwas. Sie lacht. Sie lacht und lässt dieses bezaubernde Lachen mit einem Lächeln ausklingen, das so schmerzhaft schön ist, dass ich beinahe gar nicht mitbekomme, wie ihre Hand den Schaltknüppel des Automatikgetriebes verlässt und irgendwo in der Nähe meiner Hüfte landet. Vor uns liegt der »Verzweig« Richtung Zürich. Ich mache Ania darauf aufmerksam. Unterdessen ist ihre Hand weder langsam noch schnell, ich würde sagen, ruhig, aber zielgerichtet, weitergewandert, wobei ihre Sitzhaltung erstaunlich unverändert bleibt. Diese Frau muss affenartig lange Arme besitzen, und ich beobachte diese Hand, die sich nun eindeutig auf oder in, sagt man auf oder in, Herrgott noch mal, die sich also zum gegenwärtigen Zeitpunkt auf oder in meinem Schoß befindet. Der Zeigefinger ist abgespreizt. Er streicht einige Male mit der Fingerkuppe über den Stoff. Das ganze ähnelt irgendwie einer Materialprüfung, der Eindruck verstärkt sich sogar noch, als die Kuppe plötzlich mit erstaunlicher Präzision meine Schwanzspitze findet. Ich meine, was ist hier eigentlich los? Rasen wir hier durch einen Fernsehfilm der Siebziger? Bin ich zu Gast im Palast seiner kaiserlichen Hoheit Jean-Bédel Bokassa? Ania meistert den Verzweig. Wir fahren tatsächlich nach Zürich. Allerdings ist soeben ein Blatt auf der Windschutzscheibe gelandet, hat sich dort trotz unserer sportlichen Reisegeschwindigkeit festgesaugt. Anias Hand verlässt mich, wandert zurück zum Steuer, gleichzeitig sucht die Linke nach dem Scheibenwischer, und erstaunlicherweise bedauert nur ein Bruchteil meiner Persönlichkeiten diese Wendung der Ereignisse. Es existiert demnach ein Gewissen in mir. Ania, deren Fähigkeit, in den wuseligen Basar meines Kopfinneren hineinzuschauen, mich langsam beunruhigt, spürt mein Dilemma. Es folgt ein circa anderthalbminütiger Monolog, in dem sie davon berichtet, was der gestrige Abend in ihr ausgelöst habe. »Der Michael«, sie sei sich da schon ziemlich sicher, werde, falls er das auch wolle, ihr neuer Freund. Sie habe sich unglaublich wohl gefühlt mit ihm. Auch, obwohl man sich kaum berührt habe, körperlich. Mit mir hingegen habe sie etwas anderes, etwas auch körperliches, aber irgendwie eher kurzfristiges gespürt. Aus diesem Grund sei sie auf mein Angebot, das sicher nicht ernst gemeint gewesen sei, sofort eingegangen. Und natürlich auch, eigentlich vor allem, weil sie den Höhtker jetzt bald einmal kennenlernen müsse. Wenn es nach ihr ginge, würde sie gerne gleich mit mir Sex haben, dann mit Höhtker reden und reden und eventuell auch Sex haben, und schließlich nach B. zurückkehren, um dort Michi in seiner Wohnung zu überraschen und mit ihm ganz natürlich und spontan zu schlafen. Während Ania mich über ihre Zukunftspläne informiert, breitet sich in mir allmählich die Gewissheit aus, dass nicht nur ich, sondern auch eine Reihe anderer Personen aus meinem näheren Umfeld ins Irrenhaus gehören. Praktischerweise sind wir genau dorthin unterwegs. Sie wisse natürlich, fährt Ania fort, wie sich das alles anhöre. Sie spreche hier selbstverständlich von Idealvorstellungen. Obschon sie zugeben müsse, dass ihre Fantasien sich ziemlich oft als realistisch herausgestellt hätten. In sehr vielen Fällen erreiche sie einfach, was sie sich vorgenommen habe. Ich bin, wie ich ihr zu verstehen gebe, gerne bereit, das zu glauben. Ania lächelt. Michael habe ihr von einer Passage in seinem Buch erzählt, die von der Schönheit handle. Oder von den Schönen. Von der Position der Schönen in einem urbanen Sozialgefüge.[150] »Interessant«, sage ich, doch ich kann nicht gerade behaupten, dass mich diese Information weiterbringt. Immer noch, aber nun etwas spitzbübisch lächelnd fügt Ania hinzu, dass es ihrer Meinung nach zumindest auch mit ihrem Aussehen zu tun haben könnte, wenn sie mitten in der Nacht, während einer langen Autofahrt, plötzlich eine Hand auf ihrer Brust spüre. Aha, jetzt wird also doch noch abgerechnet. Ich überschlage in Windeseile die juristischen Implikationen. Nach Lage der Dinge gibt es keine Zeugen. Demnach stünde Aussage gegen Aussage, wobei ich mich allerdings auf meine Aussage besser nicht verlassen sollte. Überdies könnte die Staatsicherheit hier überall Kameras installiert haben. Die entscheidende Frage ist daher: Will Ania den Rechtsweg beschreiten. In den nächsten Minuten ist von meiner Seite vor allem Einfühlungsvermögen gefragt. Ich bescheinige ihr daher, dass mir ihre Brüste, obwohl meine haptilen Sensoren aufgrund einer immer noch andauernden Haschvergiftung ausgefallen sind, unglaublich gut gefallen hätten. Ich mache sie darüber hinaus darauf aufmerksam, dass deren annähernd perfekte Formensprache einen Mann zu einer Reihe letztlich nicht mehr justiziabler Handlungen geradezu

---

150 Michael Brandts Roman »Ich kann nicht mehr« ist voll von Reflektionen zum Themenkomplex »Physische Attraktivität – Soziales Gefüge«. Der Einfachheit halber sei nochmals auf den Abschnitt b der Ergänzungen zu Teil 1 (Ergänzende Dokumente) hingewiesen.

zwinge, und es steht fest, dass ich schon lange nicht mehr derart Unwahres behauptet habe. Titten, die einem Mann die Besinnung rauben? Es gibt nur eine Säugetierspezies, die solche Ammenmärchen zu glauben vermag: Frauen mit guten, nein Quatsch, mit schlechten Titten. Insofern bin ich gespannt auf Anias Antwort. Es dürfte tatsächlich interessant sein zu hören, was sie zu entgegnen hat. Doch sie lacht nur. Ihre Augen funkeln ein wenig. Der Brillant funkelt ebenfalls, obwohl ich weit und breit keine genügend starke Lichtquelle entdecke, die er reflektieren könnte. Wahrscheinlich ist das Ding in der Lage, das Licht entgegenkommender PKWs zu speichern und ab einer bestimmten Adrenalinkonzentration im Speichel wieder abzugeben. Ania erkundigt sich, ob wir weiter den Hinweisschildern Richtung Zürich folgen sollen. Der Professor wohne, das habe sie ja schon erwähnt, nicht direkt in der Stadt, sondern in dieser kleinen Gemeinde außerhalb. Ania will auch wissen, ob der See ein großer See sei. Sie hasse solch ignorantes Fragen, aber es sei nun mal Fakt, dass sie die Schweiz nicht kenne und sich bisher eher nicht für dieses Land interessiert habe. Ich informiere Ania darüber, dass es sich bei dem Zürichsee um eines der ersten künstlich angelegten Gewässer überhaupt handele, dessen primärer Zweck es damals war, den nach Ende des dritten Schweizer Bürgerkrieges Mitte des 17. Jahrhunderts darniederliegenden Immobilienpreisen in Stadt und Kanton durch gezielte Verschönerungsmaßnahmen im Wohnumfeld wieder auf die Beine zu helfen. Und ja, der Zürichsee sei ein großer See. »Wow«, ruft Ania, »du weißt echt Bescheid.« Sie sei beeindruckt von meinen Kenntnissen und sie frage sich, ob ich eines von diesen Superhirnen sei, die zur Entspannung, zum Abkühlen ab und zu schlafende Beifahrerinnen betatschen müssten. Ob das zu meinem Standardrepertoire gehöre. Und ich dachte, das Thema wäre durch! Außerdem spricht vor allem meine Sammlung von Studio-Treuekarten dafür, dass ich letztendlich das Betatscht*werden* vorziehe. Wenn hier wirklich einmal von meinen Leidenschaften die Rede sein soll, dann darf der Thai-Aspekt wohl kaum außer Acht gelassen werden. Im Übrigen, teile ich Ania mit, habe sich mir vor einigen Minuten der Eindruck aufgedrängt, dass auf ihrer Seite ebenfalls eine Neigung zum Übergriff bestehe. Anja kichert vergnügt. Darauf könne ich mich absolut verlassen. Sie stehe total auf sexuelle Situationen mit zufälligem, beiläufigem Charakter. Die quasi eingebettet seien in andere Situationen, andere Aktivitäten, zum Beispiel Autofahren. TS sei auch so eine »andere Situation«. Die beste überhaupt. Ich erkundige mich, ob sie während ihrer Forschungsexkursionen häufig Sex habe. Sie antwortet, nach kurzem Überlegen, mit »Ja«. Obwohl ihr dieses »während« eigentlich unpassend vorkomme. Sie bevorzuge »aufgrund«. Und wenn sie während oder aufgrund oder auch mit der TS Spaß habe, sei sie im Übrigen meistens allein. »Im Gegensatz zu jetzt«, füge ich hinzu. »Wie man's nimmt«, pariert Ania. Ich denke: Sorry, Michi, rücke auf meinem Sitz ein wenig nach links und lege meine Hand auf ihren Oberschenkel. Ich komme mir vor wie der komische Onkel, der seiner 16-jährigen Nichte Fahrunterricht gibt. »Könnte das hier«, erkundige ich mich, »eine Situation in einer Situation werden?« »Ich … glaube schon«, antwortet Ania fast abwesend, und unsere Geschwindigkeit beträgt exakt 220 Stundenkilometer, und ich stelle mir Schweizer Gefängniszellen vor, Fondue hinter Gittern, meine Mitgefangenen. Der BMW vibriert. Er hat andauernd »Situationen«, und vor uns, weit weg, wird langsam ein Horizont sichtbar. Wir fahren durch das Reich der Mitte. Anias Gesicht ist ernst. Sie legt ihre Hand auf meine und führt sie nach oben. Der Sex auf dieser Fahrt ist besser, als ich ihn mir im La Terrasse vorgestellt hatte. Wir spielen Verklemmung. Gleichzeitig *bin* ich verklemmt.

***

04.11.2009, 23:34 Uhr, der Parkplatz des Restaurants La Terrasse, B.-Außen-West.

»Und weg sind sie.«

»Ja.«

»Ich glaub's einfach nicht.«

»...«

»Ok, ich bin müde. Wie bist du hier?«

»Mit dem da. Gehört meinem ... Chef.«

»Ihr habt ganz schön viel getrunken. Soll ich dich nicht besser fahren?«

»Das wäre nett.«

»Oder doch noch irgendwo anders hin? Ins Kollektiv?«

»Ich dachte, du bist müde.«

»Bin ich auch. Aber ich kann jetzt sowieso nicht schlafen. Ich weiß ja noch nicht einmal wo.«

»Warum?«

»Ich hab heute Abend drei Optionen, und kann mich nicht entscheiden.«[151]

---

151 Option 1: Ihr Elternhaus (Demütigung); Option 2 : Jan (in etwa gleichwertige Demütigung); Option 3: das Best-Western Hotel »Westfälischer Hof« (Doppelzimmer, finale Demütigung, aber keine Zeugen). Oder sollte sie zu ihrer Schwester fahren? Ist die überhaupt da? Und schaffte sie die 120 Kilometer noch?

»Aha … ähh, sei mir nicht böse, Marion, aber …«

»… du willst nach Hause.«

»Wenn's geht, ja. Klingt doof, ich weiß, aber vielleicht bekomme ich noch was von den CL-Spielen mit. Ne Zusammenfassung irgendwo.«

»Du meinst Fußball?«

»Ja.«

»Das ist es, woran du jetzt denkst: Fußball?«

»Versuche ich zumindest … ja.«

»Gut so, Michi.«

»…«

»…«

»Ich hab noch viel von deinem Geld übrig.«

»Komm, wir fahren.«

* * *

Anderthalb Stunden später. Es ist beinahe hell. Ich fühle mich klebrig. Außerdem rauche ich in einem Nicht-Raucher-Leihwagen, schreibe eine SMS an Mari und beobachte die Zufahrt zu einem weitläufigen, von einem schmiedeeisernen Zaun mit vergoldeten Zacken eingefassten Park. Weiter hinten in dem Park liegt ein Chateau mit einem würfelförmigen Anbau aus Glas. Zu meiner Linken, im Süden schätze ich, streckt sich der See wie eine Lache Quecksilber aus. Es ist windstill! Keine Ahnung, wie das jetzt zu interpretieren ist, aber der Sturm ist vorbei! Ania steht am Tor und unterhält sich abwechselnd mit einer Gegensprechanlage und einer Blondine, die eben aus einem Golf mit Zürcher Kennzeichen gestiegen ist. Ich bemerke, wie eine der Kameras rechts und links der Zufahrt auf die beiden Frauen zoomt. Ania dreht sich zu mir um und deutet auf mich. Im selben Moment öffnet sich das Tor. Ich lasse den Wagen an, doch Ania macht eine abwehrende Handbewegung, weswegen ich den Wagen wieder abstelle. Ania geht durch das Tor in Richtung der Gebäude. Nach einigen Metern dreht sie sich um und winkt mir zu und deutet dann auf ihre Uhr. Die Blondine kommt zum Wagen. Sie trägt einen beigen Trenchcoat und darunter eine weiße Hose. Ich lasse die Seitenscheibe herunter.

»Hallo, Ihre Freundin hat mich gebeten, ihnen die Cafeteria zu zeigen, während sie bei Professor Höhtker ist.«

»Also darf sie ihn besuchen?«

»Normalerweise ist das ein bisschen früh, aber ich habe gehört, Sie haben einen weiten Weg gemacht und nicht viel Zeit.«

Ich versuche, mir einen Überblick über die Lage zu verschaffen. Ich habe Unmengen an Zeit. Die Frau spricht Hochdeutsch. Ihr hellblondes Haar wirkt ungekämmt. Sie hat heute Morgen nicht geduscht. Sie sieht insgesamt sehr geil aus.

»Das stimmt«, antworte ich teilweise wahrheitswidrig. »Und ein Kaffee wäre auch nicht schlecht.«

»Dann kommen Sie. Ich zeige Ihnen das Besucher-Café. Hoffentlich haben die jetzt schon auf.«

Ich steige aus, und wir gehen durch das Tor, aber dann nicht weiter über die Zufahrt Richtung Chateau, sondern über einen gepflasterten Weg, der zu einer herbstlich bunten Baumgruppe führt. Was dahinter ist, kann ich nicht erkennen. Serviert man hier den Kuchen in nachempfundenen Vogelnestern? Nestwärme. Geborgenheit. Für zerhäckselte Psychen, die trotz allem Verwandte und andere Nicht-Verrückte empfangen wollen. Die Frau riecht nach irgendeinem geilen Realschülerinnenparfüm. Sie sagt nichts mehr. Wir gehen und schweigen, und dann erkundige ich mich, ob Ania und der Professor nicht vielleicht ebenfalls im Café sein werden.

»Der Professor bricht um diese Zeit eigentlich immer zu seinem Morgenspaziergang auf. Ich denke, Ihre Freundin wird ihn dabei begleiten.«

»Ania ist nicht meine Freundin.«

»Nicht?« Es ist offenkundig, dass ihr diese Information nicht gefällt. Wir schweigen erneut. Hinter der Baumgruppe, gut 200 Meter hinter der Baumgruppe, liegt ein Beton- und Glaswürfel. Die Dimensionen dieses Grundstücks müssen ungeheuer sein. Hinter uns, vielleicht in den Patientennestern, haben Raben oder Krähen zu krächzen begonnen.

»Sie kennen diesen Höhtker gut?«, fange ich wieder an.

»Ja ... Ich denke, das kann ich mittlerweile sagen. In den letzten beiden Monaten war ich seine Ansprechpartnerin unter den Pflegekräften. Im Bellerive gibt es dieses Konzept der Therapiepaten, wie das hier genannt wird.«

»Frau ...«, mir fällt auf, dass Anias Nachname mir nicht bekannt ist, »... ich meine, meine Bekannte hat viel von ihm erzählt. Und von seiner wissenschaftlichen Arbeit. Sie wissen bestimmt, was ich meine, Totale Soziologie und so weiter.«

»Ich habe davon gehört, aber nicht durch den Professor. Seine Arbeit, überhaupt alles, was mit seinem Zusammenbruch zu tun hatte, sind hier kein Thema. Zumindest vorerst nicht. Oder nein, so kann man das auch nicht sagen. Es geht um eine schrittweise, behutsame Konfrontation. Beim Professor sind wir mittlerweile bei den Karten angelangt, die er wieder betrachten kann.«

»Was für Karten?«

»Straßenkarten. Stadtpläne. Damit hat er ja früher direkt gearbeitet. Die waren Handwerkszeug für ihn. Wir geben ihm

Pläne von der Umgebung hier, von den kleinen Orten am See zum Beispiel. Aber natürlich noch nicht von dieser Stadt, in der der Professor gearbeitet hat.«

»B.«

»Ja, B.«

»Von dort kommen wir gerade.«

»Das hat mir Ihre ... Begleiterin schon gesagt. Ich bin ein wenig skeptisch deswegen, aber letztlich entscheide nicht ich, wer oder was gut für den Professor in seinem jetzigen Stadium ist.«

»Und Totale Soziologie? Sie sagen, Sie hätten schon davon gehört. Was halten Sie davon?«

Stille, Vogelkrächzen, sie denkt nach.

»Interessant. Ganz ehrlich, ich als Laie finde das sehr interessant. Aber als jemand, der in einer psychiatrischen Einrichtung arbeitet, sage ich auch: nicht ungefährlich. Da ist ein Potential drin, das Leuten nicht gut tut. Auch Stabilen nicht. Dieses Alles-sehen-wollen, dieser Fanatismus. Der Mensch richtet seinen Blick normalerweise immer nur auf Teilbereiche, auf Ausschnitte. Das ist notwendig, um handlungsfähig zu sein. Um überhaupt etwas zu verstehen. Diese Totale Soziologie blendet das aus. Da werden Überlebenstechniken bewusst außer Kraft gesetzt. Das ist gefährlich. Ob das wissenschaftlich etwas bringt, kann ich natürlich nicht sagen. Lernt man etwas über das Zusammenleben der Menschen, über Gesellschaft, wenn man fanatisch nach Spuren des Menschen fahndet? Wo doch überall Spuren sind? Wenn praktisch nichts nicht Spur ist.«

Vernünftige Ansichten. Die nüchternen Erkenntnisse einer – dem Akzent nach – norddeutschen Irrenhauswärterin. Wir sind unterdessen am Glaswürfel angelangt. Die Tür ist verschlossen. Drinnen regt sich nichts, obwohl Lichter brennen.

»Oh«, sagt die blonde Frau, »das hab ich befürchtet. Normalerweise geht das hier mit Besuch erst später los.« Ich sehe sie zum ersten Mal lächeln, und sie sieht beinahe aus wie eine 40-jährige, nicht völlig ausgeschlafene, kosmetisch nicht völlig vorbereitete Kim Basinger. Und das Beste daran: Sie erinnert mich trotzdem nicht an Marion. Nicht sehr.

»Gibt es hier in der Nähe etwas anderes? Ein Café?«

»Unten im Ort. Aber da könnten Sie dasselbe Problem haben.«

»Hmm, vielleicht muss ich vorerst ohne Kaffee klarkommen. Was ist mit Ihnen, Sie haben schon gefrühstückt, stimmt's?«

»Nicht wirklich. Ich wollte eigentlich bis nach meinem Spaziergang mit dem Professor warten. Aber einen Kaffee hatte ich schon, ja.«

»Dann nimmt Ania jetzt Ihren Platz ein?«

»Ja. Der Professor geht häufig mit mir in den Park. Es muss schon ein Unwetter herrschen, bevor er von diesem Ritual ablässt.«

»Macht Ihnen das Spaß? Mögen sie den Mann?«

»Mögen ist für unsere Arbeit keine Kategorie, wie Sie sich vorstellen können. Aber klar, es erleichtert vieles, wenn man eine persönliche Bindung zu einem Patienten aufbauen kann.«

»Und das konnten Sie?«

»Ich denke schon. Herr Höhtker hat sich mir gegenüber ziemlich geöffnet.«

»Wie gefällt es Ihnen dann – ich meine, nur im Hinblick auf den Heilungsverlauf –, wenn ohne Vorankündigung, wie aus dem Nichts eine Frau wie Ania eines Morgens auf der Matte steht? Sie haben sie ja gesehen.«

»Ich habe sie schon vorher gekannt. Ihr Aussehen zumindest.

Sie schreibt dem Professor schon eine Weile und hat mehreren Briefen Fotos von sich beigelegt. Die hat er mir gezeigt.«

»Und? Die Reaktion des Patienten?«

»Die zu erwartende, würde ich sagen. Wir finden das einerseits natürlich gut, denn die Rückkehr von – tja, wie soll man das ausdrücken? – Vitalfunktionen, von normalen menschlichen Reaktionsweisen, ist gut und muss gefördert werden. Aus diesem Grund wurden die Briefe überhaupt ausgehändigt. Auf der anderen Seite bedeutet das aber auch eine Konfrontation mit seiner Arbeit. Mit allem, was ihn letztlich zu uns gebracht hat. Das erscheint uns eigentlich noch zu früh. Die Therapie ist in dieser Hinsicht, tja, widersprüchlich.«

»Waren Sie dafür, dass der Professor Anias Briefe kriegt? Ich meine, nachdem Sie ein Bild von ihr gesehen hatten.«

»Warum fragen Sie das?«

»Weil ich ein feinfühliger Mensch bin.«

»So, sind Sie?«

Wir stehen immer noch vor der Tür. Ich schaue Kim an. Mit einem Mal fällt mir auf, dass ich nüchtern bin. Ich stehe momentan unter keinerlei Drogeneinfluss.

»Hören Sie, Sie hatten heute Morgen einen Termin mit Herrn Höhtker, sehe ich das richtig?«

»Ja.«

»Und das fällt jetzt aus, weil plötzlich eine attraktive Totalsoziologin Ihr Date geklaut hat. «

»…«

»Also, wenn das so ist, und Sie keine anderen Verpflichtungen für jetzt haben, dann könnten wir doch eigentlich zusammen frühstücken. Ich meine, unten im Ort. Gipfeli, Kaffee, Orangensaft. Ein Teller Bircher-Müsli vielleicht?«

»Sie glauben, ich könnte hier einfach mal so abhauen? Mit einem Besucher?«

»Warum nicht?«

»Weil ich noch hundert andere Sachen zu tun habe? Weil ich hier nicht als Privatbetreuerin von Professor Höhtker angestellt bin?«

»Tja, schade. Ich hatte gehofft, dass Sie ja sagen. Eigentlich hatte ich sogar gehofft, dass Sie ja sagen und dann vorschlagen, zu Ihnen zu fahren. Weil noch nichts auf hat, meine ich.«

Sie lacht und schüttelt den Kopf, und ihr Parfüm passt perfekt zu ihrem Haar. Zu dem Zustand, in dem sich dieses Haar momentan befindet. In ihrem Mundwinkel beginnt ein winziger Rest Zahnpasta, mich irrsinnig zu machen.

»Tsss, ich glaub's nicht. Flirten Sie hier gerade mit mir?«

»Ja. Kommen Sie, wir fahren zu Ihnen. Sofort.«

Sie mustert mich auf eine Weise, die sie sich bei Patienten nie erlauben würde. Offenkundig flippe ich gerade aus. Ich habe Angst deswegen. Ich habe vor einer Menge Dinge Angst. Und ich werde allein sein.

Ende

Erkennt die Gegner der Stadt

Nagel

Drive-By Shots

Stories & Fotos

Reiseliteratur der ganz eigenen Art. Nagel versammelt in seinem neusten Buch über 20 Erzählungen, Skizzen und Reflexionen, deren Klammer die Neugierde und die Lust an den letzten verbliebenen Abenteuern ist.

192 S. • ISBN 978-3-95575-038-1

Anne Hahn

Gegenüber von China

Roman

Nina entflieht der Enge der DDR zuerst in die Punkszene und dann über die UdSSR und den Iran Richtung Westen. Sie wird geschnappt, im Stasi-Knast inhaftiert und schließlich im November 1989 entlassen. Ein autobiografischer Roman frei von Heldenrhetorik und Wenderomantik.

288 S. • ISBN 978-3-95575-025-1

Jan Off

Happy Endstadium

Roman

Fünf junge Weltverbesserer machen sich auf den Weg, den ewigen Unsicherheitsfaktor Mensch auszuschalten. War es in Jan Offs Meisterstück »Vorkriegsjugend« die Punkszene, deren Sitten und Gebräuche mit liebevollem Spott seziert wurden, ist es diesmal die autonome Bewegung, die unters Messer kommt.

264 S. • ISBN 978-3-931555-36-8

Linus Volkmann

Kein Schlaf bis Langenselbold

Roman

Die Geschichte der ungleichen Zwillinge Malte und Frederik führt durch die Kulisse des wiedervereinigten Deutschland der frühen 90er. Alles ist nur vermeintlich im Umbruch, eigentlich sitzt man doch einfach weiter fest – bloß die Faschos scheinen wieder obenauf. Eine Jugend in der Provinz voll verzweifeltem Sex, Feldhockey, Wahnsinn, mit Helmut Kohl, Benzin und den neuen Postleitzahlen.

224 S. • ISBN 978-3-931555-27-6